Entre naranjos

Letras Hispánicas

Vicente Blasco Ibáñez

Entre naranjos

Edición de José Mas y María Teresa Mateu

CUARTA EDICIÓN

CÁTEDRA
LETRAS HISPÁNICAS

1.ª edición, 1997
4.ª edición, 2009

Ilustración de cubierta: Fotograma de la serie *Entre naranjos*, de RTVE, realizada por Josefina Molina

Reservados todos los derechos. El contenido de esta obra está protegido por la Ley, que establece penas de prisión y/o multas, además de las correspondientes indemnizaciones por daños y perjuicios, para quienes reprodujeren, plagiaren, distribuyeren o comunicaren públicamente, en todo o en parte, una obra literaria, artística o científica, o su transformación, interpretación o ejecución artística fijada en cualquier tipo de soporte o comunicada a través de cualquier medio, sin la preceptiva autorización.

© Herederos de Vicente Blasco Ibáñez
© Ediciones Cátedra (Grupo Anaya, S. A.), 1997, 2009
Juan Ignacio Luca de Tena, 15. 28027 Madrid
Depósito legal: M. 32.145-2009
ISBN: 978-84-376-1585-1
Printed in Spain
Impreso en Anzos, S. L.
Fuenlabrada (Madrid)

Índice

INTRODUCCIÓN	9
El contemplativo y el hombre de acción	11
Blasco Ibáñez autor del 98	21
El mundo narrativo de Blasco Ibáñez: sus temas	24
El tema del amor	25
El tema de la música	40
El tema de la política	49
Estructura sicológico-narrativa de *Entre naranjos*	54
Ascensión al amor	56
Cima de la dicha	65
La traición y el descenso	76
Lenguaje y técnicas narrativas	78
NUESTRA EDICIÓN	84
BIBLIOGRAFÍA	87
ENTRE NARANJOS	93
Primera parte	95
Segunda parte	213
Tercera parte	321

Introducción

*A Gabriel,
cuya vida tiene
la luz de la elección*

Vicente Blasco Ibáñez por Sorolla.

El contemplativo y el hombre de acción

«... Las más de las veces, por mi gusto, haría novelas en realidad mejor que escribirlas sobre el papel. Pero toda novela nueva se impone en mí con una fuerza fisiológica, y puede más que mi tendencia al movimiento y a mi horror al trabajo sedentario. Crece en mi imaginación; de feto se convierte en criatura, se agita, se pone en pie, golpea mi frente por la parte interior, y tengo que echarla fuera como una parturienta, so pena de morir envenenado por la putrefacción de mi producto falto de luz»[1].

Vicente Blasco Ibáñez nació en Valencia, en la calle de La Jabonería Nueva, número 8 —hoy núm. 2— el 27 de enero de 1867 (no el 28, como se había señalado siempre) según Pigmalión, quien obtuvo este dato en conversación con el propio Blasco, el cual le habló también de que un 27 de enero había nacido Mozart. Nació en las inmediaciones del Mercado Central, barrio destacado en la acción narrativa de *Arroz y tartana* (1894) y en *Flor de mayo* (1895) —las dos primeras novelas de las que se siente satisfecho el autor— quien relega al olvido una vasta producción anterior con certero criterio ya que, si desde su más temprana infancia brotó incontenible un venero de imaginación, el novelista no había encontrado aún su estilo inconfundible, y su lenguaje —salvo chispazos aislados— era demasiado discursivo y grandilocuente.

---

[1] De una carta dirigida a Cejador en 1918.

Sus padres —don Gaspar Blasco Teruel y doña Ramona Ibáñez Martínez— eran oriundos de la provincia de Teruel, de cuyas tierras áridas y frías tantos aragoneses emigraron en busca del grato clima y de la riqueza floreciente de Valencia. Gran parte del comercio —sobre todo el del ramo de la alimentación y del vestido, así como el de la servidumbre— era desempeñado por aragoneses, «churros» en la terminología entre compasiva y despectiva de los oriundos levantinos[2].

La situación económica de los padres de Blasco no era tan precaria como la de la mayoría de aragoneses que, temporal o definitivamente, tenían que dejar sus tierras de origen. El futuro novelista sintetizaría como las dos notas más destacadas de su carácter la valentía y la gallardía, propias del valenciano, y la tozudez, típica del aragonés.

Pronto el pequeño Vicente dio a conocer entre los niños del barrio sus dotes de líder, tanto en la acción de los juegos como en el hechizo de su palabra, que inmovilizaba a sus compañeros contándoles historias leídas o inventadas. Por tanto, desde sus primeros años la personalidad de Blasco —escindida entre la acción y la meditación— germinaba con la velocidad de lo precoz. Tres personas influyeron decisivamente en la gestación de su carácter: su tío-abuelo Mosén Francisco —guerrillero carlista que disfrutaba contándole al niño las aventuras de la juventud—, el editor Mariano Cabrerizo, quien lo colmaba de golosinas y libros y se lo llevaba muchas veces a un huerto suyo de La Alameda para jugar, y el propio don Gaspar, a quien Mosén Francisco le había enseñado latín e imbuido el amor a los libros cuando pretendía hacerlo sacerdote[3].

No fue nunca un buen estudiante, ya que prefería las correrías por la huerta o por las cercanías del mar embebiendo

---

[2] Esta denominación, aunque más atenuada, vive aún en algunos pueblos valencianoparlantes, quienes la hacen extensible a los que no hablan valenciano.

[3] Vicenta Martínez —ama de llaves del editor Cabrerizo y tía de la madre de Blasco— fue la madrina de éste y quien facilitó la amistad entre el niño y el librero.

su espíritu con el colorido y el bullir de vida de labriegos y pescadores:

> Si no asistía a las aulas universitarias, en cambio me pasaba las mañanas, las más de las veces, vagando por los caprichosos senderos de la vega valenciana, cuando no tendido a la sombra de una vieja barca, contemplando el juego de las espumas marinas y soñando con el cisne de Lohengrin...[4].

Su prodigiosa memoria le servía para almacenar en pocos días la materia del curso, y su retina y sus sentidos eran siempre —aliándose a la fantasía cuando era preciso— el objetivo de una cámara fotográfica abierta siempre sobre el mundo.

Hasta los doce años tuvo una formación religiosa y una cierta propensión visionaria que le llevó a la creencia propia de los iluminados de haber visto a los santos y a Dios. Pero de repente dos libros le cambiaron su visión del mundo: la *Vida de Jesús*, de Renan y los estudios sobre la Edad Media del que sería ya para siempre su maestro en política: Pi y Margall. Precozmente se hizo librepensador y revolucionario, partidario ferviente de un republicanismo federalista. A los dieciséis años tuvieron lugar dos hechos importantes en la vida de Blasco: la composición de un soneto en el que se invitaba a degollar a todos los monarcas de Europa y la fuga del domicilio paterno para instalarse en Madrid, ciudad en la que era más fácil seguir su vocación de novelista[5]. El poema contra la realeza le acarreó un proceso que al final fue sobreseído teniendo en cuenta la juventud del poeta. (A no ser que le absolvieran, como con gracejo irónico comentó más tarde el propio Blasco, por la escasa calidad del soneto en cuestión.) Su escapatoria a Madrid duró casi dos meses y du-

---

[4] De una carta enviada en 1925 a Isidro López Lapuya, a París, y recogida por C. Pitolley en el *Bulletin Hispanique* (1928). El día 5 de enero de 1889 se presenta por primera vez en Valencia en el teatro principal la ópera de Wagner *Lohengrin*, cantada por el tenor catalán Francisco Viñas.

[5] Gascó Contell sitúa entre el 8 de diciembre de 1883 y el 2 de febrero de 1884 la fuga y regreso del aprendiz de escritor; en cambio, Blasco coloca su escapada a los catorce años, haciendo durar su estancia en Madrid seis meses.

rante este periodo trabajó como amanuense de un novelista de fecundidad torrencial y talento malogrado: Fernández y González, a la sazón casi ciego y con la vena de la inspiración casi exhausta. El bueno de don Manuel acostumbraba a dictarle al discípulo noches enteras, pero mermado ya en sus fuerzas se quedaba dormido en medio de un pasaje y, mientras tanto, la pluma del joven escritor no se paraba y llenaba con su fantasía la ancha laguna de los silencios. Pero una noche Blasco no acudió a la cita, puesto que la policía lo detuvo, no por acaudillar un mitin, como él creyera en principio, sino por ser reclamado por sus padres desde Valencia. Pero aunque las vicisitudes iban a ser muchas, ya nadie podría detener el impulso de su pluma, ni acallar la voz de un hombre valiente que expuso su vida en aras de un ideal que hiciera a los pobres, dignos y merecedores de unos derechos que habían sido secularmente ignorados y pisoteados.

En 1890, por liderar un motín contra la toma de gobierno del conservador Cánovas del Castillo, se vio obligado a exiliarse en París donde residiría año y medio en la plaza del Panteón en el hotel «Les Grands Hommes». Sus artículos literarios, junto al dinero que sus padres le enviaban, le suponían una suma de trescientos francos, lo que entonces era reputado por la bohemia parisiense como una verdadera fortuna[6]. Recuerdos autobiográficos teñidos de una cierta ironía aparecerán en *La voluntad de vivir*, libro escrito en 1907 y mandado quemar por el propio escritor a instancias de su amigo Luis Morote, un día antes de su aparición. El consejo de Morote era bienintencionado, ya que muchos de los personajes retratados eran fácilmente detectables y podrían haberse sentido molestos. Menos mal que se salvaron del incendio algunos ejemplares que se publicarían tras la muerte de Blasco.

En 1891, el día 18 de noviembre, se casó con su pariente

---

[6] A título de ejemplo ilustrativo del poder pecuniario del escritor podemos dar tres muestras: una gran comida costaba un franco y medio, un libro de éxito como *Salambó*, tres y medio, y un ramo de flores capaz de hacer enloquecer de amor a una Margarita Gautier, cincuenta.

doña María Blasco del Cacho. En el otoño de 1893 y con motivo de una multitudinaria peregrinación católica a Roma encabezada por diez obispos, Blasco Ibáñez promovió un motín que tuvo como consecuencia el ser prendido en Sabadell y trasladado a Barcelona, donde la gente lo apedreó por confundirlo con un anarquista francés al que se le imputaba el haber hecho estallar un mes atrás una bomba en el teatro del Liceo.

El año 1894 es clave en la vida y en la obra de Blasco. En el teatro Apolo de Valencia se estrenó su única obra teatral, *El juez,* en la que hizo el papel de segundo galán Fernando Díaz de Mendoza, quien más tarde formaría compañía con la célebre María Guerrero[7]. La noche del estreno le comunicaron a Blasco la triste noticia del fallecimiento de su madre.

En este mismo año, el 12 de noviembre apareció el primer número del diario de oposición *El Pueblo* con dibujos de su amigo Joaquín Sorolla. En él se insertaba la primera entrega de *Arroz y tartana,* la que Blasco consideró su primera novela. Fue también en *El Pueblo* —confeccionado casi en su integridad por el propio director— donde aparecieron sus *Cuentos valencianos, Flor de mayo, En el país del arte, La barraca* y *La condenada.* Cuando no era suspendido el periódico y su director detenido, Blasco Ibáñez trabajaba desde las seis de la tarde hasta la madrugada —con intervalos de mítines donde a veces se producían tiroteos— y un epílogo creador, donde el novelista, casi en estado sonambúlico y de extremo cansancio iba dando voz y sangre a sus personajes inolvidables.

Desde la tribuna de *El Pueblo* Blasco tronó contra la guerra de Cuba y, según sus recuerdos, tuvo que huir de la persecución policial tras una colisión entre la masa y las fuerzas del orden en 1895; y embarcado en el vapor *Sagunto* llegó a Italia, donde escribió *En el país del arte.* León Roca corrige la fecha que da Blasco situando el motín el día ocho de marzo del 96 y detalla a continuación los pasos seguidos por éste en

---

[7] Aunque algunas de las novelas de Blasco se adaptaron al teatro cuando su fama de novelista era ya internacional, él siempre prefirió el cine por la variedad de sus escenas y su libertad de creación.

su fuga: primeramente se refugió en una barraca de Almácera, desde donde se abismó su mirada en la contemplación cromática y vivificante de la huerta. Luego halló un escondite seguro en una taberna del Cabañal, en cuyo desván escribió un cuento, «Venganza moruna», que es el esbozo de *La barraca*. Dos años más tarde y con motivo de un mitin para ser elegido diputado, uno de los asistentes le devolvió el manuscrito perdido que, convenientemente desarrollado, daría lugar a una de las mejores novelas de la época.

El 4 de junio del 1896 se presentó Blasco Ibáñez ante las autoridades militares, quienes le otorgaron la libertad provisional; tal situación de precariedad no arredró al periodista, quien siguió publicando en *El Pueblo* vibrantes artículos contra la guerra colonial y contra una ley injusta que permitía comprar por mil quinientas pesetas la exención del servicio militar. Transcribamos el comienzo del artículo «Carne de pobres» aparecido el día 19 de agosto:

> ... Y cuando el hijo es ya un hombre que contribuye con su jornal al mantenimiento de la que tanto se sacrificó por él, cuando en el mismo hogar comienza a acariciarse la esperanza de una mayor comodidad, se presenta el Estado con sus absurdos privilegios de clase para decirle a la madre:
> —¿Tienes mil quinientas pesetas? ¿No? Pues dame a tu hijo. Sois pobres y esto basta. Lleváis sobre vuestra frente ese sello de maldición social que os hace eternos esclavos del dolor. En la paz, debéis sufrir resignados y agotar vuestro cuerpo poco a poco para que una minoría viva tranquila y placenteramente sin hacer nada; en la guerra, debéis morir para que los demás, que por el dinero están libres de tal peligro, puedan ser belicosos desde su casa. Resignaos: siempre ha habido un rebaño explotado para bien y tranquilidad de los de arriba[8].

Estas palabras incendiarias, que aparentemente tienen un sello naturalista de fatalismo, son todo lo contrario: un aci-

---

[8] *El Pueblo*, 19-8-1896.

cate a la rebeldía. El poder agitador de Blasco no podía dejar indiferentes a los militares, que le juzgaron en consejo de guerra:

> La escena pasó en un dormitorio, en 1896, pidiendo para mí el fiscal —un coronel— una condena de catorce años de presidio. Dicha escena tuvo una teatralidad que no olvidaré nunca. Después de larguísimo debate, me fue leída la sentencia, por la noche, en medio del patio, entre bayonetas y a la luz de un candil. Se había rebajado la pena a cuatro años de presidio, de los que pasé catorce meses encerrado en uno de los dos penales que tenía entonces Valencia, un convento viejo, situado en el centro de la ciudad y con capacidad para trescientos penados, si bien estaban más de mil. Allí perdí hasta el nombre, sustituido por un número [...] Una parte de mi reclusión la pude pasar, por especial y secreto favor de los empleados, en la enfermería del establecimiento, entre tísicos y cadáveres. Allí compuse un cuento: «El despertar de Buda»[9].

En el 98, siendo ya diputado, tomó partido en su periódico por los que se amotinaban contra Touchet, que quería privar a la ciudad del alumbrado gratuito que durante años había disfrutado.

Varios de los artículos, a partir del 28 de septiembre, aparecen totalmente censurados, reducidos al título y la firma, con el espacio reservado al texto en blanco; entre los artículos prohibidos figuran: «El pueblo valenciano» del mismo 28 de septiembre y el del 4 de octubre con el sugestivo título de «Ladrones». Tal vez en estos casos lo más elocuente sea el silencio que, no obstante, no es una novedad expresiva, pues ya le había sucedido lo mismo a Larra en tiempos del absolutismo. Si quisiéramos agrupar estos artículos bajo un rótulo modernista cuyo objetivo, sin embargo, no es la belleza, podríamos hacerlo con éste: artículos en blanco mayor de cárcel. Y, en efecto, a la cárcel le arrastraron —pese a su condición de diputado— aunque por muy pocos días, ya que se produjo un enorme clamor popular.

---

[9] De la carta enviada en 1925 a Isidro López Lapuya, ya citada.

Aunque el día 2 de octubre, *El Pueblo* anuncia la inminente publicación de *La barraca*, la primera entrega no se producirá hasta el 6 de noviembre, y el 16 del mismo mes ya se publica como volumen independiente.

Del alto nivel de intensidad de la vida de Blasco Ibáñez en unos tiempos de permanente revuelta callejera, dan fe su prodigiosa fiebre creadora y su dinamismo político-social que le hizo participar en mítines y desafíos; el propio novelista confiesa haber sido herido de muerte tres veces antes de escribir *La barraca;* y hasta 1909, año en el que renunció a su acta de diputado, participó en unos quince duelos, uno de los cuales —el celebrado con el teniente Alestuei— estuvo a punto de costarle la vida a no ser por una estratagema: no se quitó el cinturón, según era preceptivo en estos lances, que quedó traspasado por la bala del rival. Los padrinos de Blasco no consintieron, según pretendían los padrinos del teniente, en invalidar el reto[10].

En una especie de paréntesis donde se hermanan la sed de aventuras, el riesgo y el testimonio literario, hay que reseñar su viaje de 1907 a través de los Balcanes hasta Turquía. Países, ciudades, costumbres y gentes, con paradas importantes en Múnich —la Atenas alemana— Salzburgo y Turquía, fueron percibidos y expresados con lucidez realista en su libro *Oriente*. El viaje terminó en tragedia que, una vez más, rozó a Blasco, pero de la que salió ileso. Cerca de Budapest, a la confortable hora del desayuno, un tren, debido a un fallo de un jefe de estación, chocó contra el Orient Express, quedando dos vagones reducidos a astillas:

> De pronto, un choque, un tropezón gigantesco contra un obstáculo. Luego, la milésima de un segundo, que nos parece un siglo, y durante este espacio nos contemplamos todos con los ojos desmesuradamente abiertos y en ellos una expresión loca de espanto. [...] Me levanto. Un pie se me hunde en una cosa blanda y elástica envuelta en paño azul con botones de oro. Es el camarero que nos servía momentos

---

[10] Citado por Emilio Gascó Contell, *Genio y figura de Vicente Blasco Ibáñez*, Murta, Fundación Cañada Blanch, 1996, pág. 76.

antes. Está de espaldas, con los brazos en cruz, los ojos agrandados por el espanto, y no se mueve del suelo a pesar de mi pisotón.

Después de seguir enumerando los restos de la catástrofe con la perplejidad de un sonámbulo, anota patéticamente:

> Cuerpos en el suelo, mesas caídas, manteles rasgados, líquidos que chorrean, no sabiéndose ciertamente lo que es café, lo que es licor y lo que es sangre[11].

Tras describir su fuga y la desbandada de los sobrevivientes, alarmados por el incendio del puente de madera y por el rumor de que el tren contenía dinamita, entra el novelista en Budapest, dándole a su entrada el típico sabor blasquiano de una estampa medieval:

> Y así entro en la verdadera Europa, a pie, a través de los campos, llevando mi hato al hombro, lo mismo que un invasor oriental de hace siglos atraído por los esplendores de Occidente[12].

En 1909 realizó durante nueve meses una campaña triunfal como conferenciante por Argentina, Paraguay y Chile. La ciudad de Buenos Aires se le entregó espontáneamente custodiando al novelista desde el puerto a la Avenida de Mayo; desde el balcón de su hotel tuvo que hablar a la multitud, que lo aguardaba entusiasmada. En esta gira pronunció unos cien discursos sobre los más variados aspectos, basados en su elocuencia innata y en su poder de improvisación; igual hablaba de Cervantes o de Wagner, que de los pintores del Renacimiento, la Revolución Francesa o cualquier tema de interés puramente local.

El éxito alcanzado en Santiago de Chile fue elaborado a base de intrepidez, ya que se había orquestado contra él desde algunos periódicos reaccionarios una campaña hostil por

---

[11] *Oriente, O. C.,* tomo II, Madrid, Aguilar, 1969, pág. 115.
[12] *Op. cit.,* pág. 117.

las ideas religiosas del escritor. Una vez más Blasco Ibáñez no se dejó ganar por el miedo o la prudencia y anunció una conferencia gratuita en el Teatro Municipal. Tras un intento por parte del público de hacer fracasar el acto, la elocuencia del orador, unida a su ademán aguerrido, le permitió adueñarse del auditorio, cosechando un triunfo que no se hubieran atrevido a vaticinar ni sus más entusiastas partidarios.

Aunque su designio era visitar, dando charlas, casi todos los países hispanoamericanos, a los nueve meses de gira se cansó del éxito y cambiaron sus planes: con la ayuda del presidente argentino, José Figueras, decidió hacerse colonizador. Primero fundó en Río Negro —en plena zona desértica de la Patagonia— la colonia Cervantes y poco más tarde, la denominada Nueva Valencia en Corrientes, en el extremo opuesto del país.

El denodado esfuerzo de roturar y poblar unas tierras vírgenes se veía duplicado o más bien multiplicado al tener que enfrentarse con dos climas tan diversos y dos zonas tan alejadas la una de la otra: cuatro días con sus noches separaban en tren ambos territorios que don Vicente tenía que visitar con frecuencia. A menudo le sucedía bajarse del tren en Cervantes por la mañana —después de cuatro días de viaje— para por la tarde del mismo día reemprender el camino de regreso a Nueva Valencia.

En 1913 hubo una quiebra financiera en Argentina y un desaliento en la vida de un hombre de acción que, después de un largo letargo, volvía a sentir en su espíritu la permanente llamada de la literatura.

Una nueva etapa se iniciaba en la vida y en la obra de Blasco: *Los cuatro jinetes del Apocalipsis* le abrieron el mercado editorial de Estados Unidos y luego las puertas de Hollywood y el novelista se hizo internacionalmente famoso y millonario.

Cuando nadie conocía aún a Blasco Ibáñez en Estados Unidos, Charlotte Brewster le pidió permiso al novelista para traducir sus *Cuatro jinetes;* no suponiendo, ni siquiera de lejos, el éxito que la obra llegaría a tener, el escritor le vendió a la traductora por tan solo trescientos dólares todos los derechos de la edición y posibles futuras ediciones. Dado, no obstante, que en pocos años la novela alcanzó un récord de ventas —dos millones de ejemplares— el editor le giró al novelista veinte mil dólares indicando que el hecho no sentaba ningún precedente. Doscientos mil dólares, nada menos, percibió el escritor por autorizar la adaptación al cine de su novela. Este triunfo inesperado y multitudinario lo animó a viajar a Estados Unidos, donde pronunció discursos siempre en español y donde se le dispensaron numerosos homenajes, el más importante de los cuales fue el nombramiento de Doctor Honoris Causa por la Universidad de Washington.

Un año después de tales honores, en 1921, la ciudad de Valencia en su conjunto le dedicó una serie de homenajes que duraron una semana entera. De tales homenajes hay que mencionar los tres días destinados a la rememoración de sus más famosas novelas valencianas: el día dedicado a *Mare nostrum*, con la fundación de un grupo escolar y un paseo en barco, el consagrado a *Cañas y barro* con un viaje a la Albufera en medio de una lluvia torrencial, pero compensado por un fuego aromático y un suculento guiso de anguilas en El Palmar, y el día de *La barraca*, donde los personajes tomaron carne y voz ante su creador en una barraca de los poblados marítimos.

Los últimos años de su vida los pasó Blasco Ibáñez en Mentón, en su espléndida mansión de *Fontana Rosa* con Elena Ortúzar, la mujer que amaba desde hacía muchos años con quien contraería matrimonio civil en 1925, al morir la esposa. Gascó Contell en la página 192 relata la agonía delirante y lírica de Blasco Ibáñez producida el 29 de enero de 1928[13]. Tras una alucinación en la que se le presentó su admirado Victor Hugo, reclinando la cabeza en el hombro de su mujer, dijo sus últimas palabras: «Mi jardín, mi jardín.» Si la estampa es verdadera, la muerte fue el mejor triunfo de Vicente Blasco Ibáñez.

BLASCO IBÁÑEZ AUTOR DEL 98

A Blasco Ibáñez se le ha considerado siempre como el Zola español, esto es: epígono del Naturalismo; con esta rápida etiqueta los críticos literarios, en general, consideraban

---

[13] Según Pigmalión, Blasco no murió el 29, sino el 28 de enero.

a Blasco una figura de segundo orden: venía a ser el calco foráneo de una corriente pasada de moda que, por añadidura, siempre se tildaba de inmoral. Aunque Blasco Ibáñez tenga en algunas obras influencias zolescas y también de otros autores, como, por ejemplo, de D'Annunzio, tiene una profunda originalidad y siente a España como el que más la pueda sentir de sus coetáneos, con los que le ligan además la exaltación del paisaje y lo que casi nadie ha visto: el impresionismo de las sensaciones y, hasta a veces, nos ofrece pinceladas esperpénticas que anticipan o coinciden con el arte de Valle-Inclán.

Para ver lo que le diferencia de Zola fijémonos en algunos postulados del genial escritor francés; escribe Zola en *Thérèse Raquin*:

> J'ai choisi des personnages souverainement dominés par leurs nerfs et leur sang, dépourvus de libre arbitre, entraînés à chaque acte de leur vie par les fatalités de leur chair [...] J'ai simplement fait sur des corps vivants le travail analytique que les chirurgiens font sur des cadavres[14].

Sobre el pensamiento de Zola influyen las ideas deterministas y positivistas de Darwin, Comte y Taine, además del método experimental del doctor Claude Bernard.

El naturalismo zolesco se articula en torno a un triple determinismo: fisiológico, hereditario y ambiental.

Zola pretendía con su método experimental eliminar la imaginación del arte y convertir la literatura en ciencia.

Salvo el determinismo ambiental de algunas novelas de Blasco y la observación exacta y exhaustiva de la realidad novelada, poco más —a no ser la amistad— vincula a ambos escritores.

Y en la novela objeto de esta edición ni siquiera hay un verdadero determinismo ambiental: Rafael no es una simple pieza carente de albedrío del ajedrez social que juega con su

---

[14] Citado por José Manuel González Herrán, *La cuestión palpitante*, Emilia Pardo Bazán, Barcelona, Antropos, en coedición con el Servicio de Publicación e Intercambio Científico de la Universidad de Santiago de Compostela, 1989.

madre, con don Andrés y con sus coterráneos. No es una falta de libertad, sino un miedo al riesgo y, tal vez, una falta de amor, lo que dicta su conducta.

Aunque la preocupación por España estuvo presente siempre en la vida y en la obra de Blasco, demos una muestra sintética de su visión crítica de la sociedad española tras el desastre de Cuba:

> La guerra había terminado. Los batallones, sin armas, con el aspecto triste de los rebaños enfermos, desembarcaban en los puertos. Eran espectros del hambre, fantasmas de la fiebre, amarillos como esos cirios que sólo se ven en las ceremonias fúnebres, con la voluntad de vivir en sus ojos profundos como una estrella en el fondo de un pozo. Todos marchaban a sus casas, incapaces para el trabajo, destinados a morir antes de un año en el seno de las familias, que habían dado un hombre y recibían una sombra[15].

Seguidamente entresacamos algunas de las ideas principales que sostenía Blasco Ibáñez acerca del arte de novelar, de su famosa carta a Cejador:

> Yo acepto la conocida definición de que «la novela es la realidad vista a través de un temperamento». También creo, como Stendhal, que «una novela es un espejo paseado a lo largo de un camino». Pero claro está que el temperamento modifica la realidad y que el espejo no reproduce exactamente las cosas con su dureza material, pues da a la imagen esa fluidez ligera y azulada que parece nadar en el fondo de los cristales venecianos. El novelista reproduce la realidad a su modo, conforme a su temperamento, escogiendo en esa realidad lo que es saliente y despreciando, por inútil, lo mediocre y lo monótono. Lo mismo hace el pintor, por realista que sea. Velázquez reproduce como nadie la vida. Sus personajes viven. Pero si estos personajes hubiesen sido fotografiados directamente, tal vez serían más exactos y «vivirían mucho menos». Entre la realidad y la obra que reproduce esta realidad existe un prisma lumi-

---

[15] *Cañas y barro, O. C.*, tomo I, pág. 852.

noso que desfigura las cosas, concentrando su esencia, su alma y agrandándolas: el temperamento del autor[16].

Después de aceptar la influencia de Zola en sus primeras novelas matiza así sus divergencias:

> En la actualidad, por más que busco, encuentro muy escasas relaciones con el que fue considerado como mi padre literario. Ni por el método de trabajo, ni por el estilo, tenemos la menor semejanza: Zola era un reflexivo en literatura, y yo soy un impulsivo. Él llegaba al resultado final lentamente, por perforación. Yo procedo por explosión, violenta y ruidosamente. Él escribía un libro en un año, pacientemente, con una labor lenta e igual, como la del arado; yo llevo una novela en la cabeza mucho tiempo (algunas veces son dos o tres); pero cuando llega el momento de exteriorizarla me acomete una fiebre de actividad, vivo una existencia que puede llamarse subconsciente, y escribo el libro en el tiempo que emplearía un simple escribiente para copiarlo[17].

Esta facilidad de escritura no implica en modo alguno concesión al gran público; su río creador es de corriente impetuosa, pero la intuición del artista sabe trazar las riberas estructuradoras y elegir el adecuado cauce para que las aguas fluyan veloces o se ralenticen.

El mundo narrativo
de Blasco Ibáñez: sus temas

> Cuando uno muere para otro, empieza a morir para uno mismo y esa es la peor de las muertes.
> (Gioconda Belli).

Los temas principales que configuran el orbe narrativo de nuestro escritor son: el amor, la lucha por la vida que, a veces, puede culminar en la guerra y que siempre tiene un fuer-

---

[16] De una carta dirigida a Cejador en 1918 y reproducida en una «Nota biobibliográfica» en el tomo I de las *Obras completas*, pág. 14.

[17] *Op. cit.*, págs. 15-16.

te contenido sociopolítico, el paisaje y la música. En *Entre naranjos* los temas esenciales son el amor, la música y la política; el paisaje no está de ningún modo ausente de la novela, pero como veremos, puede considerarse como un estado de ánimo de los personajes. Antes de analizar pormenorizadamente la estructura sicológica y narrativa de la novela objeto de esta edición, nos ha parecido oportuno hacer un recorrido panorámico por algunas obras significativas de Blasco, tomando como punto de mira su enfoque personal del amor, la música y la política. Esta incursión temática —que no pretende ser exhaustiva— tiene un doble objetivo: iluminar en profundidad el orbe de *Entre naranjos* e invitar a otros críticos a investigar en la obra total de Blasco.

El tema del amor

El amor que se exalta en la obra de Blasco Ibáñez es el amor pasional que brota —como es normal en la literatura— al margen del matrimonio. Las heroínas más destacadas en la obra blasquiana tienen un carácter fuerte y un ansia de independencia que las aleja del modelo femenino de la época, troquelado en el molde de la sumisión y de la apacibilidad, incluso en aquellos casos en los que la procesión de la sensualidad pasa sus cirios encendidos por el interior del ser; en las obras de nuestro novelista también hay mujeres tiernas y sumisas como Feli en *La horda* o María de la Luz en *La bodega*, pero la lucha por la vida, contra la miseria en el primer caso y por la defensa de su honra agravada en el segundo, dan a estos personajes una dimensión más honda.

Mujeres pasionales

Muchas son las mujeres apasionadas que habitan el orbe novelesco de Blasco Ibáñez; entre ellas podemos establecer dos grupos: las primitivas, que no han podido acceder a ningún tipo de educación, y las refinadas y cosmopolitas, voluptuosas e inteligentes que arrastran en su tránsito vital una fuerte carga de decepciones, lo que las hace muchas veces inabordables y crueles.

Pertenecen al primer grupo Neleta en *Cañas y barro* y Dolores en *Flor de mayo*. Forman parte del segundo séquito —además de Leonora— Freya en *Mare nostrum,* doña Sol en *Sangre y arena* y Concha Ceballos en *La reina Calafia*.

Lugar aparte ocupan Sónnica la cortesana —cuyos refinamientos y cultura no le impiden la entrega generosa, aunque escoja sus amores cuando puede hacerlo— y Ranto, la pastorcilla esclava de Sónnica, que hace del amor y de su breve vida un juego de desnudez luminosa. El trazado sicológico amoroso de estas heroínas se rige por leyes diferentes al tratarse de una novela histórica ambientada en el siglo III antes de Cristo en la Sagunto helenizada.

El amor entre Neleta y Tonet atraviesa varias fases, desde la camaradería ingenua de la infancia a la pasión desbordante del adulterio y el crimen, pasando por una etapa de noviazgo rutinario, cuyas riendas volubles estaban siempre en manos de Tonet.

Las gentes de El Palmar —isla de la Albufera— los proclamaron novios desde niños, cuando —por extraviarse en la selva de La Dehesa— pasaron una noche juntos dándose calor y compañía[18].

El miedo a lo desconocido se va iluminando con luz elegida de aventura por la presencia de la luna, que va surgiendo con atinadas pinceladas impresionistas sobre la negrura de los pinos:

> Algo brillante comenzó a asomar sobre las copas de la arboleda; primero fue una línea ligeramente arqueada como una ceja de plata; después un semicírculo deslumbrante, y por fin, una cara enorme, de suave color de miel, que arrastraba por las estrellas inmediatas su cabellera de resplandores. La luna parecía sonreír a los dos muchachos, que la contemplaban con adoración de pequeños salvajes[19].

---

[18] Este episodio recuerda el vivido en su niñez por Ana Ozores en *La Regenta,* aunque sin el halo de maldición que acompañaría a Ana arrojando lodo sobre la pureza de su ensueño.

[19] *Cañas y barro, O. C.,* tomo I, pág. 841.

La primera turbación de los sentidos no invita a la acción sino a la quietud y al sueño:

> Tonet sentía una embriaguez extraña, inexplicable. Nunca el cuerpo de su compañera, golpeado más de una vez en los rudos juegos, había tenido para él aquel calor dulce que parecía esparcirse por sus venas y subirse a su cabeza, causándole la misma turbación que los vasos de vino que el abuelo le ofrecía en la taberna.
> [...] Ella abría sus ojos verdes[20], en cuyo fondo se reflejaba la luna como una gota de rocío, y revolviéndose para encontrar postura mejor, volvió a cerrarlos[21].

En el umbral del sueño aparece la música zumbadora de los mosquitos desmenuzada poéticamente con oído finísimo en su gama sutil:

> De los susurros del bosque sólo percibía el zumbido de los mosquitos, que aleteaban como un nimbo de sombra sobre sus duras epidermis de hijos del lago. Era un extraño concierto que los arrullaba, meciéndolos sobre las primeras ondas del sueño. Chillaban unos como violines estridentes, prolongando hasta lo infinito la misma nota; otros, más graves, modulaban una corta escala y los gordos, los enormes, zumbaban con sorda vibración, como profundos contrabajos o lejanas campanadas de reloj[22].

Cuando años más tarde Tonet vuelva de Cuba, derrotado, pero aureolado por el prestigio de lo exótico, encuentra a su compañera casada por conveniencias con el obeso, rico y en-

---

[20] El motivo de los ojos verdes es un *leitmotiv* en *Entre naranjos* que, unido a un reflejo de oro, aumenta el hechizo de Leonora. También los ojos verdes realzan el encanto de Lucrecia Borgia en *A los pies de Venus* y *En el país del arte*, al igual que el de Dolores en *Flor de mayo*. Los ojos de Cinta en *Mare nostrum* son irisados según la luz del momento, incluyendo también el verde. Y también tienen los ojos verdes Nereo y las deidades marinas en la misma obra. Es digno de ser destacado asimismo el matiz del oro que acompaña a ciertos ojos de coloración diferente, como los de Concha Ceballos en *La reina Calafia*. Los ojos de Sónnica son de color violeta, húmedos y dorados.
[21] *O. C.*, tomo I, pág. 842.
[22] *O. C.*, tomo I, pág. 842.

fermizo Cañamel. Los dos antiguos novios se dedican a escarceos amorosos ambiguos y celados, hasta desembocar en el acto de amor realizado sobre una barca inmóvil en medio de la oscuridad y del silencio de la Albufera. Las aves del lago ponen música, como en el clímax de *Entre naranjos*, al amor de los personajes:

> En una mata cercana lanzaban las fúlicas su lamento como si las matasen[23] y cantaban los buxquerots[24] con interminables escalas[25].

La superposición temporal siguiente es un acierto de singular maestría, por la antítesis y la semejanza de ambas situaciones y por lo nuevo del procedimiento, aparecido en Marcel Proust y en *La muerte de Iván Ilich* de Tolstoi:

> Tonet, en este silencio poblado de rumores y cantos, creía que no había transcurrido el tiempo, que era pequeño aún y estaba en un claro de la selva, al lado de su infantil compañera, la hija de la vendedora de anguilas. Ahora no sentía miedo; únicamente le intimidaba el calor misterioso de su compañera, el ambiente embriagador que parecía emanar de su cuerpo, subiéndosele al cerebro como un licor fuerte[26].

Tras un acercamiento tímido y dulce va progresando el encuentro de los dos:

> Levantó la mirada y vio a corta distancia, en la oscuridad, unos ojos que brillaban fijos en él, reflejando el punto de luz de una lejana estrella. Sintió en las sienes el cosquilleo de los pelos rubios y finos que rodeaban la cabeza de Neleta como una aureola. Aquellos perfumes fuertes de que se impregnaba la tabernera parecieron entrar de golpe hasta lo más profundo de su ser[27].

---

[23] Este lamento de muerte tiene la ambigüedad del orgasmo y de la anticipación del desenlace.
[24] *Buxquerot* significa «ruiseñor de la huerta», en valenciano.
[25] *O. C.*, tomo I, pág. 874.
[26] *O. C.*, tomo I, pág. 874.
[27] *O. C.*, tomo I, pág. 874.

Los indicios —caída de unos cuerpos sobre un montón de cáñamo sin voluntad de levantarse más, la canción perezosa de unos pescadores, la inmovilidad de la barca que parece abandonada— preceden el cierre majestuoso del capítulo, con el mecerse de unas tablas, que tanto puede aludir al vaivén de los cuerpos como al éxtasis del abandono:

> Perchaban sobre el agua poblada de susurros, sin sospechar que a corta distancia, en la calma de la noche, arrullado por el gorjeo de los pájaros del lago, el Amor, soberano del mundo, se mecía sobre unas tablas[28].

Es lástima que el Amor[29], que tan brillantemente remata el capítulo, se vuelva pasión criminal al mancharse por la codicia.

Entre las heroínas de seducción mortífera ninguna tan terrible como Freya en *Mare nostrum*. Ulises la conoce en Pompeya haciendo para ella una hazaña galante, la ve de nuevo en Salerno y en las ruinas griegas de Pestum, donde es creencia que los rosales florecen dos veces al año. Entre la coquetería y el desvío se va incrementando el amor de deslumbramiento que Ferragut siente por la dama políglota, vestida con elegancia, perfumada con aroma enervante y coleccionista de valiosas joyas, como un bolso de oro verde australiano del color de «los bronces florentinos» y un collar de gruesas perlas.

En la avenida Parténope de Nápoles ante el templete de Virgilio, se produce el rechazo del pretendiente con la contundencia de una enemiga del hombre:

> Quisiera ser inmensamente hermosa, la mujer más hermosa de la Tierra, y poseer el talento de todos los sabios concen-

---

[28] *O. C.*, tomo I, pág. 874.

[29] El amor al aire libre, fuera de los espacios convencionales, aparece en *Entre naranjos* y en *Mare nostrum*. Veamos este rapto lujuriante del tío de Ulises que hace huir a las hembras ribereñas como huían de los dioses, en los vasos pintados, las princesas griegas: «Odiaba el amor entre cuatro paredes. Necesitaba la Naturaleza libre como fondo de su voluptuosidad; la persecución y el asalto, lo mismo que en los tiempos primitivos; sentir en sus pies la caricia de la ola muerta mientras se agitaba sobre su presa rugiendo de pasión, lo mismo que un monstruo marino» (tomo II, pág. 1017).

trado en mi cerebro, y ser rica, y ser reina, para que todos los hombres del mundo, locos de deseo, vinieran a postrarse ante mí... Y yo levantaría mis pies con tacones de hierro e iría aplastando cabezas...; así..., ¡así!...[30].

Si bien podría exceptuar de este afán misantrópico a Ulises, porque lo encuentra simpático, aunque pesado, concluye su pintura destructora en estos términos:

—Quisiera ser —continuó, pensativa— uno de esos animales de mar que cortan con las tenazas de sus patas..., que tienen en los brazos tijeras, sierras, pinzas...; que devoran a sus semejantes y absorben todo lo que los rodea.
Miró después una rama de árbol, de la que pendían varios hilos de plata sosteniendo a un insecto de activos tentáculos.
—Quisiera ser araña, una araña enorme, y que todos los hombres fuesen moscas y vinieran a mí, irresistiblemente. ¡Con qué fruición los ahogaría entre mis patas! ¡Cómo pegaría mi boca a sus corazones!... Y los chuparía..., los chuparía hasta que no les quedase una gota de sangre, arrojando luego sus cadáveres huecos...[31].

Este monólogo colérico articulado en torno a dos metáforas carnívoras dictadas por un doble impulso, el del despecho y el de la seducción, ahuyentaría al amante más audaz; pero después de tan vehemente proclama, Freya va replegando velas para dar un aire de amistad a la despedida; y con ello sabe que la puerta no se ha cerrado definitivamente a sus espaldas, ni siquiera queda entornada, sino que el desconcierto y lo inalcanzable del deseo hace crecer la llama hasta el incencio.

Él la espera muchas veces en el acuario y un día la encuentra contemplando a los pulpos, crueles y voraces. Freya cree que la mirada del pulpo, atravesando la imposible muralla de cristal, la reconoce, por lo cual se alegra. Con entusiasmo realza la inteligencia de los pulpos y su amor a la libertad:

---

[30] *O. C.*, tomo II, pág. 1061.
[31] *O. C.*, tomo II, pág. 1061.

Si llevaban más de un año encerrados en el Acuario, enfermaban de tristeza, y roían sus patas hasta matarse[32].

Freya simpatiza también con el pulpo porque le recuerda a una serpiente amiga —Ojo de la mañana— que la veía danzar desnuda siguiendo sus ondulaciones de sacerdotisa brahmánica en la exuberancia de la isla de Java.

Concha Ceballos es una californiana millonaria e inteligente que ha pasado por la vida libre de preocupaciones, con el alma cerrada al amor y el cuerpo curtido por el entrenamiento del boxeo.

El propio Blasco relacionaba *Entre naranjos* con esta novela —sin duda mucho menos valiosa— por el ambiente de floridos naranjos de California y por el carácter fuerte y sensitivo de la protagonista, que vive una sola experiencia de amor verdadero. En ambos casos el amor se corta en el momento mejor por la inopinada despedida; pero *La reina Calafia* es el reverso romántico de la novela de juventud. Concha no llega a entregarse a Florestán aunque lo vela herido y lo besa con ternura repetidas veces y, una sola, con pasión. La renuncia de ella nace de un doble estímulo: la diferencia de edad entre ambos —ella tiene alrededor de diez años más que él— y la petición que le hace Consuelito, la joven prometida del muchacho, quien se sabe inferior a la elegante dama, pero que también tiene derecho a una felicidad tranquila. Tal felicidad no podría darse entre Florestán y Concha: la pasión sería sin duda mucho mayor, pero el desgaste del tiempo podría abrir un foso entre los amantes.

Son bellos momentos de la obra el sentimiento virginal de la que ha conocido el matrimonio, pero no el amor, y la dolorosa elaboración de una falsedad que impida el encuentro definitivo anhelado por los dos.

El novelista sabe preparar el desenlace ajustándolo al temple heroico de la protagonista, pero tal vez la decisión de la heroína esté viciada por escrúpulos de conciencia que son también una forma disimulada de cobardía. De cualquier

---

[32] *O. C.*, tomo II, pág. 1073.

forma, la ideación del final con la lenta gestación del impedimento y el abrupto corte evitan que la novela caiga en un peligro difícil de esquivar: el melodramático.

En *Sangre y arena* el torero Gallardo se enamora con todas sus fuerzas de doña Sol, aristócrata, caprichosa y apasionada, que recorre el mundo buscando estímulos fuertes para vencer su *tedium vitae*. Una aureola de distinción y de misterio hace su figura más atractiva para el matador de moda que acertó a salvarse de la miseria. La dama se encaprichó de él durante algún tiempo, para olvidarlo pronto; pero incluso cuando lo deseaba, siempre supo poner una distancia entre los dos.

Cuando ella ya se ha cansado de él, Juan Gallardo la elogia ante su amigo y compañero de cuadrilla:

> Tú, Sebastián, eres un infeliz que no conoses lo que es güeno. ¿Ves juntas toas las mujeres de Sevilla? Pues na. ¿Ves las de todos los pueblos donde hemos estao? Na tampoco. No hay má que doña Zol. Cuando se conoce una señora como ésa, no quean ganas pa más... ¡Si la conosieses como yo, gachó! Las mujeres de nuestro brazo huelen a carne limpia, a ropa blanca. Pero ésta, Sebastián, ¡ésta!... Figúrate juntas toas las rosas de los jardines del Alcázar.. No, es argo mejor: es jazmín, madreselva, perfume de enreaeras como las que habría en el huerto del Paraíso; y estos güenos olores vienen de aentro, como si no se los pusiera, como si fuesen de su propia sangre. Y además, no es una panoli de las que vistas una vez ya está visto too. Con ella siempre quea argo que desear, argo que se espera y no yega...[33].

Doña Sol da rienda suelta a sus oscuros pensamientos y a su sadismo en esta escena que reproducimos parcialmente:

> —¿Por qué te perfumas? —protestaba ella como si percibiese los más repugnantes hedores—. Es una cosa indigna de ti... Yo quiero que huelas a toro, que huelas a caballo... ¡Qué olores tan ricos! ¿No te gustan?... ¡Di que sí, Juanín, bestia de Dios, animal mío![34].

---

[33] *O. C.*, tomo II, pág. 196.
[34] *O. C.*, tomo II, pág. 187.

Cierta noche Gallardo se estremeció de desconcierto al oírla hablar de sus deseos reprimidos: ser toro con simuladas cornadas de puñetazos y perro de pastor que hincaba con fuerza sus dientes sobre el brazo del amante, quien lanzaba una blasfemia de dolor.

La sensualidad histórica: *Sónnica la cortesana*

El verdadero nombre de Sónnica es el de Mirrina, joven hetaira ateniense, experta en artes mágicas que, al conocer al poeta Simalión, vive junto a él una vida feliz, rica de excitaciones y de conocimiento. Aprendió a tocar la lira y a cantar los versos no solo de su amante, sino de los mejores griegos. Su hermosura desnuda brillaba incomparable sobre la mesa de los banquetes y su fama se extendió por Atenas y más allá de sus fronteras.

Cuando el poeta que la colmó de lujo y de adoración murió, lo lloró como inconsolable viuda. Pero al pasar el tiempo volvió a explotar sus encantos, si bien de forma selecta, unas veces por simple capricho de placer, pero nunca se embruteció con el comercio de su carne.

El saguntino Bomaro —inculto, pero delicado y adorante— logró vencer su resistencia y hacerla su esposa. Ella no lo amó, ciertamente, pero hasta su temprana muerte le guardó fidelidad y gratitud.

Instalada en Sagunto —la antigua Zacinto griega— atesoró riqueza y lujo, organizó banquetes al estilo de su ciudad natal y acumuló cien libros en una magnífica biblioteca, ya que los manuscritos en papiro valían una inmensa fortuna.

Asistamos al voluptuoso despertar meridiano lleno de narcisismo:

> La hermosa griega arrojó al suelo las cubiertas de blanco lino de Sétabis[35] y su primera mirada al despertar fue para su desnudez, siguiendo con ojos cariñosos todos los contornos de su cuerpo, desde el seno, hinchado por redondeces armoniosas, hasta el extremo de sus rosados pies.

---

[35] Sétabis, poblado ibero que daría origen a la actual Játiva.

La cabellera opulenta, perfumada y de sedosos bucles, descendiendo a lo largo de su cuerpo, la envolvía como un regio manto de oro[36], acariciándola de la nuca a las rodillas con su suave beso. La antigua cortesana, al despertar, admiraba su cuerpo con la adoración que habían infundido en ella los elogios de los artistas de Atenas[37].

Luego continúa Sónnica acariciando morosamente los encantos de su cuerpo para bañarse seguidamente en la magnificencia de su piscina.

Por lo minucioso del ceremonial, por la sabiduría histórica acumulada oportunamente, por la armonía de la prosa y por la sensualidad derramada merece subrayarse la descripción del atavío; pero no nos es posible transcribirlo aquí. Aunque este demorado embellecimiento sería cotidiano hay un elemento nuevo: los preparativos para encontrarse con Acteón, el ateniense recién llegado a la que ella imagina como a Zeus en envoltura humana. El amor entre ambos es a primera vista, y aunque ella ya había amado a Simalión, no supo apreciarlo entonces del todo por su adolescencia. Ha llegado el tiempo de la plenitud.

Acteón es digno compañero de la griega por la belleza, la fuerza, la sabiduría y la sed de aventuras, las cuales le han llevado del boato y la gloria a la ruina actual.

Sónnica no cree en los dioses, pero sí en la belleza misteriosa que une por el amor dos cuerpos desnudos. Y Acteón corrobora las ideas de la mujer con este espléndido axioma:

> La inteligencia vuela mejor cuando no siente el peso del cuerpo atormentado por la castidad[38].

En la obra revisten también gran importancia el amor entre el alfarero Eroción y la pastorcilla Ranto. El idilio de am-

---

[36] El color rubio de la cabellera no es natural, sino consecuencia de haber esparcido sobre ella polvo de oro para seguir el ideal helénico de belleza; también Helena era rubia. Los ojos de Sónnica son, como ya dijimos, de color violeta, húmedos y dorados.
[37] *O. C.*, tomo I, págs. 724-725.
[38] *O. C.*, tomo I, pág. 731.

bos tiene el encanto de la adolescencia recién descubierta y, que mientras es posible, permanece ajena a la guerra que los destruirá antes de la destrucción de Sagunto.

Acteón, en presencia de Ranto agonizante, se da cuenta de que también a ella la ama y quiere hacer lo que pueda para socorrerla, ella muere sonriendo agradecida, porque entonces se uniría con Eroción

> ... cerca de los dioses, entre nubes de rosa y oro, por donde pasea la madre del amor, seguida de los que en la Tierra se amaron mucho[39].

Después de muerta, Acteón la besa con adoración ante la majestad del ocaso —que se refleja en los ojos de ella— y la mirada atónita y desilusionada de Sónnica, testigo involuntario de este amor que perfora la muerte.

Mujeres sumisas

Veamos a continuación tres representantes de la sumisión femenina. En *La horda* el pugilato diario con la miseria y con las veleidades de Maltrana arrastran a Feliciana a la enfermedad y la muerte, pero en su viacrucis cotidiano tiene la dignidad extraña del junco flexible que se dobla, pero no se doblega ante el embate de la vida. Antes de su bajada a los infiernos conoció instantes intensos de placer furtivo. La mejor estampa amorosa de *La horda* y una de las mejores de la obra de Blasco se nos presenta en el abandonado cementerio de San Martín; el silencio del recinto, el gorjeo de pájaros, la luz de la tarde y la contemplación de tumbas de damas hermosas y elegantes mezclan al amor de ambos, armónicos de lujo y de belleza que magnifican sus vidas humildes. En un primer momento la audacia del joven halla su eco en Feli quien, no obstante, se repone pronto del asalto amoroso porque su único tesoro es la virginidad.

Luego acontece un hecho extraordinario que trastorna a Feli por la belleza imprevisible de la luz de la vidriera y, ya

---

[39] *O. C.,* tomo I, pág. 810.

entonces, la joven amada abate sus defensas en la apoteosis polícroma de los besos:

> La luz de la vidriera envolvía a Feli. Era una faja de colores palpitantes, que abarcaba a la joven de pies a cabeza, haciendo temblar todo su cuerpo como si estuviese formado con las cintas del iris.
> —¡Qué bonita! —exclamó Maltrana con arrobamiento—. ¡Si pudieras verte! Tienes la falda verde y el pecho azul. Tu boca es de color naranja; una mejilla es violeta, y la otra, ámbar. Parece que tengas claveles en la frente.
> Feli permanecía inmóvil, sonriendo con femenil complacencia, gozosa de que su novio la viese tan bella. Sentía la caricia del rayo mágico del sol; entornaba los ojos, cegada por la ola de colores que palpitaba en sus ropas y en su carne.
> [...]
> Algo más que el contacto ardoroso de la luz sintió de pronto Feli. Su novio la estrujaba otra vez; pero con mayores arrebatos, sin que ella intentase resistir.
> —Deja que bese ese amarillo de oro. Ahora el morado; ahora, el azul..., el rosa de tu frente..., el heliotropo de tus labios..., las violetas de tus ojos.
> [...]
> Feli revolvíase entre sus brazos, intentando en vano librarse de ellos. Al moverse, los colores cambiaban de sitio, pasando de una parte a otra de su cuerpo adorable. Todos los resplandores de la luz desfilaban por su boca. Maltrana no perdonó uno; quiso saborearlos todos, en medio de aquella gloria de colores que envolvía su amoroso grupo[40].

La impregnación sensual del amor late en un tejido sinestésico de colores, sabor y tacto. Poco después se nos introduce en la sensibilidad escalofriada de ella, quien se debate entre el placer que sabe prohibido y la resistencia que debe oponer por formación ancestral.

En *La bodega*, María de la Luz —o Mariquilla, según se la llama familiarmente— tiene amores puros con Rafael, pero deci-

---

[40] *O. C.*, tomo I, pág. 1432.

de cortar con éste por haber perdido su virginidad[41] en una bacanal improvisada e impuesta por Luis Dupont, el terrateniente que considera como propiedades suyas no sólo las tierras, sino también todas las personas que le sirven. A pesar de ser violentada, Mariquilla se siente indigna del hombre que ama, pues según la moral impuesta a las mujeres, la virginidad es su único e insustituible tesoro. El tabú de la virginidad perdida, la justicia primaria del hermano, la incomprensión del padre, el desengaño de Rafael, quien al fin se da cuenta de la inocencia de la amada, crean una atmósfera dramática en torno a los personajes muy cerca de los dramas de Lope o de Calderón.

También está exento de sensualidad el amor entre Roseta y Tonet en *La barraca,* rayo de luz acompañante que disipa el miedo a la amenaza permanentemente alzada sobre ella y es un espejo en el que la mirada de la niña es devuelta como mirada de mujer[42].

La sexualidad mítica y zoomórfica

En *Mare nostrum* el amor no sólo es asunto de los hombres, sino que participan de él los animales y los dioses griegos del mar.

Las bandadas espesas de arenques luchan contra la destrucción copulando incesantemente:

> El amor era para ellos una navegación, en su ruta iban derramando torrentes de fecundidad. El agua desaparecía bajo la abundancia del flujo materno, en el que nadaban racimos de huevos. Al surgir el sol, el mar parecía blanco hasta perderse de vista: blanco de jugo masculino[43].

---

[41] El tema de la virginidad, con su valoración y sus ritos ancestrales de comprobación, aparece muy bien descrito en *La horda* al hablar de la boda entre gitanos. El diagnóstico de la virginidad estaba a cargo de una gitana vieja que introducía entre las piernas de la candidata al matrimonio un pañuelo que, tras hábil manipulación, había de mostrar en su tejido tres flores blancas. La ausencia de flores o las manchas rojas convertían a la adolescente en un ser impuro que merecía el rechazo de la tribu.

[42] Sobre la sicología de Roseta y los efectos que el amor causa en ella volveremos en nuestra próxima edición de *La barraca* de inminente aparición.

[43] *O. C.,* tomo II, pág. 1026.

El amor de los tiburones tiene tonalidades fuertes de épica majestad:

> Por primera vez el macho no devoraba: era ella la que absorbía, arrastrándolo. Y, confundidos los dos monstruos, rodaban en las olas semanas enteras, sufriendo los tormentos de un hambre sin fin a cambio de las delicias del amor, dejando escapar a las víctimas asustadas, resistiendo a las tempestades con su áspero abrazo de colmillo y epidermis de lija, corriendo centenares de leguas entre el principio y el fin de uno de sus espasmos de placer[44].

El Tritón repasa con deleite algunos mitos griegos referidos a las deidades mediterráneas. He aquí a Poseidón enamorado de las nereidas:

> Sus ojos amorosos se fijaban en las cincuenta princesas mediterráneas, las Nereidas, que tomaban sus nombres de los colores y aspecto de las olas: la Glauca, la Verde, la Rápida, la Melosa... «Ninfas de los verdes abismos, de rostros frescos como el botón de rosa, vírgenes aromáticas que tomáis las formas de todos los monstruos que nutre el mar», cantaba el himno orfeico en la ribera griega. Y Poseidón distinguía entre todas a la nereida de la espuma, la blanca Anfitrita, que se negaba a aceptar su amor[45].

Al fin Anfitrita se casó con Poseidón y el Mediterráneo se tiñó de la nueva hermosura:

> Ella era la aurora que asoma sus dedos de rosa por la inmensa rendija entre el cielo y el mar; la ola tibia del mediodía que adormece las aguas bajo un manto de oros inquietos; la bifurcada lengua de espuma que lame las dos caras de la proa rumorosa; el viento cargado de aromas que hincha la vela como un suspiro de virgen; el beso piadoso que hace adormecerse al ahogado, sin cólera y sin resistencia, antes de bajar al abismo[46].

---

[44] *O. C.*, tomo II, pág. 1027
[45] *O. C.*, tomo II, pág. 1015.
[46] *O. C.*, tomo II, pág. 1015.

La magia poética de Anfitrita con la reminiscencia homérica de los dedos de rosa, se ajusta a un ritmo de oleaje y espuma que podría haberse presentado, perfectamente, en verso libre[47].

Sobre el estilo de Blasco afirma Santiago Renard: «No es un poeta de la prosa, como no lo han sido tantos insignes representantes de la escuela realista. Su obra va dirigida a las masas, no a la élite cultivada, y su propia sensibilidad se mostró siempre más cerca de aquéllas que de ésta. Pero sabe construir un tipo de novela que se ajusta como un guante a su propósito y, al mismo tiempo, por lo que respecta a estas cuatro que acabamos de estudiar (alude a las sociales), evoluciona con el arte de su tiempo y ofrece una interesante muestra de alguna de las tendencias que más tarde se consolidarán como más representativas de la literatura del siglo XX»[48].

Observación en forma de justificación

Al hablar del tema del amor no nos hemos limitado a desarrollarlo exclusivamente en su vertiente significativa, es decir, no siempre lo hemos dejado al desnudo como resultado de unas pretensiones fallidas o cuajadas en logro; nuestro enfoque ha pretendido ser globalizador, por ello lo hemos desplegado ante los ojos del lector unido al estilo y a las técnicas expresivas que, a la postre, son los elementos vitalizadores del tema en toda obra literaria. Nuestro propósito no ha sido, por tanto, aislar en algunas novelas el tejido palpitante del amor como si se tratara de una cirugía indolora, sino recrear también como un restaurador o un emocionado y lúcido espectador de arte, la atmósfera de belleza en la que el hecho amoroso se inscribe.

Por fin hemos rotulado nuestro itinerario analítico con diversos tipos de mujer —porque, aunque el amor es cosa

---
[47] Se afirma hasta la saciedad que Blasco Ibáñez no era un poeta de la prosa y que escribía sin cuidar la forma.
[48] *La modalización narrativa en las novelas sociales de Vicente Blasco Ibáñez*, pág. 449. Tesis doctoral presentada en la Universidad de Valencia, 1983.

siempre (por lo menos) de dos— son las heroínas de Blasco las que presentan mayor complejidad en su sicología o mayor poder de irradiación.

El tema de la música

Supeditado al tema del amor, pero enriqueciendo su caudal de emociones, figura la música; no en balde la protagonista es una famosa soprano. Y soprano que se ha especializado en un papel que le viene como *anillo al dedo*: el de valquiria u otras heroínas de Wagner. Ya veremos cómo se produce el ajuste entre vida y música al analizar detenidamente la obra. La presencia de Wagner es muy importante en otras novelas de Blasco, lo cual nos autoriza a intentar un recorrido panorámico por el atrayente orbe sonoro del genio alemán. Aunque nuestro itinerario tenga los minutos contados —como acontece en cualquier gira turística— nos detendremos en determinados instantes con la morosidad calculada del placer.

En *La horda*, en el episodio de amor entre Feli y Maltrana en la sacramental de San Martín, el joven evoca a Wagner, cantor de la muerte de la que renace la vida, aunque su aparición provoque sentimientos contradictorios:

> Ella era el abono de la vida, la hoz que siega el prado para que resurja con mayor fuerza. Maltrana la conocía: la había visto pasar ante sus ojos, con todo su esplendor melancólico, evocada por la más sublime de las exaltaciones artísticas. Wagner la sacaba de las tinieblas de lo misterioso, haciéndola marchar entre graves melodías que eran ecos del dolor humano. Por dos veces la había contemplado Maltrana cerrando los ojos, con su piel pálida, sus ojos negros y fríos, que brillaban hacia adentro; sus caderas de eterna creadora y sus pechos amargos: cuando el salvaje Sigmundo dialoga con la valquiria que le anuncia la muerte; cuando la desesperada Iseo se enrosca de dolor y se mesa los cabellos, agitados por el viento del mar ante el cadáver de Tristán.
>
> Era ella, la verdadera, la única, la que inspira miedo y consuelo; la belleza triste que nunca se aja; la pálida señora del

mundo; la beldad que llega puntual a la cita con su beso de olvido y de paz, con el supremo espasmo de la insensibilidad y el anonadamiento[49].

En *El Papa del mar*, protagonizado por el tozudo aragonés Pedro de Luna, aparece como personaje principal del siglo XX el poeta Claudio Borja, que comparte ideas y predilecciones con el propio autor. El personaje que Claudio hubiera querido ser era el ambicioso y siempre descontento Tannhäuser. Claudio Borja nunca había visto como los demás hombres un ideal de serena majestad en la antigüedad clásica: a él lo que de veras le interesaba eran los dioses mediterráneos deformados por el prisma romántico de la Edad Media:

> El Olimpo era más bello en plena noche, cuando el diablo tomaba asiento entre los antiguos dioses, bajo una luz humosa de cirios cristianos. El viejo Pan, con sus jocundas tropas de faunos, sólo empezaba a interesarle a partir del momento en que la superstición lo convertía en Satanás seguido de legiones de trasgos, y las antiguas bacanales campestres se transformaban en el impío aquelarre del sábado[50].

La Venus que amaba Borja no era la desnuda diosa de la espuma y las nubes coronada por permanente lluvia de flores, sino la Venus tentadora que en figura de Lilit había copulado con Adán, para engendrar las fuerzas infernales que ponían una brasa pecaminosa en el alma de los rabinos y de los padres de la iglesia.

En el marco subyugante de una prosa musical pone su turbación subconsciente la Venus-Lilit:

> Era ella la que tentaba con nacaradas desnudeces a los ascetas en sus pobres chozas del desierto; ella la que perturbaba con lúbricas pesadillas el sueño de los monjes castos; la que daba rumor de música voluptuosa al viento que sopla en las cumbres desiertas; la que ponía una ninfa de carne marfileña y velos verdes en cada fuente, una dama blanca peinán-

---

[49] *O. C.*, tomo I, pág. 1430.
[50] *O. C.*, tomo III, pág. 892.

... de oro en cada torre encantada, un gentilhombre de capa roja, penacho enhiesto y patas de macho cabrío en todo camino de la selva, para presentarse al viandante con una pluma y un pergamino en sus manos, ofreciendo amor, gloria y riqueza a cambio de una firma[51].

Como síntesis de esta atmósfera perturbadora interpreta Borja el poema wagneriano:

> Nada faltaba en él; los trovadores, hambrientos de belleza, sin la cual la vida no vale la pena de ser vivida; las muchedumbres de peregrinos ansiosos de lavarse del pecado afluyendo a Roma desde los cuatro puntos del horizonte; Tannhäuser, el eterno descontento, suspirando por lo que no tiene y olvidándolo cuando lo consigue, para solicitar de nuevo lo que abandonó; Venus, la tentación, la voluptuosidad, el pecado; y el Santo Padre, sucesor omnipotente de los antiguos Césares, indignándose al saber que un mortal ha sido compañero de lecho de la terrible Lilit, reina de las abominaciones, negándose a absolver al reprobo, colocándolo con su interdicción por encima de todos los hombres, haciendo de él un ser excepcional de grandiosa y lóbrega majestad, tétricamente hermoso como el ángel caído[52].

Aunque la cita es demasiado extensa no nos hemos podido sustraer a darla casi en su integridad por el poder sugestivo del texto, que es una síntesis interpretativa de la amalgama de ideas y sentimientos que configuran el orbe expresivo de Wagner, cuya llamada subconsciente tiene igual o mayor resonancia que a principios de este siglo.

La protagonista de *Mare nostrum* se llama Freya, la cuñada del dios Wotan, que, según Blasco, significa «tierra y libertad»; aunque la interpretación del nombre se aviene muy bien con el carácter fuerte y complejo del personaje, en realidad Freya significa «libertad e inmortalidad de los dioses», y es el nombre de Erda el que significa tierra. En *El oro del Rhin*

---

[51] *O. C.*, tomo III, pág. 893.
[52] *O. C.*, tomo III, pág. 893.

42

Wotan les ofrece a dos gigantes la mano de Freya con el fin de que le construyan un castillo maravilloso en el Walhalla; pero, arrepintiéndose de su promesa, le da el oro del Rhin a cambio del amor.

Como escena incidental, pero valiosa por su ironía, que subraya el provincianismo del auditorio citemos este pasaje:

> Estos mercaderes sólo interrumpían sus críticas [alude al gobierno de Madrid] para oír con religioso silencio la música de Wagner golpeada en el piano por las niñas de la familia. Un amigo con voz de tenor cantaba *Lohengrin* en catalán. El entusiasmo hacía rugir a los más exaltados: «¡El himno..., el himno!» No era posible equivocarse. Para ellos sólo existía un himno. Y acompañaban con una canturria a media voz la música litúrgica de *Los segadores*[53].

Otros músicos

Entre los numerosos músicos que aparecen en la obra de Blasco figuran Beethoven —el preferido después de Wagner—, Schubert, Mozart y una larga lista de músicos españoles, unos pertenecientes al género chico y otros entresacados de diversas épocas, a los que la historia no les ha hecho la justicia que les corresponde. Blasco cita entre ellos a Ureña, el cual añadió la nota *si* a la escala musical, y a Nebra, antecedente de Wagner en casi un siglo, quien al presentar la partitura del réquiem por la reina Bárbara de Braganza se vio obligado a advertir que los papeles no estaban equivocados, ya que la disonancia abundaba en la obra.

Del vasto saber musical de don Luis, el maestro de capilla en *La catedral*, destacaremos algunas intuiciones en las que se visualizan —de forma contagiosa— los sonidos: Schubert le evoca siempre parejas de amantes bajo un tilo, algunos músicos franceses despiertan en la retina de la fantasía parterres de rosales por donde pasean damas vestidas de violeta. Pero la

---

[53] *O. C.*, tomo II, pág. 1036.

pintura mejor está en la pormenorizada visión de la novena
sinfonía de Beethoven, su músico favorito; citemos sólo lo
referente al *adagio:*

> ¿Conoce algo más dulce, más amoroso y de tan divina se-
> renidad? Los seres humanos no llegarán a hablar así por más
> progresos que hagan. Juntos todos los amantes famosos no
> encontrarían las inflexiones de ternura de aquellos instru-
> mentos que parecen acariciarse. Oyéndolo, pensaba en esos
> techos pintados al fresco, con figuras mitológicas. Veía des-
> nudeces, carnes jugosas de suaves curvas, algo así como Apo-
> lo y Venus requebrándose sobre un montón de nubes de co-
> lor de rosa a la luz de oro del amanecer.
> —Capellán, que se cae usted —dijo Gabriel—. Eso no es
> muy cristiano.
> —Pero es artístico —dijo con sencillez el músico—. Yo
> me ocupo poco de religión. Creo lo que me enseñaron, y no
> me tomo el trabajo de averiguar más. Sólo me preocupa la
> música, que alguien ha dicho que será *la religión del porvenir,*
> la manifestación más pura del ideal[54].

Blasco hace un encendido elogio de la zarzuela, como hecho diferencial español que proyecta su gracia pegadiza en el
extranjero. Como ejemplos de este éxito musical nos da el de
La verbena de la Paloma en Francia, Italia y Estados Unidos
para ilustrarnos, a renglón seguido, sobre las preferencias del
público napolitano y veneciano:

> En Nápoles (país de los concursos de romanzas, que cada
> año da al mundo una canción de moda) los músicos callejeros
> y las orquestas de los cafés no tienen otra música amada
> que la de Caballero, Chapí, Chueca y otros españoles.
> En Venecia, la de las serenatas románticas, he visto las
> góndolas, cargadas de cantores y orladas de luces, navegar
> por el Gran Canal bajo las ventanas de los hoteles, poblando
> el silencio de la noche con la «Marcha de los marineritos» de
> *La Gran Vía*[55].

---

[54] *O. C.,* tomo I, págs. 972-973. Hemos dado entera la cita, porque es la
lengua el lazo de ambas músicas.
[55] *Oriente, O. C.,* tomo II, pág. 10.

Las ciudades y la música

Varias son las ciudades que tienen una atmósfera musical, como otras se distinguen por la coloración de sus piedras. Entre las ciudades musicales hay que recordar a Milán, centro obligado para todos los artistas —especialmente cantantes— que quieran triunfar; Nápoles, a la que se designa expresamente como «Ciudad cantante» en *En el país del arte,* y Vichy, magistralmente evocada en el libro *Oriente* que, en calidad de ciudad-balneario, funde las aguas curativas a la terapia musical. Desde las primeras horas de la mañana hasta la medianoche la música más diversa y cosmopolita baña las calles de Vichy:

> Desde el *Fuego encantado,* de Wagner, hasta nuestra jota aragonesa y la Marcha Real, la música de todos los tiempos y de todos los países halaga los oídos de la muchedumbre extranjera, tropel de aves de paso que llena Vichy durante algunas semanas[56].

En esta ciudad bulliciosa y alegre donde alternan el diabólico tango con Bach, la música española con la de Wagner —a la que se impone en el gusto popular— parece no existir la enfermedad, y hasta la muerte, presumiblemente, debe presentarse con su carné de baile para elegir pareja «al arrullo del último vals de moda».

La música de las festividades

Blasco Ibáñez trata también por extenso el tema de la música popular, que acompaña, de modo preferente, las fiestas religiosas; lo normal es que las gentes no se contenten con la celebración litúrgica, y la religión sólo sea un pretexto para romper la monotonía de la vida trabajosa y diaria e

---

[56] *O. C.,* tomo II, pág. 10.

irrumpa —con el permiso de las autoridades— el paganismo del baile, de la ronda amorosa y picante o del simple desfile callejero.

Las bandas de música siempre han tenido gran implantación en los pueblos de Valencia. Aquí sólo vamos a seguir las evoluciones de los músicos por las calles de El Palmar en *Cañas y barro*. Este pueblo, a la sazón isla de la Albufera, celebraba la festividad de su patrono, el Niño Jesús, el segundo y el tercer día de Navidad. El día 26 llegaba la banda de música del vecino pueblo de Catarroja y al día siguiente se invitaba a una orquesta de Valencia para que participara en la misa.

Las gentes seguían con asombro teñido de una cierta veneración la intervención de los músicos:

> Al romper a tocar el ruidoso pasodoble, todos experimentaban sobresalto y extrañeza. Sus oídos, acostumbrados al profundo silencio del lago, conmovíanse dolorosamente con los rugidos de los instrumentos, que hacían temblar las paredes de barro de las barracas. Pero, repuestos de esta primera sorpresa, que turbaba la calma conventual del pueblo, la gente sonreía dulcemente, acariciada por la música, que llegaba hasta ellos como la voz de un mundo remoto, como la majestad de una vida misteriosa que se desarrollaba más allá de las aguas de La Albufera[57].

La música, como un viento de vida, sacude la modorra del pueblo: las mujeres sienten ganas de llorar sin saber la causa, los hombres, encorvados por su trabajo, se yerguen desfilando con paso marcial, las muchachas sonríen a sus novios entre un rubor de felicidad y los viejos se infantilizan.

Este infantilismo sacude a todos, ya que los instrumentos son más importantes en función de su tamaño, por ello son huéspedes de las mejores viviendas los que tocan el bombo.

Cuando cesa el desfile de la banda llega *Dimoni*[58], el céle-

---

[57] *O. C.*, tomo I, pág. 879.
[58] Este famoso personaje popular da vida a dos cuentos valencianos: el titulado así, «Dimoni», y, aunque no como protagonista, también interviene en «La cencerrada».

bre dulzainero, acompañando sus escalas traviesas con el redoble del tamboril o atabal[59].

El desembarco de los instrumentos llegados de Valencia está presidido por la expectación y la ignorancia:

> ... todos discutían el empleo de aquellos calderos, semejantes a los que se usaban para guisar el pescado. [Alude a los timbales.] Los contrabajos alcanzaron una ovación, y la gente corrió hasta la iglesia, siguiendo a los portadores de las *guitarras gordas*[60].

En la iglesia se cantaba la misa de Mercadante —como en otros pueblos valencianos— donde las romanzas napolitanas enternecían a las mujeres y animaban a los hombres; entre tanto, en la plaza, sonaban los disparos de los «masclets» (cohetes fuertes) interrumpiendo los cantos o las palabras del predicador, traído también de Valencia.

Aunque las noches eran frías y húmedas, los mozos, acompañados por *Dimoni,* entonaban «les albaes» (albadas), que eran redondillas improvisadas de tono amoroso y generalmente picante.

También en la plaza y al son de la dulzaina de *Dimoni* bailaban las muchachas las danzas del folclore valenciano con mención y breve explicación de los bailes típicos de la zona.

En el capítulo VII de *Sangre y arena* se describe muy bien todo el ritual de la Semana Santa sevillana, donde la muerte evocada, es vencida por la presencia invasora de la primavera disuelta en olores.

El fervor popular y la intuición del cante hacen de las calles un improvisado escenario:

> A los pocos pasos, un gitano joven, bronceado, con las mejillas roídas, oliendo a ropa sucia y a viruelas, quedaba como en éxtasis, con el sombrero pendiente de las dos manos, y rompía a cantar también a la Mare, «Maresita der

---

[59] En valenciano, *tabalet*. El *tabalet* y la *dolçaina* son instrumentos típicos de las fiestas populares.

[60] *O. C.,* tomo I, pág. 881.

arma», «Maresita e Dió», admirado por un grupo de camaradas que aprobaban con la cabeza las bellezas de su estilo[61].

Prosigue la descripción del canto con el acompañamiento de tambores y trompetas. Y aunque todos cantan a destiempo, nadie se confunde en la medición del ritmo y cada cual termina cuando tiene que hacerlo como si se tratara de un concierto de sordos, dirigido, no obstante, por la batuta de la intuición y la fe.

Coda

Pero el canto o cualquier otro esparcimiento musical no está siempre vinculado a las festividades programadas, surge aquí y allí para aligerar el trabajo o llenar el ocio no siempre inocente.

El «tío Paloma» cantaba con su voz cascada de pescador viejo de El Palmar una copla satírica, aprendida de su padre, inventada un siglo antes con motivo de la visita que Carlos IV hizo al Saler:

> Debajo de un pino verde
> le dijo la reina al rey:
> —Mucho te quiero, Carlitos,
> pero más quiero a Manuel.

En *Mare nostrum* el doctor Ferragut acompañaba su pesca entonando las alhomas, coplas improvisadas al estilo de los pescadores, donde la rima convocaba las mayores indecencias.

El mismo personaje tarareaba en el mar, al amanecer, romanzas oídas en otro tiempo a una tiple; esta difuminada mención musical carecería de interés a no ser por el guiño autobiográfico que encierra[62].

---

[61] *O. C.*, tomo III, pág. 234.
[62] Con motivo de presentarse Blasco a diputado por Cullera en 1898, el diario carlista *El Regional* quiso atacarle en su vida privada haciendo mención de sus amores, en noviembre de 1891, con la tiple rusa Nadina Buliccioff. León Roca cree que los efímeros amores con la Buliccioff, pocos días antes del matrimonio del novelista sí que existieron en la realidad y le sirvieron como modelo para la creación de Leonora.

El tema de la política

En *Entre naranjos* la política, con sus luchas por el poder alcanzado a través de la corrupción y del crimen, es el contrapunto de sombra que asfixia la ilusión del amor, exaltada por el paisaje y la música.

El marco político actuante en la obra es el de un conservadurismo sentido o impuesto por el miedo y la ignorancia. Este conservadurismo a ultranza tiene una doble faz: los poderosos pueden permitirse todos los desenfrenos a cambio de mantenerlos en secreto o, al menos, de no comprometer con el amor sus deberes públicos. También los hombres se comportan de forma diferente según estén juntos o acompañados de sus mujeres, depositarias del honor convencional de la familia.

La denuncia del caciquismo, por desgracia omnipresente en la vida española de entonces, tuvo que acarrearle a Blasco muchos odios y sinsabores. Dos años antes de la publicación de *Entre naranjos* y siendo ya Blasco diputado escribe un cuento, «La paella del roder[63]», valiente alegato contra el caciquismo, que compraba los votos en las elecciones o eliminaba sin el menor sentido de culpa al enemigo incómodo. La guardia civil y la Iglesia eran cómplices del orden imperante en la Restauración.

Quico Bolsón es un *roder* sanguinario al que protegen don José, el diputado, e incluso la guardia civil, la cual lo persigue al principio de su carrera de matón, pero que deja en paz por órdenes del jefe. Aunque el *roder* es temido y protegido a un

---

Nadina Bulicchioff debutó en El Principal el 5 de noviembre; los días 6 y 7 hubo una fuerte riada en Alcira y pueblos de alrededor; estas inundaciones fueron la causa de que el teatro estuviera casi vacío. Tampoco asistió mucho público a la función de homenaje y despedida el día 14. Cuesta creer que Blasco tuviera su aventura amorosa cuatro días antes de su matrimonio. Además, León Roca no aporta testimonios convincentes y relaciona demasiado estrechamente lo que se cuenta en *Entre naranjos* con lo que pudo acontecer en la vida del escritor (León Roca, *Los amores de Blasco Ibáñez*, págs. 44 y ss.).

[63] Salteador de caminos.

tiempo, se halla a su vez amenazado por cuarenta procesos que no se resuelven, pero que le inquietan; su anhelo de seguridad impune, unido a su valor y orgullo amenazantes, terminan por perderle. Su eliminación artera está sabiamente planteada y descrita.

Las ideas políticas de Blasco Ibáñez deben mucho a las de Pi y Margall, que profesa un republicanismo federalista que, aunque coincidió primero con el concepto marxista y anarquista de revolución contra el capital, más tarde suavizaría su postura defendiendo la propiedad privada y tildando de retrógrado el colectivismo. Aunque Blasco venera a Pi, sin embargo, en el volumen III de la *Historia de la Revolución Española* da su asentimiento a esta proclama de los internacionales:

> Queremos cambiar por completo las bases de esta sociedad de esclavos y señores, sustituyéndola por una sola clase, la de productores libres... Pretendéis destruir *La Internacional*. ¡Vano empeño! ¡Para destruir *La Internacional* es preciso que destruyáis la causa que le dio el ser! Si nos declaráis fuera de la ley, trabajaremos a la sombra; si esto no nos conviene prescindiremos de la organización que tenemos, formaremos un partido obrero colectivista e iremos a la revolución social inmediatamente.

Especialmente significativas del pensamiento revolucionario de Blasco nos parecen estas palabras en las que se exalta el triunfo republicano como hijo de la lucha y del fervor del pueblo:

> Sólo la que se forje [se refiere a la república] sobre el yunque de la barricada; la que tenga por verdadero padre el pueblo; la que nazca entre entusiasmo heroico y supremas convulsiones que remuevan hasta las últimas capas del país, será la que vivirá, pues tendrá siempre quien la defienda en los momentos difíciles y la haga resucitar como Fénix de la libertad cuando la reacción la empuje a la muerte[64].

---

[64] *Historia de la Revolución Española*, vol. III, pág. 635.

La apolillada paz de la Restauración empieza a ser sacudida por tres fuerzas no siempre convergentes en sus métodos y en sus objetivos: el socialismo, el anarquismo y el republicanismo blasquista. A finales del siglo XIX y a principios del XX los socialistas y los blasquistas suelen estar enfrentados por dos motivos fundamentales: mientras los blasquistas son partidarios de un interclasismo y, por tanto, de una negociación entre obreros y patronos, los socialistas ven inviable este procedimiento. Y por la lucha electoral, ya que al concurrir ambos partidos a las elecciones, se restan votos.

Suelen los blasquistas ponerse más de acuerdo con los anarquistas, pues aunque éstos son más radicales, no concurren a las elecciones.

Según Vicente Franch, éstos son los postulados principales del blasquismo:

> ... l'anticlericalisme, la conciliació de les classes socials, el caràcter progressiu i creador de la ciència, la República, com a panacea capaç de donar resolució a tots els problemes individuals i col·lectius de la societat espanyola, la reivindicació dels drets essencials de la persona i un antidinastisme visceral i apriorístic. Tot això en un seguit de repeticions tòpiques que s'heretaven a si mateixes[65].

Para contrarrestar el asociacionismo blasquista y el sindicalismo de clase surge el populismo católico, siguiendo las directrices del papa León XIII con una intención paternalista que, en lugar de poner el acento sobre la palabra justicia, lo hace sobre la caridad.

A principios del siglo XX el partido de Blasco Ibáñez contaba con una gran implantación en Alcira a expensas del socialismo, que había retrocedido ostensiblemente; como dato significativo hay que señalar que en 1903 participaron tres mil personas en un mitin blasquista celebrado en esta ciudad.

---

[65] V. Franch, *El blasquisme. Reorganització i conflictes polítics, 1929-1936*, Xàtiva, Ajuntament de Xàtiva, 1983, pág. 8.

Pilar Rovira resume así el papel blasquista a principios de siglo:

> ... de tota manera i malgrat el complex panorama, és clar que els blasquistes seran els que capitanegen, als primers anys de segle, l'organització del moviment obrer alzirenc, sobretot, l'agrari, el més important i nombrós en aquesta zona agro-exportadora[66].

El movimiento obrero contra el caciquismo estalla con violencia en 1911 con motivo de la guerra contra Marruecos:

> En [sic] Alzira, la gent va fer baixar dels trens els soldats que anaven a Málaga per embarcar cap a Melilla, i els allotjà a les seues cases després d'haver desfet els vagons. Més tard, marxaren cap a la casa del cacic del poble, el diputat conservador Josep Bolea, la façana de la qual van destruir, [tiraren els mobles per la finestra matant accidentalment un xiquet]; finalment, incendiaren el Casino Conservador[67].

La revuelta popular alcanzó a otros pueblos, como Carcagente, Játiva y Cullera.

Como hombre y como novelista Blasco estuvo siempre del lado de los débiles y contra el capital. Aunque los críticos han minusvalorado sus novelas sociales, con honrosas excepciones entre las que se encuentra Blanco Aguinaga, hay que decir que si la lucha de clases es más evidente en *La catedral, El intruso, La horda* y *La bodega,* en las novelas valencianas y, de modo especial, en *La barraca,* siempre está presente la denuncia de las injusticias; aunque en *Entre naranjos* el tema de la corrupción está presente siempre, no es el nervio central de la novela, sino que sirve de antítesis o transfondo de la pasión, alimentándola o sofocándola, pero en todo caso, su valor es más referencial o de creación de atmósfera, que de motor de la obra.

Su postura de hombre combativo y de escritor compro-

---

[66] Pilar Rovira, «Mobilització social, canvi polític i revolució. Associacionisme, Segona República i Guerra Civil. Alzira, 1900-1939», *Quaderns d'Estudis Locals,* 5, Germanía, Alcira, 1996, pág. 81.

[67] M. Chust, *Cullera 1911: ¿Mite o realitat social?,* citado por Pilar Rovira, *op. cit.,* págs. 83-84.

metido con la causa de los aliados es manifiesta en su trilogía de la guerra: *Los cuatro jinetes del Apocalipsis, Mare nostrum* y *Los enemigos de la mujer,* la que le proporcionó el éxito internacional y los millones que suelen costar caros a la larga para la fama del novelista.

No podemos estudiar aquí el periodo final de su vida en el que sus ideas se atemperaron; pero de todos modos hay que resaltar su fidelidad al pensamiento republicano frente a la dictadura de Primo de Rivera y, aunque se dio el lujo de dar la vuelta al mundo en un magnífico transatlántico, observó muy de cerca el hambre dominante en tantos países, sin perjuicio, claro está, de quedar deslumbrado por las bellezas y diversidades de paisajes y culturas. Y lo que a nosotros más nos importa: *La vuelta al mundo de un novelista* es un libro extenso y variado concebido y escrito con el mejor pulso descriptivo y narrativo.

La *catedral* ha sido muy mal estudiada y muy poco valorada, cuando tiene una enorme riqueza temática y una enorme información sobre la historia de España, la historia del cristianismo y una visión enciclopédica y también personalizada de la historia de la música.

El saber que atesora el autor queda filtrado por los diversos personajes, que van defendiendo distintos puntos de vista a través sobre todo del diálogo o de largos parlamentos. La acción es lenta, porque lenta o inmovilizada está la vida en la catedral de Toledo, reflejo fiel del inmovilismo de la Restauración.

El tema socio-político tiene una virulencia increíble para la época; Gabriel Luna denuncia la tortura —con detalles escalofriantes— producida en el castillo de Montjuich; este alegato fidedigno y valiente se producía ante el amordazante silencio impuesto por el régimen de Cánovas del Castillo.

En este régimen de desigualdad y de tiranía tiene gran responsabilidad la Iglesia. En las palabras de añoranza puestas en boca de un miembro de la propia Iglesia, «el vara de plata», resplandece mejor el poder culpable y secular del catolicismo:

> La catedral tenía propiedades en la tierra, en el aire y en el mar. Nuestros dominios se extendían por toda la nación, de punta a punta, y no había provincia donde no poseyésemos algo. Todo contribuía a la gloria del Señor y a la decencia y

bienestar de sus ministros; todo pagaba a la catedral: el pan, al cocerse en el horno; el pez, al caer en la red; el trigo, al pasar por la muela; la moneda, al saltar del troquel; el viandante, al seguir su camino. Los rústicos, que entonces no pagaban contribuciones e impuestos, servían a su rey, y salvaban la propia alma dándonos la mejor gavilla de cada diez[68].

El intruso nos pinta un Bilbao industrializado y capitalista que suma sus fuerzas a las de los jesuitas, en pugna con los mineros, que van teniendo conciencia de clase oprimida.

La horda describe las vicisitudes de traperos, gitanos y gentes marginales que no tienen derecho a acceder al centro de Madrid. La guardia civil reprime duramente una huelga de pobres motivada por la muerte de un albañil y por la falta de oportunidades del bajo proletariado. (Ya hemos destacado y comentado los amores de Maltrana y Feli, a la mágica luz de una vidriera y a la turbadora evocación de la música de Wagner[69].)

La bodega centra la atención sobre la revuelta de los jornaleros de Jerez sangrientamente reprimida por el ejército y los terratenientes con el apoyo tácito de la Iglesia.

Blanco Aguinaga pone de relieve el verdadero conflicto de la novela, que no es el ideal utópico de Salvatierra (Salvoechea, en la realidad) sino la pugna entre los terratenientes y sus esclavos, a los que no se les reconoce derecho alguno y de los que se abusa impunemente, pues el gobierno los ampara.

Los jornaleros se amotinan por «la conquista del pan»[70], frase de Kropotkin, que Blasco usa en dos momentos clave del relato.

Estructura sicológico-narrativa de «Entre naranjos»

Aunque todo encasillamiento resulta limitativo y, por consiguiente, empobrecedor, podríamos incluir esta obra dentro del género de la novela sicológica, ya que el autor se esmera

---

[68] *O. C.*, tomo I, pág. 960.
[69] Blanco Aguinaga traza con acierto las diferencias que separan la novela de Blasco de la trilogía barojiana *La lucha por la vida*.
[70] Esta misma frase había aparecido ya, años antes, en *Flor de mayo*.

en el trazado temperamental de la pareja amante. Además, la novela entera tiene la estructura de un viaje interior por las almas de ambos personajes y, muy particularmente por el espíritu de Rafael, cuyas aguas turbulentas se nutren de forma esencial con las revelaciones de la artista. Así pues, aunque la vida de Leonora sea mucho más interesante y compleja, Rafael actúa de catalizador —no neutro, sino apasionado— frente a las vivencias de la cantante.

El viaje interior no es un simple recorrido por la mente, sino que tiene un contrapunto eficaz: el desplazamiento por las calles de Alcira, pueblo de la Ribera valenciana, rico y fecundo de naranjos. En opinión de Azorín, Blasco Ibáñez es el creador del paisaje de Valencia y su provincia, afirmación que compartimos plenamente y que queda corroborada una vez más también aquí. Pero aunque el viaje por Alcira esté repleto de observaciones minuciosas, no es la naturaleza un escenario estático, apto para el placer de la contemplación, sino que actúa como estado de ánimo que obedece —como el río Júcar— a dos fuerzas opuestas: la inundación periódica y el estiaje. La marea amorosa y del deseo se alimenta con la fuerza vehemente del perfume del azahar, que ejerce una suerte de determinismo sobre los temperamentos sensibles.

El estiaje viene dado por los prejuicios ambientales de una ciudad burguesa y rica que se mueve tan solo por anhelos mezquinos de bienestar y cuya ocupación favorita es la murmuración.

Hay referencias a otros paisajes —especialmente italianos—, pero también estos espacios están contemplados a través de un espejo: el del triunfo y el del trabajo.

En suma: *Entre naranjos* es una pintura fiel y convincente de unos personajes que viven momentos de amor de una gran intensidad romántica y modernista pero, por la deserción de Rafael, la pasión vivida se convierte en cenizas de un sueño.

El autor divide la novela en tres partes, que podríamos titular así: *Ascensión al amor, Cima de la dicha, La traición y el descenso.*

Desarticulemos —para analizarlas ante el lector— las piezas esenciales del relato. Siempre que lo estimemos oportuno iremos mostrando la soldadura interna de estas piezas y valorando su función constructiva. Este análisis —a la vez pormenorizado y globalizador— nos obligará a desvelar, a veces, un futuro novelado o nos empujará a mostrar otros datos actuantes desde el pasado mismo de *Entre naranjos* o desde la experiencia vital y estética del novelista.

Ascensión al amor

«Primera parte»

Capítulo I

La novela, como es habitual en Blasco Ibáñez, comienza de una forma abrupta: la recomendación de la «severa» doña Bernarda a su hijo para que se reúna con sus amigos, una vez ha logrado en plena juventud ser diputado. El adjetivo «severa» es clave del carácter de la madre y su recomendación suena a orden.

Rafael cumple aparentemente el consejo al irse a la calle, aunque en busca de otro objetivo. Al bajar por las escaleras y, sobre todo, al encontrarse en el patio —espacio de gran importancia en el desarrollo de los hechos— experimenta un gran bienestar que, de golpe, se quiebra al oír el susurro dialogante entre la madre y don Andrés. El personaje acelera su salida para no ser requerido nuevamente.

Viaje de redescubrimiento de Alcira después de su alejamiento en Madrid. En este itinerario hacia la casa azul, imán de los sentidos, destacan estas etapas:

- Recorrido de la ciudad antigua, con sus calles estrechas que le recuerdan a Venecia. Esta referencia amalgama dos motivos biográficos del autor ya expuestos: su marcha forzosa a Italia, que le maravilló y le sirvió para escribir sus estupendos artículos reunidos *En el país del arte*, y el motín contra la peregrinación a Roma capitaneado por el escritor. Las dos experiencias reales están sabiamente adaptadas al temperamento y a la educación del personaje.

- Paso por el puente del Arrabal; este escenario está cargado de resonancias por dos razones: la pugna legendaria entre San Vicente y San Bernardo, patrono de la ciudad, y por el papel decisivo que se le atribuye a éste en las frecuentes riadas del Júcar.

Como la llegada a la casa azul es la meta del capítulo y de gran parte de la novela, el novelista va aplicando una técnica de cámara lenta hasta que el personaje llegue. En el tejido de las expectativas destacan tres motivos: añoranza de la casa azul y la voz amada desde la alucinación en las tediosas sesiones parlamentarias. La visión de unos aldeanos por el camino le advierte de que alguno le irá con el cuento a doña Bernarda y habrá bronca familiar, como ya hubo antes otras muchas —y las seguirá habiendo.

El temor a la madre y lo estéril de sus esfuerzos de conquista, le impulsan a ver manchas en el pasado turbulento de la artista, para alejarla de su camino. En esta lucha interna por arrojar lodo sobre la belleza amada está la clave del verdadero desenlace de la obra.

El capítulo termina con la llegada a la casa azul, que se describe sucintamente en su belleza y en el encanto sonoro que puebla el huerto. Pero el encanto se rompe y la solemne acogida de ella actúa como un jarro de agua helada sobre sus aspiraciones —siempre abiertas— y su triunfo de la mañana.

Capítulo II

El capítulo se abre con el tema que justificará el *flash-back*, tan típico del arte blasquiano; se trata de la fama de la familia Brull desde Valencia a Játiva, durante treinta años. Lo duradero de tal fama justifica la biografía del abuelo, don Jaime, y del padre, don Ramón.

La biografía de don Jaime se apoya en la usura y en la ambición de poder[71]. Mientras don Salvador es odiado porque

---

[71] El usurero desalmado aparece también en *La barraca* y en *Arroz y tartana*.

su poder de explotación no va acompañado de la inteligencia, don Jaime es un ser inteligente, que disfraza sus fechorías de obras de caridad y que hace sus sucios negocios a través de un intermediario ficticio; este hábil proceder hace que el explotador se quede con todo: hasta con la simpatía agradecida del explotado.

Adquirida la riqueza, le falta el poder político, que alcanzará primero el hijo, y de forma más amplia, el nieto. Como don Jaime sabe que el hijo es «una mala cabeza», le busca para esposa a una mujer fea y tacaña para que imponga orden y freno al derroche filial.

La vida de don Ramón —quien llega a ser alcalde— se sostiene en dos cualidades vinculadas por la pasión: la violencia del cacique, que no retrocede ante el crimen, y la sensualidad, que lleva a derrochar sus energías en amoríos ocasionales o, incluso, en actos de violación con niñas que viven en la miseria. Su vida desbordada le lleva a la esplendidez con los amigos.

Como aliado incondicional cuenta con Andrés, que usa de muy diferentes métodos que el jefe o «el quefe», como dicen los huertanos pronunciando mal el castellano. Don Andrés prefiere enredar en procesos judiciales que no terminan nunca a sus desafectos, en vez de usar la agresión directa. Doña Bernarda se alía con su marido en la política, pero le odia en su vida privada.

La niñez y juventud de Rafael se presenta rápidamente dentro del marco diseñado por la familia.

Capítulo III

La acción se sitúa seis meses antes de la del primer capítulo. Vertebra el capítulo el encuentro de los protagonistas.

Se nos presenta a Rafael como un político por imposición materna, pero romántico por vocación. Su romanticismo se nutre de dos fuentes: la que brota en las novelas de amor y la vida vista en Italia. Las heroínas trazadas por los escritores y las mises de Florencia son distinguidas y perfumadas, por lo que nada tienen que ver con las lugareñas de Alcira, ni siquiera con las que tienen dinero. Para dar vida a sus ensueños busca la soledad del campo, y en la montaña de San Salvador se produce el milagro.

El escenario del encuentro queda prestigiado por la presencia de tres ingredientes hábilmente engarzados:

- Ascensión a la montaña de paisaje ascético, que le recuerda al personaje el pueblo de Asís.
- Contemplación impresionista de gran parte de la provincia de Valencia con el Mediterráneo al fondo desde la plaza de la ermita.
- La visión panorámica se hace visión histórica con la recreación del mundo árabe imaginado en su gentileza y en su derrota. El personaje toma partido por los vencidos frente al rey don Jaime.

Cuando sale de sus cavilaciones histórico-líricas, se produce la ascensión de una dama y su criada. Esta presentación de las dos mujeres y la posterior desaparición están hechas con técnica impresionista. Entre el encuentro y el desencuentro se producen estos hechos: relato a cargo del ermitaño del poder milagroso de la Virgen de Lluch. Penitencia de la mujer enferma que confía en la fuerza salvadora de la imagen. Tentativa fallida de Rafael por atraer a Leonora, de la que sólo conoce su distinción y su generosidad.

Tras el desplante de la mujer, Rafael se maldice por su torpeza, pero el misterio y la estela de perfume que la desconocida deja en el ambiente son acicate para su sed de conocimiento.

Capítulo IV

El capítulo se sitúa al día siguiente. La curiosidad por saber quién es la bella dama no le deja reposar a Rafael, el cual se mantiene alejado de su prometedor y cercano futuro político.

La curiosidad la disipa don Andrés con una carcajada de hombre superior y satisfecho con su suerte. La identificación de la cantante trae al primer plano de la memoria la figura del doctor Moreno, ser con que su madre le amenazaba siendo niño si no se dormía.

El tiempo evocado era el de la revolución de septiembre del 68, cuando la familia Brull había perdido todo su poder.

La biografía del doctor Moreno —hombre de ciencia apasionado por la música, republicano y amigo de los pobres— está presentada desde un punto de vista conservador que, unas veces es el de doña Bernarda —la doña Bernarda de aquella época— y, otras, parece ser el propio don Andrés, aunque no está del todo claro.

Hecho clave en la vida del doctor Moreno es el bautizo de la hija —llevado a cabo por concesión a la hermana— y su enfrentamiento con el cura, que le hubiera podido acarrear el destierro a Fernando Poo, pues ponerle a una niña un nombre no cristiano era un sacrilegio y, por tanto, peor que un crimen. Don Ramón y don Andrés interceden en favor del hereje, ya que esta escena tiene lugar antes de la revolución de septiembre.

Don Andrés le augura poca fortuna a la cantante, pues las apariencias de moralidad rigen la vida de Alcira. Después sugiere a Rafael, como chanza, el conquistarla, sin darse cuenta de lo cruel de su broma ni de la repercusión posterior sobre el personaje. Su consejo, dictado por la admiración al joven y su amistad incondicional con la familia, será un arma que le estallará más tarde en las manos. Rafael intenta un acercamiento fallido a la mujer que lo ha despreciado.

Capítulo V

El capítulo describe magistralmente una de las típicas riadas del Júcar, con toda gama de matices, desde la despreocupación festiva de niños y adultos, al miedo que infunden la crecida y la oscuridad de la noche, que amotina a la masa ante el ayuntamiento pidiendo la salida en procesión de San Bernardo, quien siempre ha salvado la ciudad[72].

---

[72] Compárese esta riada con la descrita por Gabriel Miró en *Nuestro Padre San Daniel*.

En la comitiva, convocada espontáneamente por el miedo y la fe, hay dos brochazos pintorescos: los mocetones que llevan sus hachas encendidas bajo la lluvia —extraña amalgama de agua y fuego[73]— y las escopetas y armas antiguas que llevaban algunas personas con inexplicable actitud de desafío, que el novelista expresa muy plásticamente: «Parecía que iban a matar al río»[74].

La petición de ayuda al santo patrono tiene dos puntos de resistencia: la de los descreídos, que resulta inoperante y, curiosamente, la del cura, quien no gusta de empaparse bajo el agua en plena noche y teme los efectos de la catástrofe, que dejarían malparado el prestigio del santo.

La guerra declarada entre el santo y el río hace sonreír confiadamente a la multitud. La presencia del santo, que es acogida con salva de pólvora, manifestación tan típica del temperamento valenciano, da motivo para recordar la historia de la conversión y muerte de San Bernardo y de sus dos hermanas, Gracia y María.

Aunque en segunda instancia y reparando un olvido momentáneo la gente aclama la presencia de las hermanas junto al santo patrono, quien no las dejaba solas, porque no se fiaba de las mujeres. Esta desviación jocosa se aviene muy bien con la piedad popular levantina.

Cada vez se van encrespando los ánimos y surge la histeria de las mujeres, cuya manifestación más lograda es la de mostrar a los niños a dos atletas, quienes, con movimientos repetidos y mecánicos, elevan a los pequeños hacia la imagen y al intentar besarla se dan coscorrones contra la estatua.

Los devotos entran en el río hasta sentir el agua en los hombros, la marejada de la devoción se funde con la otra marea. La fuerza de la fe es tan grande que incluso un viejo, enfermo de tercianas, es impelido por las mujeres a entrar en el río. Las autoridades, y entre ellas el cura, van montados sobre fieles, que ponen un brochazo festivo y de fuerza salvaje al espléndido cuadro de la religiosidad popular.

---

[73] La mezcla de agua y fuego nos recuerda el canto XXI de *La Ilíada* en el que combaten el río Escamandro con el dios Hefesto.
[74] Pág. 167.

De repente, la lluvia cesa: San Bernardo ha hecho el milagro. Con todo, el río sigue creciendo y este hecho es subrayado con impiedad burlesca y desafiante por el barbero Cupido, quien afirma que el río seguirá creciendo sólo por llevarle la contraria a San Bernardo.

La pintura del barbero Cupido —escéptico, bohemio, amante de las artes y de la maledicencia que, sin embargo, es tolerado por todos— sirve de puente entre la riada descrita y la aventura caballeresca que protagonizará junto a Rafael, por distintos motivos: Cupido, por amor al riesgo, a lo nuevo; Rafael, por amor a Leonora.

La peregrinación por el río y por la vega inundada en plena noche tiene aliento de epopeya: conquistar la ciudad sitiada o apoderarse de un inaccesible tesoro. En este viaje a la deriva hay momentos de una intensidad veraz y estética difícilmente superables: destaquemos del conjunto estas pinceladas de la desesperación, con toque final impresionista:

> El silencio era absoluto. El río, libre de la opresión de la ciudad, no mugía ya; se agitaba y arremolinaba en silencio, borrando todos los vestigios de la tierra. Los dos hombres se creían dos náufragos abandonados en un mar sin límites, en una noche eterna, sin otra compañía que la llama rojiza que serpenteaba en la proa y aquellas vegetaciones sumergidas que aparecían y desaparecían como los objetos vistos desde un tren a gran velocidad[75].

Llegados ya al puerto deseado por un golpe de fortuna tras la lucha descomunal, Rafael resume así los episodios de la travesía vistos por el prisma de los sentimientos que colorean el desconcierto actual:

> Realmente no se dio cuenta de cómo entró. Eran demasiadas emociones en una noche: primero, la vertiginosa marcha por el río a través de la ciudad, entre rápidas corrientes y remolinos, creyendo a cada momento verse tragado por aquel barro líquido sembrado de inmundicias; después, la confusión, el esfuerzo desesperado, el bogar sin rumbo por las tor-

---

[75] Pág. 182.

tuosidades de la campiña inundada; y ahora, de repente, el piso firme bajo sus pies, un techo, luz, calor y la proximidad de aquella mujer que parecía embriagarle con su perfume, y cuyos ojos no podía mirar de frente, dominado por una invencible timidez[76].

La conmoción del salvamento inesperado y de la gesta amorosa influye en los habitantes de la casa azul de distinta manera: la tía, despertando del torpor del peligro, juzga la expedición como una locura, pero Rafael se da cuenta de que, si es locura, ha valido la pena por haber crecido ante los ojos de la mujer amada. La sinestesia de la mirada acariciadora y valorada es un premio inestimable para Rafael:

> Pero no era locura; y si lo era, resultaba muy dulce. Se lo decían a Rafael aquellos ojos claros, luminosos, con reflejos de oro, que le acariciaron con su contacto aterciopelado tantas veces como osó levantar la vista[77].

El resto del capítulo tiene dos focos de atención: el del amor y el del humor a cargo de Cupido, quien hace las delicias de los campesinos con su forzado atuendo de mujer.

El amor de Rafael es puesto al descubierto por Leonora, que es quien lleva la voz dialogante para rechazarlo con toda la elegancia y toda contundencia, la que genera la experiencia de la que ha vivido mucho y lo ha conocido todo. Su condición de artista cansada del éxito ante el público y del fracaso íntimo la lleva a no creer en el amor, pero le da fuerzas para arrostrar la muerte, siempre que ésta sea una muerte hermosa. El carácter de Leonora en este momento de la novela podría encerrarse en el famoso verso de Petrarca:

> Un bel morir tutta una vita onora.

El amanecer, que va poco a poco iluminando el desastre de los campos, pone fin a este encuentro sellado por la amis-

---

[76] Pág. 185.
[77] Pág. 186.

tad entre ambos y el encendido recuerdo sensorial de Leonora con su mirada verde, su voz de arrullo, su tacto de tibieza y el refinamiento de su perfume.

Capítulo VI

Comienza el capítulo con la campaña electoral de diputado ante la indiferencia de Rafael y las órdenes de la madre, que sale de su disimulo para echarle en cara su amistad con «la perdida». Lo acusaba de los mismos defectos del padre y hacía balance de su escasa fortuna. La madre tenía planes matrimoniales para el hijo, pero Rafael rechazó abiertamente las previsiones maternas y la convivencia se hacía imposible entre ambos. Don Andrés, experto en aventuras fáciles, minimizaba el problema ante doña Bernarda.

El resto del capítulo tiene como núcleo las visitas de Rafael a Leonora, quien hacía música para él y le enseñaba su álbum personal, espléndida materialización ante los ojos del joven del esplendoroso pasado de la soprano. Ella lo trataba con la deferencia rutinaria de quien contempla un objeto doméstico que adorna su casa.

La belleza de Leonora, su magia interpretativa y el perfume de las naranjas maduras del huerto encienden los deseos de Rafael, quien es tratado por ella como un niño. Para distraerlo de su pasión y entretenerlo es por lo que ella le muestra las fotografías de su éxito; he aquí el embeleso del joven ante lo desconocido, presentado de forma sinestésica:

> Rafael, manejando aquellas cartulinas enormes, sentía la impresión del que pasea por un puerto y percibe el perfume de los países lejanos y misteriosos contemplando los barcos que llegan[78].

Pero los éxitos musicales y la estela de pasiones dejadas a su paso —incluso la mención de un napolitano que se suici-

---

[78] Pág. 203.

dó por ella— son un nuevo modo de intimidad, pero no, desde luego, un remedio para el amor, sino, antes al contrario, un acicate. Con todo, las cosas parecen estar dominadas por un orden, por un equilibrio; hasta que Rafael anuncia su despedida y Leonora —inconscientemente— muestra toda su complacencia al morder una naranja. Entonces él, desafiando el pacto, se abalanza para besarla y es despedido con violencia por ella. Y ante la humillación del joven, ella termina por enternecerse, pero su ternura es, como siempre, de madre, no de amante.

Cima de la dicha

«Segunda parte»

Capítulo I

El tiempo empalma directamente con el final del capítulo primero de la primera parte. Su arranque es descriptivo: la plazoleta ante la casa azul. Se enfoca con trazo impresionista la trasparencia aterciopelada de los mosaicos del banco.

Después de este breve preludio aparece la musa, transformada en aparente campesina, disfrutando de una vida elemental. Queriendo romper con el pasado ha dejado perfumes y cosméticos en favor del agua. Con el agua, precisamente, se relaciona su único lujo: el cuarto de baño de mármol y maderas preciosas que se ha hecho construir ante la mirada escandalizada de la tía, quien ve en ese culto a la higiene del cuerpo una actitud pecaminosa[79].

Sin querer admitirlo, ella se encuentra deslumbrada y, tal vez ya, enamorada del joven diputado. Su voluntad y su razón ponen una valla a sus sentimientos:

---

[79] La costumbre de lavarse mucho arraigó en la España musulmana, pero no en la cristiana. Resulta curioso que, en la actualidad, sea precisamente España el país europeo donde más se lave la gente.

> Serán escrúpulos, de los que puede usted reírse, pero me parece que amándole cometería un delito: algo así como si entrase en una casa y agradeciera la hospitalidad robando un objeto[80].

Esta reflexión es muy lúcida, pues conoce la hostilidad y mediocridad del ambiente que la rodea y el declarado odio de doña Bernarda, fuente de discordias familiares.

Leonora siente la necesidad de confesarse con Rafael para que éste la conozca bien y para desembarazarse del lastre del pasado. En un autoanálisis lúcido e implacable exclama:

> ¿Sabe usted lo que soy? Una de esas barcas viejas caídas en la playa, que vistas de lejos aún conservan el color de sus primeros viajes, pero que sólo piden el olvido para ir envejeciendo y pudriéndose sobre la arena. Y usted que empieza ahora, ¿se presenta pidiendo un puesto en la peligrosa carroña que al volver al oleaje perecería, llevándoselo al fondo?...[81].

La alegoría sicológica de la barca vieja tiene para el autor muchas connotaciones de infancia y de juventud.

La artista no quiere dejarse conquistar porque se sabe de distinto temperamento; está tocada por el viento de la locura y de la pasión. Naturalmente hay momentos en los que ansía una vida tranquila, lo que califica humorísticamente como «ser gallina». De repente se siente extraña, turbada, tal vez, por la presencia del hombre que le hace recordar lo que quiere olvidar.

El capítulo se cierra de forma conminatoria, pero aunque este cierre parezca tener autonomía, en realidad no es así, ya que Rafael reconstruirá con sus recuerdos y su imaginación la confesión femenina.

Capítulo II

El comienzo manifiesta la extrañeza de los amigos ante la ausencia del diputado, que sólo se les une al anochecer.

Como ya hemos dicho antes Rafael reconstruye el pasado

---

[80] Pág. 219.
[81] Pág. 223.

turbulento de Leonora con la fiebre del insomnio. Los recuerdos de Leonora pierden en inmediatez comunicativa lo que ganan en absorción por el ser que la adora.

A modo de reportaje se van mezclando y entretejiendo la historia de los artistas que pululan por Milán con la historia personal de la cantante. La descripción de tipos y ambientes tiene mucho que ver con la visión que reflejan los artículos de *En el país del arte*.

La historia personal de Leonora se nutre de sordidez y humillaciones a pesar de sus triunfos tempranos en la escena. Hitos vitales en su carrera artística son:

- Enamoramiento platónico de un poeta que no repara en la chiquilla insignificante que era a la sazón.
- Aprendizaje con el maestro Boldini, quien valora su voz y su belleza, pero la viola.
- Luego la deslumbra el tenor Salvatti, egoísta y mezquino.
- Lo que más le remordía en la conciencia a Leonora era el abandono del padre, quien la repudió y ya no quiso saber de ella; solamente en su agonía la llamaba como a su niña aún pequeña.

A continuación se van desplegando rápidamente aventuras y escándalos en ritmo frenético. Entre los escándalos se pueden citar: el haberle servido a un artista joven para su escultura de Venus, cuya musa no dudó ella misma en revelar, y la venganza sádica, si bien merecida, que infligió a Salvatti.

Mención aparte merece su relación amorosa con Hans Keller, el discípulo predilecto de Wagner en la ficción novelesca, ya que tal personaje no existió en la realidad.

El episodio más importante en la vida de Leonora había sido el descubrimiento de la música de Wagner a través de la fascinación por Hans Keller. Ella sentía a Wagner como a un dios y a Keller, que le transmitía las extravagancias y exquisiteces de la vida del maestro, como a un sacerdote al que debía adoración, sin advertir que de quien verdaderamente estaba enamorada era del genio.

Pero Keller era mezquino y la traicionó. A partir de entonces fue de todos y de nadie. Y harta de este modo absurdo de vivir decidió retirarse a su tierra natal, al lado de una tía beata que rezaba por ella. Con ello quería buscar la paz de su espíritu y reparar de alguna extraña manera la injusticia cometida con el padre.

El capítulo termina con la sensación de inferioridad que experimenta Rafael ante los rivales que lo precedieron en la conquista de la cantante. El verdadero desenlace de la novela —el que se da al final de la segunda parte— es, en opinión del protagonista, el reverso de este cierre provisional.

Capítulo III

Se divide en tres partes importantes:

- Encuentro en el mercado ante la expectación colectiva.
- Declaración vehemente de amor, en el camino, con intención de crimen y suicidio, si ella no lo aceptaba.
- Tentativa de lograrla por la fuerza en su huerto con la victoria de ella, la humillación de él y la despedida para siempre.

Analicemos por separado los detalles que justifican y vitalizan el conjunto.

La descripción del mercado, aunque tiene ingredientes costumbristas se aparta sensiblemente de la descripción que el novelista hace del mercado de Valencia en *Arroz y tartana* o en *Flor de mayo*. El costumbrismo está al servicio de la sicología: Leonora revive su asombro de niña, se comporta con llaneza y con generoso cariño, pero su distinción sobresale del conjunto y su encuentro con Rafael no deja indiferente a nadie: los humildes se aprovechan y se honran con su presencia, los partidarios del diputado lo envidian por su suerte aunque ante sus mujeres no se atrevan a rechistar y las señoras se escandalizan.

Rafael, que trata de no perderla de vista en sus evoluciones por el mercado, no atiende al insulso parlamento de don Matías, afortunado exportador de naranja.

Antes de abordar a Leonora en el camino, corta para ella un ramo de violetas «cuyo perfume hace soñar con estremecimientos de amor». La fuerza de la primavera altera su sangre dándole una audacia nueva; por su pensamiento cruzan recuerdos de violaciones oídos referir jactanciosamente a otros hombres; equivocadamente piensa que él respeta demasiado a Leonora. La pasión que lo domina niebla su memoria, pues por experiencia debe saber que Leonora sólo se entrega si ella quiere.

Momento destacado en la declaración de amor es cuando le confiesa que cambiaría a gusto su fama de diputado por ser un siervo, un animal, el objeto que estuviera más en contacto con ella.

> Él daría cuanto era por ser aquel banco del jardín, abrumado dulcemente por su peso las tardes enteras; por convertirse en la labor que giraba entre sus dedos suaves; por transfigurarse en una de las personas que la rodeaban a todas horas, en aquella Beppa, por ejemplo, que la despertaba por las mañanas, inclinándose sobre su cabeza dormida, moviendo con su aliento la cabellera deshecha, esparcida como una ola de oro sobre la almohada, y que secaba sus carnes de marfil a la salida del baño, deslizando sus manos por las curvas entrantes y salientes de su suave cuerpo[82].

Él no quería volver cada noche a la vulgaridad de su vida y al encierro de su cuarto,

> en cuyos rincones oscuros, como maléfica tentación, creía ver fijos en él unos ojos verdes[83].

En el desenlace del huerto al sentirse violentada, reaparece en ella la valquiria, y el personaje encarnado tantas veces en la escena lanza su grito de guerra y de triunfo en plena naturaleza.

---
[82] Págs. 259-260.
[83] Pág. 260.

Capítulo IV

El capítulo se divide en dos partes. La primera presenta la ruptura amorosa y el acercamiento de Rafael a Remedios, la joven insignificante y rica que le está destinada en matrimonio. Sus escarceos levemente amorosos son vistos con simpatía por la madre y don Andrés, y con ligera resistencia que apenas oculta el placer, por la remilgada compañera. Hay en la casa, por primera vez, un ambiente de paz y confianza. Pero la procesión va por dentro, y las noches de Rafael son tormentosas por el recuerdo de la pasión insatisfecha.

La segunda parte, que es la verdaderamente importante, gira en torno a una fuerza poética y poderosa que incendia la sangre y agranda y aquilata los sentidos: el perfume del azahar, que se filtra por todos los resquicios e impulsa a la locura. El poderío aromático es tal que el personaje siente asfixia en su cuarto, Leonora se marea en el suyo y la ciudad experimenta el poderío invasor de la primavera. Ni qué decir tiene que doña Bernarda queda al margen de ese tirón de los sentidos.

El perfume enervante se une a la blancura de la flor y de la luna, desplegando ante la mente de Rafael un exotismo cuyas primeras raíces están en la memoria infantil y cuyas ramas se hallan traspasadas de una utopía sobrenatural:

> Los naranjos, cubiertos desde el tronco a la cima de blancas florecillas con la nitidez del marfil, parecían árboles de cristal hilado; recordaban a Rafael esos fantásticos paisajes nevados que tiemblan en la esfera de los pisapapeles. Las ondas de perfume, sin cesar renovadas, extendíanse por el infinito con misterioso estremecimiento, transfigurando el paisaje, dándole una atmósfera sobrenatural, evocando la imagen de un mundo mejor, de un astro lejano donde los hombres se alimentasen con perfumes y vivieran en eterna poesía[84].

---

[84] Pág. 273.

Con singular acierto don Andrés hiere a Rafael en el punto más vulnerable: el pasado de Leonora; curiosamente fue el conocimiento de este pasado un acicate para conseguirla. Pero después del deseo saciado, las cosas se ven bajo otro prisma:

> Los besos que tan profundamente le turbaban tenían algo más que la caricia de la mujer: era el perfume embriagador y malsano de todas las corrupciones y locuras de la tierra; el olor concentrado de un mundo que había corrido loco hacia su belleza, como los pájaros nocturnos se agolpan a la luz del faro[88].

El pasaje continúa imaginando, al recorrer el mundo con ella, encuentros con anteriores amantes que la desnudarían con la mirada. En realidad esta consideración del pasado —puesto bruscamente al descubierto por don Andrés, así como los estragos familiares antes invocados— tienen un peso lógico en la decisión del protagonista, pero la verdad última es que él no la ama de veras y le teme a un futuro incierto.

La filosofía socarrona y peripatética de don Andrés tiene como escenario las calles de Valencia, con dos centros de interés: el puente del Real, desde donde se avistan las maniobras de los soldados, lo que amplifica los recuerdos del padre, temperamento aguerrido que no retrocedía ante el crimen por ganar unas elecciones o por salvar el pellejo. Y La Alameda[89], paseo de coches por donde circula, sin turbaciones, la confortable, si bien monótona, existencia burguesa.

Finalmente la carta de ruptura, torpe y cobarde. Magistralmente pintada está la espera extrañada de ella y la conmoción del abandono.

---

[88] Pág. 316.
[89] El paseo de La Alameda es centro neurálgico y barómetro del bienestar ciudadano en *Arroz y tartana*. Aunque en La Alameda toda la ciudad se reúne, la desigualdad de clases es allí donde más se patentiza; mientras la gente humilde va a pie por las aceras, los poderosos —o los que a fuerza de innumerables sacrificios y mentiras consiguen parecerlo— desfilan por el centro en carruajes de distinta categoría. El ideal del confort se cifra en estos versos populares: «Arrós y tartana, / casaca a la moda, / ¡y rode la bola / a la valensiana!»

se alejaba Leonora, triste y llorando, todo porque no perdiese él el respeto de aquella ciudad en la que se ahogaba, y el afecto de una madre que jamás había sabido bajar hasta su corazón con una sonrisa de cariño?[87].

Lo que es del todo auténtica es la abnegación de Leonora; al sentirlo firme en su decisión de no dejarla partir, se abalanza frenética sobre él, quien siente miedo ante tanto ímpetu de pasión. Aunque los sentidos de Rafael se colman, se adivina ya su inferioridad en la capacidad del goce.

Finalmente acuerdan la fuga: Leonora dispone en mágico despliegue de belleza su vida futura en Nápoles. Ella marchará primero y él la encontrará en Valencia.

Capítulo VII

Este capítulo constituye el verdadero desenlace de la novela; la tercera parte desempeña función de epílogo.

El capítulo podría titularse «El despertar de un ensueño». Su estructura responde al esquema abundante de la tripartición:

- Fuga y reunión en el sitio acordado, con la maledicencia colectiva dejada atrás.
- Separación momentánea de Rafael para pertrecharse de ropa y enseres.
- Y abandono brutal de Rafael, con la consiguiente crisis nerviosa de ella.

Esta segunda parte es la más extensa porque en ella el protagonista tiene que evolucionar, bajando del sueño de amor a una realidad mediocre y monótona. El responsable directo de esta transformación es el sesudo don Andrés, quien va haciendo balance ante su acompañante de toda una vida familiar llena de sacrificios, y la ruina que, por culpa del inexperto y atolondrado muchacho, se cierne sobre ella.

---

[87] Pág. 302.

Casi al amanecer regresan por el río y, de repente, la soprano decide cantar, erguida en la popa, el himno wagneriano de *Los maestros cantores*. La voz ardorosa de la diva estremece las aguas y parece dialogar con los trinos del ruiseñor, mientras el batir de los remos acompasa la melodía.

La voz de Leonora, que puede sonar velada en el susurro del amor o cuando así lo recomienda el arte, queda magistralmente descrita en estos trazos majestuosos:

> Muchas veces se hundía la barca en una de aquellas bóvedas de verdura, abriéndose paso lentamente entre las plantas acuáticas, y el follaje temblaba con el impulso armonioso de aquella voz vibrante y poderosa como gigantesca campana de plata[86].

La despedida será prolongada hasta lo posible.

El capítulo se cierra con la arrogancia de Rafael frente a don Andrés y a doña Bernarda, que lo saben todo.

Capítulo VI

Este capítulo marca el descenso a la realidad hostil. Aunque el proyecto de rebeldía subsiste en Rafael, doña Bernarda no puede quedarse ociosa y hiere a su enemiga donde puede dolerle: denunciando su conducta «pecaminosa» ante la tía, lo único que le queda de su familia. Leonora decide renunciar al amor del joven por devolverle la calma familiar y el respeto de la ciudad, que lo espía y lo hostiga.

Rafael, recordando la comunión amorosa reciente, se opone a que ella se vaya de Alcira. Su protesta, con la subsiguiente reflexión, que se hace en estilo indirecto libre, está teñida de un machismo herido:

> Huían muchas veces las muchachas, olvidando padres y hogar, cuando se sentían dominadas por el amor; y él, un hombre, un personaje, ¿había de quedarse allí, viendo cómo

---

[86] Pág. 291.

Por el camino los sentidos de Rafael van percibiendo la poesía amorosa que puebla la noche. Su intención esta vez es de signo romántico e ingenuo: despedirse de la casa dormida.

Pero en el huerto está ella con las defensas caídas, enferma de voluptuosidad. Ante el arrepentimiento mostrado por él, ella le impone silencio para mejor paladear las delicias primaverales, que interpreta en emocionada comparación personificadora con desarrollo de metáfora sinestésica:

> [...] parece que el campo habla con la luna, y el eco de sus palabras son estas olas de perfume que nos envuelven[85].

La pasión femenina va *in crescendo* hasta adquirir una dimensión nueva: la música y el verdadero amor. La pasión presente en *La valquiria*, desplegada ante el oído atento de Rafael, idealiza las sensaciones actuales que, luego, se complementan de forma inédita para ella en un sentimiento de virginidad voluntariamente entregada.

La técnica del capítulo amalgama realismo, romanticismo y modernismo.

Capítulo V

El capítulo comienza de una forma abrupta e irracional que se justifica más tarde con un pequeño retroceso temporal: la soprano tenía, desde hacía algunas noches, el capricho de gozar del amor en una isleta del Júcar que Rafael conocía muy bien. La peregrinación nocturna por el Júcar magnifica el deseo amoroso al lanzarlo a volar por la naturaleza libre.

Antes de la singular aventura en la isla, que marca el punto climático de la novela, Rafael vivía más de una semana ya inmerso en su pasión, viendo a los seres que lo rodeaban como fantasmales.

La consumación del amor en el paraje elegido tiene como contrapunto la magia sonora de un ruiseñor.

---

[85] Pág. 277.

Ricardo Cortez y Greta Garbo como Rafael y Leonora en la adaptación cinematográfica de *Entre naranjos (The Torrent,* 1926) de Monta Bell.

La traición y el descenso

«Tercera parte»

Capítulo I

El novelista nos presenta la vida de Rafael ocho años más tarde cuando el carcaj del amor ya no tiene flechas. Su vida de burgués acomodado que atesora riquezas en Alcira y pelea tenazmente por abrirse camino en la política, puede resumirse en esta espléndida imagen donde lo original resulta de fundir la tradición manriqueña o de Heráclito, con el sabor terruñero:

> Su vida era un río turbio, monótono, sin brillantez ni belleza, deslizándose sordamente como el Júcar en invierno[90].

Remedios, la chiquilla insignificante, al convertirse en su esposa aporta al matrimonio una espléndida dote y un autoritarismo —propio de las hembras de los países meridionales, en opinión del narrador— a la vez que una tacañería que contagia al esposo y una frigidez que, tras leve curiosidad inicial, reduce el sexo a mera función reproductora:

> El querer mucho a los hombres no era de mujeres buenas; eso de entregarse a la caricia con estremecimientos de pasión y abandonos de locura era propio de las «malas», de las perdidas. La buena esposa debía resignarse, para tener hijos... y nada más; lo que no fuese esto eran porquerías, pecados y abominación[91].

Su ascensión política es dura y lenta, regida por la disciplina y el servilismo. Una aventura vulgar con una corista gallega que ha estado en Francia es una triste caricatura de la aventura con Leonora.

---
[90] Pág. 328.
[91] Pág. 330.

El capítulo termina con el estudio de una intervención parlamentaria que puede hacerle ascender en su carrera. Sus amigos de la sesión de conferencias, políticos fracasados, no podían suponer las dudas que atormentaban algunas noches al diputado, quien sentía ganas de estrellar en la pared los libros de sesiones para acabar

> ... pensando, con escalofríos de intensa voluptuosidad, en lo que habría sido de él corriendo el mundo tras unos ojos verdes cuya luz dorada creía ver temblar entre los renglones de la amazacotada prosa parlamentaria[92].

Capítulo II

El capítulo es la crónica pormenorizada de una sesión parlamentaria en la que Rafael deberá contestar al discurso demoledor de un viejo y digno republicano. La voz del anciano tiene el timbre de una «débil campanilla de plata», antítesis de la «gigantesca campana de plata» que era la voz de Leonora cantando por el río. Pero en terrenos diferentes y en circunstancias distintas, ambas voces sonaban entusiastas y veraces.

El discurso del venerable parlamentario era siempre el mismo, pero tampoco había razón para cambiarlo, pues los males que denunciaba eran idénticos: derroche para mantener la monarquía, poder desmedido de la iglesia en detrimento de la educación y de las obras públicas. La honradez del orador y su estilo conciso y rico de ideas, en contra de la grandilocuencia de moda, atraían el silencio respetuoso de sus adversarios.

Rafael comienza su réplica nervioso, no le importa lo que va a decir, solamente quiere que su parlamento dure al menos una hora y media. El triunfo oratorio se medía por la vacuidad de ideas y por la resistencia. Su discurso está hilvanado con retazos fogosos de lugares comunes, apolillados por

---

[92] Pág. 334.

la tradición: menosprecio del saber libresco, defensa de la familia y de los valores católicos, etc.

Es interesante destacar la observación de un trozo de cielo que se filtra por el tragaluz de la cámara, reclamando su atención y su amor a la naturaleza, y aunque sigue hablando, se siente tentado de acabar esa sarta de frases en las que no cree para salir de allí cuanto antes.

Cuando el discurso es más apasionado, defendiendo el triunfo de la cruz y de la luz en la conquista de América, el novelista —con sutil ironía— introduce un dato que rebaja aún más la vaciedad del mensaje:

> [...] la luz del cristianismo saliendo de entre los pliegues de la bandera nacional para esparcirse por toda la tierra.
> Y como si hubiera sido una señal aquel himno a la luz cristiana entonado por el orador, casi invisible en la penumbra del salón, comenzaron a encenderse las lámparas eléctricas, saliendo de la oscuridad los cuadros, los dorados, los escudos, las figuras duras y chillonas pintadas en la cúpula[93].

El capítulo termina con el cansancio del orador que cede su turno al ministro, pues la misión impuesta ha sido bien cumplida.

El capítulo III es el desenlace. La brevedad del reencuentro entre Rafael y Leonora sirve de antítesis contundente a la pormenorizada crónica del capítulo anterior. Leonora desenmascara a Rafael y en su despedida late el claro aliento de la revancha.

Lenguaje y técnicas narrativas

El lenguaje usado por Blasco Ibáñez en esta novela es generalmente el castellano medio con algunas oportunas salpicaduras de valenciano, aunque menos significativas que en *La barraca*, por ejemplo. A veces una sola palabra mal dicha —«quefe» en lugar de «jefe»— atestigua de forma significati-

---

[93] Págs. 344.

va y sintética, la ignorancia que del castellano tienen los súbditos de don Ramón[94].

Es frecuente, como en otras obras de Blasco, sustituir los parlamentos o las inmersiones en la mente de los personajes por el estilo indirecto libre; si bien en esta obra abunda más el diálogo que en *Flor de mayo* o en *La barraca;* la mayor carga de diálogo se justifica por la presencia de Leonora, que conoce bien el castellano, aunque hable en italiano con su fiel Beppa y recuerde el valenciano de su infancia con su tía y, seguramente, lo use también con las lugareñas.

Aunque el lenguaje conversacional de Rafael sea el valenciano, es indudable su manejo del castellano por su formación universitaria y porque su carrera política tiene que cimentarla y desarrollarla en Madrid.

Cuando se trascribe la voz coral del pueblo, también se hace en valenciano.

En cuanto a las técnicas presentativas destacan las descripciones de variados efectos, que hemos analizado ya al hablar del análisis estructural de la obra. Aquí veremos solamente algunas descripciones de signo impresionista que, por su realce expresivo, hemos preferido darles la autonomía que merecen junto a la presencia consciente de una descripción vinculada al naciente cine.

En Madrid, en las tediosas sesiones parlamentarias, Rafael se adormecía y una visión amorosa y musical poblaba su duermevela:

> Ante sus ojos entornados desarrollábase una neblina parda, como si espesara la penumbra húmeda de bodega en que está siempre el salón de Sesiones, y sobre este telón destacábanse como visión cinematográfica las filas de naranjos, la casa azul con sus ventanas abiertas, y por una de ellas salía un chorro de notas, una voz velada y dulcísima cantando *lieders* y romanzas que servían de acompañamiento a los duros y sonoros párrafos del jefe del gobierno. De repente, Rafael despertaba con los aplausos y el barullo. Había llegado el

---

[94] Al no existir en valenciano el fonema / j / es muy frecuente que los valencianoparlantes sin instrucción lo adopten en el fonema velar, del que sí dispone el valenciano.

momento de votar, y el diputado, viendo todavía los últimos contornos de la casa azul que se desvanecían, preguntaba a su vecino de banco:
—¿Qué votamos? ¿Sí o no?[95].

Esta técnica innovadora es incuestionable, hacía solamente cinco años que había sido inventado el cine en Francia por los hermanos Lumière. A España llegaría el cinematógrafo en 1896, y aún se discute cuál fue el primer ensayo cinematográfico, ya que, al parecer, no pudo darse en dicho año la filmación de la salida de misa en el Pilar de Zaragoza.

Según nuestra opinión, en la superposición de la melodía y la imagen podría atisbarse la invención del cine sonoro, que no se produciría hasta 1927, un año antes de la muerte de Blasco.

La difuminación de la visión al despertar Rafael tiene también paralelismo con otra técnica muy usada en el cine: el fundido en negro[96]. Esta leve muestra da un claro mentís a los que tildan a Blasco de autor rezagado.

Cuando Rafael está en la montaña de San Salvador ve subir la cuesta a Leonora y a su criada a las que aún no conoce; la ascensión de las mujeres y su desaparición al final del capítulo se presentan con trazos impresionistas:

> Rafael oyó voces de mujeres que subían por el camino, y tendido como estaba, vio aparecer sobre el borde del banco e ir remontándose poco a poco dos sombrillas: una, de seda roja, brillante, con primorosos bordados como la cúpula de afiligranada mezquita; la otra, de percal rameado, modesta y respetuosamente rezagada.
>
> Dos mujeres entraron en la plazoleta [...][97].

---

[95] Págs. 103-104.
[96] La generación del 98 vio con profundo recelo la irrupción de lo que se denominaría el séptimo arte, y aunque Baroja fue ocasional actor en la adaptación de *Zalacaín el aventurero* y escribió un guión para el cine, no quedó en absoluto satisfecho de tal experiencia. Otro miembro del 98, Azorín, que en su juventud escribió contra el cine, cambiaría radicalmente de actitud en su ancianidad.
[97] Págs. 139-140.

He aquí el descenso de la montaña ante la mirada de Rafael:

> La seguía el joven con la mirada al través de los pinos y los cipreses, viendo empequeñecerse aquel cuerpo soberbio de mujer fuerte y sana.
> En torno de él parecía flotar aún su perfume, como si al alejarse le dejara envuelto en el ambiente de superioridad, de exótica elegancia que emanaba de su persona.
> [...] Volvió Rafael a seguir con la vista las dos sombrillas, que descendían la pendiente como insectos de colores. Disminuían rápidamente. Ya no era la grande más que un punto rojo... ya se perdía abajo en la llanura, entre las verdes masas de los primeros huertos... ya había desaparecido[98].

En el recuerdo reciente del encuentro desilusionante flota la mirada de Leonora en técnica innovadora de superposición temporal que supera la pincelada impresionista:

> Le parecía odioso aquel lugar, donde tan tímido y tan torpe se había mostrado. Le molestaba ver aún allí el relampagueo de aquella mirada fría, repeliéndole, evitando la aproximación[99].

Con impresionismo poético de alto vuelo nos describe el autor el canto del ruiseñor, interrumpido por el ruido que producen los amantes en su caída; el silencio que interrumpe los gorjeos del pájaro se nos ofrece como la armoniosa conjunción de los ruidos menudos de la naturaleza; y como muestra exquisita del arte de percibir y de expresar he aquí esta grabación de alta fidelidad:

> El ruisenor volvió a cantar con timidez, como un artista que teme ser interrumpido. Lanzó algunas notas sueltas con angustiosos intervalos, como entrecortados suspiros de amor; después fue enardeciéndose poco a poco, adquiriendo confianza, y comenzó a cantar acompañado por el murmullo de las hojas agitadas por la blanda brisa.

---

[98] Págs. 148-149.
[99] Pág. 149.

Embriagábase a sí mismo con su voz; sentíase arrastrado por el vértigo de sus trinos; parecía vérsele en la oscuridad hinchado, jadeante, ardiente, con la fiebre de su entusiasmo musical. Entregado a sí mismo, arrebatado por la propia belleza de su voz, no oía nada, no percibía el incesante crujir de la maleza, como si en la sombra se desarrollara una lucha, los bruscos movimientos de los juncos, agitados por misterioso espasmo; hasta que un doble gemido brutal, profundo, como arrancado de las entrañas de alguien que se sintiera morir, hizo enmudecer asustado al pobre pájaro[100].

En uno de sus *Bocetos y apuntes* Blasco Ibáñez construye un verdadero poema en prosa montado sobre una metáfora sinestésica, amplia y exquisitamente desarrollada. Con tijeras selectivas cortaremos estas rosas de trinos:

El ruiseñor, rosa de la noche, salta invisible de rama en rama, llevando de un lado a otro su perfume sonoro, su alma melodiosa, un ambiente de trinos que acompaña el movimiento de sus plumas inquietas. La santa poesía va con él, ese anhelo de misterio de sensaciones extraordinarias, antiguo como el mundo y que perdurará mientras éste exista[101]. [...] Trinos errantes de volador plumaje, que escuchasteis en un jardín italiano el dulce adiós de Julieta y de Romeo; sonad, sonad como ristras de perlas que caen invisibles en el negro silencio; esparcid vuestros perfumes melodiosos de rosas de la noche hasta que el gallo, trompetero del alba, os imponga silencio, y vuelvan a emerger del silencio las rosas del día, frescas, luminosas y sonrientes, como surgió la tentadora Venus ante los ojos adorantes del caballero Tannhäuser[102].

Es muy sugestivo y nuevo el comienzo ilógico —con un salto temporal, además— del capítulo V de la segunda parte: «Pero, bebé, ¿cuándo llegamos a la isla?»[103]. La presencia de

---

[100] Págs. 288-289. La fuerza de este doble grito ¿no podría haberse quedado en la memoria de García Márquez a la hora de configurar las ruidosas siestas de amor de José Arcadio Buendía? El propio autor de *Cien años de soledad* ha confesado haber leído vorazmente en su juventud a Blasco Ibáñez.
[101] *O. C.*, tomo II, pág. 485.
[102] *O. C.*, tomo II, pág. 486.
[103] Pág. 283.

la conjunción adversativa que sugiere cosas que no han sido dichas o que, por lo menos, el lector aún no conoce, nos hace pensar en una técnica poemática de alto poder evocador que usaría muchos años después Vicente Aleixandre en su composición «Mano entregada». La diferencia entre ambos textos es la que separa a la novela —y por añadidura la novela de principios de siglo— de la poesía; esto es: mientras Aleixandre no nos desvelará nunca el misterio de ese comienzo, Blasco Ibáñez tiene que dar sentido a esas palabras que de repente oímos, precisando la situación y dando marcha atrás al tiempo novelado. Con todo, la conjunción, falsamente adversativa, realza la atmósfera expectante de la impaciencia y del deseo.

Nuestra edición

Hemos tomado como base para nuestra edición de *Entre naranjos* la de la editorial valenciana Prometeo, que dirigía el amigo fiel de Blasco, Sempere, quien ya le editara *La barraca* en su primera versión de 1898. Concretamente, nos hemos servido de la edición de 1919 que, sin duda, conoció el propio novelista. Debemos hacer constar que hemos modernizado la ortografía del texto primitivo, ya que aspiramos a que esta creación cimera de Blasco llegue al gran público, por lo que no es conveniente mantener un criterio de fidelidad suma, que chocaría a muchos lectores, contribuyendo a alejarlos de la lectura gozosa o desorientándolos —en especial a los jóvenes— creándoles dudas innecesarias en un tiempo en el que la ortografía, por diversos motivos, constituye un auténtico problema para estudiantes y docentes.

Nuestra intención primera era hacer un estudio exclusivo de la novela que la editorial Cátedra nos ha encargado; pero el largo olvido del que ha sido víctima uno de nuestros mejores novelistas —por razones políticas, religiosas o de miopía estética— nos ha impulsado a rebasar nuestro primer objetivo y a dedicar a nuestro autor —dentro del espacio limitado que aquí se nos concede— una atención más abarcadora. Para ello nos ha parecido oportuno trazar un perfil humano del polifacético personaje que dejó su impronta imborrable en el arte, en la política y en su labor de conferenciante y de colonizador. Además de nuestro estudio pormenorizado sobre la novela —completado con abundantes notas sobre el texto— hemos hecho incursiones que nos parecen interesantes en el mundo temático de otras novelas suyas, porque pensamos que es en el conjunto de la obra blasquiana donde se alcanzan los mejores frutos de amor, de música, de política y de belleza que contribuyen a darle a estos naranjos de Alcira una luz y un perfume de universalidad.

Bibliografía

DEL AUTOR

He aquí la lista de los libros que el propio Blasco Ibáñez admitía como expresión de su obra literaria completa.

El resto de sus trabajos novelísticos, periodísticos, políticos, polémicos, de historia, etc., los consideraba como puramente ocasionales e indignos de figurar en el conjunto de su obra de escritor.

Tampoco incluía, entre las novelas, *La voluntad de vivir* (1907), que sólo se publicó en 1953, veinticinco años después de la muerte de Blasco.

1.—*Arroz y tartana* (novela, 1894).
2.—*Cuentos valencianos* (1896).
3.—*En el país del arte* (viajes, 1896).
4.—*Flor de mayo* (novela, 1896).
5.—*La barraca* (novela, 1898).
6.—*Entre naranjos* (novela, 1900).
7.—*La condenada* (cuentos, 1900).
8.—*Sónnica la cortesana* (novela, 1901).
9.—*Cañas y barro* (novela, 1902).
10.—*La catedral* (novela, 1903).
11.—*El intruso* (novela, 1904).
12.—*La bodega* (novela, 1905).
13.—*La horda* (novela, 1905).
14.—*La maja desnuda* (novela, 1906).

15.—*Oriente* (viajes, 1907).
16.—*Sangre y arena* (novela, 1908).
17.—*Los muertos mandan* (novela, 1908).
18.—*Luna Benamor* (cuentos, 1909).
19.—*Los argonautas* (novela, 1914).
20.—*Los cuatro jinetes del Apocalipsis* (novela, 1916).
21.—*Mare nostrum* (novela, 1917).
22.—*Los enemigos de la mujer* (novela, 1919).
23.—*El paraíso de las mujeres* (novela, 1919).
24.—*El préstamo de la difunta* (novelas cortas, 1920).
25.—*El militarismo mejicano* (artículos, 1921).
26.—*La tierra de todos* (novela, 1922).
27.—*La reina Calafia* (novela, 1923).
28.—*Novelas de la Costa Azul* (novelas cortas, 1924).
29.—*La vuelta al mundo de un novelista* (viajes, 1924-1925).
30.—*El papa del mar* (novela, 1925).
31.—*A los pies de Venus* (novela, 1926).
32.—*Novelas de amor y de muerte* (novelas cortas, 1927).
33.—*En busca del Gran Kan* (novela póstuma, 1929).
34.—*El caballero de la Virgen* (novela póstuma, 1929).
35.—*El fantasma de las alas de oro* (novela póstuma, 1930).

NOTA IMPORTANTE: Las únicas ediciones que recogen los textos definitivos del autor y que presentan una garantía de rigurosa fidelidad son las que se publicaron, bajo la dirección del propio Blasco Ibáñez, en la desaparecida Editorial Prometeo (Sempere, Llorca y Cía.), de Valencia[104].

SELECCIÓN BIBLIOGRÁFICA

AZORÍN, *Valencia,* en *Obras Selectas,* Madrid, Biblioteca Nueva, 1969.
BALSEIRO, José A., *Blasco Ibáñez, Unamuno, Valle-Inclán, Baroja, cuatro individualistas de España,* Chapel Hill, The University of North Carolina Press, 1949.

---

[104] Esta bibliografía del autor está tomada de las páginas 251-253 de la obra de Gascó Contell, ya citada.

BETORET-PARÍS, Eduardo, *El costumbrismo regional en la obra de Blasco Ibáñez*, Valencia, Fomento de Cultura, 1958.

BLANCO AGUINAGA, Carlos, «Una historia de la revolución española y la novela de una revuelta andaluza», en *Homenaje a Vicente Blasco Ibáñez*, Diputación de Valencia, 1986.

BLASCO IBÁÑEZ, Vicente, *Biobibliografía, Obras completas*, Madrid, Aguilar, 1969.

BLASCO-IBÁÑEZ TORTOSA, Vicente, «Imagen de mi abuelo», en *Homenaje a Blasco Ibáñez, fundador de «El Pueblo», 1894-1994*, Valencia, *El Mono-Gráfico*, núm. 7/8.

CUCÓ, Alfons, *Sobre la ideologia blasquista*, València, La Unitat, 1979.

GASCÓ CONTELL, Emilio, *Vicente Blasco Ibáñez agitador, aventurero y novelista*, Alcira, Murta, 1996.

DENDLE, Brian-John, «La novela española de tesis religiosa: de Unamuno a Miró», *Anales de Filología Hispánica*, 4, 1988, 15-26.

GONZÁLEZ HERRÁN, José Manuel, *La cuestión palpitante*, Barcelona, Anthropos en coedición con la Universidad de Santiago de Compostela, 1989.

GUARNER, Luis, *Valencia, tierra y alma de un país*, Madrid, Espasa-Calpe, 1974.

GRANBERG, Eduard J., «Tres tipos de ambientación en la novela del siglo XIX», en *Revista Hispánica Moderna*, XXVIII, 2/4.

Homenaje a Vicente Blasco Ibáñez, *Vicente Blasco Ibáñez la aventura del triunfo 1867-1928*, Diputación de Valencia, 1986.

IBÁÑEZ GONZÁLEZ, María de los Desamparados, *El problema colonial visto por Vicente Blasco Ibáñez*, tesis doctoral.

JUST, Juli, *Blasco Ibáñez i València*, València, Alfons el Magnànim, 1990.

LEÓN ROCA, J. L., *Blasco Ibáñez y la Valencia de su tiempo*, Ayuntamiento de Valencia, 1978.

— *Vicente Blasco Ibáñez*, Valencia, edición del autor, 1990.

— *Los amores de Blasco Ibáñez*, Valencia, Mare Nostrum, 1982.

— «Los enemigos de Blasco Ibáñez», en *El Mono-Gráfico*, Valencia, núm. 7/8.

Los Escritores Españoles, In Memoriam, Libro Homenaje al inmortal novelista Vicente Blasco Ibáñez, Valencia, 1929.

LOUBÈS, Jean Noël y LEÓN ROCA, J. L., *Vicente Blasco Ibáñez, diputado y novelista. Estudio e ilustración de su vida política*, Toulouse, France-Ibérie, 1972.

LLORIS, Manuel, «Vicente Blasco Ibáñez o la formación de un escritor de masas», en *Ínsula*, Madrid, octubre de 1980.

MAS, José, «La ciudad de Valencia en la obra de Blasco Ibáñez», en *Homenaje a Blasco Ibáñez, fundador de «El Pueblo», 1894-1994*, Valencia, *El Mono-Gráfico*, núm. 7/8.

MERIMÉE, Henri, «Le romancier Blasco Ibáñez et la cité de Valence», *Bulletin Hispanique*, Toulouse, 1992.

PITOLLET, Camille, *Vicente Blasco Ibáñez, ses romans et le roman de sa vie*, París, Calmann-Lévi, 1921.

PROFFETI, Maria Grazia, «Letteratura di denuncia o letteratura di consolazione?», *Quaderni di Lingue e Letterature*, Verona, 1989.

REGLÁ, Joan, «Aproximació a la Història del País Valencià», *La Unitat*, núm. 12, Valencia, 1975.

REIG, Ramiro, *Populismes*, Debats, 1985.

— *Blasquistas y clericales*, Valencia, Alfons el Magnànim, 1986.

— *Obrers i ciutadans, blasquisme i moviment obrer*, Col·lecció Politècnica/6, Alfons el Magnànim/Diputació de València, 1982.

— «Blasco político», en *Vicente Blasco Ibáñez, la aventura del triunfo*, Diputación de Valencia, 1986.

REDING, Katherine, «Blasco Ibáñez and Zola», en *Hispania*, VI, 6.

RENARD ÁLVAREZ, Santiago, *La modalización narrativa en las novelas sociales de Vicente Blasco Ibáñez*, tesis doctoral presentada en la Universidad de Valencia, 1983.

— «Más allá de *La barraca*», en *El Mono-Gráfico*, Valencia, núm. 7/8.

ROVIRA GRANERO, Pilar, *Mobilització social, canvi polític y revolució, Associacionisme, Segona República i Guerra Civil. Alzira 1900-1939*, Alcira, Germania, 1996.

RUIZ LASALA, I., *Blasco Ibáñez redivivo, radiografía de un español universal*, tesis doctoral.

SANCHIS GUARNER, Manuel, *La ciutat de València*, València, Albatros edicions, 1976.

SEBASTIÀ, Domingo, *València en les novel·les de Blasco Ibáñez: proletariat i burgesia*, València, L'Estel.

SEBASTIÀ, Enric, «El mundo rural de Blasco Ibáñez. En ferrocarril y a caballo», en *Historia y crítica de la literatura española*, VI, *Modernismo y 98*, Barcelona, Crítica, 1980.

SMITH, Paul, *Vicente Blasco Ibáñez. Una nueva introducción a su vida y obra*, Santiago de Chile, Andrés Bello, 1972.

TORTOSA, Pilar, *La mejor novela de Vicente Blasco Ibáñez: su vida,* Valencia, Prometeo, 1977.

TRAU, Aída E., *Arte y música en las novelas de Blasco Ibáñez,* Potomac, Maryland, 1994.

VICKERS, Peter, «Naturalismo y protesta social en Blasco Ibáñez», en *Historia y crítica de la literatura española,* VI, Barcelona, Crítica, 1980.

XANDRÓ, Mauricio, *Blasco Ibáñez,* Madrid, Epesa, 1971.

ZAMACOIS, Eduardo, *Vicente Blasco Ibáñez,* Madrid, número homenaje de *La novela mundial,* 1928.

Entre naranjos

Primera parte

I

—Los amigos te esperan en el Casino. Sólo te han visto un momento esta mañana; querrán oírte: que les cuentes algo de Madrid.

Y doña Bernarda fijaba en el joven diputado una mirada profunda y escudriñadora de madre severa, que recordaba a Rafael sus inquietudes de la niñez.

—¿Vas directamente al Casino?... —añadió—. Ahora mismo irá Andrés.

Saludó Rafael a su madre y a don Andrés, que aún quedaban a la mesa saboreando el café, y salió del comedor.

Al verse en la ancha escalera de mármol rojo, envuelto en el silencio de aquel caserón vetusto y señorial, experimentó el bienestar voluptuoso del que entra en un baño tras un penoso viaje.

Después de su llegada, del ruidoso recibimiento en la estación, de los vítores y música hasta ensordecer, apretones de manos aquí, empellones allá y una continua presión de más de mil cuerpos que se arremolinaban en las calles de Alcira[1]

---

[1] Alcira, del árabe Al-Yazirat, que significa isla; hasta hace pocos años Alcira hacía honor a su etimología, ya que se construyó sobre un meandro del río Júcar que, dividiéndose en dos brazos, la aislaba de la tierra firme. Tuvo en la Edad Media un papel destacado como fortaleza inexpugnable; Montaner afirma que era una de las más fuertes villas del mundo. En la actualidad este pueblo del sudoeste de Valencia se distingue por el esplendor de sus naranjos y por el ímpetu de sus riadas. La última riada importante tuvo lugar el 21 de octubre de 1982 cuando reventó la presa de Tous.
Según Azorín «Vivir en Alcira es una delicia. Ya el nombre mismo de la ciudad es eufónico, musical, suave» (Azorín, *Valencia, Obras Selectas,* Madrid, Biblioteca Nueva, 1969, pág. 783).

para verle de cerca, era el primer momento en que se contemplaba solo, dueño de sí mismo, pudiendo andar o detenerse a voluntad, sin precisión de sonreír automáticamente y de acoger con cariñosas demostraciones a gentes cuyas caras apenas reconocía.

¡Qué bien respiraba descendiendo por la silenciosa escalera, resonante con el eco de sus pasos! ¡Qué grande y hermoso le parecía el patio, con sus cajones pintados de verde, en los que crecían los plátanos de anchas y lustrosas hojas! Allí habían pasado los mejores años de su niñez. Los chicuelos que entonces le espiaban desde el gran portalón, esperando una oportunidad para jugar con el hijo del poderoso don Ramón Brull, eran los mismos que dos horas antes marchaban, agitando sus fuertes brazos de hortelanos, desde la estación a la casa, dando vivas al diputado, al ilustre hijo de Alcira.

Este contraste entre el pasado y el presente halagaba su amor propio, aunque allá en el fondo del pensamiento le escarabajease la sospecha de que en la preparación del recibimiento habían entrado por mucho las ambiciones de su madre y la fidelidad de don Andrés, con todos los amigos unidos a la grandeza de los Brull, caciques y señores del distrito.

Dominado por los recuerdos, al verse de nuevo en su casa, después de algunos meses de estancia en Madrid, permaneció un buen rato inmóvil en el patio, mirando los balcones del primer piso, las ventanas de los graneros —de las que tantas veces se había retirado de niño, advertido por los gritos de su madre—, y al final, como un velo azul y luminoso, un pedazo de cielo empapado de ese sol que madura como cosecha de oro los racimos de inflamadas naranjas.

Le parecía ver aún a su padre, el imponente y grave don Ramón, paseando por el patio con las manos atrás, contestando con pocas y reposadas palabras las consultas de los partidarios, que le seguían en sus evoluciones con mirada de idólatras. ¡Si hubiera podido resucitar aquella mañana, para ver a su hijo aclamado por toda la ciudad!...

Un ligero rumor semejante al aleteo de dos moscas turbaba el profundo silencio de la casa. El diputado miró al único balcón que estaba entreabierto. Su madre y don Andrés hablaban en el comedor. Se ocuparían de él, como siempre. Y cual si temiera ser llamado, perdiendo en un instante el bienestar de la soledad, abandonó el patio, saliendo a la calle.

Las dos de la tarde. Casi hacía calor, aunque era el mes de marzo. Rafael, habituado al viento frío de Madrid y a las lluvias de invierno, aspiraba con placer la tibia brisa, que esparcía el perfume de los huertos por las estrechas callejuelas de la ciudad vieja.

Años antes había estado en Italia con motivo de una peregrinación católica: su madre le había confiado a la tutela de un canónigo de Valencia que no quiso volver a España sin visitar a don Carlos, y Rafael recordaba las callejuelas de Venecia al pasar por las calles de la vieja Alcira, profundas como pozos, sombrías, estrechas, oprimidas por las altas casas, con toda la economía de una ciudad que, edificada sobre una isla, sube sus viviendas conforme aumenta el vecindario y sólo deja a la circulación el terreno preciso[2].

Las calles estaban solitarias. Se habían ido a los campos los que horas antes las llenaban en ruidosa manifestación. Los desocupados se encerraban en los cafés, frente a los cuales pasaba apresuradamente el diputado, recibiendo al través de las ventanas el vaho ardiente en que zumbaban choques de fichas y bolas de marfil y las animadas discusiones de los parroquianos.

Rafael llegó al puente del Arrabal, una de las dos salidas de la vieja ciudad, edificada sobre la isla. El Júcar peinaba sus aguas fangosas y rojizas en los machones del puente. Unas cuantas canoas balanceábanse amarradas a las casas de la orilla. Rafael reconoció entre ellas la barca[3] que en otro tiempo le servía para sus solitarias excursiones por el río, y que, olvidada por su dueño, iba soltando la blanca capa de pintura.

---

[2] Ya en la Edad Media la ciudad tuvo que ensancharse hacia el sur, fundiéndose las dos partes de la ciudad en época reciente con la desecación de un brazo del río y la supresión del puente llamado de San Bernardo. La referencia a Venecia da exotismo y prestigio a lo próximo y bien conocido. (Véase, *En el país del arte*, O.C., t. I, págs. 240-255.)

[3] Aparece el motivo de la barca, de tanta repercusión en la obra.

Después se fijó en el puente: en su puerta ojival, resto de las antiguas fortificaciones; en los pretiles de piedra amarillenta y roída, como si por las noches vinieran a devorarla todas las ratas del río, y en los dos casilicios[4] que guardaban unas imágenes mutiladas y cubiertas de polvo.

Eran el patrono de Alcira y sus santas hermanas: el adorado San Bernardo, el príncipe Hamete, hijo del rey moro de Carlet, atraído al cristianismo por la mística poesía del culto, ostentando en su frente destrozada el clavo del martirio.

Los recuerdos de su niñez, vigilada por una madre de devoción crédula e intransigente, despertaban en Rafael al pasar ante la imagen. Aquella estatua desfigurada y vulgar era el penate de la población, y la cándida leyenda de la enemistad y la lucha entre San Vicente y San Bernardo inventada por la religiosidad popular venía a su memoria.

El elocuente fraile llegaba a Alcira en una de sus correrías de predicador y se detenía en el puente, ante la casa de un veterinario, pidiendo que le herrasen su borriquilla. Al marcharse, le exigía el herrador el precio de su trabajo, e indignado San Vicente, por su costumbre de vivir a costa de los fieles, miraba al Júcar exclamando:

—*Algún día dirán: así estaba Alsira*[5].

—*No, mentres Bernat estiga* —contestaba desde su pedestal la imagen de San Bernardo.

Y efectivamente; allí estaba aún la estatua del santo, como

---

[4] Los dos bellos casalicios, de 1717, construidos sobre los contrafuertes exteriores del puente, que cobijan las imágenes de los santos de Alcira, Bernardo y sus hermanas Gracia y María, obra de Francisco Vergara, por modelos de Capuz, se han conservado en su puesto, aunque se suprimió aquél por innecesario. (Luis Guarner, *Valencia, tierra y alma de un país,* Madrid, Espasa-Calpe, 1974, pág. 571.)

[5] —*Algún día dirán: aquí estaba Alcira. / —No, mientras Bernardo esté aquí.*

Hay que hacer constar que las palabras valencianas que van salpicando la obra, en menor medida que en otras novelas del ciclo valenciano, tienen un valor testimonial del que el autor no quiere nunca abusar. La ortografía de las palabras en valenciano se ajusta a la ortografía castellana, según sucedía en la época. Las primeras normas ortográficas del catalán datan de 1907 y fueron establecidas por Pompeu Fabra. De todos modos su consolidación no se produciría hasta el año 1932 según la normativa de Castellón.

Puente de San Bernardo en tiempos de Blasco Ibáñez.

centinela eterno, vigilando el Júcar para oponerse a la maldición del rencoroso San Vicente[6].

Es verdad que el río crecía y se desbordaba todos los años, llegando hasta los mismos pies de *San Bernat,* faltando poco para arrastrarle en su corriente; es verdad también que cada cinco o seis años derribaba casas, asolaba campos, ahogaba personas y cometía otras espantables fechorías, obedeciendo la maldición del patrón de Valencia; pero el de Alcira podía más, y buena prueba era que la ciudad seguía firme y en pie, salvo los consiguientes desperfectos y peligros cada vez que llovía mucho y bajaban las aguas de Cuenca.

Rafael, sonriendo al poderoso santo como a un amigo de su niñez, pasó el puente y entró en el Arrabal, la ciudad nueva, anchurosa y despejada, como si las apretadas casas de la isla, cansadas de la opresión, hubiesen pasado en tropel a la ribera opuesta, esparciéndose con el alborozo y el desorden de colegiales en libertad.

El diputado se detuvo en la entrada de la calle donde estaba el Casino. Hasta él llegaba el rumor de la concurrencia, mayor que otros días con motivo de su llegada. ¿Qué iba a hacer allí? Hablar de los asuntos del distrito, de la cosecha de la naranja o de las riñas de gallos; describirles cómo era el jefe del gobierno y el carácter de cada ministro. Pensó con cierta inquietud en don Andrés, aquel Mentor que, por recomendación de su madre, si se despegaba de él alguna vez, era para seguirle de lejos... Pero ¡bah! que le esperasen en el Casino. Tiempo le quedaba en toda la tarde para abismarse en aquel salón lleno de humo, donde todos, al verle, se abalanzarían a él, mareándole con sus preguntas y confidencias.

Y embriagado cada vez más por la luz meridional y aquellos perfumes primaverales en pleno invierno, torció por una callejuela, dirigiéndose al campo.

---

[6] La leyenda vicentina queda recogida por José Sanchis y Sivera, en *Historia de San Vicente Ferrer,* Valencia, 1896, págs. 254-255. La referencia al puente es un anacronismo de eficacia narrativa. El narrador adopta un punto de vista ambiguo, ya que se erige en portavoz de las creencias de los alcireños y, por otra parte, tras el testimonio exacto se hace patente la denuncia de un fanatismo localista.

Al salir del antiguo barrio de la Judería y verse en plena campiña, respiró con amplitud, como si quisiera encerrar en sus pulmones toda la vida, la frescura y los colores de su tierra[7].

Los huertos de naranjos extendían sus rectas filas de copas verdes y redondas en ambas riberas del río; brillaba el sol en las barnizadas hojas; sonaban como zumbidos de lejanos insectos los engranajes de las máquinas del riego; la humedad de las acequias, unida a las tenues nubecillas de las chimeneas de los motores, formaba en el espacio una neblina sutilísima que transparentaba la dorada luz de la tarde con reflejos de nácar.

A un lado alzábase la colina de San Salvador. Con su ermita en la cumbre, rodeada de pinos, cipreses y chumberas. El tosco monumento de la piedad popular parecía hablarle como un amigo indiscreto, revelando el motivo que le hacía abandonar a los partidarios y desobedecer a su madre.

Era algo más que la belleza del campo lo que le atraía fuera de la ciudad. Cuando los rayos del sol naciente le despertaron por la mañana en el vagón, lo primero que «vio» antes de abrir los ojos fue un huerto de naranjos, la orilla del Júcar y una casa pintada de azul, la misma que asomaba ahora, a lo lejos, entre las redondas copas de follaje, allá en la ribera del río.

¡Cuántas veces la había visto en los últimos meses con los ojos de la imaginación!...

Muchas tardes, en el Congreso, oyendo al jefe, que desde el banco azul contestaba con voz incisiva a los cargos de las oposiciones, su cerebro, como abrumado por el incesante martilleo de palabras, comenzaba a dormirse. Ante sus ojos entornados desarrollábase una neblina parda, como si espesara la penumbra húmeda de bodega en que está siempre el salón de Sesiones, y sobre este telón destacábanse como visión cinematográfica las filas de naranjos, la casa azul con sus ventanas abiertas, y por una de ellas salía un chorro de notas, una voz velada y dulcísima cantando *lieders* y romanzas que

---

[7] Atinada comparación sinestésica.

servían de acompañamiento a los duros y sonoros párrafos del jefe del gobierno. De repente, Rafael despertaba con los aplausos y el barullo. Había llegado el momento de votar, y el diputado, viendo todavía los últimos contornos de la casa azul que se desvanecían, preguntaba a su vecino de banco:

—¿Qué votamos? ¿Sí o no?

La misma visión se le presentaba por las noches en el teatro Real, allí donde la música sólo servía para hacerle recordar la voz del huerto extendiéndose por entre los naranjos como un hilo de oro[8] y en las comidas con los compañeros de Comisión, cuando con el veguero en los labios, retozándoles la alegría voluptuosa de una digestión feliz, iban todos a acabar la noche en alguna casa de confianza[9], donde no corriera peligro su dignidad de representantes del país.

Ahora volvía a ver con intensa emoción aquella casa, y marchaba hacia ella, no sin vacilaciones, con cierto temor que no podía explicarse y que agitaba su diafragma, oprimiéndole los pulmones.

Pasaban los hortelanos junto al diputado, cediéndole el borde del camino, y él contestaba distraídamente a su saludo.

Todos ellos se encargarían de contar dónde le habían visto. No tardaría su madre en saberlo. Por la noche, tempestad en el comedor de su casa. Y Rafael, siempre caminando hacia la casa azul, pensaba con amargura en su situación. ¿A qué iba allá? ¿Por qué empeñarse en complicar su vida con dificultades que no podía vencer? Recordaba las dos o tres escenas cortas, pero violentas, que meses antes había tenido con su madre. El furor autoritario de aquella señora tan devota y rígida de costumbres al enterarse de que su hijo visitaba la casa azul y era amigo de una extranjera a la que no tra-

---

[8] Comparación sinestésica que también incluye un desplazamiento calificativo, ya que el oro del sol y de las naranjas se traslada para matizar la sonoridad de la voz. Este recurso es de una enorme novedad, ya que en raras ocasiones lo usa Rubén Darío y lo sistematiza más tarde Juan Ramón Jiménez, todo ello en poesía; aparece muy escasamente en prosa.

[9] Eufemismo que marca la doble moral tan típica de un machismo hipócrita y conservador.

taban las personas decentes de la ciudad, y de la que sólo hablaban bien los hombres en el Casino, cuando se veían libres de la protesta de sus familias.

Fueron escenas borrascosísimas. Por aquellos días le iban a elegir diputado. ¿Es que quería deshonrar el nombre de la familia, comprometiendo su porvenir político? ¿Para eso había arrastrado su padre una vida de luchas, de servicios al partido, realizados muchas veces escopeta en mano? ¿Una «perdida» podía comprometer la casa de los Brull, arruinada por treinta años de política y de elecciones para los señores de Madrid, ahora que su representante iba a tocar el resultado de tanto sacrificio consiguiendo la diputación y tal vez el medio de salvar las antiguas fincas, abrumadas por el peso de embargos e hipotecas?...

Rafael, anonadado por aquella madre enérgica, que era el alma del partido, prometió no volver más a la casa azul, no ver a la «perdida», como la llamaba doña Bernarda con una entonación que hacía silbar la palabra.

Pero de entonces databa el convencimiento de su debilidad. A pesar de su promesa, volvió. Iba por caminos extraviados, dando grandes rodeos, ocultándose como cuando de niño marchaba con los camaradas a comer fruta en los huertos. El encuentro con una labradora, con un chicuelo o con un mendigo le hacía temblar, a él, cuyo nombre repetía todo el distrito y que de un momento a otro iba a conseguir la investidura popular, el eterno ensueño de su padre. Y al presentarse en la casa azul tenía que fingir que llegaba por un acto libre de su voluntad, sin miedo alguno. Así, sin que lo supiera su madre, siguió viendo a aquella mujer hasta la víspera de su salida para Madrid.

Al llegar Rafael a este punto de sus recuerdos, preguntábase qué esperanza le movía a desobedecer a su madre, arrostrando su temible indignación.

En aquella casa sólo había encontrado una amistad franca y despreocupada, un compañerismo algo irónico, como de persona obligada por la soledad a escoger entre los inferiores el camarada menos repulsivo. ¡Ay! ¡Cómo veía aún las risas escépticas y frías con que eran acogidas sus palabras, que él creía de ardorosa pasión! ¡Qué carcajada aquella, insolente y brutal como un latigazo, el día en que se atrevió a decir que estaba enamorado!

—Nada de romanticismos, ¿eh, Rafaelito?... Si quiere usted que sigamos amigos, sea, con la condición de que me trate como a un hombre. Camaradas y nada más.

Y mirándole con sus ojos verdes, luminosos, diabólicos, se sentaba al piano y comenzaba uno de aquellos cantos ideales, como si quisiera con la magia del arte levantar una barrera entre los dos.

Otro día estaba nerviosa; le molestaban las miradas de Rafael, sus palabras de amorosa adoración, y le decía con brutal franqueza:

—No se canse usted. Yo ya no puedo amar: conozco mucho a los hombres; pero si alguno me hiciese volver al amor, no sería usted, Rafaelito.

Y él, allí, insensible a los arañazos y desprecios de aquel terrible amigo con faldas, indiferente ante los conflictos que la ciega pasión podía provocar en su casa.

Quería librarse del deseo, y no podía. Para arrancarse de tal atracción, pensaba en el pasado de aquella mujer: se decía que, a pesar de su belleza, de su aire aristocrático, de la cultura con que le deslumbraba a él, pobre provinciano, no era más que una aventurera que había corrido medio mundo, pasando de unos a otros brazos. Resultaba una gran cosa el conseguirlo, hacerla su amante, sentirse en el contacto carnal camarada de príncipes y célebres artistas; pero ya que era imposible, ¿a qué insistir, comprometiéndose y quebrantando la tranquilidad de su casa?

Para olvidarla, rebuscaba el recuerdo de palabras y actitudes, queriendo convertirlas en defectos. Saboreaba el goce del deber cumplido cuando, tras esta gimnasia de su voluntad, pensaba en ella sin sentir el deseo de poseerla, una satisfacción de eunuco[10] que contempla frío e indiferente, como pedazos de carne muerta, las desnudas bellezas tendidas a sus pies.

Al principio de su vida en Madrid se creyó curado. Su

---

[10] Parece ser que también los eunucos pueden sentir el placer de la atracción sexual.

nueva existencia, las continuas y pequeñas satisfacciones del amor propio, el saludo de los ujieres del Congreso, la admiración de los que venían de allá y le pedían una papeleta para las tribunas; el verse tratado como compañero por aquellos señores, de muchos de los cuales hablaba su padre con el mismo respeto que si fuesen semidioses; el oírse llamar «señoría», él, a quien Alcira entera tuteaba con afectuosa familiaridad, y rozarse en los bancos de la mayoría conservadora con un batallón de duques, condes y marqueses, jóvenes que eran diputados como complemento de la distinción que da una querida guapa y un buen caballo de carreras, todo esto le embriagaba, le aturdía, haciéndole olvidar, creyéndose completamente curado.

Pero al familiarizarse con su nueva vida, al perder el encanto de la novedad estos halagos del amor propio, volvían los tenaces recuerdos a emerger en su memoria. Y por la noche, cuando el sueño aflojaba su voluntad en dolorosa tensión, la casa azul, los ojos verdes y diabólicos de su dueña y la boca fresca, grande y carnosa, con su sonrisa irónica que parecía temblar entre los dientes blancos y luminosos, eran el centro inevitable de todos sus ensueños.

¿Para qué resistir más? Podía pensar en ella cuanto quisiera; esto no lo sabría su madre. Y se entregó a unos amores de imaginación, en los cuales la distancia hermoseaba aún más a aquella mujer.

Sintió el deseo vehemente de volver a su ciudad. La ausencia y la distancia parecían allanar los obstáculos. Su madre no era tan temible como él creía. ¡Quién sabe si al volver allá —ahora que él mismo se creía cambiado por su nueva vida— le sería fácil continuar aquellas relaciones, y preparada ella por el aislamiento y la soledad, le recibiría mejor!

Las Cortes iban a cerrarse, y obedeciendo las continuas indicaciones de los partidarios y de doña Bernarda, que le pedían que hiciese «algo» —fuese lo que fuese—, «algo» beneficioso para la ciudad, una tarde, a primera hora, cuando en el salón de Sesiones no estaban más que el presidente, los maceros y unos cuantos periodistas dormidos en la tribuna, se levantó, con el almuerzo subido a la garganta por la emoción, para pedir al ministro de Fomento más actividad en el expediente de las obras de defensa de Alcira contra las invasiones del río: un mamotreto que contaba unos sesenta años de vida y aún estaba en la niñez.

Después de esto ya podía volver con la aureola de diputado «práctico», «celoso defensor de nuestros intereses materiales», como le titulaba el semanario de la localidad, órgano del partido. Y aquella mañana, al bajar del tren[11], entre los apretones de la muchedumbre, el diputado, sordo a la *Marcha Real* y a los vivas, se levantaba sobre las puntas de los pies, buscando ver a lo lejos, entre las banderas, la casa azul con sus masas de naranjos.

Al llegar a ella, por la tarde, la emoción erizaba su epidermis y oprimía su estómago. Pensó por última vez en su madre, amante de su prestigio y temerosa de las murmuraciones de los enemigos; en aquellos demagogos que por la mañana se asomaban a la puerta de los cafés burlándose de la manifestación; pero todos sus escrúpulos se desvanecieron al ver la cerca de altas adelfas y punzantes espinos, las dos pilastras azules en que se apoyaba la puerta de verdes barrotes; y empujando ésta, entró en el huerto.

Los naranjos extendíanse en filas, formando calles de roja tierra anchas y rectas, como las de una ciudad moderna tirada a cordel en la que las casas fuesen cúpulas de un verde oscuro y lustroso. A ambos lados de la avenida que conducía a la casa extendían y entrelazaban los altos rosales sus espinosas ramas. Comenzaban a brotar en ellas los primeros botones anunciando la primavera.

Entre el rumor de la brisa agitando los árboles y el parloteo de los gorriones que saltaban en torno de los troncos, Rafael percibió una música lejana, el sonido de un piano apenas rozado con los dedos, y una voz velada, tímida, como si cantase para sí misma.

---

[11] En esta obra el tren tiene una gran importancia, no sólo como medio de comunicación, sino como elemento propiciador de encuentros y desencuentros. Según Enric Sebastià los usuarios valencianos del ferrocarril son los burgueses o aspirantes a la burguesía. (Véase «El mundo rural de Blasco Ibáñez. En ferrocarril y a caballo», en *Historia y crítica de la literatura española*, Barcelona, Crítica, 1980.)

Casa azul, en la actualidad abandonada, perteneciente a la partida del mismo nombre.

Era ella. Rafael conocía la música: un *lieder*[12] de Schubert, el favorito de aquella época; un maestro que «aún tenía lo mejor por descolgar», según decía la artista en el *argot* aprendido de los grandes músicos, aludiendo a que sólo se habían popularizado las obras más vulgares del melancólico compositor.

El joven avanzaba lentamente, con miedo, como si temiera que el ruido de sus pasos cortase aquella melodía que parecía mecer amorosamente el huerto, dormido bajo la luz de oro de la tarde.

Llegó a la plazoleta, frente a la casa, y vio de nuevo sus palmeras rumorosas, los bancos de mampostería con asiento y respaldo de floreados azulejos. Allí había reído ella muchas veces escuchándole.

La puerta estaba cerrada. Al través de un balcón entreabierto veíase un pedazo de seda azul ligeramente curvado: la espalda de una mujer.

Los pasos de Rafael hicieron ladrar a un perro en el fondo del huerto; huyeron cacareando las gallinas que picoteaban en un extremo de la plazoleta y cesó la música, oyéndose el arrastrar de una silla, como si alguien se pusiera en pie.

Apareció en el balcón una amplia bata de color celeste. Lo único que vio Rafael fueron los ojos, el relámpago verde que pareció llenar de luz todo el hueco del balcón.

—¡*Beppa! ¡Beppina!* —gritó una voz firme[13], sonora y caliente de soprano—. *Apri la porta.*

E inclinando su cabeza rubia oscura, cargada de gruesas trenzas, como un casco de oro antiguo[14], dijo sonriendo con confianza amistosa y burlona:

—Bienvenido, Rafaelito. No sé por qué, le esperaba esta tarde. Ya nos hemos enterado de sus triunfos: hasta este desierto llegaron la música y los vivas. Mi enhorabuena, señor diputado. Pase adelante su señoría.

---

[12] Debe decir *lied*.
[13] A los catorce años Blasco Ibáñez escribió una novelita titulada *El poder de la voz* basada en el hechizo criminal que una cantante ejerce sobre un pintor, quien se enamora de ella al oírla cantar.
[14] Esta comparación, muy repetida en toda la obra de Blasco, tiene ecos wagnerianos, que aquí concretan, anticipadamente, a la valquiria.

II

Desde Valencia hasta Játiva, en toda la inmensa extensión cubierta de arrozales y naranjos que la gente valenciana encierra bajo el vago título de «la Ribera», no había quien ignorase el nombre de Brull y la fuerza política que significaba.

Cual si no se hubiera realizado la unidad nacional y el país siguiera dividido en taifas o waliatos[15], como cuando existía un rey moro en Carlet, otro en Denia y otro en Játiva, el régimen de elecciones mantenía una especie de señorío inviolable en cada distrito, y al recorrer en el gobierno de la provincia el mapa político, siempre que se fijaban en Alcira decían lo mismo:

—Ahí estamos seguros. Contamos con Brull.

Era una dinastía que venía reinando treinta años sobre el distrito, cada vez con mayor fuerza.

El fundador de la casa soberana había sido el abuelo de Rafael, el ladino don Jaime, que había amasado la fortuna de la familia con cincuenta años de lenta explotación de la ignorancia y la miseria. Comenzó de escribiente en el Ayuntamiento; después había sido secretario del Juzgado municipal, pasante del notario y ayudante en el Registro de la propiedad. No quedó empleo menudo de los que ponen en contacto a la ley con el pobre que él no monopolizase, y de este modo, vendiendo la justicia como favor y valiéndose de la arbitrariedad o la astucia para dominar al rebelde, fue ha-

---

[15] El recuerdo árabe no tiene aquí la función que tendrá más tarde: la de añoranza del pasado, sino de denuncia del inmovilismo.

ciendo camino y apropiándose pedazos de aquel suelo riquísimo que adoraba con ansias de avaro.

Charlatán solemne, que a cada momento hablaba del artículo tantos de la ley aplicable al caso, los pobres hortelanos tenían tanta fe en su sabiduría como miedo a su mala intención, y acudían a solicitar su consejo en todos los conflictos, pagándole como a un abogado.

Cuando hizo una pequeña fortuna continuó en las modestas funciones, para conservar en su persona ese respeto supersticioso que infunde a los labriegos todo el que está en buenas relaciones con la ley; pero en vez de ser un pedigüeño, solicitante eterno del ochavo de los pobres, se dedicó a sacarles de apuros prestándoles dinero con la garantía de las futuras cosechas.

Dar dinero a préstamo le parecía una mezquindad. Las angustias de los labradores eran cuando moría el caballo y había que comprar otro. Por esto don Jaime se dedicó a vender a los hortelanos bestias de labor más o menos defectuosas que le proporcionaban unos gitanos de Valencia, y que él colocaba con tantos elogios cual si se tratase del caballo del Cid. Nada de venta a plazos. Dinero al contado; los caballos no eran de él —según afirmaba con la mano puesta en el pecho— y sus dueños querían cobrarlos en seguida. Lo único que podía hacer, obedeciendo a su gran corazón, débil ante la miseria, era buscar dinero para la compra, pidiéndolo a cualquier amigo.

Caía en la trampa el infeliz labriego, impulsado por la necesidad, y se llevaba el caballo después de firmar con toda clase de garantías y responsabilidades el préstamo de una cantidad que no había visto, pues el don Jaime representante de un ser oculto que facilitaba el dinero la entregaba al mismo don Jaime representante del dueño del caballo. Total: que el rústico adquiría una bestia sin regateo por el duplo de su valor, habiendo además tomado a préstamo una cantidad con crecido interés. En cada negocio de estos, don Jaime doblaba el capital. Después venían inevitablemente los apuros de la víctima: los intereses amontonándose; las nuevas concesiones, más ruinosas todavía, para amansar a don Jaime y que diese un mes de «respiro».

Todos los miércoles, día de mercado en Alcira y de gran aglomeración de hortelanos, la calle donde vivía don Jaime era un jubileo. Se presentaban a pedir prórrogas, entregando algunas pesetas como donativo gracioso, que no influía en la rebaja del débito; solicitaban otros un préstamo humildemente, con timidez, como si vinieran a robar al avariento rábula; y lo extraño del caso era que, según notaban los vecinos, toda aquella gente, después de dejar allí cuanto tenía, marchaba contenta, con rostro de satisfacción, como si acabara de librarse de un peligro.

Esta era la principal habilidad de don Jaime[16]. La usura sabía presentarla como un favor: hablaba siempre en nombre de los «otros», de los ocultos dueños del dinero y los caballos, hombres sin entrañas que le «apretaban» a él haciéndole responsable de las faltas de los deudores. Aquellos disgustos los merecía, por tener buen corazón, por meterse a hacer favores; y tal convicción sabía infundir a sus víctimas el demonio del hombre, que, cuando llegaba el embargo y la apropiación del campo o de la casita, aún decían con resignación muchos de los despojados:

—Él no tiene la culpa. ¿Qué había de hacer el pobre si le obligaban? Son los otros, los otros, que se chupan la sangre del pobre.

Y de este modo, tranquilamente, el pobre don Jaime adquiría un campo aquí, luego otro más allá, después un tercero, que unía a los dos, y a la vuelta de pocos años formaba un hermoso huerto de naranjos, adquirido con más trampas y malas artes que dinero efectivo. Así iba agrandando sus propiedades, y siempre risueño, las gafas sobre la frente y el estómago cada vez más voluminoso, se le veía entre sus víctimas, tuteándolas con fraternal cariño, dándolas[17] palmaditas en la espalda cuando llegaban con nuevas peticiones, y jurando que le haría morir en la calle como un perro aquella manía de hacer favores.

Así fue prosperando, sin que las burlas de la gente de la

---

[16] Habla aquí el autor implícito, que juzga el comportamiento de su personaje.
[17] Laísmo, muy frecuente en Blasco Ibáñez.

ciudad le hicieran perder la confianza de aquel rebaño de rústicos, que le temían como a la ley y creían en él como en la Providencia.

Un préstamo a un mayorazgo derrochador le hizo dueño del caserón señorial, que desde entonces pasó a ser de la familia Brull. Comenzó a frecuentar el trato de los grandes propietarios de la ciudad, que, aunque despreciándole, le abrieron un hueco entre ellos, con esa instintiva solidaridad de la masonería del dinero[18]. Para adquirir mayores respetos, se hizo devoto de San Bernardo, pagó fiestas e iglesia y estuvo siempre al lado del alcalde fuese quien fuese. Para él no hubo ya en Alcira otras personas que las que al llegar la cosecha recogían miles de duros; los demás eran la canalla.

Por entonces, emancipado de los bajos oficios que había desempeñado, y dejando los negocios de usura en manos de los que antes le servían de intermediarios, comenzó a preocuparse del casamiento de su hijo Ramón. Era su único heredero: una mala cabeza, que alteraba con sus genialidades el bienestar tranquilo que rodeaba al viejo Brull descansando de sus rapiñas.

El padre sentía una satisfacción animal al verle grande, fuerte, atrevido e insolente, haciéndose respetar en cafés y casinos más aún por sus puños que por la especial inmunidad que da el dinero en las pequeñas poblaciones. ¡Cualquiera se atrevería a burlarse del viejo usurero teniendo a su lado tal hijo!

Quería ser militar, pero su padre se indignaba cada vez que el muchacho hacía referencia a lo que llamaba su vocación. ¿Para eso había trabajado él haciéndose rico? Recordaba la época en que, pobre escribiente, tenía que halagar a sus superiores y escuchar sus reprimendas humildemente con el espinazo doblado. No quería que a su hijo lo llevasen de aquí para allá como una máquina.

—¡Mucho dorado —exclamaba con el desprecio del que no se siente atraído por las exterioridades—, mucho galón, pero al fin un esclavo!

---

[18] Blasco Ibáñez se hizo masón a los veintiún años. Resulta chocante, por ello, que emplee aquí este vocablo con claro matiz despectivo.

Quería a su hijo libre y poderoso, continuando la conquista de la ciudad, completando la grandeza de la familia iniciada por él, apoderándose de las personas, como él se había apoderado del dinero.

Sería abogado: la carrera de los hombres que gobiernan. Era un vehemente deseo de antiguo rábula ver a su vástago entrando con la frente alta en el vedado de la ley, donde él se había introducido siempre cautelosamente, expuesto en muchas ocasiones a salir arrastrado con una cadena al pie.

Ramón pasó algunos años en Valencia, sin que pudiera saltar más allá de los prolegómenos del Derecho, por la maldita razón de que las clases eran por la mañana y él tenía que acostarse al amanecer, hora en que se apagaban los reverberos que enfocaban su luz sobre la mesa verde. Además, tenía en su cuarto de la casa de huéspedes una magnífica escopeta, regalo de su padre, y la nostalgia de los huertos le hacía pasar muchas tardes en el tiro de palomo[19], donde era más conocido que en la Universidad.

Aquel hermoso ejemplar de belleza varonil, grande, musculoso, bronceado, con unos ojos imperiosos endurecidos por pobladas cejas, había sido creado para la acción, para la actividad; era incapaz de enfocar su inteligencia en el estudio.

El viejo Brull, que por avaricia y por prudencia tenía a su hijo a media ración —como él decía—, sólo le enviaba el dinero justo para vivir; pero víctima a su vez de aquellas malas artes con las que en otro tiempo explotaba a los labriegos, había de hacer frecuentes viajes a Valencia, buscando arreglo con ciertos usureros que hacían préstamos al hijo en tales condiciones que la insolvencia podía conducirle a la cárcel.

Hasta Alcira llegaba el rumor de otras hazañas del «príncipe», como le llamaba don Jaime al ver la despreocupación con que gastaba el dinero. En las tertulias de familias amigas se hablaba con escándalo de las calaveradas de Ramón: de una riña por cuestión de juego a la salida de un casino; de un padre y un hermano, gente ordinaria, de blusa, que juraban

---

[19] Esta costumbre, muy valenciana, se desarrollaba en el cauce del río, según se nos cuenta en *Arroz y tartana*.

matarle si no se casaba con cierta muchacha a la que acompañaba de día al taller y de noche al baile.

El viejo Brull no quiso tolerar por más tiempo las calaveradas de su hijo, y le hizo abandonar los estudios. No sería abogado: al fin, no era necesario un título para ser personaje. Además, se sentía achacoso; le era difícil vigilar en persona los trabajos de sus huertos, y necesitaba la ayuda de aquel hijo que parecía nacido para imponer su autoridad a cuantos le rodeaban.

Hacía tiempo que había fijado su atención en la hija de un amigo suyo. En la casa se notaba la falta de una mujer. Su esposa había muerto poco antes de retirarse él de los «negocios», y el viejo Brull se indignaba ante el descuido y falta de interés de las criadas. Casaría a su Ramón con Bernarda, una muchacha fea, malhumorada, cetrina y enjuta de carnes, que heredaría de sus padres tres hermosos huertos. Además, llamaba la atención por lo hacendosa y económica, con una parsimonia en sus gastos que rayaba en tacañería.

Ramón obedeció a su padre. Educado en los prejuicios de la riqueza rural, creía que una persona decente no podía oponerse a la unión con una hembra fea y arisca, siempre que tuviese fortuna.

El suegro y la nuera se entendían perfectamente. Enternecíase el viejo viendo a aquella mujer seria y de pocas palabras indignarse por el más leve despilfarro de las criadas, gritar a los colonos cuando notaba el menor descuido en los huertos y discutir y pelearse con los compradores de naranja por un céntimo de más o menos en la arroba. Aquella nueva hija era el consuelo de su vejez.

Mientras tanto, el «príncipe» cazaba por la mañana en los montes cercanos y se pasaba la tarde en el café; pero ya no le satisfacía el aplauso de los que se agrupaban en torno de la mesa de billar ni visitaba la «partida» del piso superior. Buscaba la tertulia de las personas serias, era amigo del alcalde, y hablaba de la necesidad de que todas las personas «pudientes» estuviesen unidas para meter en un puño a la pillería.

—Ya le pica la ambición —decía el viejo alegremente a su nuera—. Déjale, mujer; él se abrirá paso... Así le quiero ver.

Comenzó por entrar en el Ayuntamiento, y pronto adquirió notoriedad. La menor objeción en el Consistorio era para él una ofensa personal; terminaba las discusiones en la calle con amenazas y golpes; su mayor gloria era que los enemigos se dijeran:

—Cuidado con Ramón... Mirad que ese es muy bruto.

Y junto con su acometividad, mostraba, para captarse amigos, una esplendidez que era el tormento de su padre. «Hacía favores»: mantenía a todos los que por su repulsión al trabajo y su mala cabeza eran temibles; daba dinero a los que servían de heraldos de su naciente fama en tabernas y cafés.

Su ascensión fue rápida. Los viejos que le protegían y guiaban se vieron postergados. Al poco tiempo fue alcalde; su influencia, encontrando estrecha la ciudad, se esparció por todo el distrito y encontró firmes apoyos en la capital de la provincia. Libraba del servicio militar a mozos sanos y fuertes; cubría las trampas de los ayuntamientos que le eran adictos, aunque merecieran ir a presidio; lograba que la Guardia civil no persiguiera con mucho encono a los *roders*[20] que, por un escopetazo certero en tiempo de elecciones, iban fugitivos por los montes; y en todo el contorno nadie se movía sin la voluntad de don Ramón, al que los suyos llamaban con respeto el *quefe*.

Su padre murió viéndole en el apogeo de su gloria. Aquella mala cabeza realizaba su sueño: la conquista de la ciudad, el dominio de los hombres completando el acaparamiento del dinero. Y también antes de morir vio perpetuada la dinastía de los Brull con el nacimiento de su nieto Rafael, producto de los encuentros conyugales instintivos e insípidos de un matrimonio al que sólo unía la costumbre y el deseo de dominación.

El viejo Brull murió como un santo. Salió de la vida ayudado por todos los últimos sacramentos; no quedó clérigo en la ciudad que no empujase su alma camino del cielo con nubes de incensario en los solemnes funerales; y aunque los pillos, los rebeldes a la influencia del hijo, recordaban aquellos días de mercado en los cuales el rebaño de los huertos

---

[20] Palabra valenciana que significa «salteadores de caminos».

venía a dejarse esquilar en su despacho de rábula, toda la gente sensata que tenía que perder lloró la muerte del hombre digno y laborioso que, salido de la nada, había sabido crearse una fortuna con su trabajo.

En el padre de Rafael aún quedaba mucho de aquel estudiantón que tanto había dado que hablar. Sus gustos de libertino rústico le hacían perseguir a las hortelanas, a las muchachuelas que empapelaban la naranja en los almacenes de exportación. Pero tales devaneos quedaban en el secreto: el miedo al *quefe*[21] ahogaba la murmuración, y como además costaban poco dinero, doña Bernarda no se daba por enterada.

No amaba a su marido; tenía el egoísmo de la señora campesina que considera cumplidos todos sus deberes con ser fiel al esposo y ahorrar dinero.

Por una anomalía notable, ella tan avara, tan guardadora, capaz de palabrotas de plazuela cuando había que defender el dinero de la casa disputando con jornaleros o con los compradores de la cosecha, era tolerante con los despilfarros del esposo para mantener su soberanía sobre el distrito[22].

Cada elección abría una brecha en la fortuna de la casa. Don Ramón recibía el encargo de sacar triunfante a tal señor desconocido, que apenas si pasaba un par de días en el distrito. Era la voluntad de los que gobernaban allá en Madrid. Había que quedar bien, y en todos los pueblos volteaban corderos enteros sobre las hogueras; corrían a espita rota los toneles de las tabernas; se distribuían puñados de pesetas entre los más reacios o se perdonaban deudas, todo por cuenta de don Ramón; y su mujer, que vestía hábito para gastar menos y guisaba la comida con tal estrechez que apenas si dejaban algo para los criados, era la más espléndida al llegar la lucha, y poseída de fiebre belicosa, ayudaba a su marido a echar la casa por la ventana.

---

[21] Jefe. El valenciano no posee el fonema /j/, por lo que los valencianoparlantes iletrados al hablar castellano solían adaptarlo al fonema velar más próximo.

[22] Doña Bernarda encarna a la perfección la moralidad hipócrita, para la que el fin justifica todos los medios.

Era esto un cálculo de su avaricia. El dinero esparcido locamente era un préstamo que cobraría con creces en un día determinado. Y acariciaba con sus ojos penetrantes al pequeñín moreno e inquieto que tenía sobre sus rodillas, viendo en él al privilegiado que recogería el resultado de todos los sacrificios de la familia.

Se había refugiado en la devoción como en un oasis fresco y agradable en medio de su vida monótona y vulgar, y experimentaba una sensación de orgullo cuando algún sacerdote amigo le decía a la puerta de la iglesia:

—Cuide usted mucho de don Ramón. Gracias a él, la ola de la demagogia se detiene ante el templo y los malos principios no triunfan en el distrito. Él es quien tiene en un puño a los impíos.

Y cuando tras una declaración como ésta, que halagaba su amor propio, dándole cierta tranquilidad para después de la muerte, pasaba por las calles de Alcira con su hábito modesto y su mantilla no muy limpia, saludada con afecto por los vecinos más importantes, le perdonaba a su Ramón todos los devaneos de que tenía noticia y daba por bien empleados los sacrificios de fortuna.

¡Si no fuera por ellos, qué ocurriría en el distrito!... Triunfarían los descamisados, aquellos menestrales que leían los papeles de Valencia y predicaban la igualdad. Tal vez se repartirían los huertos y querrían que el producto de las cosechas, inmensa pila de miles de duros que dejaban ingleses y franceses, fuera para todos[23]. Pero para evitar tal cataclismo allí estaba su Ramón, el azote de los malos, el campeón de la buena causa, que la sacaba adelante dirigiendo las elecciones escopeta en mano, y así como sabía enviar a presidio a los que le molestaban con su rebeldía, lograba conservar en la

---

[23] En la primera mitad del XIX los principales productos de Valencia eran la seda, el cáñamo y el arroz; en la segunda, el producto principal era la naranja. Mientras la seda, el cáñamo y el arroz pedían una política proteccionista, los cítricos demandaban el librecambio. La exportación de cítricos, sobre todo a Centroeuropa, fue favorecida por la navegación a vapor. En 1849 fueron exportadas 9.000 toneladas de naranja, el número creció hasta llegar a 110.000 en 1882, y en 1889 alcanzó la cifra de 500.000. (Véase Sanchis Guarner, *La ciutat de València*, Valencia, Albatros, 1972, págs. 513-514.)

calle a los que con varias muertes en su historia se prestaban a servir al gobierno, sostenedor del orden y de los buenos principios.

Bajaba la fortuna de la casa de Brull, pero aumentaba su prestigio. Las talegas recogidas por el viejo a costa de tantas picardías se desparramaban por el distrito, sin que bastasen a reemplazar su hueco algunas distracciones de fondos municipales. Don Ramón contemplaba impávido aquel derroche, satisfecho de que hablasen de su generosidad tanto como de su poder.

Todo el distrito miraba como una bandera sagrada aquel corpachón bronceado, musculoso, que arbolaba en su parte superior unos enormes mostachos en los cuales comenzaban a brillar muchas canas.

—Don Ramón, debía usted quitarse esos bigotes —le decían los curas amigos con acento de cariñoso reproche—. Parece usted el propio Víctor Manuel, el carcelero del Papa[24].

Pero aunque don Ramón era un ferviente católico —que casi nunca iba a misa— y odiaba a los impíos verdugos del Santo Padre, sonreía acariciándose los mostachos, muy satisfecho en el fondo de tener alguna semejanza con un rey.

El patio de la casa era el solio de su soberanía. Sus partidarios le encontraban paseando de un extremo a otro por entre los verdes cajones de los plátanos, con las manos cruzadas en la espalda anchurosa, fuerte y algo encorvada por la edad: una espalda majestuosa, capaz de sostener a todos sus amigos.

Allí administraba justicia, decidía la suerte de las familias, arreglaba la vida de los pueblos; todo con pocas y enérgicas palabras, como un rey moro de los que en aquella misma tierra gobernaban siglos antes a sus súbditos a cielo descubierto. En los días de mercado se llenaba el patio. Deteníanse los carros ante la puerta, todas las rejas de la calle tenían cabalgaduras atadas a sus hierros, y dentro de la casa sonaba el zumbido de la rústica aglomeración.

---

[24] La unidad italiana se consiguió en el reinado de Víctor Manuel II con la anexión de Roma y de los Estados Pontificios el 20 de septiembre de 1870. A pesar de la ley de Garantías, el papa Pío IX se consideró prisionero en el Vaticano.

Don Ramón les escuchaba a todos, grave, cejijunto, con la cabeza inclinada, teniendo a su lado al pequeño Rafael, apoyándose en él con un ademán copiado de los cromos, donde él había visto a ciertos reyes acariciando al príncipe heredero.

Las tardes de sesión en el Ayuntamiento, el cacique no podía abandonar su patio. En la casa municipal no se movía una silla sin su permiso, pero le gustaba permanecer invisible como Dios, haciendo sentir su voluntad oculta.

Toda la tarde se pasaba en un continuo ir y venir de concejales desde la casa del pueblo al patio de don Ramón.

Los escasos enemigos que tenía en el Municipio, gente de oficio —como decía doña Bernarda—, devoradora de papeles contrarios al rey y la religión, atacaban al cacique, censuraban sus actos, y todo el rebaño de don Ramón se estremecía de cólera e impotencia. ¡Había que contestar! A ver: uno que fuese a consultar al *quefe*[25].

Y salía un regidor corriendo como un galgo, y al llegar a la casa señorial echando los bofes, sonreía y suspiraba con satisfacción viendo que el *quefe* estaba allí, paseando como siempre por su patio, dispuesto a sacarles del apuro como inagotable Providencia. «Fulano había dicho esto y lo otro.» Deteníase en sus paseos don Ramón, meditaba un rato, y acababa diciendo con fosca voz de oráculo: «Bueno; pues contestadle aquello y lo de más allá.» El partidario salía desbocado como un caballo de carreras; todos sus compañeros se agrupaban ansiosos para conocer la sabia opinión, y se establecía un pugilato entre ellos, queriendo cada uno ser el encargado de anonadar al enemigo con las santas palabras, hablando todos a la vez, como pájaros que de repente ven la luz y rompen a cantar desaforadamente.

Si el enemigo replicaba, otra vez la estupefacción y el silencio: nueva corrida en busca de la consulta; y así transcurrían las sesiones, con gran regocijo del barbero *Cupido* —la peor lengua de la ciudad—, el cual, siempre que se reunía el Municipio, decía a los parroquianos:

—Hoy es día de fiesta: corrida de concejales en pelo.

---

[25] Se trata de un estilo indirecto libre personalizado, ya que se adaptan al nivel léxico del personaje las palabras presentadas en tercera persona.

Cuando las exigencias del partido le hacían abandonar la ciudad, era su esposa, la enérgica doña Bernarda, la que atendía las consultas, dando respuestas, en concepto del partido, tan acertadas y sabias como las del *quefe*.

Esta colaboración en el sostenimiento de la autoridad de la familia era lo único que unía a los esposos. Aquella mujer falta de ternura, que jamás había experimentado la mejor emoción en su roce conyugal y se prestaba al amor con la pasividad de una fiera amansada y fría, enrojecía de emoción cada vez que el jefe admitía como buenas sus ideas. ¡Si ella dirigiera el partido!... Ya se lo decía muchas veces don Andrés, el amigo íntimo de su esposo, uno de esos hombres que nacen para ser segundos en todas partes, y fiel a la familia hasta el sacrificio, formaba con los dos esposos la santa trinidad de la religión de los Brull, esparcida por todo el distrito.

Allí donde don Ramón no podía ir se presentaba don Andrés, como si fuese la propia persona del jefe. En los pueblos le respetaban como vicario supremo de aquel dios que tronaba en el patio de los plátanos; y los que no se atrevían a aproximarse a éste con sus súplicas, buscaban a aquel solterón de carácter alegre y familiar, que siempre tenía una sonrisa en su cara tostada, cubierta de arrugas, y un cuento bajo su bigote recio, tostado por el cigarro.

No tenía parientes, y pasaba casi todo el día en la casa de Brull. Era como un mueble que interceptaba el paso en las habitaciones, y acostumbrados todos a él, resultaba indispensable para la familia. Don Ramón le había conocido en su juventud de modesto empleado del Ayuntamiento, y le enganchó bajo su bandera, haciéndole al poco tiempo su jefe de estado mayor. Según él, no había en el mundo persona de más mala intención y con más memoria para recordar nombres y caras. Brull era el caudillo que dirigía las batallas; el otro ordenaba los movimientos y remataba a los enemigos cuando estaban divididos y deshechos. Don Ramón era dado a arreglarlo todo con la violencia, y a la menor contrariedad hablaba de echar mano a la escopeta. De seguir sus impulsos, la gente de acción del partido hubiera hecho cada día una muerte. Don Andrés hablaba con seráfica sonrisa de «enredarle las patas» al alcalde o al elector influyente que se mostraba rebelde, y arrojaba un chaparrón de papel sellado sobre el distrito, promoviendo procesos complicados que no terminaban nunca.

Despachaba la correspondencia del jefe; tomaba parte en los juegos de Rafael, acompañándole a pasear por los huertos, y cerca de doña Bernarda desempeñaba las funciones de consejero de confianza.

Aquella mujer arisca y severa únicamente se mostraba expansiva y confiada con don Andrés. Cuando éste la llamaba su «ama» o la «señora maestra», no podía evitar un movimiento de satisfacción, y con él se lamentaba de los devaneos del marido. Era un afecto semejante al de las antiguas damas por el escudero de confianza. El entusiasmo por la gloria de la casa les unía con tal familiaridad, que los enemigos murmuraban, creyendo que doña Bernarda, despechada por las infidelidades del cónyuge, se entregaba al lugarteniente. Y don Andrés, que sonreía con desprecio cuando le acusaban de aprovechar la influencia del jefe en pequeños negocios, indignábase si la maledicencia se cebaba en su amistad con la «señora».

Lo que más íntimamente unía a las tres personas era el afecto por Rafael, aquel pequeño que había de ilustrar el apellido de Brull, realizando las ilusiones del abuelo y el padre.

Era un muchacho tranquilo y melancólico, cuya dulzura parecía molestar a la rígida doña Bernarda. Siempre pegado a sus faldas. Al levantar los ojos, encontraba fija en ella la mirada del pequeño.

—Anda a jugar al patio —decía la madre.

Y el pequeño salía inmediatamente triste y resignado, como obedeciendo una orden penosa.

Don Andrés era el único que le alegraba con sus cuentos y sus paseos por los huertos, cogiendo flores para él, fabricándole flautas de caña. Él fue quien se encargó de acompañarle a la escuela y de hacerse lenguas de su afición al estudio.

Si era serio y melancólico, es porque iba para sabio, y en el Casino del partido les decía a los correligionarios:

—Ya veréis lo que es bueno así que Rafaelito sea hombre. Ese va a ser un Cánovas.

Y ante aquella reunión de gente tosca, pasaba como un relámpago la visión de un Brull jefe del gobierno, llenando la primera plana de los periódicos con discursos de seis columnas y al final *se continuará;* y todos ellos nadando en dinero y gobernando a su capricho España, como ahora manejaban el distrito.

Jamás príncipe heredero creció entre el respeto y la adulación que el pequeño Brull. En la escuela, los muchachos le miraban como un ser superior que por bondad descendía a educarse entre ellos. Una plana bien garrapateada, una lección repetida de corrido, bastaban para que el maestro, que era del partido para cobrar el sueldo sin grandes retrasos, dijera con tono profético:

—Siga usted tan aplicado, señor de Brull. Usted está destinado a grandes cosas.

Y en las tertulias a que asistía su madre, le bastaba recitar una fabulita o lanzar alguna pedantería de niño aplicado que desea introducir en la conversación algo de sus lecciones, para que inmediatamente se abalanzasen a él las señoras, cubriéndole de besos.

—¡Pero cuánto sabe este niño!... ¡Qué listo es!

Y alguna vieja añadía sentenciosamente:

—Bernarda, cuida del chico; que no estudie tanto. Eso es malo. ¡Mira qué amarillento está!...

Terminó sus estudios superiores con los padres escolapios, siendo el protagonista de los repartos de premios, el primer papel en todas las comedias organizadas en el teatrito de los frailes. El semanario del partido dedicaba un artículo todos los años a los sobresalientes y premios de honor del «aprovechado hijo de nuestro[26] distinguido jefe don Ramón Brull, esperanza de la patria, que ya merece el título de futura lumbrera».

Cuando Rafael volvía a casa con el pecho cargado de medallas y los diplomas bajo el brazo, escoltado por su madre y media docena de señoras que habían asistido a la ceremonia, besaba a su padre la vellosa y nervuda mano. Aquella garra le acariciaba la cabeza e instintivamente se hundía en el bolsi-

---

[26] Este cambio brusco de la tercera persona narrativa a la primera del plural es un giro novedoso que explotarán muchos años más tarde los escritores del boom hispanoamericano.

llo del chaleco, por la costumbre de agradecer del mismo modo todas las acciones gratas.

—Muy bien —murmuraba la bronca voz—. Así me gusta... Torna un duro.

Y hasta el año siguiente, rara vez se veía el muchacho acariciado por su padre. En ciertas ocasiones, jugando en el patio, había sorprendido la mirada del imponente señor fija en él, como si quisiera adivinar el porvenir.

Don Andrés se encargó de su instalación en Valencia al comenzar los estudios en la Universidad. Se cumpliría el deseo del abuelo, abortado en el padre.

—¡Este sí que será abogado! —decía doña Bernarda, poseída del mismo afán que el viejo por aquel título, que era el ennoblecimiento de la familia.

Y temiendo que la corrupción de la ciudad despertase en el hijo las mismas aficiones del padre, enviaba con frecuencia a don Andrés a la capital y escribía cartas y más cartas a los amigos de Valencia, y en especial a un canónigo de su confianza, para que no perdiese de vista al muchacho.

Pero Rafael era juicioso: un modelo de jóvenes serios, según decía a su madre el buen canónigo. Los sobresalientes y premios del colegio de Alcira continuaban en Valencia, y además, don Ramón y su esposa se enteraban por los periódicos de los triunfos alcanzados por su hijo en la «Juventud jurídico-escolar», una reunión nocturna en un aula de la Universidad, donde los futuros abogados se soltaban a hablar discutiendo temas tan originales como si la «Revolución francesa había sido buena o mala» o «El socialismo comparado con el cristianismo».

Algunos muchachos terribles, que habían de entrar en casa antes de las diez, so pena de arrostrar la indignación de los padres, se declaraban rabiosos socialistas y asustaban a los bedeles maldiciendo la propiedad, sin perjuicio de proponerse —tan pronto como terminasen la carrera— conseguir una notaría o un registro[27]. Pero Rafael, siempre mesurado y co-

---

[27] Esta contradicción entre las palabras y los hechos es una aguda y penetrante pintura de la juventud universitaria de muchas épocas.

rrecto, no era de éstos; figuraba en la derecha de la docta asamblea, y en todas las cuestiones sostenía el criterio sano, pensando «con» Santo Tomás y otros sabios que le señalaba el canónigo encargado de su dirección.

Estos triunfos no tardaban en ser propalados por el semanario del partido, que, para aumentar la gloria del jefe y que los enemigos no le tachasen de parcialidad, comenzaba siempre: «Según leemos en la prensa de la capital...»

—¡Qué muchacho! —decían a doña Bernarda los curas de la población—. ¡Qué pico de oro! Ya lo verá usted: será otro Manterola[28].

Y la devota señora, cuando Rafael, por fiestas o vacaciones, volvía a casa, cada vez más alto, con modales que a ella se le antojaban la quinta esencia de la distinción y vistiendo con arreglo al último figurín, se decía con una satisfacción de madre fea:

—Será un real mozo. Todas las chicas ricas de la ciudad le desearán. No habrá más que escoger.

Doña Bernarda sentíase orgullosa al contemplar a su Rafael, alto, las manos finas y fuertes, los ojos grandes, aguileña la nariz, la barba rizada y cierta gracia ondulante y perezosa en su cuerpo, que le daba el aspecto de uno de esos jóvenes árabes de blanco alquicel y ricas babuchas que forman la aristocracia indígena en las colonias de África.

Cada vez que volvía a su casa el estudiante, era recibido por su padre con la misma caricia muda. El duro había sido reemplazado por billetes del Banco, pero la garra poderosa que se posaba sobre su cabeza acariciábale cada vez con mayor flojedad, pesaba menos.

Rafael, por sus ausencias, notaba mejor que los demás el estado de su padre. Estaba enfermo, muy enfermo. Erguido como siempre, grave, imponente, hablando apenas; pero adelgazaba, se hundían los fieros ojos, sólo quedaba de él el macizo esqueleto, marcábanse en aquel cuello, que antes parecía la cerviz de un toro, los tendones y arterias

---

[28] Eclesiástico español de la segunda mitad del siglo XIX que, siendo diputado, luchó contra la libertad religiosa. Al ser aprobada ésta, se retiró de las Cortes y se enroló en la guerra carlista.

entre la piel colgante y flácida, y los arrogantes mostachos, cada vez más blancos, caían con desmayo como una bandera rota.

Al estudiante le sorprendió el gesto de ira, la mirada fiera empañada por lágrimas de despecho con que acogió la madre sus temores.

—¡Que se muera cuanto antes!... ¡Para lo que hace!... ¡Que el Señor nos proteja llevándoselo pronto!

Rafael calló, no queriendo ahondar en el drama conyugal que se desarrollaba junto a él, oculto y silencioso.

Aquel sombrío vividor de insaciables apetitos, entregado a una crápula oscura y misteriosa, atravesaba el último torbellino de sus tempestuosos deseos. La virilidad, al sentir la cercanía de la vejez, antes de declararse vencida, ardía en él con más fuerza, y el poderoso jefe se abrasaba en el postrer destello de su animalidad exuberante. Era una puesta de sol que incendiaba su vida.

Siempre grave y con gesto sombrío, corría el distrito como un sátiro loco, sin más guía que el deseo; sus encuentros brutales, sus abusos de autoridad, llegaban como un eco doloroso a la casa señorial, donde su amigo don Andrés intentaba en vano consolar a la esposa.

—¡Pero ese hombre! —rugía iracunda doña Bernarda—. Ese hombre nos va a perder; no mira que compromete el porvenir de su hijo.

Era un apetito loco, que, en su furia, se abalanzaba sobre la fruta verde, sin sazonar. Caían anonadadas y temblorosas ante su ardor senil, en las frondosidades de los huertos, en los almacenes de naranja, o al anochecer, al borde de un camino, las vírgenes apenas salidas de la niñez, casi calvas, con el pelo untado de aceite, el pecho liso y los miembros enjutos, tristes, con una delgadez de muchacho, bajo las sucias faldas de la miseria. Por la noche salía de casa pretextando necesidades del partido, y le veían entrar en los arrabales buscando jornaleras de formas desbaratadas por la maternidad, a cuyos maridos enviaba con antelación a trabajar en sus huertos; compraba a docenas zapatos de mujer; pagaba en las tiendas pañuelos y refajos que al día siguiente eran ostentados en las afueras de la ciudad. Los más entusiastas correligionarios, sin perder el tradicional respeto, hablaban sonriendo de sus «debilidades», y señalaban un sinnúmero de arrapiezos del arrabal, morenotes, fuertes y ceñudos, como si fueran una reproducción del *quefe*. Por la noche, cuando don Ramón, rendido por la lucha con el insaciable demonio que le arañaba las entrañas, roncaba dolorosamente con un estertor que silbaba en sus pulmones y un reguero de baba en los tristes bigotes, doña Bernarda, incorporada en la cama, los flacos brazos sobre el pecho, le miraba ceñuda, con unos ojos que parecían apuñalarle, y rogaba mentalmente:

—¡Señor! ¡Dios mío! ¡Que se muera pronto este hombre! ¡Que acabe tanto asco!

Y el Dios de doña Bernarda debió oírla, pues su marido marchaba rápidamente hacia la muerte, pero como un convencido, sin retroceder ni sentir miedo, impulsado por aquella llama que le consumía, sin preocuparse de la pérdida de sus fuerzas y de la tos que sonaba como un trueno lejano, arrastrándose pavorosamente por las cavernas de su pecho.

—Cuídese usted, don Ramón —decían los curas amigos, únicos que osaban aludir a los desórdenes de su vida—. Va usted haciéndose viejo, y a su edad, vivir como un joven es llamar a la muerte[29].

Sonreía el cacique, orgulloso en el fondo de que los hombres conocieran sus hazañas, y volvía a sumirse en su rabiosa hidropesía, sintiendo que cada trago de placer le quemaba con nuevos deseos.

Aun acarició a su hijo el día que le vio entrar en el patio, escoltado por don Andrés, con el título de abogado. Le regaló su escopeta, una verdadera joya admirada por todo el distrito, y un magnífico caballo. Y como si sólo esperase ver cumplido el deseo del viejo Brull, que él no supo realizar, a los pocos días lanzó su última tos, sonaron quejumbrosamente todas las campanas de la ciudad, salió con una orla

---

[29] Hasta los curas, tan intransigentes, perdonan los vicios del jefe, ya que el clero medra con la ayuda del caciquismo; una muestra más del fariseísmo imperante.

negra de a palmo el semanario del partido, y de todo el distrito llegó la gente como en procesión, para ver si el cadáver del poderoso don Ramón Brull, que sabía detener o acelerar el curso de la justicia en la tierra, se pudría lo mismo que los despojos de los demás hombres.

III

Cuando doña Bernarda se vio sola y dueña absoluta de su casa, no pudo ocultar su satisfacción.

Ahora se vería de lo que era capaz una mujer.

Contaba con el consejo y experiencia de don Andrés, más unido a ella que nunca, y con la figura de Rafael, el joven abogado sostenedor del nombre de los Brull.

El prestigio de la familia seguía inalterable. Don Andrés, que con la muerte de su patrón había adquirido en la casa una autoridad de segundo padre, se encargaba de mantener las relaciones con las autoridades de la capital y los señorones de Madrid. En la casa se atendían lo mismo las peticiones: encontraban igual acogida los partidarios fieles y se hacían idénticos favores, sin que desmayara la influencia en los lugares que don Andrés llamaba «las esferas de la administración pública».

Llegó una elección de diputados, y como siempre, doña Bernarda sacó triunfante al individuo que le designaron desde Madrid. Don Ramón había dejado la máquina ajustada y montada perfectamente; sólo faltaba el engrase para que siguiera marchando, y allí estaba su viuda, siempre activa apenas notaba el más leve chirrido en los engranajes.

En el gobierno de la provincia se hablaba del distrito con la misma seguridad que en otros tiempos:

—Es nuestro. El hijo de Brull tiene igual fuerza que su padre.

La verdad era que a Rafael no le interesaba mucho el partido. Mirábalo como una de las fincas de la familia, cuya legítima posesión nadie le podía disputar, y se limitaba a obedecer a su madre. «Ve con don Andrés a Riola. Nuestros amigos se alegrarán de verte.» Y emprendía el viaje para sufrir el tormento de una *paella* interminable, en la cual los partidarios le acongojaban con su regocijo alborotado y los obsequios ofrecidos entre los rústicos dedos. «Convendría que dejases descansar al caballo unos días. En vez de pasear, ve por las tardes al Casino. Los correligionarios se quejan porque no te ven.» Y abandonando aquellos paseos, que eran su único placer, se hundía en un ambiente denso, cargado de gritos y humo, donde había de contestar a los más ilustrados del partido, que, llenando de ceniza los platillos del café, querían saber quién hablaba mejor, Castelar o Cánovas, y en caso de una guerra entre Francia y Alemania, cuál de las dos naciones vencería; asuntos que provocaban disputas y enfriaban amistades.

La única relación entablada voluntariamente con el partido era cuando cogía la pluma y fabricaba para el semanario algún artículo sobre «El Derecho y la Moral» o «La Libertad y la Fe», resabios de estudiante aprovechado y laborioso: largas tiradas de lugares comunes con fragmentos de lecciones de metafísica, que nadie entendía, y excitaban por lo mismo la admiración de los correligionarios, los cuales decían a don Andrés guiñando los ojos:

—¡Qué plumita! ¿eh? Cualquiera discute con él... ¡Qué «profundo»!

Cuando su madre no le obligaba por las noches a visitar la casa de algún «pudiente» al que convenía tener contento, leía, no ya, como en Valencia, los libros que le prestaba el canónigo, sino obras que compraba siguiendo las indicaciones de los periódicos, volúmenes que respetaba su madre con la santa veneración que le inspiraba el papel cosido y encuadernado, sólo comparable al desprecio que sentía por los periódicos, dedicados casi todos ellos a insultar las cosas santas y favorecer los instintos de la pillería.

Aquellos años de lectura al azar y sin los escrúpulos y temores de estudiante abatían sordamente muchas de sus firmes creencias, rompían la horma que los amigos de la madre habían metido en su pensamiento, le hacían soñar con una vida grande, de la que no tenían noticias los que le rodeaban.

Las novelas francesas le trasladaban a aquel París que oscurecía el Madrid apenas conocido en su época del doctorado; los relatos de amores despertaban en su cuerpo de joven y virtuoso, sin otros deslices que los vulgares desahogos de la crápula estudiantil, un ardor de aventuras y de complicadas pasiones, en el que latía algo del intenso fuego que había consumido a su padre.

Vivía en el mundo ideal de sus lecturas, rozándose con mujeres elegantes, perfumadas, espirituales, de cierto arte en el refinamiento de sus vicios.

Las hortelanas tostadas por el sol que enloquecían a su padre como brutal afrodisíaco, causábanle la misma repugnancia que si fuesen mujeres de otra raza, seres de una casta inferior. Las señoritas de la ciudad parecíanle campesinas disfrazadas, con los mismos instintos de egoísmo y economía de sus padres, conociendo el precio a que se vendía la naranja, sabiendo el número de hanegadas con que contaba cada aspirante a su cariño, ajustando el amor a la riqueza y creyendo que la honradez consistía en ser implacable con todo el que no se amoldaba a su vida tradicional y mezquina.

Por esto le causaba hondo tedio su existencia monótona y gris, separada por ancho foso de aquella otra vida puramente imaginativa que le envolvía como un perfume exótico y excitante surgiendo de entre las páginas de los libros.

Algún día se vería libre, levantaría las alas; y esta liberación había de realizarse cuando le eligiesen diputado. Deseaba su mayoría de edad como el príncipe heredero ansía el momento de ser coronado rey.

Desde niño le habían acostumbrado a esperar este suceso que dividiría su vida en dos, presentándole nuevos caminos para marchar rectamemente a la gloria y la riqueza.

—Cuando mi niño sea diputado —le decía la madre en sus raros arrebatos de expansión cariñosa—, como es tan guapo, se lo disputarán las chicas y se casará con una millonaria.

Y esperando con impaciencia esta edad, iba transcurriendo la vida de Rafael, sin alteración alguna; una existencia de aspirante seguro de su destino, que aguardaba el paso del tiempo para entrar en la vida. Era como los niños nobles de otros siglos, que, agraciados en la cuna por el monarca con un título de coronel, aguardaban jugando al trompo la hora de ir a ponerse al frente de su regimiento. Había nacido diputado, y lo sería; ahora esperaba entre bastidores.

Su viaje a Italia en la peregrinación papal fue lo único que alteró la monotonía de su existencia. Guiado por el canónigo, visitó más iglesias que museos; teatros sólo vio dos, aprovechándose de la flojedad que las peripecias del viaje causaban en el carácter austero de su guía. Pasaban indiferentes ante las famosas obras artísticas de los templos y se detenían a venerar cualquier reliquia acreditada por absurdos milagros. Pero aun así, pudo ver Rafael confusamente y como de pasada un mundo distinto al de su país, donde fatalmente debía arrastrarse su existencia. Sintió el roce de la misma vida de placer y pasión que absorbía en los libros como vino embriagador, y aunque de lejos, admiró en Milán la dorada y aventurera bohemia de los cantantes, en Roma el esplendor de una aristocracia señorial y artista en perpetua rivalidad con la de París y Londres, y en Florencia la elegancia inglesa emigrada en busca del sol, paseando sus *canotiers* de paja, las cabelleras de oro de las misses y sus parloteos de pájaro por los jardines donde meditaba el sombrío poeta y relataba Boccacio sus alegres cuentos para alejar el miedo a la peste.

Aquel viaje, rápido como una visión cinematográfica[30], dejando en Rafael una confusa maraña de nombres, edificios, cuadros y ciudades, sirvió para dar a sus pensamientos más amplitud y ligereza, para hacer mayor aún el foso que le aislaba dentro de su vida vulgar.

Sentía la nostalgia de lo extraordinario, de lo original; le agitaba el ansia de aventuras de la juventud; y dueño de un distrito, heredero de un señorío casi feudal, leía con el respeto supersticioso de un patán el nombre de un escritor, de un pintor cualquiera; «gente perdida que no tiene sobre qué caerse muerta», según declaraba su madre, pero que él envidiaba en secreto, imaginándose una existencia llena de placeres y aventuras.

---

[30] Vuelve la referencia al nuevo arte para realzar acertadamente la fugacidad y el ensueño.

¡Cuánto hubiera dado por ser un bohemio como los que encontraba en los libros de Murger, formando regocijada banda, paseando la alegría de vivir y el fiero amor del arte por ese mundo burgués agitado por la calentura del dinero y las manías de clases! ¡Talento para escribir cosas hermosas, versos con alas como los pájaros, un cuartito bajo las tejas allá en el Barrio Latino, una Mimí pobre, pero sentimental, que le amase, hablando entre dos besos de «cosas elevadas» y no del precio de la naranja, como aquellas señoritas que le seguían con ojos tiernos, y a cambio de esto daría la futura diputación y todos los huertos de su herencia, que, aunque gravados por el padre con hipotecas y trampas, todavía le proporcionaban una renta decorosa para sus ensueños de bohemio!

El continuo contacto con estas fantasías le hacía intolerable su vida de jefe, obligado a intervenir en los asuntos de sus partidarios; y a riesgo de enfadar a su madre, huía del Casino, buscando la soledad del campo. Allí se desarrollaba con más soltura su imaginación, poblando de seres fantásticos el camino y las arboledas, conversando muchas veces en voz alta con las heroínas de unos amores ideales arreglados conforme al patrón de la última novela leída.

Una tarde, al finalizar el verano, subía Rafael la pequeña montaña de San Salvador, inmediata a la ciudad. Le gustaba contemplar desde aquella altura el inmenso señorío de la familia. Toda la gente que habitaba en la rica llanura —según decía don Andrés describiéndole la grandeza del partido— llevaba el apellido de Brull, como un hierro de ganadería.

Rafael, siguiendo el camino pedregoso de rápidos zigzags, recordaba las montañas de Asís, que había visitado con su amigo el canónigo, gran admirador del santo de la Umbría. Era un paisaje ascético. Los peñascos azulados o rojos asomando sus cabezas a los lados del camino; pinos y cipreses saliendo de sus hendiduras, extendiendo sobre la yerma tierra sus raíces tortuosas y negras como enormes serpientes; a trechos, blancas pilastras con tejadillos, y en el centro, ocupando un hueco, azulejos con los sufrimientos de Jesús en la calle de Amargura. Los cipreses agitaban su puntiagudo gorro verde, como queriendo espantar las blancas mariposas

Ermita del Salvador, denominada también de Nuestra Señora de Lluch, a principios de siglo.

que zumbaban sobre los romeros y las ortigas; los pinos extendían arriba su quitasol, proyectando manchas de sombra sobre el camino ardiente, en el cual la tierra, endurecida por el sol, crujía bajo los pies.

Al llegar Rafael a la plazoleta de la ermita descansó de la ascensión tendiéndose en el banco de mampostería que formaba una gran media luna ante el santuario.

Reinaba allí el silencio de las alturas. Los ruidos de abajo, todos los rumores de vida y labor incesante de la inmensa llanura, llegaban arrollados y aplastados por el viento, cual el susurro de un lejano oleaje. Entre la apretada fila de chumberas que se extendía detrás del banco revoloteaban los insectos, brillando al sol como botones de oro, llenando el profundo silencio con su zumbido. Unas gallinas —las del ermitaño— picoteaban en un extremo de la plazoleta, cloqueando y moviendo rudamente sus plumas.

Rafael se abismaba en la contemplación del hermoso panorama. Con razón le llamaban paraíso sus antiguos dueños, aquellos moros cuyos abuelos, salidos de los mágicos jardines de Bagdad y acostumbrados a los esplendores de *Las mil noches y una noche*, se extasiaron, sin embargo, al ver por primera vez la tierra valenciana[31].

En el inmenso valle, los naranjales[32] como un oleaje aterciopelado; las cercas y vallados, de vegetación menos oscura, cortando la tierra carmesí en geométricas formas; los grupos de palmeras agitando sus surtidores de plumas, como cho-

---

[31] Entre los poetas que cantaron la belleza de los jardines de Al-Yazirat y lloraron la caída de Valencia en manos del Cid se encuentra Ibn-Jafaŷa, nacido en Alcira en el siglo XI que, inserto en la mejor tradición árabe, canta el amor y la naturaleza en un vasto despliegue de flores y fauna, a diversas horas del día, siempre bella, pero unas veces apacible y otras destructora. Veamos estos versos laudatorios: «Oh, habitantes de España, qué dichosos sois de tener agua y sombra, ríos y árboles.» «El jardín de la felicidad eterna no está sino en vuestra tierra; si pudiera elegir, elegiría este último.» (Ḥamdan Ḥaŷŷaŷi, *Vida y obra de Ibn-Jafaya, poeta andalusí*, traducción de María Paz Lecea, Madrid, Hiperión, 1992, pág. 125.)

[32] Sobre el toronjo y su fruto (la toronja) variedad del naranjo, escribe Ibn-Jafaya: «Un toronjo se mece soberbio: la lluvia fina lo ha ornado de joyas rojas y de mantos verdes.» «Presenta un aspecto atractivo que tiene algo del agua y del fuego: así mi mirada, al anegarse, se quema» *(op. cit.,* pág. 135).

rros de hojas que quisieran tocar el cielo, cayendo después con lánguido desmayo, «villas» azules y de color de rosa entre macizos de jardinería; blancas alquerías casi ocultas tras el verde bullón de un bosquecillo; las altas chimeneas de las máquinas de riego, amarillentas como cirios con la punta chamuscada; Alcira, con sus casas apiñadas en la isla y desbordándose en la orilla opuesta, toda ella de un color mate de hueso, acribillada de ventanitas, como roída por una viruela de negros agujeros. Más allá, Carcagente, la ciudad rival, envuelta en el cinturón de sus frondosos huertos; por la parte del mar, las montañas angulosas, esquinadas, con aristas que de lejos semejan los fantásticos castillos imaginados por Doré; y en el extremo opuesto, los pueblos de la Ribera alta flotando en los lagos de esmeralda de sus huertos, las lejanas montañas de un tono violeta, y el sol que comenzaba a descender como un erizo de oro, resbalando entre las gasas formadas por la evaporación del incesante riego[33].

Rafael, incorporándose, veía por detrás de la ermita toda la Ribera baja; la extensión de arrozales bajo la inundación artificial; ricas ciudades, Sueca y Cullera, asomando su blanco caserío sobre aquellas fecundas lagunas que recordaban los paisajes de la India; más allá, la Albufera, el inmenso lago, como una faja de estaño hirviendo bajo el sol; Valencia, cual un lejano soplo de polvo, marcándose a ras del suelo sobre la sierra azul y esfumada; y en el fondo, sirviendo de límite a esta apoteosis de luz y color, el Mediterráneo, el golfo azul y temblón, guardado por el cabo de San Antonio y las montañas de Sagunto y Almenara, que cortaban el horizonte con sus negras gibas como enormes cetáceos.

Mirando Rafael en una hondonada las torres del ruinoso convento de la Murta, casi ocultas entre los pinares, evocaba la tragedia de la Reconquista; lamentaba la suerte de aquellos

---

[33] Azorín enjuicia negativamente por boca de uno de sus personajes más queridos, en las págs. 130-131 de *La voluntad,* el estilo de este pasaje por contener demasiadas comparaciones (véase la edición de Clásicos Castalia, Madrid, 1985). Sin embargo, en una entrevista concedida a Gascó Contell en 1956 Azorín afirma: «Los mejores narradores [y repite], "narradores", de las letras universales son Tolstoi y Vicente Blasco Ibáñez.» (Véase *Genio y figura de Vicente Blasco Ibáñez,* págs. 208-209.)

guerreros agricultores, cuyos blancos alquiceles aún parecían flotar entre los naranjos, los mágicos árboles de los paraísos de Asia.

Era un cariño atávico. La herencia mora que llevaba en su carácter melancólico y soñador le hacía lamentar —contrariando sus creencias religiosas— la triste suerte de los creadores de aquel edén.

Se imaginaba los pequeños reinos de los walís feudatarios: señoríos semejantes al de su familia, sólo que en vez de estar cimentados en la influencia y el proceso, se sostenían con la lanza de aquellos jinetes, que así labraban la tierra como caracoleaban en justas y encuentros con una elegancia jamás igualada por caballero alguno. Veía la corte de Valencia, con sus poéticos jardines de Ruzafa[34], donde los poetas cantaban versos melancólicos a la decadencia del moro valenciano, escuchados por las hermosas, ocultas tras los altos rosales. Y después sobrevenía la catástrofe. Llegaban como torrente de hierro los hombres rudos de las áridas montañas de Aragón, empujados al llano por el hambre; los almogávares, desnudos, horribles y fieros como salvajes; gente inculta, belicosa e implacable, que se diferenciaba del sarraceno no lavándose nunca. Varones cristianos arrastrados a la guerra por sus trampas, los míseros terrenos de su señorío empeñados en manos del israelita, y con ellos un tropel de jinetes con cascos alados

---

[34] Ruzafa era un espléndido parque creado en el siglo IX por 'Abd Al.là al-Balansí y desde 1877 barrio meridional de la ciudad. Luis Guarner describe la belleza de Ruzafa con estas palabras: «Bellas casas de recreo y jardines colmados bajo la luz nueva de las madrugadas que sonrosaban el mar cercano o, en los atardeceres, cuando "Gorjean las aves, languidecen los ramos y la tiniebla se bebe el rojo licor del crepúsculo", como cantó el poeta Al Ruzafí, nacido en Ruzafa y muerto en Málaga en 1177.» (Véase *Valencia, tierra y alma de un país*, Madrid, Espasa-Calpe, 1974, pág. 233.)

En una eminencia del campo de Ruzafa firmó Jaime I la paz con los vencidos. Aunque la Ruzafa cristiana siguió teniendo su esplendor durante siglos, los palacetes se convirtieron en alquerías y los jardines en huertas. Siete siglos después de la muerte de Al Ruzafí, el tranquilo y laborioso pueblo de Ruzafa se anexionó a la ciudad, su iglesia primitiva —la de San Valero— fue una de tantas parroquias de Valencia y su antiguo zoco siguió siendo un mercado de entrañable sabor popular. Los tranvías invadieron la calma de aquellos rincones donde aún los campesinos guardaban sus carros de labranza.

y cimeras espantables de dragón; aventureros que hablaban diversas lenguas, soldados errantes en busca de la rapiña y el saqueo bajo la cruz; «lo peor de cada casa», que, apoderándose del inmenso jardín, se instalaban en los palacios y se convertían en condes y marqueses, para guardar con sus espadas al rey aragonés[35] aquella tierra privilegiada que los vencidos seguirían fecundando con su sudor.

«¡Valencia, Valencia, Valencia! Tus muros son ruinas; tus jardines, cementerios; tus hijos, esclavos del cristiano...», gemía el poeta cubriéndose los ojos con el alquicel. Y como banda de fantasmas, encorvados sobre sus caballos pequeños, nerviosos, finos, que parecían volar con las patas rectas, arrojando humo por las narices, Rafael veía pasar al pueblo valenciano, a los moros, vencidos y debilitados por la abundancia del suelo, huyendo al través de los jardines, empujados por los invasores brutales e incultos, para ir a sumirse en la eterna noche de la barbarie africana.

Y siguiendo con la imaginación la fuga sin término de los primeros valencianos, que dejaban olvidada y perdida una civilización cuyos últimos prestigios resucitan hoy en las universidades de Fez, Rafael sentía el mismo disgusto que si se tratara de una desgracia de su familia o su partido.

Mientras en aquella soledad evocaba las cosas muertas, la vida le rodeaba con su agitación. En el tejado de la ermita revoloteaba una nube de gorriones; en la falda de la montaña pastaba un rebaño de ovejas de rojizos vellones, las cuales, al encontrar entre los peñascos alguna brizna de hierba, se llamaban con melancólico balido.

Rafael oyó voces de mujeres que subían por el camino, y tendido como estaba, vio aparecer sobre el borde del banco e ir remontándose poco a poco dos sombrillas: una, de seda roja, brillante, con primorosos bordados como la cúpula de afiligranada mezquita; la otra, de percal rameado, modesta y respetuosamente rezagada.

---

[35] Jaime I tuvo a Alcira como ciudad predilecta, embelleciéndola y abdicando allí en su hijo. Veinticuatro horas antes de morir abandonó la bella ciudad. Blasco Ibáñez busca las raíces de la identidad valenciana por debajo y en contra de la conquista de Jaime I.

Dos mujeres entraron en la plazoleta, y al incorporarse Rafael, quitándose el sombrero, la más alta, que parecía la señora, contestó con una leve inclinación de cabeza y se dirigió al otro extremo, volviéndole la espalda para contemplar el paisaje.

La otra se sentó a alguna distancia de Rafael, respirando penosamente con la fatiga de la ascensión.

¿Quiénes eran aquellas mujeres?... Rafael conocía toda la ciudad, y jamás las había visto.

La que estaba cerca de él era indudablemente una servidora de la otra, la doncella, la acompañante. Vestía de negro, con cierta gracia sencilla, como una de esas *soubrettes*[36] francesas que él había visto en las novelas ilustradas.

Pero el origen campesino, la rudeza nativa, se revelaban en las manos cortas, con las uñas anchas y aplastadas y el dorso afeado con ligeras manchas amarillas; en los pies gruesos y pesados, a pesar de mostrarse cubiertos por unas elegantes botinas que delataban con su finura haber pertenecido antes a la señora. Era bonita, con la frescura de la juventud. Tenía unos ojos grises, grandes, crédulos, de cordero sencillo y retozón; el pelo lacio, de un rubio blanquecino, colgaba en desmayadas mechas sobre la cara tostada y rojiza, sembrada de pecas. Manejaba con torpeza la cerrada sombrilla, y de vez en cuando miraba con ansiedad la doble cadena de oro que descendía del cuello a la cintura, como si temiese la desaparición de un regalo largamente solicitado.

Rafael dejó de examinarla para fijarse en su señora. Su vista recorría aquella nuca rematada por la apretada cabellera rubia, como una cimera de oro; el cuello blanco, redondo, carnoso; la espalda amplia y esbelta, oculta bajo una blusa de seda azul, adelgazando sus líneas rápidamente en el talle y ensanchándose después, para marcar el contorno de las caderas bajo la falda gris ajustada en armónicos pliegues como los paños de una estatua, y por cuyo borde asomaban los sólidos tacones de unos zapatos ingleses encerrando[37] el pie pequeño, ágil y fuerte.

---

[36] Palabra francesa que significa «graciosas» de teatro; también significa doncella o criada.
[37] Gerundio anómalo muy usado por Blasco. Debería sustituirse por la proposición de relativo: «que encerraban».

La señora llamó a su doncella. Su voz sonora, pastosa, vibrante, lanzó unas palabras de las que apenas pudo Rafael alcanzar las principales sílabas. El rumoroso silencio de la altura pareció plegarlas y confundirlas pero el joven estaba seguro de que no había hablado en español. Era, sin duda, una extranjera...

Mostraba admiración y entusiasmo ante el panorama; hablaba rápidamente a su doméstica, señalándole las principales poblaciones que desde allí veía, citándolas por sus nombres, que era lo único que llegaba claramente a los oídos de Rafael. ¿Quién era aquella mujer nunca vista que hablaba en idioma extranjero y conocía el país? Tal vez la esposa de algún exportador francés o inglés de los que se establecían en la ciudad para la compra de la naranja. Y obligado por el aislamiento y la vulgaridad de su vida a una dolorosa continencia, devoraba con sus ojos los contornos de aquella mujer, el dorso soberbio, opulento y elegante, que parecía desafiarle con su indiferencia.

Vio Rafael cómo, cautelosamente, salió de su casa el ermitaño, un rústico que vivía de las personas que visitaban aquellas alturas. Atraído por el aspecto de la desconocida señora, se presentaba a saludarla, ofreciéndola agua de la cisterna y descubrir en su honor la milagrosa Virgen.

Volvióse la señora para contestar al ermitaño, y entonces pudo contemplarla Rafael con toda tranquilidad. Era alta, muy alta, tal vez tenía su misma estatura, pero amortiguada por curvas que delataban la robustez unida a la elegancia. El pecho opulento y firme, y sobre él una cabeza que causó honda impresión en Rafael. Le parecía ver a través de una nube —del cálido vapor de la emoción— los ojos verdes, grandes, luminosos; la nariz graciosa, de alillas palpitantes y rosadas, y aquel cabello rubio que caía sobre la tez blanca, con transparencias de nácar, surcada de venas débilmente azules. Era un perfil de hermosura moderna, graciosa y picante. Rafael creía encontrar en aquellos rasgos la huella de innumerables artistas. La había visto antes. ¿Dónde?... No lo sabía. Tal vez en los periódicos ilustrados, en los álbumes de bellezas artísticas; era posible que en las cajas de fósforos que reproducen las beldades de moda. Lo cierto era que ante aquel rostro visto por primera vez sentía en su memoria la misma impresión que al encontrar una cara amiga tras larga ausencia.

El ermitaño, excitado por la esperanza de la propina, llevábalas hacia la ermita, a cuya puerta se asomaban curiosas su mujer y su hija, deslumbradas por los enormes brillantes que centelleaban en las orejas de la desconocida.

—Entre usted, *siñoreta*[38] —decía el rústico—. Le enseñaré la Virgen, ¿sabe usted? la Virgen del Lluch, la legítima, la que vino ella sola desde Mallorca hasta aquí. Allá en Palma creen tener la verdadera; pero ¿qué han de decir ellos? Les hace rabiar la idea de que Nuestra Señora prefiere a Alcira, y aquí la tenemos, probando que es la verdadera con los portentosos milagros que realiza.

Abría la puerta de la pequeña iglesia, fresca y sombría como una bodega, mostrando en el fondo, metida en un altar barroco de oro apagado, la pequeña imagen con el manto hueco y la cara negra.

El buen hombre recitaba a toda prisa, como quien la sabe de memoria, la historia de la imagen. Era la Virgen del Lluch, la patrona de Mallorca. Un ermitaño vino huyendo de allá no se sabía por qué: tal vez por alguna sarracina de las de aquella época de guerras y atropellos, y para salvar a la Virgen de profanaciones, se la trajo a Alcira, edificando aquel santuario. Llegaron después los de Mallorca para restituirla a su isla; pero como la celestial señora les había tomado ley a Alcira y a sus habitantes, volvió volando sobre el mar sin mojarse los pies; y los baleares, para ocultar este suceso, labraron una imagen igual. Todo era cierto, y como prueba, allí estaba el primer ermitaño enterrado al pie del altar, y allí la Virgen con su carita negra a consecuencia del sol y la humedad del mar, que la ennegrecieron en su milagroso viaje.

La señora escuchaba al buen hombre sonriendo ligeramente; su doncella aguzaba el oído con el miedo de perder alguna palabra de un idioma comprendido a medias, y sus ojazos de campesina crédula iban de la imagen al narrador,

---

[38] Señorita. Este tratamiento de cortesía cada vez se usa menos.

expresando admiración por tan portentoso milagro. Rafael las había seguido dentro de la ermita, y se aproximaba a la desconocida, que afectaba no verle.

—Esta es una tradición —se atrevió a decir cuando el rústico acabó su relato—. Ya comprenderá usted, señora, que aquí nadie acepta tales cosas[39].

—Así lo creo —contestó gravemente la hermosa desconocida.

—*Traición*[40] o no, don Rafael —gruñó el ermitaño con descontento—, así lo contaba mi abuelo y todos los de su época, y así lo cree la gente. Cuando tanto se ha dicho, por algo será.

En la mancha de sol que proyectaba el hueco de la puerta sobre las baldosas se marcó la sombra de una mujer.

Era una hortelana pobremente vestida. Parecía joven, pero su cara pálida y flácida como de papel mascado, los salientes y cavidades de su cráneo, los ojos hundidos y mates y las mechas de cabello sucio que se escapaban por bajo el anudado pañuelo, dábanla aspecto de enfermedad y miseria. Caminaba descalza, con los zapatos en la mano, balanceándose penosamente, con las piernas abiertas, como si experimentara inmenso dolor al poner las plantas en el suelo.

El ermitaño la conocía mucho, y mientras la infeliz, jadeante por la ascensión y el dolor de sus pies desnudos, se dejaba caer en un banquillo, contaba él su historia en pocas palabras a la señora y a Rafael.

Estaba muy enferma: una dolencia de la matriz que acababa con ella rápidamente. No creía en los médicos, que, según ella, «la engañaban con palabras»; además, repugnaba a su pudor de buena mujer, cristianamente educada, prestarse a vergonzosas exhibiciones de los órganos enfermos. Conocía el único remedio: la Virgen del Lluch acabaría por curarla. Y todas las semanas, descalza, con los zapatos en la mano, su-

---

[39] Rafael cree imprescindible ante una extranjera abogar por la madurez racional de su pueblo; su intervención, no obstante, no es muy afortunada, como enseguida se verá.

[40] El rústico deforma la palabra como dos siglos antes había hecho Sancho en el *Quijote*.

bía la penosa cuesta, ella que en su huerto apenas podía moverse de la silla y necesitaba que el marido la arrease para cuidar la casa.

El ermitaño se aproximó a la enferma, tomando una pieza de cobre que llevaba en la mano. Quería unos gozos como siempre, ¿eh?

—*¡Visanteta, uns gòchos!*[41] —gritó el rústico asomando a la puerta.

Y entró en la iglesia su hija, una mocetona morenota y sucia, con ojos africanos: una beldad rústica que parecía escapada de un aduar.

Se acomodó en un banco, volviendo la espalda a la Virgen con el gesto de mal humor del que se ve obligado a hacer todos los días la misma cosa, y con una voz bronca, desgarrada, furiosa, que hacía temblar las paredes del santuario, comenzó una melopea lenta, cantando la historia de la imagen y sus portentosos milagros.

La enferma, arrodillada ante el altar sin soltar los zapatos, mostrando por entre las faldas las plantas de los pies amoratadas y sangrientas por los arañazos de las piedras, repetía el estribillo al final de cada estrofa implorando la protección de la Virgen.

Su voz sonaba débil, triste, como un vagido de niño enfermo. Tenía los macilentos ojos fijos en la imagen con una ex-

---

[41] *¡Vicentita, unos gozos!* Vicenta era un nombre muy frecuente hace tiempo en Valencia, debido a que San Vicente Ferrer es el patrono de la Comunidad Valenciana.

Gozos: oración cantada para implorar una merced a la divinidad, en este caso se trata de la propia patrona de Alcira. Entre las estrofas de los gozos que se cantaban en época de la novela destacamos éstas: «¡Oh Virgen de Lluc sagrada / Aurora divina y bella. / Ya que sois del mar Estrella, / *Sednos propicia Abogada.* / [...] / A cautivos libertad / dais, cuanto más oprimidos, / cojos, mancos y tullidos / sanáis de su enfermedad: / la vista más deseada, / dando al ciego la luz bella. / *Ya que sois del mar Estrella, / Sednos propicia Abogada*».

Los actuales gozos fueron compuestos por el escolapio R. P. Salvador Calvo en 1901 y empiezan así: «Tota Alzira alçant la veu / vos diu ab gran devoció / Ampareu, Mare de Déu / als fills d'esta població. / [...] // De la flor del taronjer / que en Alzira sempre hí ha / una alfombra perfumà / a la Verge li ham de fer / i del últim al primer / li direm esta oració.» (Eduardo Part Dalmau, *Santa María del Lluch, Tradición e historia de la patrona de Alzira*, Alcira, Cofradía Virgen del Lluch, págs. 40 y Apéndice documental.)

presión dolorosa de súplica, y se cubrían de lágrimas, mientras la voz sonaba cada vez más trémula y lejana.

La hermosa desconocida mostraba cierta emoción ante el espectáculo. La doncella, arrodillándose y siguiendo con movimientos de cabeza el sonsonete del canto, rezaba en un idioma que al fin conoció Rafael: era italiano. La señora miraba a la enferma con ojos de conmiseración.

—¡Qué gran cosa es la fe! —murmuró con suspirante voz.

—Sí, señora; una cosa hermosa.

Y Rafael hubiera añadido alguna frase retórica y «brillante» de las muchas que había leído en los autores «sanos» sobre las grandezas de la fe; pero en vano rebuscó en su memoria: no había nada; aquella mujer turbaba profundamente su timidez de solitario.

Terminaron los gozos. Con la última estrofa desapareció la cerril cantante, y la enferma se incorporó trabajosamente, poniéndose en pie tras varias tentativas dolorosas.

El ermitaño se acercó a ella con la obsequiosidad de un tendero que ensalza los géneros del establecimiento. «¿Iba aquello mejor? ¿Probaba la visita a la Virgen?...» La pobre enferma, cada vez más pálida, revelando con una mueca de dolor las terribles punzadas que sufría en sus entrañas, no se atrevía a contestar, por miedo a ofender a la milagrosa señora. «¡No sabía!... Sí... realmente debía estar mejor... ¡Pero aquella subida!... Esta promesa no había dado tan buen resultado como las anteriores, pero tenía fe: la Virgen sería buena para ella y la curaría.»

A la salida de la iglesia, mientras revelaba su esperanza con palabras entrecortadas, fue tanto el dolor, que casi se tendió en el suelo. El ermitaño la colocó en su silla y corrió después a la cisterna para traerla un vaso de agua.

La doncella italiana, con los ojos desmesuradamente abiertos por el susto, quedó ante la pobre mujer consolándola con palabras sueltas que le arrancaba la lástima. «*¡Poverina!... ¡poverina!... ¡Coraggio!*»[42]. Y la hortelana, en medio de su desfallecimiento, abría los ojos para mirar a la extranjera, no

---

[42] *Pobrecilla, ánimo.* A pesar de usar el italiano, la comunicación compasiva se produce por el tono de ternura.

comprendiendo las palabras, pero adivinando su ternura.

La señora salió a la plazoleta. Parecía hondamente impresionada por aquel dolor. Rafael la seguía fingiéndose distraído, algo avergonzado de su insistencia, y deseando al mismo tiempo una oportunidad para reanudar la conversación.

Respiró con amplitud la señora al verse en aquel espacio abierto, inmenso, donde la vista se perdía en el azul del horizonte.

—¡Dios mío! —dijo como si hablase con ella misma—. ¡Qué tristeza y qué alegría al mismo tiempo! Esto es muy hermoso. ¡Pero esa mujer!... ¡esa pobre mujer!

—Hace ya años que la veo así —dijo Rafael fingiendo conocerla mucho, a pesar de que hasta entonces rara vez se había fijado en la pobre hortelana—. Todos los de su clase son gente muy especial. Desprecian a los médicos, no les atienden, y se matan con estas bárbaras devociones, de las que esperan la salud.

—¡Quién sabe si lo suyo es lo mejor! El mal es invencible, y la ciencia puede contra él tanto como la fe. A veces, menos aún... ¡Y pensar que reímos y gozamos mientras el mal pasa por nuestro lado rozándonos sin ser visto!...

A esto no supo Rafael qué contestar. Pero ¿qué mujer era aquella? ¡Qué modo de expresarse, caballeros[43]. Acostumbrado el pobre muchacho a las vulgaridades y soseces de las amigas de su madre, y bajo la impresión de aquel encuentro que tan profundamente le turbaba, creía estar en presencia de un sabio con faldas, un filósofo venido de allá lejos, de alguna sombría cervecería alemana, para turbarle bajo el disfraz de la belleza.

La desconocida quedó en silencio, con los ojos fijos en el horizonte. En su boca, grande, de labios sensuales y carnosos, por entre los cuales asomaba la dentadura espléndida y luminosa, parecía apuntar una sonrisa acariciando el paisaje.

—¡Qué hermoso es esto! —dijo sin volverse hacia su acompañante—. ¡Cómo deseaba volver a verlo!

---

[43] Estilo indirecto libre personalizado, donde el vocativo «caballeros», calco semántico del valenciano, potencia la superioridad femenina ante los ojos de Rafael.

Por fin llegaba la ocasión para hacer la ansiada pregunta: ella misma se la ofrecía.

—¿Es usted de «aquí»? —preguntó con voz trémula, temiendo que su curiosidad fuese repelida por el desprecio.

—Sí, señor —se limitó a contestar la señora.

—Pues es particular. Nunca la he visto a usted...

—Nada tiene de extraño. Llegué ayer.

—¡Ya decía yo!... Conozco a todas las personas de la ciudad. Me llamo Rafael Brull, y soy hijo de don Ramón, que fue muchas veces alcalde de Alcira.

Ya lo había soltado. El pobre muchacho sentía la comezón de revelar su nombre, de decir quién era, de hacer sonar aquel apellido famoso en el distrito, para que su personalidad adquiriera realce ante la desconocida. Influida ella por el ejemplo, tal vez dijese quién era. Pero la hermosa señora se limitó a acoger su declaración con un ¡ah! de fría extrañeza, que no revelaba siquiera si su nombre le era conocido. Pero al mismo tiempo le envolvió en una rápida mirada investigadora y burlona que parecía decir:

«Este muchacho tiene buena presencia, pero debe ser tonto.»

Rafael enrojeció, adivinando que había cometido una simpleza al revelar su nombre sin que nadie se lo preguntara, con la misma prosopopeya que si estuviera en presencia de un rústico del distrito.

Se hizo un silencio penoso. Rafael quería salir de esta situación; le molestaba ver a aquella mujer glacial, indiferente, tratándole con cortesía desdeñosa, sosteniendo con gran corrección las distancias para evitar la familiaridad. Pero puesto ya en la pendiente, se atrevió a seguir preguntando:

—¿Y piensa usted permanecer mucho tiempo en Alcira?...

Rafael creyó que se hundía el suelo bajo sus pies. Una nueva mirada de aquellos ojos verdes, pero esta vez fría, amenazadora, algo así como un relámpago lívido reflejándose en el hielo.

—No sé... —contestó con una lentitud que parecía subrayar su desdén—. Yo acostumbro a abandonar los sitios cuando me fastidio en ellos.

Y tras una nueva pausa, miró a Rafael de frente para saludarle con un frío movimiento de cabeza.

—Buenas tardes, caballero.

Rafael quedó anonadado. Vio cómo se dirigía a la portalada del santuario, llamando a la doncella. Cada uno de sus pasos, cada balanceo de las arrogantes caderas, parecía levantar un obstáculo entre ella y Rafael. La vio cómo, inclinándose cariñosamente sobre la hortelana enferma, abría un pequeño saco de raso que le presentaba su doncella, y rebuscando entre brillantes baratijas y bordados pañuelos, sacaba la mano llena, brillando la plata entre sus dedos. La vació sobre el delantal de la asombrada campesina, dio algo también al ermitaño, que no manifestaba menos sobresalto, y abriendo la sombrilla roja emprendió la marcha, seguida por la doncella.

Al pasar frente a Rafael, contestó al sombrerazo de éste con una inclinación elegante, casi sin mirarle, y comenzó a bajar la pedregosa pendiente de la montaña.

La seguía el joven con la mirada al través de los pinos y los cipreses, viendo empequeñecerse aquel cuerpo soberbio de mujer fuerte y sana.

En torno de él parecía flotar aún su perfume, como si al alejarse le dejara envuelto en el ambiente de superioridad, de exótica elegancia que emanaba de su persona.

Vio Rafael aproximarse al ermitaño, ganoso de comunicar su admiración.

—*¡Quina siñora!*[44] —decía poniendo los ojos en blanco para expresar su entusiasmo.

Le había dado un duro, una rodaja blanca de las que hacía muchos años, por culpa de la poca fe, no subían a aquellas alturas. Y allí estaba Visanteta, la pobre enferma, sentada a la puerta de la ermita, mirando fijamente su delantal, como hipnotizada por el brillo del puñado de plata, duros, pesetas dobles y sencillas, monedas de cincuenta céntimos: todo el contenido del bolso; hasta un botón de oro, que debía ser de algún guante.

Rafael participaba del asombro. Pero ¿quién era aquella mujer?

—*¡Yo qué sé!* —contestaba el rústico.

---

[44] *¡Qué señora!*

Y guiándose por las palabras incomprensibles de la doncella, añadía con gran convicción:

—*Será alguna fransesa... Una fransesa rica*[45].

Volvió Rafael a seguir con la vista las dos sombrillas, que descendían la pendiente como insectos de colores. Disminuían rápidamente. Ya no era la grande más que un punto rojo... ya se perdía abajo en la llanura, entre las verdes masas de los primeros huertos... ya había desaparecido[46].

Y al quedar solo, completamente solo, Rafael sufrió una explosión de ira. Le parecía odioso aquel lugar, donde tan tímido y tan torpe se había mostrado. Le molestaba ver aún allí el relampagueo de aquella mirada fría, repeliéndole, evitando la aproximación. Le avergonzaba el recuerdo de sus estúpidas preguntas.

Y sin contestar al saludo del ermitaño y su familia, se lanzó monte abajo, con la esperanza de volver a encontrarla no sabía dónde. El heredero de don Ramón, esperanza del distrito, iba furioso, agitaba sus manos con nervioso temblor, como si quisiera abofetearse. Y con acento agresivo, como si hablase con su «yo», que abandonando la envoltura del cuerpo caminase delante de él, gritaba:

—¡Imbécil!... ¡estúpido!... ¡¡Provinciano!!

---

[45] El asombro del rústico ermitaño, unido a la idea de que los franceses eran grandes importadores de naranja, justifica su respuesta. La palabra «fransesa» tanto puede ser dicha en valenciano como en mal castellano; el seseo castellano de valencianos, catalanes y vascos es un rasgo indicador de rusticidad, no así el seseo hispanoamericano o andaluz, ya que el seseo de las hablas meridionales y ultramarinas está hecho de la /s/ predorsal, no ápico-alveolar castellana.

[46] La técnica impresionista tiene los mismos enfoques del cine.

IV

Doña Bernarda no llegó a sospechar el motivo por el cual su hijo se levantó al día siguiente pálido y ojeroso, como quien ha pasado una mala noche. Tampoco sus amigos políticos adivinaron por la tarde la razón por la que Rafael, haciendo buen tiempo, fuese a encerrarse en la atmósfera densa del Casino.

Los más bulliciosos correligionarios le rodearon para hablar una vez más de la gran noticia que hacía una semana traía revuelto al partido: iban a ser disueltas las Cortes; los diarios no hablaban de otra cosa. Dentro de dos o tres meses, antes de finalizar el año, nuevas elecciones. Y con ellas el triunfo ruidoso y unánime de la candidatura de Rafael.

Don Andrés y los más graves de sus adeptos andaban preocupados recordando fechas y haciendo cuentas con los dedos, como cortesanos que forman sus cálculos en vísperas de la declaración de mayor de edad del príncipe.

El íntimo amigo y lugarteniente de la casa de Brull era el más enterado. Si las elecciones se verificaban en la fecha indicada por los periódicos, a Rafael le faltarían unos cuantos meses, cinco o seis para cumplir los veinticinco años. Pero él había escrito a Madrid consultando a los personajes del partido. El ministro de la Gobernación se mostraba conforme, «había precedentes», y aunque a Rafael le faltase el requisito de la edad, el distrito sería para él. Ya no enviarían de Madrid más «cuneros»[47]. Se acabaron los señorones desconocidos. Y

---

[47] Según el diccionario de la RAE: «Aplícase al candidato o diputado a Cortes extraño al distrito y patrocinado por el gobierno.»

toda la grey «brullesca» se preparaba para la lucha, con el entusiasmo ruidoso del que sabe que el triunfo está asegurado de antemano.

Todas estas manifestaciones dejaban frío a Rafael. Él, que tanto había deseado la llegada de las elecciones para verse libre allá en Madrid, permanecía insensible aquella tarde, como si se tratara de la suerte de otro.

Miraba con impaciencia la mesa de tresillo donde don Andrés, con otros tres prohombres, jugaba su diaria partida, y esperaba el momento en que viniera, cual de costumbre, a sentarse junto a él, para que le contemplasen en sus funciones de Regente, cobijando bajo su autoridad y sabiduría de maestro al príncipe heredero.

Bien mediada la tarde, cuando el salón del Casino estaba menos concurrido, la atmósfera más despejada y las bolas de marfil quietas sobre el paño verde, don Andrés dio por terminada la partida, aproximándose a su discípulo, rodeado como siempre por los partidarios más pegajosos y aduladores.

Rafael fingía escucharles, mientras preparaba mentalmente la pregunta que desde el día anterior deseaba hacer a don Andrés.

Por fin se decidió.

—Usted que conoce a todo el mundo: ¿quién es una señora muy guapa que parece extranjera y que encontré ayer en la montañita de San Salvador?

Comenzó a reír el viejo, echando atrás la silla para que su vientre, estremecido por la ruidosa carcajada, no chocase con el borde de la mesa[48].

—¿También tú la has visto? —dijo entre los estertores de su risa—. Pues señor, ¡qué ciudad ésta! Llegó anteayer, y todos la han visto ya, y no hablan de otra cosa. Tú eres el único que faltaba a preguntarme... ¡Jo, jo, jo! Pero ¡qué ciudad ésta!

Después, extinguida su risa, que asombraba a Rafael, continuó más tranquilo:

—Pues esa señora extranjera, como tú dices, es de aquí, y

---

[48] Rasgo esperpéntico en la descripción de la carcajada de un hombre satisfecho.

ha nacido en la misma calle que tú. ¿No conoces a doña Pepa, «la del médico», como la llaman, una señora pequeña que tiene un huerto junto al río y vive en una casa azul que se inunda siempre que sube el Júcar? Era dueña de la casa que tenéis un poco más arriba de la vuestra, y se la vendió a tu padre; la única compra que hizo don Ramón, ¿no te acuerdas?

Sí, creía conocerla. Poniendo en tensión su memoria, salía de los más remotos rincones una señora vieja, arrugada, con la espalda algo curva y una cara de simpleza y bondad. La veía con el rosario al puño, la silla de tijera al brazo y la mantilla sobre los ojos, como cuando pasaba por frente a su puerta saludando a su madre, la cual decía con aire protector: «Esa doña Pepa es muy buena; un alma de Dios... La única persona decente de su familia.»

—Sí; sé quién es; la conozco —dijo Rafael.

—Pues esa «señora extranjera» —continuó don Andrés— es sobrina de doña Pepa. La hija de su hermano el médico, una muchacha que hasta ahora ha ido por el mundo cantando óperas. Tú no te acordarás del doctor Moreno, que tanto dio que hablar en sus tiempos...

¡Vaya si se acordaba! No necesitó poner en tortura su memoria. Aquel nombre aún se conservaba fresco entre los recuerdos de la niñez. Representaba muchas noches de sueño alterado por el miedo; de súbitas alarmas, en las cuales ocultaba bajo las sábanas la cabeza temblorosa; de amenazas cuando, negándose a dormir porque le acostaban temprano, su madre le decía con voz imperiosa:

—Si no callas y duermes, llamaré al doctor Moreno.

¡Terrible y sombrío personaje! Rafael recordaba, como si las hubiera visto al entrar en el Casino, aquellas barbas enormes, negras y rizosas, los ojos grandes y ardientes mirando siempre con exaltación, y el cuerpo alto, con una grandeza que aún parecía mayor al joven Brull evocándola desde los recuerdos de su infancia. Tal vez era una buena persona; así lo creía Rafael cuando pensaba en aquel lejano periodo de su vida; pero aún tenía presente el susto que experimentó siendo niño, al encontrar en una calleja al terrible doctor, que le miró con sus ojos de brasa, acariciándole las mejillas bondadosamente con una mano que al arrapiezo le pareció de fuego. Huyó despavorido, como huían casi todos los chicuelos cuando les acariciaba el doctor.

¡Qué horrible fama la suya! Los curas de la población hablaban de él con terribles aspavientos. Era un impío, un excomulgado. Nadie sabía ciertamente qué alta autoridad había lanzado sobre él la excomunión; pero era indudable que estaba fuera del gremio de las personas decentes y cristianas. Bastaba para esto saber que todo el granero de su casa lo tenía lleno de libros misteriosos, en idiomas extranjeros, todos conteniendo horribles doctrinas contra las sanas creencias en Dios y en la autoridad de sus representantes. Era defensor de un tal Darwin, que sostenía que el hombre es pariente del mono, lo que regocijaba a la indignada doña Bernarda, haciéndola repetir todos los chistes que a costa de esta locura soltaban sus amigos los curas los domingos en el púlpito[49]. Y lo peor era que con tales brujerías no había enfermedad que se resistiera al doctor Moreno. Hacía prodigios en los arrabales entre la tosca gente de los huertos, que le adoraba con tanto afecto como temor. Devolvía la salud a los que habían declarado incurables los viejos médicos de larga levita y bastón con puño de oro, venerables sabios, más creyentes en Dios que en la ciencia, según decía en su elogio la madre de Rafael. Aquel exaltado se valía de nuevos medicamentos, de sistemas originales, aprendidos en las revistas y libracos que recibía de muy lejos. A los enemigos les desconcertaba, en su murmuración, la manía del doctor por curar gratuitamente a los pobres, añadiendo muchas veces una limosna[50], e indignábales la testarudez con que se negaba otras muchas a asistir a las personas acaudaladas y de sanos principios que habían tenido que solicitar el permiso de su confesor para ponerse en tales manos.

—¡Pillo!... ¡Hereje!... ¡Descamisado!... —exclamaba doña Bernarda.

---

[49] Se destaca con todo realismo la pugna entre la iglesia y la ciencia que todavía hoy en día se mantiene en algunos reductos.

[50] El hecho de curar gratuitamente lo asemeja al doctor Ferragut de *Mare nostrum,* aunque sus costumbres y temperamentos sean muy distintos.

Pero lo decía en voz muy baja y con cierto miedo, pues aquellos tiempos eran malos para la casa de Brull. Rafael recordaba que su padre mostrábase por entonces más sombrío que nunca y apenas salía del patio.

A no ser por el respeto que inspiraban sus garras vellosas y el entrecejo tempestuoso, se lo hubieran comido. Mandaban los otros... todos, menos la casa de Brull.

La monarquía se la había llevado la mala trampa; legislaban en Madrid los hombres de la Revolución de Septiembre. Los industrialillos de la ciudad, rebeldes siempre a la soberanía de don Ramón, tenían fusiles en las manos, formaban una milicia, y eran capaces de plantar un balazo a los que antes les habían tenido bajo el pie. Se daban en las calles vivas a la República, faltaba poco para que se encendieran cirios ante la estampa de Castelar; y entre este torbellino de discursos, aclamaciones, *Marsellesa* a todas horas y percalina tricolor, destacábase el fanático médico predicando en las plazas, hablando en las eras de los pueblos vecinos, explicando los Derechos del Hombre en las veladas nocturnas del casino republicano de la ciudad; entusiasta hasta el lirismo, repetía con diversas palabras las odas oratorias del tribuno portentoso que en aquella época corría España de una punta a otra, haciendo comulgar al pueblo en la democracia al son de sus estrofas, que sacaban de la tumba todas las grandezas de la Historia[51].

La madre de Rafael, cerrando puertas y balcones, miraba irritada al cielo cada vez que la masa popular, a la vuelta de un mitin, pasaba por su calle con banderas al frente, para detenerse un poco más allá, ante la vivienda del doctor, al que aclamaba con entusiasmo. «¿Hasta cuándo iba a consentir Dios que las personas honradas sufriesen?» Y aunque nadie la insultaba ni la pedía un alfiler, hablaba de la necesidad de trasladarse a otro punto. Aquellas gentes pedían la República, eran de la «Repartidora», como ella decía; al paso que marchaban las cosas, no tardarían en triunfar, y entonces

---

[51] El narrador realiza una extraña amalgama entre el pensamiento conservador de los Brull y el progresista, aunque ingenuo, del autor implícito. (Véase el pasaje desde la aparición de la palabra «los industrialillos» en este mismo párrafo).

vendría el saqueo de la casa, tal vez el degüello de ella y su hijo.

—¡Déjalos, mujer! —decía el caído cacique con burlona sonrisa—. No son tan malos como crees. Que sigan cantando su *Marsellesa*[52] y dando vivas, ya que con tan poco se contentan. Este tiempo otro traerá. Los carlistas se encargarán de hacer triunfar a los nuestros.

Para el padre de Rafael, el doctor era un buen hombre, un excelente chico, al que los libros habían trastornado. Le conocía mucho: habían ido juntos a la escuela, y jamás quiso unirse al coro de maldiciones contra Moreno. Lo único que pareció molestarle fue que, a raíz de la proclamación de la República, los entusiastas del doctor quisieran enviarle diputado a la Constituyente del 73. ¡Diputado aquel loco, cuando él, el amigo y agente de tantos ministros moderados, no había osado nunca pensar en el cargo por el respeto casi supersticioso que le inspiraba! ¡Aquello era el fin del mundo!...

Pero el doctor se opuso a tales deseos. Si iba a Madrid, ¿qué sería del triste rebaño que encontraba en él salud y protección? Además, él era un sedentario. Se sentía ligado a aquella vida de estudio y soledad, en la que cumplía sus gustos sin obstáculo alguno. Sus convicciones le arrastraban a mezclarse entre la masa, a hablar en los lugares públicos, provocando tempestades de entusiasmo; pero se negaba a tomar parte en las organizaciones de partido, y después de una reu-

---

[52] El canto de este himno tiene un efecto exaltante de utopía en el pueblo y de desconcierto entre los guardias municipales en *Arroz y tartana* cuando se celebran las fallas. Escribe M. Sanchis Guarner: «La difusa i ingènua idelogia d'aquells republicans delirants, la manifesta el mateix Blasco Ibáñez en aquest passatge d'*Arroz y tartana*, quan refereix com, embadalits [significa exaltados]: "Al son de 'la Marsellesa'... los industriales soñaban despiertos en la rebaja de la contribución; los menestrales de las blusas blancas, en la supresión de los consumos y del impuesto sobre el vino; y las mujeres, enternecidas y casi llorosas, en que acabarían para siempre las quintas."» *(La ciutat de València,* València, Albatros, pág. 511).

El pasaje es una bandera de esperanza popular izada fuera de lugar, pero también está fuera de lugar la apreciación de Sanchis Guarner, ya que Blasco no está hablando por sí mismo, sino por boca de unos personajes ignorantes y ebrios de fiesta y de reconocimiento.

nión pública pasaba días y días encerrado en su casa entre sus libros y revistas, sin más compañía que la de su hermana, dócil devota, que le adoraba, aunque lamentando su irreligiosidad, y la de su hija, una niña rubia que Rafael recordaba apenas, pues la antipatía que inspiraba el padre a las principales familias obligaba a la pequeña a un forzoso aislamiento.

El doctor tenía una pasión: la música. Todos admiraban su habilidad. ¿Qué no sabría aquel hombre? Según doña Bernarda y sus amigas, aquel talento portentoso era adquirido con «malas artes», fruto de su impiedad. Pero esto no impedía que por las noches, cuando hacía sonar el violoncello, acompañado por ciertos amigotes de Valencia que venían a pasar con él algunos días —todos gente greñuda y estrambótica, que hablaban un lenguaje raro y nombraban a un tal Beethoven con tanta unción como si fuese San Bernardo, el patrón de Alcira—, la gente se agolpase en la calle, siseando para que caminasen más quedo los que poco a poco se aproximaban, y abríanse cautelosamente balcones y ventanas ante los prodigios del endemoniado doctor.

—Sí, don Andrés —dijo Rafael—; recuerdo perfectamente al doctor Moreno.

El miedo que le había inspirado en la niñez y las diabólicas melodías que por la noche llegaban hasta su camita estaban aún frescos en su memoria.

—Pues bien —continuó el viejo—; esa señora es la hija del doctor. ¡Qué hombre aquél! ¡Cómo nos hacía rabiar a tu padre y a mí en el 73! Ahora que todo aquello está tan lejos, te digo que era un buen sujeto. Algo sorbido de sesos por la lectura, como don Quijote; chiflado completamente por la música; tenía cosas graciosísimas. Se casó con una hortelana muy guapa, pero pobre. Decía que el casamiento era... para perpetuar la especie: estas eran sus palabras; para echar al mundo gente fuerte y sana. Por esto, lo menos era preocuparse de la posición de la esposa, sino de su caudal de salud. Así se buscó él aquella Teresa, fuerte como un castillo y fresca como una manzana. Pero de poco le valió a la pobre. Tuvo la niña, y a consecuencia del parto murió a los pocos días, sin que sirvieran de nada los estudios y los desesperados esfuerzos del marido. No llegaron a vivir juntos un año[53].

Los compañeros de Rafael escuchaban con tanta atención como éste. Les agitaba la malsana curiosidad de las pequeñas poblaciones, donde el ahondar en la vida ajena es el más vivo de los placeres.

—Y ahora viene lo bueno —continuó don Andrés—. El loco del doctor tenía dos santos: Castelar y Beethoven, cuyos retratos figuraban en todas las habitaciones de su casa, hasta en el granero. Ese Beethoven (por si no lo sabéis) es un italiano o inglés, no lo sé cierto, de esos que se sacan la música de la cabeza para que la toquen en los teatros o se diviertan a solas los locos como Moreno[54]. Al tener una hija, anduvo preocupado con el nombre que había de ponerla. Quería llamarla Emilia, para hacer así un homenaje a su ídolo Castelar; pero le gustaba más Leonora (¡fijaos bien! no digo Leonor, Leonora), que, según nos dijo él, era el título de la única función escrita por Beethoven, una ópera que leía él a ratos perdidos como yo leo el periódico. El recuerdo del extranjero pudo más, y envió a su hermana a la iglesia con unas cuantas vecinas pobres a bautizar la niña, con el encargo de que le pusieran por nombre Leonora. Figuraos qué contestaría el cura después de buscar en vano en el santoral. Yo estaba entonces en las oficinas del Ayuntamiento, y tuve que intervenir. Era antes de la Revolución; mandaba González Brabo: los buenos tiempos; por poco que alzase el gallo un enemigo del orden y las sanas creencias, iba en cuerda camino de Fernando Poo. Y sin embargo, ¡floja zambra armó aquel hombre! Se plantó en la iglesia, donde no había entrado nunca, empeñado en que bautizasen a la pequeña a su gusto. Después quiso llevársela sin bautizar, diciendo que le tenía sin cuidado este requisito y que sólo lo cumplía por dar gusto a su hermana. En la disputa, llamaba

---

[53] En la planificación del casamiento para mejorar la especie se anticipa dos años a *Amor y pedagogía* de Unamuno; aunque en Blasco es un episodio tan sólo esbozado, mientras don Miguel expone los detalles del plan. Por caminos diferentes los dos autores coinciden en la ironía que desbarata el plan del doctor Moreno y el de don Avito Carrascal.

[54] Es jocosa la ignorancia petulante del personaje.

con gran retintín a los curas y acólitos reunidos en la sacristía cuadrilla de *bramantes*...

—Les llamaría bracmanes —interrumpió Rafael[55].

—Sí, eso es; y también bonzos; así, por chunga, de esto me acuerdo bien. Por fin, dejó que el cura la bautizase con el nombre de Leonor. Pero como si nada. Al marcharse le dijo al párroco: «Será Leonora, por razones que le placen al padre, y que no comprendería usted aunque yo se las explicase.» ¡Qué tremolina aquella! Tuvimos que intervenir tu padre y yo para amansar a los buenos curas; querían formarle un proceso por sacrílego, ultrajes a la religión y qué sé yo cuántas cosas más. Nos dio lástima. ¡Ay, hijo mío! En aquel tiempo, una causa así era más de cuidado que hacer una muerte.

—¿Y cómo ha seguido llamándose? —preguntó un amigo de Rafael.

—Leonora, como quería su padre. Esa muchacha salió idéntica al doctor: tan chiflada como él: su mismo carácter. No la he visto aún; dicen que es muy guapa; se parece a su madre, que era una rubia, la más buena moza de estos contornos. Cuando el doctor vistió a su mujer de señora, no era gran cosa como «finura», pero nos dejó asombrados a todos...

—Y Moreno, ¿qué se hizo? —preguntó otro—. ¿Es verdad, como se dijo hace años, que se había pegado un tiro?

—Sobre eso se cuentan muchas cosas; tal vez sea todo mentira. ¡Quién sabe! ¡Se marchó tan lejos!... Cuando al caer la República volvió el tiempo de las personas decentes, el pobre Moreno se puso peor aún que al morir su Teresa. Vivía encerrado en su casa. Tu padre era respetado más que nunca; mandábamos que era un gusto. Don Antonio[56], desde Madrid, daba orden a los gobernadores de que abriesen la mano, dejándonos en completa libertad para barrer lo que quedaba de la Revolución, y los que antes aclamaban al doctor, huían de él para que nosotros no les tomásemos entre

---

[55] Rafael corrige la impropiedad lingüística de don Andrés, como antes había hecho don Quijote con respecto a Sancho.
[56] Se refiere a Cánovas del Castillo, el artífice de la Restauración y de sus funestas consecuencias.

ojos. Alguna tarde salía a pasear por las afueras; iba al huerto de su hermana, junto al río, llevando siempre al lado a Leonora, que ya tenía unos once años. En ella concentraba todo su afecto. ¡Pobre doctor! Ya estaban lejos aquellos tiempos en que toda su banda de amigotes se agarraba a tiros con la tropa en las calles de Alcira, dando vivas a la Federal... Su soledad y la tristeza de la derrota le hicieron entregarse más que nunca a la música. Sólo tenía una alegría en medio de la desesperación que le causaba el fracaso de sus perversas ideas. Leonora amaba la música tanto como él. Aprendía rápidamente sus lecciones; acompañaba al piano el violoncello de papá, y así se pasaban los días toca que toca, revolviendo todo el inmenso montón de solfas que guardaban en el granero junto con los libros malditos. Además, la pequeña mostraba cada día una voz más hermosa y sonora. «Será una artista, una gran artista», decía el padre entusiasmado. Y cuando algún arrendatario de sus tierras o uno de sus protegidos entraba en la casa y permanecía embobado ante la chicuela, que cantaba como un ángel, decía el doctor con entusiasmo: «¿Qué os parece la señorita?... Algún día estarán orgullosos en Alcira de que haya nacido aquí.»

Se detuvo don Andrés para coordinar sus recuerdos, y añadió tras larga pausa:

—La verdad es que no puedo deciros más. En aquella época, como ya mandábamos, apenas si me trataba con el doctor. Le perdimos de vista; no le hacíamos caso. La musiquilla oída al pasar frente a su casa era lo único que nos le traía a la memoria. Supimos un día, por su hermana doña Pepa, que se había ido con la niña, lejos, muy lejos, a aquella ciudad donde estuviste tú, Rafael, a Milán, que, según me han contado, es el mercado de todos los que cantan. Quería que su Leonora fuese una gran tiple. Ya no le vimos más. ¡Pobre hombre!... La cosa no debió marchar bien. Cada año escribía a su hermana para que vendiese un campo. Se conoce que allá vivían en la miseria. En unos cuantos años voló toda la fortunita que el doctor había heredado de sus padres. La pobre doña Pepa, siempre tan buena, hasta vendió la casa, que era de los dos hermanos, para enviarle el último dinero, y se trasladó al huerto, desde donde viene con un sol horrible a misa y a las Cuarenta Horas[57]. Después... después ya no he sabido nada cierto. ¡Dicen tantas mentiras! Unos, que el pobre Moreno se pegó un tiro al verse abandonado por su hija, que ya cantaba en los teatros; otros, que murió en un hospital, solo como un perro. Lo único cierto es que murió el infeliz y que su hija se ha dado la gran vida por esos mundos. Se ha divertido la maldita. ¡Qué modo de correrla!... Hasta cuentan que se ha acostado con reyes. Y de dinero no digamos. ¡Qué modo de ganarlo y de tirarlo, hijos míos! Esto quien lo sabe es el barbero Cupido. Como se cree artista porque toca la guitarra y además figura entre los de la cáscara amarga[58] y le tenía gran simpatía al padre, es el único de la ciudad que ha seguido leyendo en los papeles todas las idas y venidas de esa mujer. Dice que no canta con su apellido. Gasta otro nombre más sonoro y raro, un apellido extranjero. Como es tan metomentodo ese Cupido y en su barbería se saben las cosas al minuto, ayer mismo estuvo en la alquería de doña Pepa a saludar a la «eminente artista», como él dice. Cuenta y no acaba. Maletas por todos los rincones, mundos que pueden contener una casa; de trajes de seda... ¡la mar!; sombreros, no sé cuántos; estuches sobre todas las mesas con diamantes que quitan la vista; y todavía la maldita encargó a Cupido que avisara al jefe de estación para que envíe, así que llegue, lo que falta por venir: el equipaje gordo, un sinnúmero de bultos que llegan de muy lejos, del otro rincón del mundo, y cuestan un capital por su traslado... ¡Y eche usted!... ¡Claro! ¡Para lo que le cuesta de ganar!

Guiñaba los ojos maliciosamente y reía como un fauno viejo, dándole con el codo a Rafael, que le escuchaba absorto.

—Pero ¿se queda aquí? —preguntó el joven—. Acostumbrada a correr el mundo, ¿le gusta este rincón?

—Nada se sabe de eso —contestó don Andrés—; ni el mismo Cupido pudo averiguarlo. Estará hasta que se canse.

---

[57] Exposición del Santísimo Sacramento durante cuarenta horas, no en la misma iglesia, pero de forma ininterrumpida en diversas iglesias de la misma ciudad.
[58] Coloquialismo que significa «elemento perturbador del que uno no se puede fiar».

Y para aburrirse menos, se ha traído la casa encima, como el caracol.

—Pues es fácil que se aburra pronto —dijo un amigo de Rafael—. ¡Si cree que aquí la van a admirar y mirar como en el extranjero!... ¡La hija del doctor Moreno!, ¡del médico descamisado, como le llama mi padre! ¿Han visto ustedes qué personajes?... Y luego, ¡con una historia!... Anoche se hablaba de su llegada en todas las casas decentes, y no hubo señor que no prometiese abstenerse de todo trato con ella. ¡Si cree que Alcira es como esas tierras donde se baila el cancán y no hay vergüenza, se lleva chasco!

Don Andrés se reía con una expresión de perro viejo.

—¡Sí, hijos míos, se lleva chasco! Aquí hay mucha moral, y sobre todo, mucho miedo al escándalo. Seremos tan pecadores como en otra parte, pero no queremos que nadie se entere. Me temo que esa Leonora se pase la vida sin más sociedad que la de su tía, que es tonta, y la de una criada franchuta[59] que dicen ha traído... Aunque ella ya se lo recela. ¿Sabéis lo que le dijo ayer a Cupido? Que venía aquí únicamente por el deseo de vivir sola, de no ver gente; y cuando el barbero le habló del señorío de Alcira, hizo un gesto burlón, como si se tratara de gente despreciable de poco más o menos. Esto es lo que más se comentaba anoche por las señoras. Ya se ve: ¡acostumbrada a ser la querida de grandes personajes!...

Por la arrugada frente de don Andrés pareció pasar una idea, provocando su risa.

—¿Sabes lo que pienso, Rafael? Que tú, que eres joven y guapo y has estado en aquellos países, podías dedicarte a conquistarla, aunque sólo fuera por bajarle un poco los humos y demostrar que aquí también hay personas. Dicen que es muy guapa, y ¡qué demonio! la cosa no será muy difícil. ¡Cuando sepa quién eres!...

Dijo esto el viejo con la certidumbre de la adulación, convencido de que el prestigio de su «príncipe» era tal, que forzosamente había de turbar a toda mujer. Pero a Rafael, estas

---

[59] Forma despectiva muy frecuente en el habla coloquial.

palabras, después de la escena de la tarde anterior, le parecían una crueldad.

Don Andrés se puso serio de repente, como si ante sus ojos pasase una pavorosa visión, y añadió con tono respetuoso:

—Pero no; fuera bromas. No hagas caso de lo que digo. Tu madre sufriría un gran disgusto.

El nombre de doña Bernarda, representación de la temible virtud, al caer en medio de la conversación, puso serios a todos los del corro.

—Lo más extraño —dijo Rafael, que deseaba desviar la conversación— es que todos se acuerden ahora de la hija del doctor. Han pasado años y más años, sin que nadie pronunciase su nombre.

—Estas son cosas de aquí —contestó el viejo—. Los de vuestra edad no la habíais visto, y nuestros padres, que conocieron al doctor y a su hija, han tenido siempre buen cuidado de no sacar a conversación a esa mujer que, como dice tu madre, es la deshonra de Alcira. De vez en cuando se sabía algo: una noticia que Cupido pescaba en los periódicos y propagaba por ahí; una revelación de la tonta doña Pepa, que contaba a los curiosos las glorias de su sobrina en el extranjero; muchas mentiras que se inventaban no se sabe dónde ni por quién. Todo esto quedaba oculto, como el fuego bajo la ceniza. Si a esa muchacha no se le hubiera ocurrido volver a Alcira... nada. Pero ha venido, y de pronto todos hablan de ella, y resulta que saben o creen saber su vida, desembuchando las noticias de muchos años. ¿Queréis creerme, hijos míos? Yo la he considerado siempre una pájara de cuenta; pero aquí se miente mucho... mucho; se le levanta un falso testimonio al mismo verbo divino, y no será tanto como dicen... ¡Si fuese uno a hacer caso! ¿No era el pobre don Ramón el más grande hombre de esta tierra? ¿Y qué cosas no decían de él?...

Ya no se habló más de la hija del doctor Moreno. Rafael sabía cuanto deseaba. Aquella mujer había nacido a corta distancia de donde él nació; sus infancias habían transcurrido casi juntas; y sin embargo, en el primer encuentro de su vida, se habían sentido separados por la frialdad de lo desconocido.

Esta separación sería cada vez mayor. Ella se burlaba de la ciudad, vivía fuera de su influencia, en pleno campo, despreciándola, y la ciudad no iría a ella.

¿Cómo aproximarse?... Rafael estuvo tentado aquella misma tarde, paseando sin rumbo por las calles, de buscar en su tienda al barbero Cupido. El alegre bohemio era el único de Alcira que entraba en su casa. Pero le detuvo el miedo a su lengua murmuradora.

A su respetabilidad de hombre de partido le repugnaba entrar en aquella barbería empapelada con láminas de *El Motín* y presidida por el retrato de Pi y Margall. ¿Cómo justificaría su presencia allí, donde jamás había entrado? ¿Cómo explicar a Cupido su interés por aquella mujer sin exponerse a que en la misma noche lo supiera toda la ciudad?

Pasó por dos veces frente a los rayados cristales de la barbería, sin atreverse a poner la mano en el picaporte, y acabó por salir al campo, siguiendo la orilla del río, lentamente, con la vista fija en aquella alquería[60] azul que nunca había llamado su atención y ahora le parecía la más hermosa del dilatado paraíso de naranjos.

Por entre la arboleda veía el balcón de la casa, y en él una mujer desdoblando ropas brillantes, de finos colores: faldas que sacudía para borrar los pliegues de la opresión en las maletas.

Era la doncella italiana, aquella Beppa de pelo rojizo que había visto en la tarde anterior acompañando a su señora.

Creyó que la muchacha le miraba, que le reconocía por entre el follaje, a pesar de la distancia: y sintiendo un repentino miedo de chiquillo que se ve sorprendido en plena travesura, volvió la espalda y se alejó rápidamente hacia la ciudad, experimentando después cierta satisfacción, como si hubiera adelantado algo en el conocimiento de Leonora sólo con llegar a las inmediaciones de la casa azul.

---

[60] Palabra de origen árabe que significa «casa de campo», usada fundamentalmente en Valencia. Es curioso destacar el hecho de que esta voz local aparezca en un soneto que escribió la poetisa uruguaya Juana de Ibarbourou a los catorce años.

V

Las primeras lluvias del invierno caían con insistencia sobre la comarca. El cielo gris, cargado de nubes, parecía tocar la copa de los árboles. La tierra rojiza de los campos oscurecíase bajo el continuo chaparrón; los caminos hondos y tortuosos, entre las tapias y setos de los huertos, convertíanse en barrancos; paralizábase la vida laboriosa del cultivo, y los pobres naranjos, tristes y llorosos, encogíanse bajo el diluvio, como protestando de aquel cambio brusco en el país del sol.

El río crecía. Las aguas rojas y gelatinosas, como arcilla líquida, chocaban contra las pilastras de los puentes, hirviendo como montones removidos de hojas secas. Los habitantes de las casas inmediatas al Júcar seguían con mirada ansiosa el curso del río y plantaban en la orilla cañas y palos para convencerse de la subida de su nivel.

—¿*Munta?*[61]... —preguntaban los que vivían en el interior.

—*Sí que munta* —contestaban los ribereños.

El agua subía con lentitud, amenazando a la ciudad que audazmente había echado raíces en medio de su cauce.

Pero a pesar del peligro, los vecinos no iban más allá de una alarmada curiosidad. Nadie sentía miedo ni abandonaba su casa para pasar los puentes buscando un refugio en tierra firme. ¿Para qué? Aquella inundación sería como todas. Era inevitable de vez en cuando la cólera del río; hasta había que agradecerla, pues constituía diversión inesperada, una agradable paralización de trabajo. La confianza moruna daba

---

[61] *¿Sube?*

tranquilidad a la gente. Lo mismo había hecho en tiempos de sus padres, de sus abuelos y tatarabuelos, y nunca se llevó la población: algunas casas, la vez que más. ¿Y había de sobrevenir ahora la catástrofe?... El río era el amigo de Alcira; se guardaban el afecto de un matrimonio que, entre besos y bofetadas, llevase seis o siete siglos de vida común[62]. Además, para la gente menuda, estaba allí el «padre» San Bernardo, tan poderoso como Dios en todo lo que tocase a Alcira, y único capaz de domar aquel monstruo que desarrollaba sus ondulantes anillos de olas rojizas.

Llovía día y noche, y sin embargo, la ciudad, por su animación, parecía estar de fiesta. Los muchachos, emancipados de la escuela por el mal tiempo, iban a los puentes a arrojar ramas para apreciar la velocidad de la corriente, o descendían por las callejuelas vecinas al río para colocar señales, aguardando que la lámina de agua, ensanchándose, llegase hasta ellas.

La gente de los cafés se deslizaba por las calles al abrigo de los grandes aleros, cuyas canales rotas vomitaban chorros como brazos, y después de mirar al río, bajo el débil abrigo de sus paraguas, volvían muy ufanos, parándose en todas las casas para dar su opinión sobre la crecida.

Era una de pareceres, discusiones ardorosas y diversas profecías, que agitaban la ciudad de un extremo a otro con el calor y la vehemencia de la sangre meridional. Se disputaba, se enfriaban amistades por si en media hora el río había subido cuatro dedos o uno solo, y faltaba poco para venir a las manos por si esta riada era más importante que la anterior[63].

Y mientras tanto, el cielo llorando incesantemente por sus

---

[62] Personificación muy plástica en la que se hermanan catástrofe y rutina. Ibn-Jafaya evoca la belleza y la violencia del Júcar en estos versos: «Qué hermosa es, Dios mío, esa corriente que fluye por el fondo de un ancho valle. Su onda es más deseable que los labios de sombrío carmesí de una Bella.» «Es tan fina, que se diría un arco de plata fundida sobre un manto verde.» «Las construcciones se derrumbaban inclinándose hasta tierra, como lo harían diputaciones que saludaran a reyes.»

[63] En medio del peligro se abren paso los acaloramientos estériles e inoportunos; está muy bien captado este rasgo sicológico de vehemencia meridional.

innumerables ojos; el río hinchándose de rugiente cólera, lamiendo con sus lenguas rojas la entrada de las calles bajas, asomábase a los huertos de las orillas y penetraba por entre los naranjos, después de abrir agujeros en los setos y en las tapias.

La única preocupación era si llovería al mismo tiempo en las montañas de Cuenca. Si bajaba agua de allá, la inundación sería cosa seria. Y los curiosos hacían esfuerzos al anochecer por adivinar el color de las aguas, temiendo verlas negruzcas, señal cierta de que venían de la otra provincia.

Cerca de dos días duraba aquel diluvio. Cerró la noche, y en la oscuridad sonaba lúgubre el mugido del río. Sobre su negra superficie reflejábanse, como inquietos pescados de fuego, las luces de las casas ribereñas y los farolillos de los curiosos que examinaban las orillas.

En las calles bajas, el agua, al extenderse, se colaba por debajo de las puertas. Las mujeres y los chicos refugiábanse en los graneros, y los hombres, arremangados de piernas, chapoteaban en el líquido fangoso, poniendo en salvo los aperos de labranza o tirando de algún borriquillo que retrocedía asustado, metiéndose cada vez más en el agua.

Toda aquella gente de los arrabales, al verse en las tinieblas de la noche, con la casa inundada, perdió la calma burlona de que había hecho alarde durante el día. La dominaba el pavor de lo sobrenatural y buscaba con infantil ansiedad una protección, un poder fuerte que atajase el peligro. Tal vez esta riada era la definitiva. ¿Quién sabe si serían ellos los destinados a perecer con las últimas ruinas de la ciudad?... Las mujeres gritaban asustadas al ver las míseras callejuelas convertidas en acequias:

—*¡El pare San Bernat!... ¡Que traguen al pare San Bernat!*[64].

Los hombres se miraban con inquietud. Nadie podía arreglar aquello como el glorioso patrón. Ya era hora de buscarle, cual otras veces, para que hiciese el milagro.

Había que ir al Ayuntamiento; obligar a los señores de viso, gente algo descreída, a que sacasen el santo para el consuelo de los pobres.

---

[64] *¡El padre San Bernardo!... ¡Que saquen al padre San Bernardo!*

En un momento se formó un verdadero ejército. Salían de las lóbregas callejuelas, chapoteando en el agua como ranas, vociferando su grito de guerra: «¡*San Bernat! ¡San Bernat!*» Los hombres remangados de piernas y brazos o desnudos, sin otra concesión al pudor que la faja, esa prenda que jamás se despega de la piel del labriego; las mujeres con las faldas a la cabeza, hundiendo en el barro sus tostadas y enjutas piernas de bestias de trabajo; todos mojados de cabeza a pies, con las ropas mustias y colgantes adheridas a la carne. Al frente del inmenso grupo iban unos mocetones con hachas de viento, cuyas llamas se enroscaban crepitantes bajo la lluvia, paseando sus reflejos de incendio sobre la vociferante multitud.

—*¡San Bernat! ¡San Bernat!... ¡Viva el pare San Bernat!*

Pasaban por las calles con el estrépito y la violencia de un pueblo amotinado, bajo el continuo gotear del cielo y los chorros de los aleros. Abríanse puertas y ventanas, uniéndose nuevas voces a la delirante aclamación, y en cada bocacalle un grupo de gente engrosaba la negra avalancha.

Iban todos al Ayuntamiento, furiosos y amenazantes, como si solicitaran algo que podían negarles, y entre la muchedumbre veíanse escopetas, viejos trabucos y antiguas pistolas de arzón, enormes como arcabuces. Parecía que iban a matar al río.

El alcalde, con todos los del Ayuntamiento, aguardaba a la puerta de la casa de la ciudad. Habían llegado corriendo, seguidos de alguaciles y gente de la ronda, para hacer frente al motín.

—*¿Qué voléu?*[65] —preguntaba el alcalde a la muchedumbre.

¡Qué habían de querer! El único remedio, la salvación: llevar al santo omnipotente a la orilla del río para que le metiera miedo con su presencia; lo que venían haciendo siglos y siglos sus ascendientes, gracias a lo cual aún existía la ciudad.

Algunos vecinos que eran mal mirados por la gente del campo a causa de su incredulidad sonreían. ¿No sería mejor

---

[65] *¿Qué queréis?* La traducción del valenciano se adapta luego al estilo indirecto libre.

desalojar las casas cercanas al río? Una tempestad de protestas seguía a esta proposición. ¡Fuera! ¡Querían que saliese el santo! ¡Que hiciera el milagro, como siempre!

Y acudía a la memoria de la gente sencilla el recuerdo de los prodigios aprendidos en la niñez sobre las faldas de la madre; las veces que en otros siglos había bastado asomar a San Bernardo a un callejón de la orilla para que inmediatamente el río se fuera hacia abajo, desapareciendo como el agua de un cántaro que se rompe.

El alcalde, fiel a la dinastía de los Brull, estaba perplejo. Le atemorizaba el populacho y quería acceder, como de costumbre; pero era grave falta no consultar al *quefe*. Por fortuna, cuando la gran masa negra comenzaba a revolverse indignada por su silencio y salían de ella silbidos y gritos hostiles, llegó Rafael.

Doña Bernarda le había hecho salir al primer asomo de la popular manifestación. En aquellas circunstancias era cuando se lucía su marido, dando disposiciones que de nada servían. Pero al volver el río a su normalidad y desaparecer el peligro, el popular rebaño admiraba sus sacrificios, llamándole el padre de los pobres. Si el milagroso santo había de salir, que fuese Rafael quien concediera el permiso. Las elecciones de diputados estaban próximas; la inundación no podía llegar con más oportunidad. Nada de imprudencias, ni de darla[66] un susto, pero debía hacer algo, para que la gente hablase de él como hablaba de su padre en tales casos.

Por esto, Rafael, después de hacerse explicar por los más exaltados el deseo de la manifestación, ordenó con majestuoso ademán:

—Concedido; que saquen a *San Bernat*.

Entre un estrépito de aplausos y vivas a Brull, la negra avalancha se dirigió a la iglesia.

Había que hablar con el cura para sacar el santo; y el buen párroco, bondadoso, obeso y un tanto socarrón, se resistía siempre a acceder a lo que él llamaba una tradicional mojiganga. Le complacía poco salir en procesión, bajo un para-

---

[66] Laísmo, como ya se ha dicho, muy frecuente en Blasco.

Se organizaba rápidamente la procesión. Por las estrechas calles de la isla corría la lluvia formando arroyos, y descalzos o hundiendo sus zapatos en el agua, llegaban hombres con hachones y trabucos, mujeres guardando[68] sus pequeñuelos bajo la hinchada tienda que formaban las sayas subidas a la cabeza. Presentábanse los músicos con las piernas desnudas, levita de uniforme y emplumado chacó, semejantes a esos jefes indígenas que adornan su desnudez con casacas y tricornios de desecho.

Frente a la iglesia brillaban como un incendio los grupos de hachones, y al través del gran hueco de la puerta veíanse, cual lejanas constelaciones, los cirios de los altares.

Casi todo el vecindario estaba en la plaza, a pesar de la lluvia cada vez más fuerte. Muchos miraban al negro espacio con expresión burlona. ¡Qué chasco iba a llevarse! Hacía bien en aprovechar la ocasión soltando tanta agua; ya cesaría de chorrear tan pronto como saliese San Bernardo.

La procesión comenzaba a extender su doble cadena de llamas entre el apretado gentío.

—*¡Vítol el pare San Bernat!* —gritaban a la vez un sinnúmero de voces roncas.

—*¡Vítol les chermanetes!*[69] —añadían otros corrigiendo la falta de galantería de los más entusiastas.

Porque las hermanitas, las santas mártires Gracia y María, también figuraban en la procesión. San Bernardo no iba solo a ninguna parte. Era cosa sabida hasta por los niños que no había fuerza en el mundo capaz de arrancar al santo de su altar si antes no salían las hermanas. Juntas todas las caballerías de los huertos y tirando un año, no conseguirían moverle de su pedestal. Era éste uno de sus milagros acreditados por la tradición. Le inspiraban las mujeres poca confianza —según decían los comentadores alegres—, y no queriendo perder de vista a sus hermanas, para salir él de su altar habían de ir éstas delante[70].

---

[68] Gerundio anómalo, muy frecuente en Blasco.
[69] *¡Viva las hermanitas!* En valenciano, como en el sur de España o en Hispanoamérica, hay más tendencia al uso del diminutivo que en el castellano general.
[70] El ingenuo milagro se aviene perfectamente con la interpretación misógina.

Asomaron a la puerta de la iglesia las santas hermanas, balanceándose en su peana sobre las cabezas de los devotos.

—*¡Vítol les chermanetes!*

Y las pobres *chermanetes,* goteando por todos los pliegues de sus vestiduras, avanzaban en aquella atmósfera casi líquida, oscura, tempestuosa, cortada a trechos por el crudo resplandor de los hachones.

Los músicos probaban los instrumentos, preparándose a soplar la *Marcha Real.* En el hueco iluminado de la puerta se marcó algo que brillaba sobre las cabezas como un ídolo de oro. Avanzaba pesadamente, con fatigoso cabeceo, como movido por las olas de un mar irritado. La multitud lanzó un rugido. La música rompió a tocar.

—*¡Vítol el pare San Bernat!*

Pero la música y las aclamaciones quedaron ahogadas por un estrépito horripilante, como si la isla se abriera en mil pedazos, arrastrando la ciudad al centro de la tierra. La plaza se llenó de relámpagos. Era una verdadera batalla: descargas cerradas, arcabuzazos sueltos, tiros que parecían cañonazos. Todas las armas del vecindario saludaban la salida del santo. Los viejos trabucos, cargados hasta la boca, tronaban con fogonazos que quitaban la vista, chamuscando a los más cercanos; disparábanse los pistolones de arzón entre las piernas de los fieles; repetían sus secas detonaciones las escopetas de fabricación moderna, y la muchedumbre, aficionada a correr la pólvora, arremolinábase gesticulante y ronca, enardecida por el excitante humo mezclado con la humedad de la lluvia y por la presencia de aquella imagen de bronce, cuya cara redonda y bondadosa de frailecillo sano parecía adquirir palpitaciones de vida a la luz de las antorchas.

Ocho hombres forzudos y casi en cueros encorvábanse bajo el peso del santo. Las oleadas de gente estrellábanse contra ellos, haciendo vacilar las andas. Dos atletas despechugados, admiradores del santo, marchaban a ambos lados conteniendo el gentío.

Las mujeres, sofocadas por la aglomeración, empujadas y golpeadas por el vaivén, rompían a llorar con la vista fija en el santo, agitadas por un sollozo histérico.

—*¡Ay, pare San Bernat! ¡Pare San Bernat, salveumos!*[71].

Otras sacaban a los chiquillos de entre los pliegues de sus faldas, y levantándolos sobre sus cabezas, buscaban los brazos de los dos poderosos atletas.

—*¡Agárralo! ¡Qu'el bese!*[72].

Y el atleta, por encima de la gente, agarraba al chiquillo con una mano que parecía una garra. Lo asía del primer sitio que encontraba, elevábalo hasta el nivel del santo para que besase el bronce, y lo devolvía como una pelota a los brazos de su madre. Todo con rapidez, automáticamente, dejando un chiquillo para coger otro, con la regularidad de una máquina en función. Muchas veces el impulso era demasiado rudo; chocaban las cabezas de los niños con sordo ruido, aplastábanse las tiernas narices contra los pliegues del metálico hábito, pero el fervor de la muchedumbre parecía contagiar a los pequeños; eran los futuros adoradores del fraile moro, y rascándose los chichones con las tiernas manecitas, se tragaban las lágrimas y volvían a adherirse a las faldas de sus madres[73].

Detrás del glorioso santo marchaban Rafael y los señores del Ayuntamiento con gruesos blandones; el cura, bufando al sentir las primeras caricias de la lluvia bajo el gran paraguas de seda roja con que le cubría el sacristán, y la muchedumbre de hortelanos confundidos con los músicos, que, más atentos a mirar dónde ponían los pies que a los instrumentos, entonaban una marcha desacorde y rara. Seguían los tiros, las aclamaciones delirantes a San Bernardo y sus hermanas, y rodeada de un nimbo rojo por el resplandor de las antorchas, saludada en cada esquina por una descarga cerrada, iba navegando la imagen sobre aquel oleaje de cabezas azotado por la lluvia, que, a la luz de los cirios, tomaba la transparencia

---

[71] *¡Ay, padre San Bernardo! ¡Padre San Bernardo, salvadnos!*
[72] *¡Cógelo! ¡Que lo bese!*
[73] Tiene gran eficacia estética y sicológica la pintura esperpéntica protagonizada por los atletas e inspirada por la fe de las mujeres. El alzar a un niño para implorar la protección divina o para erguirse a la plenitud del propio ser es el tema dominante de *El rey de los alisos* del escritor francés Michel Tournier. Es lo que en dicha novela se describe reiteradamente como «euforia»: asunción del bienestar.

de hilos de cristal. Y en torno del santo los brazos de los atletas, siempre en movimiento, subiendo y bajando chiquillos que babeaban el mojado bronce del padre San Bernardo. En balcones y ventanas aglomerábanse las mujeres con la cabeza resguardada por las faldas. El paso del santo provocaba profundos suspiros, dolorosas exclamaciones de súplica. Era un coro de desesperación y de esperanza.

—*¡Salveumos, pare San Bernat!... ¡Salveumos!...*

La procesión llegó al río, pasando y repasando el puente del Arrabal. Reflejáronse las inquietas llamas en las olas lóbregas del río, cada vez más mugientes y aterradoras. El agua todavía no llegaba al pretil, como otras veces. ¡Milagro! Allí estaba San Bernardo que la pondría freno. Después la procesión se metió en las lenguas del río que inundaban los callejones.

Era un espectáculo extraño ver toda aquella gente, empujada por la fe, descendiendo por las callejuelas convertidas en barrancos. Los devotos, levantando el hachón sobre sus cabezas, entraban sin vacilar agua adelante, hasta que el espeso líquido les llegaba cerca de los hombros. Había que acompañar al santo.

Un viejo temblaba de fiebre. Había cogido unas tercianas en los arrozales, y sosteniendo el hachón con sus manos trémulas, vacilaba antes de meterse en el río.

—*Entre, agüelo* —gritaban con fe las mujeres—. *El pare San Bernat el curará.*

Había que aprovechar las ocasiones. Puesto el santo a hacer milagros, se acordaría también de él.

Y el viejo, temblando bajo sus ropas mojadas, se metió resueltamente en el agua dando diente con diente.

La imagen iba entrando con lentitud en los callejones inundados. Los robustos gañanes, encorvados bajo el peso de las andas, se hundían en el agua; sólo podían avanzar ayudados por un grupo de fieles que se cogían a la peana por todos lados. Era una confusa maraña de brazos nervudos y desnudos saliendo del agua para sostener al santo; un pólipo humano que parecía flotar en la roja corriente sosteniendo la imagen sobre sus lomos.

Detrás iban el cura y los «mandones» a horcajadas sobre algunos entusiastas que, para mayor lustre de la fiesta, se prestaban a hacer de caballerías, llevando ante las narices el cirio de los jinetes.

El cura, asustado al sentir el frío del agua cerca de la espalda, daba órdenes para que el santo volviera atrás. Ya estaba al final de la callejuela, en el mismo río; se notaban los esfuerzos desesperados, el recular forzado de aquellos entusiastas, que comenzaban a sufrir el impulso de la corriente. Creían que cuanto más entrase el santo en el río, más pronto bajarían las aguas. Por fin, el instinto de conservación les hizo retroceder, y salieron de una callejuela para entrar en otra, repitiendo la misma ceremonia. De pronto cesó de llover.

Una aclamación inmensa, un grito de alegría y triunfo sacudió a la muchedumbre.

—¡Vítol el pare San Bernat!...

¿Y aún dudaban de su inmenso poder los vecinos de los pueblos inmediatos?... Allí estaba la prueba. Dos días de lluvia incesante, y de repente no más agua: había bastado que el santo saliera a la calle.

E inflamadas por el agradecimiento, las mujeres lloraban, abalanzándose a las andas del santo, besando en ellas lo primero que encontraban, los barrotes de los portadores o los adornos de la peana, y toda la fábrica de madera y bronce sacudíase como una barquilla entre el oleaje de cabezas vociferantes, de brazos extendidos y trémulos por el entusiasmo.

Aún anduvo la procesión más de una hora por las inmediaciones del río, hasta que el cura, que chorreaba por todas las puntas de su sotana y llevaba cansados más de doce feligreses convertidos voluntariamente en cabalgaduras, se negó a pasar adelante. Por voluntad de aquella gente, el paseo de San Bernardo hubiese durado hasta el amanecer; pero lo que respondía el cura: «Lo que al santo le tocaba hacer ya lo ha hecho! ¡A casa!»

Rafael, dejando el cirial a uno de los suyos, se quedó en el puente entre un grupo de conocedores del país, que lamentaban los daños de la inundación. Llegaban a cada instante, no se sabía cómo, noticias alarmantes de los daños causados por el río. Tal molino estaba aislado por las aguas, y sus habitantes, refugiados en el tejado, disparaban las escopetas pidiendo auxilio. Muchos huertos habían desaparecido bajo las aguas. Las pocas barcas que había en la ciudad iban como podían por aquel inmenso lago salvando familias, expuestas a estrellarse contra los obstáculos sumergidos, teniendo que librarse con desesperados golpes de remo de la veloz corriente.

Y a pesar del peligro, la gente hablaba con una relativa tranquilidad. Estaban habituados a aquella catástrofe casi anual, la inundación era un mal inevitable de su vida, y lo acogían con resignación. Además, hablaban de los telegramas recibidos por el alcalde con expresión de esperanza. Al amacer tendrían auxilio. Llegaría el gobernador de Valencia con los marineros de guerra y se llenaría de barcas la laguna. No quedaban más que unas cuantas horas de espera. Lo importante era que no subiese el nivel del agua.

Y se consultaban las señales puestas en el río, promoviéndose terribles discusiones. Rafael vio que aún seguía subiendo, aunque con lentitud.

Los hortelanos no querían convencerse. ¿Cómo había de crecer el río después de entrar en él el *pare San Bernat*? No, señor; no subía: eran mentiras para desacreditar al santo[74]. Y un mocetón de ojos feroces hablaba de vaciarle el vientre de una cuchillada a cierto burlón que aseguraba que el río subiría sólo por el gusto de dejar malparado al milagroso fraile.

Rafael se acercó al grupo, y a la luz de una linterna reconoció al barbero Cupido, un maldito guasón de rizadas patillas y nariz aguileña, que tenía gusto en burlarse de la dura y salvaje fe de la gente sencilla.

Brull conocía mucho al barbero. Era una de sus admiraciones de adolescente. El miedo a su madre fue lo único que le impidió de muchacho el frecuentar aquella barbería, refugio de la gente más alegre de la ciudad, nido de murmuraciones y francachelas, escuela de guitarreos y romanzas amorosas que ponían en conmoción a toda la calle. Además, aquel Cu-

---

[74] El estilo indirecto libre se aplica muchas veces también al personaje colectivo. A lo largo de la novela, el personaje colectivo actúa como telón de habladurías o de servidumbre: en la descripción apoteósica y variada del desbordamiento del Júcar, el pueblo adquiere singular protagonismo.

pido era el excéntrico de la ciudad, el bohemio despreocupado y mordaz, a quien todo se toleraba; el hombre que se permitía tener «cosas» y hablar mal de todo el mundo sin que la gente se indignase. Era el único que podía burlarse de la tiranía de los Brull, sin que esto le impidiese la entrada en el Casino del partido, donde los jóvenes admiraban sus chistes y sus trajes estrambóticos.

Rafael le quería, aunque su trato con él no fuese muy íntimo. Entre la gente solemne y conservadora que le rodeaba, aparecíasele el barbero como el único hombre con quien podía hablar. Casi era un artista. Iba a Valencia en invierno para oír las óperas que elogiaban los diarios, y en un rincón de su tienda tenía montones de novelas y periódicos ilustrados, reblandecidos por la humedad y con las hojas gastadas por el continuo roce de los parroquianos.

Trataba poco a Rafael, adivinando que su madre no había de ver con buenos ojos esta amistad, pero mostraba cierto aprecio por el joven; le tuteaba por haberle conocido de niño, y decía de él en todas partes:

—Es el mejor de la familia; el único Brull que tiene más talento que malicia.

No ocurría suceso en Alcira que él ignorase; todas las debilidades y ridiculeces de los personajes de la ciudad las hacía públicas en su barbería, para regocijo de los de la cáscara amarga que se reunían allí a leer los órganos del partido. Los señores del Ayuntamiento temían al barbero más que a diez periódicos, y cuando en alguno de los discursos que los grandes hombres del partido conservador pronunciaban en Madrid leían algo sobre la «hidra revolucionaria» o el «foco de la anarquía», se imaginaban una barbería como la de Cupido, pero mucho más grande, esparciendo por toda la nación una atmósfera venenosa de burlas crueles y perversas insolencias[75].

No ocurría en la ciudad suceso que no tuviese por indispensable testigo al barbero. Bien podía desarrollarse en lo último

---

[75] Es sorprendente la larga vida de los tópicos políticos y periodísticos, y muy pintoresca la visualización del descontento en forma de gigantesca barbería.

del Arrabal o en algún huerto; era indispensable que a los pocos minutos apareciese allí Cupido para enterarse de todo, prestar socorro al que lo necesitara, intervenir entre los contendientes y relatar después con mil detalles todo lo ocurrido.

Gozaba de libertad para seguir llevando esta vida. A los parroquianos les servían dos mancebos tan locos como su maestro: dos chicuelos a los que Cupido pagaba con lecciones de guitarra[76] y una comida mejor o peor, según los ingresos, repartidos entre los tres fraternalmente. Y si el maestro asombraba a la ciudad saliendo a paseo en pleno invierno con traje de hilo blanco, ellos, por no quedar a la zaga, afeitábanse la cabeza y las cejas y asomaban tras la vidriera sus testas como bolas de billar, con gran alborozo de la ciudad, que acudía a ver los «chinos de Cupido».

Una inundación era para el barbero un gran día. Cerraba la tienda y se establecía en el puente, sin cuidarse del mal tiempo, perorando ante un gran grupo, asustando a los pobres hortelanos con sus exageraciones y mentiras, dando noticias que, según, él, acababa de remitirle el gobernador por telégrafo, y con arreglo a las cuales antes de dos horas no quedaría en la ciudad piedra sobre piedra, y hasta el milagroso San Bernardo iría a parar al mar.

Cuando Rafael le encontró en el puente, después de la procesión, estaba próximo a venir a las manos con unos cuantos rústicos, indignados por sus impiedades.

Separándose de los grupos, hablaron los dos de los peligros de la inundación. Cupido se mostraba, como siempre, bien enterado. Le habían dicho que el río se llevaba agua abajo a un pobre viejo sorprendido en un huerto. No sería ésta la única desgracia. Caballos y cerdos habían pasado muchos bajo el puente en plena tarde, flotando entre los rojos remolinos con el vientre hinchado como un odre y las patas tiesas.

El barbero hablaba con gravedad, con cierto aire de tristeza. Rafael le oía, mirándole ansiosamente, como si deseara que hablase de algo que no se atrevía a indicar. Por fin se decidió.

---

[76] Su afición a la música y su destreza en la guitarra están influidas por otro barbero famoso, Fígaro, el protagonista de *El barbero de Sevilla*.

—Y en la casa azul, en ese huerto de doña Pepita, donde tú vas algunas veces, ¿no ocurrirá algo?

—La casa es fuerte —contestó el barbero— y no es ésta la primera inundación que aguanta... Pero está cerca del río, y el huerto será un lago a estas horas; de seguro que el agua llega al primer piso. La pobre sobrina de doña Pepa tendrá un buen susto... ¡Mira que venir de tan lejos, de sitios tan hermosos, para ver estas cosas!...

Rafael pareció reflexionar un rato, como si acabara de ocurrírsele la proposición que danzaba en su cabeza desde mucho antes.

—¡Si fuéramos allá!... ¿Qué te parece, Cupido?

—¡Ir allá!... ¿Y cómo?

Pero la proposición, por su audacia, forzosamente había de agradar a un hombre como el barbero, el cual acabó riendo, como si la aventura fuese graciosísima.

—Es verdad; podríamos ir. Tendría chiste que la «célebre *diva*» nos viera llegar como unos venecianos, para darla una serenata en medio de su susto... Casi estoy por ir a casa y traerme la guitarra...

—No, Cupido del demonio: fuera guitarras. ¡Qué cosas se te ocurren! Lo que importa es prestar auxilio a esas señoras. Ya ves, ¡si ocurriera una desgracia!...

El barbero, atajado en su proyecto novelesco, fijó sus ojos maliciosos en Rafael.

—Tú te interesas también por la «ilustre artista». ¡Ah, pillo! También te ha dado golpe por guapa... Pero ya recuerdo; tú la has visto: me lo dijo ella.

—¡Ella!... ¿Ella te ha hablado de mí?

—Algo sin importancia. Me dijo que te había visto en la ermita una tarde.

Y Cupido se calló lo demás. No dijo que Leonora, al nombrarle, había añadido que le parecía «un muchacho tonto».

Rafael mostrábase entusiasmado por la noticia. ¡Había hablado de él! ¡No olvidaba aquel encuentro de penoso recuerdo!... ¿Qué hacía aún allí, inmóvil en el puente, cuando allá abajo estarían necesitando la presencia de un hombre?

—Oye, Cupido; ahí tengo mi barca; ya sabes: la barca que mi padre encargó a Valencia para regalármela. Costillaje de acero, madera magnífica, más segura que un navío. Tú entiendes el río... más de una vez te he visto remar; yo no soy manco... ¿Vamos?

—Andando —dijo el barbero con resolución.

Buscaron una antorcha, y ayudados por varios mocetones, trajeron la barca de Rafael hasta una escalerilla de la ribera.

El río mugía con sordo hervor en torno del bote, pugnando por arrebatarlo. Los robustos brazos tiraban con fuerza de la cuerda manteniéndolo junto a la orilla.

Arriba, en el puente, entre los grupos, corría la noticia de la expedición, pero agrandada y desfigurada por los curiosos. Se trataba de salvar a una pobre familia refugiada en la techumbre de su casa, mísera gente que iba a perecer de un momento a otro. Lo había sabido Rafael, y allá iba a salvarles exponiendo su vida, él, tan rico, tan poderoso. ¡Qué hombres todos los de la familia de Brull!... ¿Y aún había quien hablaba contra ellos? ¡Qué corazón! Y los pobres huertanos seguían el movimiento de la antorcha encendida en la proa del bote, que arrojaba sobre las aguas una gran mancha sangrienta; contemplaban con adoración a Rafael, encorvado en la popa para sujetar bien el timón. De la oscuridad partían ruegos y proposiciones en voz suplicante. Eran fieles entusiastas que querían acompañar al *quefe;* ahogarse con él si era preciso.

Cupido protestaba. No; para aquella empresa cuanto menos gente mejor; la barca había de estar ligera; él se bastaba para los remos y don Rafael para el timón.

—¡*Soltéu! ¡soltéu!*[77] —ordenó el hijo de doña Bernarda.

Y soltando la cuerda los mocetones, la barca después de algunos cabeceos, partió como una flecha arrastrada por la corriente.

Encajonado el brazo de río entre la ciudad vieja y la nueva, las aguas, altas y veloces, arrastraban el bote como una rama. El barbero sólo había de mover los remos para desviar la barca de la orilla. Los obstáculos sumergidos producían grandes remolinos, que sacudían a la embarcación, y a la luz

---

[77] *¡Soltad!* Es la única vez que Rafael habla en valenciano.

de la antorcha, que ensangrentaba las ondas gelatinosas, veíanse pasar troncos de árboles, cadáveres de animales, objetos informes que apenas si asomaban una punta negra en la superficie, y hacían pensar en ahogados cubiertos de barro flotando entre dos aguas. Arrastrados por la vertiginosa corriente, respirando el vaho fangoso del río como si mascasen tierra, sacudidos a cada momento por los remolinos. Rafael se creía en plena pesadilla; comenzaba a sentirse arrepentido de su audacia. De las casas inmediatas al río partían gritos. Se iluminaban las ventanas. En sus huecos, algunas sombras saludaban con brazos que parecían aspas aquella llama roja que resbalaba sobre el río, marcando la línea negra de la barca y las siluetas de los dos hombres encogidos en sus asientos. Había corrido la noticia de la expedición por toda la ciudad, y la gente gritaba saludando el rápido paso de la barca: «¡Viva don Rafael! ¡Viva Brull!»

Y el héroe que causaba admiración exponiendo su vida por salvar una familia pobre, hundido en la oscuridad, en aquella atmósfera pegajosa y pesada de tumba, pensaba únicamente en la casa azul, donde iba a penetrar por fin, pero de un modo extraño y novelesco.

De vez en cuando, un crujido, un salto de la barca, le volvían a la realidad.

—¡Ese timón! —gritaba Cupido, que no separaba sus ojos de las aguas—. ¡Atención, Rafaelito! Evita los choques.

Y en verdad que el bote era bueno, pues otro, sin sus sólidas maderas y su costillaje de acero, se hubiera abierto en uno de los encontronazos con los sumergidos obstáculos.

Daban rápidamente la vuelta a la ciudad. Ya no se veían casas con ventanas iluminadas. Altos ribazos coronados por tapias; inabordables riberas de barro y cañaverales sumergidos; un poco más allá, el río libre, la confluencia de los dos brazos que abarcaban la antigua ciudad y unían sus corrientes extendiéndose como inmenso lago.

Los dos hombres iban a la ventura. Carecían, para guiarse, de las señales normales. Habían desaparecido las riberas, y en la oscuridad, más allá del círculo rojo de la antorcha, sólo se veía agua y más agua, una inmensa sábana que se desarrollaba en incesante movimiento, arrastrándoles en sus ondulaciones. De vez en cuando, a ras de la líquida superficie, surgía una mancha negra: las crestas de los cañaverales inundados; las copas de los árboles; vegetaciones extrañas y monstruosas que parecían enroscarse en la sombra.

El silencio era absoluto. El río, libre de la opresión de la ciudad, no mugía ya; se agitaba y arremolinaba en silencio, borrando todos los vestigios de la tierra. Los dos hombres se creían dos náufragos abandonados en un mar sin límites, en una noche eterna, sin otra compañía que la llama rojiza que serpenteaba en la proa y aquellas vegetaciones sumergidas que aparecían y desaparecían como los objetos vistos desde un tren a gran velocidad[78].

—Boga, Cupido —dijo Rafael—. La corriente es muy fuerte; aún estamos en el río. Vamos hacia la derecha, a ver si nos metemos en los huertos.

El barbero se encorvó sobre los remos, y la barca, siempre impelida por la corriente, comenzó a torcer su proa con lentitud, buscando aquella vegetación que asomaba a flor de agua como los sargazos del Océano.

La barca comenzó a tropezar con obstáculos invisibles. Eran capas crujientes que parecían aprisionarla por debajo, invisibles telarañas que se agarraban a la quilla y se abrían trabajosamente después de muchos golpes de remo. Continuaba el lago oscuro y sin límites, pero la corriente era menos ruda, más dulces las ondulaciones, y los dos tripulantes sentían la sensación del que navega en aguas muertas.

La luz de la antorcha marcaba sobre la superficie, aquí y allá, gigantescos hongos obscuros, grandes paraguas, cúpulas barnizadas que brillaban reflejando la roja llama. Eran naranjos sumergidos. Estaban en los huertos. ¿Pero en cuáles? ¿Cómo guiarse en la oscuridad? De vez en cuando chocaba la barca con algún árbol invisible; conmovíase el bote como si fuese a estallar, y había que retroceder, dar un rodeo, buscando otro paso.

Deslizábanse lentamente, por temor a los choques; iban de un lado a otro, evitando los obstáculos, y acabaron por

---

[78] La comparación —tomada del progreso— ilumina con técnica impresionista el vértigo de la marcha.

desorientarse, no sabiendo ya a qué lado estaba el río. Por todas partes oscuridad y agua. Los naranjos sumergidos, todos iguales, formando sobre la corriente complicados callejones, un dédalo en el que se enredaban cada vez más, vagando sin dirección.

Cupido sudaba moviendo sin cesar los remos. La barca arrastrábase pesadamente en aquella agua fangosa, llena de marañas vegetales que se agarraban a la quilla.

—Esto es peor que el río —murmuraba—. Rafael, tú que vas de frente, ¿no ves ninguna luz?

—Nada.

El rojo reflejo de la antorcha chocaba en las enormes bolas de hojas que asomaban sobre el agua o se hundía en el espacio, ahogado por las húmedas y pesadas tinieblas.

Así vagaron algunas horas por la campiña inundada. El barbero no podía más: había entregado los remos a Rafael, que también desfallecía de fatiga.

¿Cuánto tiempo había pasado? ¿Iban a quedarse allí para siempre? Y embotado su pensamiento por la fatiga y el vértigo de la desorientación, creían que la noche no iba a terminar nunca, que se apagaría la antorcha y la barca se convertiría en negro ataúd, sobre el cual flotarían eternamente sus cadáveres.

Rafael, que iba de espaldas a la proa, vio una luz a su izquierda. La dejaban atrás, se alejaban de ella: tal vez estaba allí la casa tan penosamente buscada.

—Puede que sea —afirmó Cupido—. Sin duda hemos pasado cerca sin verla, y vamos abajo, hacia el mar... Y aunque no sea la casa azul, ¿qué? Lo importante es que allí hay alguien, y vale más eso que errar en la oscuridad. Dame los remos, Rafael. Si no es la casa de doña Pepita, al menos sabremos dónde estamos.

Viró la barca, y por entre el dédalo de árboles sumergidos fue poco a poco deslizándose hacia la luz. Chocaron con varios obstáculos, cercas tal vez de huertos, tapias arruinadas y sumergidas, y la luz iba agrandándose, era ya un gran cuadro rojizo en el que se agitaban negras siluetas. Marcábase sobre las aguas una mancha dorada e inquieta.

La luz de la barca comenzó a trazar en la oscuridad el contorno de una casa ancha y de techo bajo que parecía flotar sobre las aguas. Era el piso superior de un edificio invadido por la inundación. El piso bajo estaba sumergido; faltaba poco para que el agua llegase a las habitaciones superiores. Los balcones y ventanas podían servir de embarcaderos en aquel lago inmenso.

—Me parece que hemos acertado —dijo el barbero.

Una voz sonora y ardiente, voz de mujer, en la que vibraba una intensa dulzura, rasgó el silencio.

—¡Ah de la barca!... ¡Aquí, aquí!

Aquella voz no revelaba temor, no temblaba de emoción.

—¡No lo dije!... —exclamó el barbero—. Ya tenemos lo que buscábamos. ¡Doña Leonor!... ¡Soy yo!

Una carcajada sonora animó con sus interminables ondas la tétrica oscuridad.

—¡Si es Cupido!, ¡el amigo Cupido!... Le conozco en la voz. Tía, tía; no llores más, ni te asustes, ni reces; aquí viene el dios del Amor en una barquilla de nácar a prestarnos auxilio.

Rafael se sentía intimidado por aquella voz ligeramente burlona, que parecía poblar la oscuridad de mariposas de brillantes colores[79].

Distinguía perfectamente su arrogante silueta en el cuadro luminoso del balcón, entre las otras figuras negras que iban y venían, curiosas y alborozadas por el inesperado arribo.

Se aproximaron al balcón. Puestos de pie tocaban los hierros del antepecho, y el barbero, erguido en la proa, buscaba el punto más fuerte para amarrar la barca.

Leonora, apoyando en la balaustrada su pecho soberbio, inclinaba la cabeza, brillando a la luz de la antorcha el casco de oro de su opulenta cabellera. Buscaba conocer en la oscuridad aquel otro tripulante que permanecía sentado y encogido junto al timón.

—Pero ¡qué buen amigo es este Cupido!... Gracias, muchas gracias. Esta es una atención de las que no se olvidan... Pero ¿quién viene con usted?...

---

[79] Comparación sinestésica que acrecienta el hechizo y el desconcierto del personaje.

El barbero ataba ya la barca a los hierros cuando Leonora le hizo esta pregunta:

—Es don Rafael Brull —contestó con lentitud—. Un señor al que creo ha visto usted otra vez. A él debe agradecerle la visita. La barca es suya, y él es quien me metió en la aventura.

—Gracias, caballero —dijo Leonora, saludando con una mano que al moverse lanzó relámpagos azules y rojos de todos los dedos cubiertos de sortijas—. Repito lo mismo que dije a nuestro amigo. Pase usted adelante y perdone el extraño modo con que le hago entrar en la casa.

Rafael estaba en pie y saludaba con torpes movimientos de cabeza, agarrado a los hierros del balcón. Saltó Cupido dentro de la casa, y le siguió el joven, esforzándose por mostrar una gallarda soltura.

Realmente no se dio cuenta de cómo entró. Eran demasiadas emociones en una noche: primero, la vertiginosa marcha por el río a través de la ciudad, entre rápidas corrientes y remolinos, creyendo a cada momento verse tragado por aquel barro líquido sembrado de inmundicias; después, la confusión, el esfuerzo desesperado, el bogar sin rumbo por las tortuosidades de la campiña inundada; y ahora, de repente, el piso firme bajo sus pies, un techo, luz, calor y la proximidad de aquella mujer que parecía embriagarle con su perfume, y cuyos ojos no podía mirar de frente, dominado por una invencible timidez.

—Pase usted, caballero —le decía—. Necesitan reponerse después de esta locura. Están ustedes mojados... ¡Pobres!, ¡cómo van!... ¡Beppa!... ¡tía!... Pero pase usted.

Y casi le empujaba, con cierta superioridad maternal, como una mujer bondadosa que cuida a su hijo después de una travesura que la llena de orgullo[80].

Las habitaciones estaban en desorden. Ropas por todas partes; montones de muebles rústicos que contrastaban con los otros alineados junto a las paredes. Eran los objetos del piso bajo, el menaje de los hortelanos, subido al comenzar la

---

[80] A lo largo de la novela se repite mucho el comportamiento maternal de Leonora, que no suele abandonar ni en los momentos más intensos.

inundación. Un labrador viejo, su mujer trémula de espanto y unos cuantos chicuelos que se ocultaban por los rincones se habían refugiado arriba, con las señoras, al ver que el agua penetraba en su modesta casa.

Rafael entró en el comedor, y allí vio a doña Pepita, la pobre vieja, apelotonada en una silla, con las arrugas de su cara mojadas de lágrimas y las dos manos en un rosario. En vano Cupido pretendía distraerla haciendo chistes sobre la inundación.

—Mira, tía; este caballero es el hijo de tu amiga doña Bernarda. Ha venido embarcado para prestarnos auxilio. Es muy bueno ¿verdad?

La vieja parecía imbécil por el terror. Miraba con ojos sin expresión a los recién llegados, como si hubieran estado allí toda su vida. Por fin pareció enterarse de lo que le decían.

—¡Es Rafael! —exclamó admirada—. Rafaelito... ¿y has venido con este tiempo? ¿Y si te ahogas? ¿Qué diría tu madre?... ¡Qué locura, Señor!

Pero no era locura; y si lo era, resultaba muy dulce. Se lo decían a Rafael aquellos ojos claros, luminosos, con reflejos de oro, que le acariciaron con su contacto aterciopelado tantas veces como osó levantar la vista. Leonora se fijaba en él; le examinaba a la luz de la lámpara de la habitación, como si buscase la diferencia con aquel otro muchacho que había conocido en el paseo a la ermita.

La vieja, reanimada por la presencia de los dos hombres, se enteraba del peligro. Ya no subía el agua; hasta podía afirmarse que comenzaba a descender lentamente. Y la vieja, con un supremo esfuerzo de voluntad, se decidió a abandonar su silla para ver la inundación.

—¡Cuánta agua, Dios y Señor nuestro!... ¡Qué de desgracias se contarán mañana! Esto debe ser castigo de Dios... un aviso por nuestros muchos pecados.

Mientras los dos hombres oían a la vieja, Leonora iba de una parte a otra, dando prisas a su doncella y a la hortelana. Aquellos señores no podían estar así, con las ropas impregnadas de humedad, cansados y desfallecidos por una noche de lucha. ¡Pobrecitos!, ¡bastaba verles! Y colocaba sobre la mesa galletas, pasteles, una botella de ron, todo lo que podía encontrar en la despensa, y hasta un paquete de cigarrillos rusos con boquilla dorada, que la hortelana miraba con escándalo.

—Déjalos, tía —decía a la pobre vieja—. No les entretengas ahora. Que coman y beban un poco. Necesitan entrar en calor... Dispensen ustedes si les ofrezco tan poca cosa. ¿Qué les daré, Dios mío, qué les daré?

Y mientras los dos hombres se veían impulsados por un cariño un tanto despótico a sentarse a la mesa, Leonora, seguida de su doncella, entraba en la habitación inmediata, poniéndola en revolución con un retintín de llaves y ruidoso abrir de cofres.

Rafael, emocionado, apenas si pudo sorber unas cuantas gotas de ron, mientras el barbero mascaba a dos carrillos, bebía copa tras copa, y con la cara cada vez más roja, hablaba y hablaba, la boca llena de pasta.

Apareció Leonora, seguida de la doncella, que llevaba en los brazos un lío de ropas.

—Ya comprenderán ustedes que aquí no hay trajes de hombre. Pero en la guerra se vive como se puede, y aquí estamos sitiados.

Rafael admiraba los hoyuelos que una risa graciosa trazaba en aquellas mejillas; la luminosa dentadura, que parecía temblar en su estuche de rosa[81].

—A ver, Cupido, fuera pronto ese traje; no quiero que por mí pille usted una pulmonía que prive a la ciudad de su principal regocijo. Aquí tiene usted para cubrirse mientras secamos sus ropas.

Y ofrecía al barbero una bata magnífica de peluche azul, con grandes cascadas de encajes en el pecho y las mangas.

Cupido se retorcía de risa en su asiento. ¡Pero qué gracioso era aquello!... ¿Iba él a vestirse con tal preciosidad? ¿Y sus patillas?... ¡Cómo reirían los de Alcira si le viesen! Y halagado por la extravagancia del disfraz, se apresuró a meterse en la inmediata habitación para ponerse la bata.

---

[81] La risa de Leonora cruza toda la novela con una variada gama de matices: desde la burla más despiadada, hasta la ternura, pero siempre con un aire de superioridad; hacia el final su carcajada histérica refleja toda su desilusión.

—Para usted —dijo Leonora a Rafael con maternal sonrisa— sólo he encontrado esta capa de pieles. Vamos, quítese usted esa chaqueta que está chorreando.

El joven se resistió, ruboroso y avergonzado como una doncella. Estaba bien así: no le ocurriría nada; otras veces se había mojado más.

Leonora, siempre sonriente, parecía impacientarse. Bien sabían en la casa que ella no admitía réplicas.

—Vamos, Rafael, no sea usted tonto. Habrá que tratarle como a un niño.

Y cogiéndole por una manga, como si se tratara de un chiquitín, comenzó a tirarle de la chaqueta.

El joven, en su turbación, no sabía lo que le pasaba. Le parecía marchar por un horizonte sin fin, con más velocidad que horas antes se deslizaba por el río. Oía su nombre en la boca de aquella mujer; se veía agasajado en una casa cuya entrada no sabía antes cómo franquear, y ella, Leonora, le llamaba niño y le trataba como a tal, como si la intimidad datase desde el principio de su vida. ¿Qué mujer era aquella? Estaba en un mundo nuevo, y las mujeres de la ciudad, aquellas que él trataba en las tertulias caseras, le parecían seres de otra raza, viviendo[82] lejos, muy lejos, en otro extremo de la tierra, de la que le separaba la inmensa sábana de agua.

—Vamos, señor testarudo; habrá que tratarle a usted como a un bebé[83].

Le hablaba a poca distancia de su rostro; sentía en sus mejillas el aleteo de aquella boca, su respiración tibia, que le cosquilleaba con intensos estremecimientos. Y al mismo tiempo, sus manos finas y ágiles le empujaban cariñosamente, quitándole con rapidez la chaqueta y el chaleco.

Sintió sobre sus hombros la caliente caricia de la capa de pieles. Una preciosidad: un manto suave como la seda, grueso, tupido y ligero, como fabricado con plumas de fantásticas aves. Era de pieles de zorro azul, y a pesar de la estatura

---

[82] Una vez más se da el uso anómalo del gerundio.
[83] Esta palabra, dictada por una simpatía incipiente, se repetirá en un pasaje próximo al clímax de la novela con toda la voluptuosidad de la entrega.

de Rafael, sus bordes rozaban el suelo. El joven comprendió que le habían echado sobre los hombros unos cuantos miles de francos, y tímido, con temblorosa mano, recogía el borde, temeroso de pisarlo.

Leonora reía de su timidez.

—No se encoja usted; no importa que lo estropee. ¡Parece que lleva usted un velo sagrado, por el respeto con que lo trata! No vale la pena. Yo sólo uso esta capa en los viajes. Me la regaló un gran duque en San Petersburgo.

Y para asegurar más su desprecio por el rico manto, embozó al joven en él, golpeando sus hombros para que se amoldara más a su cuerpo.

Lentamente volvían a la sala donde estaba el balcón, mientras en el comedor sonaban carcajadas saludando la aparición del barbero envuelto en su lujosa bata. Cupido sacaba partido de la situación para provocar la risa, y recogiéndose la cola y atusándose las patillas, braceaba cual una tiple en una romanza dramática, cantando de falsete. Los hortelanos reían como locos, olvidando el agua que llenaba su casa; Beppa abría desmesuradamente sus ojos, admirada por la figura, las contorsiones de aquel señor y la gracia con que estropeaba los versos italianos, y hasta la pobre doña Pepa se retorcía en su silla, admirando al barbero, que, según ella, era el más gracioso de todos los demonios.

Rafael estaba en el balcón, junto a Leonora, con la mirada perdida en la oscuridad, arrullado por la música de aquella voz, que con marcado interés le hacía preguntas sobre el desesperado viaje por el río.

La finura de aquella capa que le envolvía dábale la sensación de una epidermis satinada y tibia. Parecíale que aún quedaba en aquella suavidad algo del calor de los hombros desnudos: creía estar envuelto en la piel de Leonora, y el perfume de su cuerpo, que sentía junto a él, aumentaba esta ilusión.

Rafael, con voz entrecortada, contestaba a sus preguntas.

—Lo que usted ha hecho —decía la artista— merece honda gratitud. Es un arranque caballeresco, digno de otros tiempos. Lohengrin llegando en su barquilla para salvar a Elsa. Sólo falta el cisne... a no ser que el barbero se contente con este papel... Hablando en serio: no creía que aquí hubiese un hombre capaz de portarse así[84].

—¡Y si usted hubiese muerto!... —exclamo el joven para justificar su aventura.

—¡Morir!... Le confieso a usted que al principio tuve algún miedo; no de morir, que yo le temo poco a la muerte. Estoy algo cansada de la vida; ya se convencerá usted de ello cuando me conozca más. Pero morir ahogada en el barro, sofocada por esa agua que huele tan mal, no me hacía gracia. ¡Si al menos fuese el agua verde y transparente de los lagos suizos!... Yo busco la belleza hasta en la muerte: me preocupo de la última postura, como los romanos, y temía perecer aquí como una rata sitiada en la alcantarilla... Y sin embargo, ¡si supiera usted lo que he reído viendo el terror de mi tía y de esas pobres gentes que nos sirven!... Ahora el agua no sube ya, la casa es fuerte, no hay más molestia que la de verse sitiados, y espero el día para ver. Debe ser muy hermoso el espectáculo de toda esa campiña convertida en un lago. ¿Verdad, Rafael?

—Usted habrá visto cosas más interesantes —dijo el joven.

—No digo que no; pero a mí lo que más me impresiona es la sensación del momento.

Y calló, mostrando en su repentina seriedad la molestia que le causaba la ligera alusión al pasado.

Quedaron los dos en silencio un buen rato, hasta que Leonora reanudó la conversación.

—La verdad es que si el agua sigue subiendo, a usted le hubiéramos agradecido la vida... Vamos a ver, con franqueza, ¿por qué ha venido usted? ¿Qué buen espíritu le ha hecho acordarse de mí, a quien apenas conoce?

Rafael enrojeció de rubor, tembló de cabeza a pies, como si le exigiera una confesión mortal. Iba a soltar la verdad, a volcar de un golpe su pensamiento, con todos los ensueños y las angustias de aquellos días; pero se contuvo y se asió a un pretexto.

---

[84] La gesta amorosa de Rafael opera el milagro en el alma de la mujer, quien anticipa el tema wagneriano, de tanta importancia en la novela y, según ya hemos visto en la introducción, en la obra total de nuestro novelista.

—Mi entusiasmo por la artista —dijo con timidez—. Yo admiro mucho el talento de usted.

Leonora prorrumpió en una ruidosa carcajada.

—¡Pero si usted no me conoce! ¡Si usted no me ha oído nunca!... ¿Qué sabe usted de eso que llaman mi talento? A no ser por ese parlanchín de Cupido hasta ignorarían en Alcira que yo canto y soy algo conocida fuera de aquí.

Rafael quedó aplastado por la réplica; no se atrevía a protestar.

—Vamos, Rafael —continuó cariñosamente la artista—, no sea usted niño ni pretenda turbarme con esas mentirillas semejantes a las que se usan para engañar a la mamá. Yo sé por qué ha venido aquí. ¿Cree usted que no le han visto desde este mismo balcón rondando la casa todas las tardes, apostándose en el camino como un espía? Está usted descubierto, señor mío.

El tímido Rafael creía que el balcón iba a hundirse bajo sus pies. Temblaba de miedo, arrebujábase en el manto de pieles, sin saber lo que hacía, y protestaba con enérgicas cabezadas, negando las afirmaciones de Leonora.

—¿Conque no es verdad, embusterillo? —dijo ésta con cómica indignación—. ¿Conque niega usted que, desde que nos vimos en la ermita, su paseo de todas las tardes son estos alrededores?... ¡Dios mío! ¡qué monstruo de falsedad es este chico! ¡con qué aplomo miente!

Y Rafael, vencido por aquella alegría franca, acabó riéndose, confesando con una carcajada su delito.

—Usted se extrañará de mis actos y palabras —continuó Leonora, aproximándose más a él, apoyando un hombro en el suyo con un abandono fraternal, como si estuviera junto a una amiga—. Yo no soy como la mayoría de las mujeres. ¡Bueno fuera que con la vida que llevo me mostrara hipócrita!... Mi pobre tía me cree una loca, porque digo las cosas como las siento; en mi vida me han querido mucho o me han aborrecido, por esta manía de no ocultar la verdad... ¿Quiere usted que se la diga?... Pues bien; usted ha venido aquí porque me ama, o al menos cree amarme: el defecto de todos los muchachos de su edad apenas encuentran una mujer que no es igual a las otras que conocen.

Rafael estaba silencioso y cabizbajo; no osaba levantar la vista; sentía en su nuca la mirada de aquellos ojos verdes, que parecían registrarle el alma.

—A ver: levante usted esa cabeza; proteste un poquito como antes. ¿Es verdad o no lo que digo?

—¿Y si fuera?... —se atrevió a suspirar Rafael viéndose descubierto bruscamente.

—Como sé que es cierto, he querido provocar esta explicación, para que usted no viva en el engaño. Después de lo de esta noche, deseo que seamos amigos; amigos nada más; dos camaradas unidos por el agradecimiento. Pero para evitar la confusión, había que marcar nuestras respectivas situaciones. Seremos amigos, ¿eh?... Ésta es su casa; yo le consideraré como un camarada simpático; con lo de esta noche ha ganado usted en mi ánimo más que con un continuo trato; pero va usted a prometerme que no reincidirá en esas tonterías de admiración amorosa que han sido siempre el tormento de mi vida.

—¿Y si no puedo? —murmuró Rafael.

—La cantinela de siempre —dijo riendo Leonora, remedando la voz y la expresión del joven—. «¿Y si no puedo?» ¿Por qué no ha de poder usted? ¿Por qué ha de ser verdad ese amor tan inmenso por una mujer que ve usted ahora por segunda vez? Esas pasiones repentinas se las inventan ustedes: no son verdad; las han aprendido en las novelas o las han oído cantadas por nosotras en las óperas. Invenciones de poeta, que los muchachos se tragan como unos bobos y quieren trasplantar a la vida, no comprendiendo que los que estamos en el secreto nos reímos de su necedad. Conque ya lo sabe usted: a ser formal, a no ponerse pesado con miradas tiernas y frases entrecortadas. Así seremos amigos y ésta será su casa.

Se detuvo Leonora, y amenazándole graciosamente con el índice, añadió:

—De lo contrario, seré todo lo ingrata y cruel que usted quiera; pero a pesar de la hermosa acción de esta noche, usted no entrará más aquí. No quiero adoradores: he venido buscando reposo, amigos, tranquilidad... ¡El amor!... ¡hermosa y cruel patraña!...

Dijo estas últimas palabras con acento grave, y quedó inmóvil mucho rato, con la vista perdida en la inmensa sábana de agua.

Ahora la miraba Rafael. Había levantado la cabeza y contemplaba a Leonora pensativa. Su hermoso rostro se teñía de una luz azulada que parecía envolverla en un nimbo de idealidad. Comenzaba a amanecer, y los plomizos velos del cielo se rasgaban por la parte del mar, transparentando una claridad lívida.

Leonora se estremeció, como si sintiera frío, apretándose instintivamente contra Rafael. Pareció sacudir con un movimiento de cabeza un tropel de penosos pensamientos, y dijo tendiéndole una mano:

—¿Qué resolvemos? ¿Amigos o indiferentes? ¿Promete usted no incurrir en niñerías y ser un camarada formal?

Rafael estrechó con avidez aquella mano suave y fuerte, sintiendo en sus dedos, como cariñosa mordedura, el contacto de las sortijas.

—¡Amigo!... Me resignaré, ya que no hay otro remedio.

—Se resignará usted, y encontrará dulce y tolerable eso que cree un sacrificio; usted no me conoce, pero créame a mí, que me conozco bien. Aunque llegase a amarle (y esto no será nunca), saldría usted perdiendo. Yo valgo más como amiga que como amante. Hay en el mundo más de uno y de dos que lo saben bien.

—Seré un amigo, dispuesto a hacer por usted mucho más que esta noche. También espero yo que usted llegará a conocerme.

—Déjese usted de promesas. ¿Qué más ha de hacer usted por mí? El río no se desborda todos los días, ni son posibles a cada momento estas hazañas novelescas. Me basta con lo de esta noche. No sabe usted cuánto se lo agradezco. Ha sido un paso decisivo en mi corazón de amiga... ¿Quiere usted que siga siendo franca? Pues cuando le encontré allá, en la ermita, me pareció usted uno de esos señoritos lugareños que, acostumbrados a triunfar en el pueblo, miran como de su dominio cuantas mujeres encuentran. Después, al verle rondando esta casa, se aumentó mi desprecio y mi rabia. «Pero ese señoritín qué se habrá figurado?» ¡Lo que hemos reído a costa de usted Beppa y yo! Ni siquiera me había fijado en su cara y su figura; no me había dado cuenta de que es usted guapo...

Leonora reía recordando sus cóleras contra Rafael, y éste, anonadado por su franqueza, sonreía también para ocultar su turbación.

—Pero después de lo de esta noche le quiero a usted... como un buen amigo. Estoy sola; la amistad de un muchacho bueno y noble como usted, capaz del sacrificio por una mujer a la que apenas conoce, resulta grata. Además, esto no compromete. Yo soy ave de paso: he venido porque estoy cansada, enferma no sé de qué, pero profundamente quebrantada en mi espíritu. Necesito reposo, vida animal, sumirme en una dulce imbecilidad, olvidarlo todo, y acepto con reconocimiento su mano amiga. Después, el día que menos lo piense usted, levantaré el vuelo; la primera mañana que despierte alegre y me cante dentro de la cabeza el pájaro travieso que tantas locuras me ha aconsejado, hago las maletas y ¡a mover las alas! Le escribiré, le enviaré periódicos que hablen de mí, y usted verá cómo tiene una amiga que no le olvida y le saluda desde Londres, San Petersburgo o Nueva York, cualquiera de los rincones de este mundo que muchos creen grande, y en el cual no puedo revolverme sin tropezar con el fastidio.

—¡Que tarde ese momento! —dijo Rafael—. ¡Que no llegue nunca!

—¡Loco! —exclamó Leonora—. Usted no sabe cómo soy. Si estuviera aquí mucho tiempo, acabaríamos por reñir y pegarnos. En el fondo odio a los hombres: he sido siempre su más terrible enemiga.

Oyeron a sus espaldas el roce de la bata que arrastraba Cupido con grotescos contoneos: se aproximaba al balcón con doña Pepita para contemplar el amanecer.

Comenzaba a desplomarse del cielo una luz gris cernida por el denso celaje; la inmensa sábana de agua tomaba un color blancuzco de ajenjo. Flotaban en la corriente, como escobazos de miseria, los despojos de la inundación: árboles arrancados de cuajo, haces de cañas, techumbres de paja de las chozas; todo sucio, pringoso, nauseabundo. Estas almadías del desastre se enredaban entre los naranjos y formaban barreras que poco a poco iban engrosándose con nuevos despojos de la corriente.

Allá lejos, en el límite de la laguna, movíanse con regularidad algunos puntos negros, agitando sus patas como moscas acuáticas en torno de las casas[85], que apenas asomaban sus techumbres sobre la inmensa lámina de agua. Eran los socorros que llegaban de Valencia: los botes de la Armada, traídos en ferrocarril hasta el límite de la inundación.

Iban a llegar a Alcira las autoridades; la presencia de Rafael era indispensable. El mismo Cupido, con repentina gravedad, le aconsejaba salir al encuentro de aquellas barcas.

Mientras el barbero recobraba su traje, Rafael se despojó con gran disgusto de su capa de pieles.

Le parecía que abandonándola iba a perder el calor de aquella noche de dulce intimidad, el contacto del hombro suave y carnoso que había estado horas enteras apoyado en él.

Mientras se ajustaba al cuerpo las prendas de su traje, ya secas, Leonora le miraba fijamente.

—Quedamos entendidos, ¿eh? —preguntó con lentitud—. Amigos, sin esperanza de más. Si rompe usted el pacto, no entrará aquí ni aun por el balcón, como esta noche.

—Sí, amigos y nada más —murmuró Rafael con sincero acento de tristeza, que pareció conmover a Leonora.

Sus ojos verdes se iluminaron; brilló el polvo de oro que moteaba sus pupilas y avanzó hacia Rafael tendiéndole la mano.

—Buen muchacho; así me gusta: resignado y obediente. Por esta vez, y en premio a su cordura, habrá extraordinario. No nos despidamos así... Como en la escena. Bese usted.

Y puso su mano al nivel de la boca del joven. Rafael la agarró ávidamente y beso y besó, hasta que Leonora, desasiéndose con un brusco movimiento que demostraba su extraordinario vigor, le amenazó con su mano.

---

[85] Pincelada impresionista. El amanecer tiene gran significación en la narrativa de Blasco.

—¡Ah, tunante!... ¡Bebé travieso! ¡Qué manera de abusar! ¡Adiós! ¡adiós! Cupido llama... Hasta la vista.

Y le empujó al balcón, a cuyos hierros estaba agarrado el barbero sosteniendo la barca.

—Salta, Rafael —dijo Cupido—. Apóyate en mí; el agua desciende y la barca está muy baja.

Rafael se deslizó en su bote blanco manchado por el agua rojiza. El barbero movió los remos; comenzaron a alejarse.

—¡Adiós! ¡adiós! ¡Muchas gracias! —gritaban desde el balcón la tía, la doncella y toda la familia del hortelano.

Rafael, abandonando el timón, con el rostro vuelto a la casa, sólo veía aquella arrogante figura que agitaba un pañuelo saludándoles. La vio mucho tiempo, y cuando las copas de los árboles sumergidos le ocultaron el balcón, inclinó la cabeza, entregándose al silencioso placer de saborear la dulzura que aún sentía en sus labios ardorosos.

VI

Las elecciones pusieron en movimiento a todo el distrito. Había llegado el momento solemne para la casa de Brull, y todos sus fieles, no seguros aún de la omnipotencia del partido, como si temieran a ocultos enemigos que podían presentarse inesperadamente, se agitaban en la ciudad y los pueblos, lanzando cual grito de victoria el nombre de Rafael.

Pocos se acordaban de la inundación. El sol bienhechor había secado los campos; los huertos se mostraban más hermosos que nunca, como si el río, al invadirlos, les hubiese fecundado con nueva vida; se anunciaba una cosecha magnífica, y sólo como recuerdo de la catástrofe quedaba algún seto aplastado, alguna cerca desmoronada, algún camino hondo con los ribazos destruidos.

Todo se reparaba con relativa rapidez, y la gente mostrábase contenta, hablando del pasado peligro con desprecio. ¡Hasta la otra!

Además, se había repartido mucho dinero. Llegaron socorros de la capital de la provincia, de Madrid, de toda España, gracias al trompeteo lastimoso de la prensa, y los hortelanos, con la credulidad del devoto que atribuye todos sus bienes a la protección del santo patrono, agradecían la limosna a Rafael y su madre, proponiéndose ser cada vez más fieles a la poderosa familia. ¡Viva el padre de los pobres!

Doña Bernarda, viendo próximos a realizarse sus ensueños de ambición, no se daba un momento de reposo. Indignábase ante la indiferencia y la frialdad de su hijo. El distrito era suyo, pero no había que dormirse. ¿Quién sabe lo que a última hora podían hacer los enemigos del orden, que eran bastantes en la ciudad? Había que ir a tal pueblo para decir cuatro palabras a los electores ricos; visitar al alcalde del otro para que viera «que se le hacía caso»; moverse mucho, que toda la gente se preocupara de su persona.

Y Rafael obedecía, pero evitando que le acompañase don Andrés, pues a la ida o a la vuelta pasaba unas cuantas horas en la casa azul o suprimía por completo el viaje para quedarse allí, temblando al volver a casa por si su madre se enteraba de tales distracciones.

Doña Bernarda conocía aquella nueva amistad. Sin otra preocupación que la salud y los actos de Rafael, y ayudada por el chismorreo de una ciudad curiosa, nada hacía su hijo que no lo supiera a las pocas horas. Hasta tenía noticias, por una indiscreción de Cupido, de aquel arriesgado viaje de noche y a través de los peligros de la inundación para ir a presentarse a «la cómica», como ella decía con rabioso acento de desprecio.

Entonces ocurrieron las tormentosas escenas que habían de dejar en Rafael una profunda impresión de amargura y miedo.

La dureza del carácter de doña Bernarda quebrantó al joven, haciéndole comprender con cuánta razón había temido siempre a su madre. La áspera devota, con su coraza de virtud y sanos principios, le aplastó desde las primeras palabras. ¿Se había propuesto deshonrar la casa? ¿Ahora que tras muchos años de trabajos iba a alcanzar el fruto de tantos sacrificios, quería, por su afición a una cómica, ponerse en ridículo, dando motivos de burla a los enemigos? E indignada, no vaciló en rasgar brutalmente el velo de prudencia tras el cual se habían desarrollado misteriosamente sus desventuras y sus rabias conyugales; no dudó en volcar sobre la cabeza del hijo todas las miserias ocultas de su matrimonio.

—¡Lo mismo que tu padre! —exclamó iracunda doña Bernarda—. No puedes negar su sangre: mujeriego, amigo de las perdidas, capaz, por una cualquiera, de comprometer la suerte de la casa... ¡Y yo, grandísima tonta, trabajando por ellos! ¡Olvidando la salvación de mi alma, para lograr que llegues donde no llegó tu padre!... ¿Y cómo me lo agradeces?... Lo mismo que aquél: con un disgusto a cada momento.

Humanizándose después, sintiendo la necesidad de comunicar sus proyectos para el porvenir, pasó de la ira a la amistosa confidencia, y comenzó a revelar a Rafael el estado de la casa. Ocupado él en hojear librotes y en las cosas del partido, no sabía cómo marchaban los asuntos. Ni necesitaba saberlo: para eso estaba ella. Pero quería que conociera las brechas que en su fortuna habían abierto a última hora las locuras de su padre.

Ella hacía milagros de economía. Muchas deudas estaban pagadas ya; llegaba levantadas algunas hipotecas, gracias a su buena administración, ayudada por el fiel don Andrés; pero la carga era grande y en muchos años no conseguiría librarse de ella.

Además —y al llegar aquí doña Bernarda se mostraba más tierna y con voz insinuante—, ya que era el primer hombre del distrito, debía ser el más acaudalado: lograrlo no resultaba difícil. Todo consistía en ser buen hijo, en dejarse guiar por ella, la que mejor le quería en el mundo... Ahora diputado, y después, cuando volviera de Madrid, a casarse. No faltarían buenas muchachas educadas en el temor de Dios, y además millonarias, que se darían por contentas siendo su mujer.

Rafael la atajó con una débil sonrisa. Ya sabía de quién hablaba su madre: de Remedios, la hija del más rico de la ciudad, un rústico de suerte loca que inundaba de naranja los mercados de Inglaterra, ganando por instinto, a despecho de todas las combinaciones comerciales.

Por esto le recomendaba su madre con tanto interés que visitase aquella casa, enviándole a ella con cualquier pretexto. Además, doña Bernarda llevaba a Remedios a la suya con frecuencia, y rara era la tarde que al entrar en su casa Rafael no encontraba a aquella muchacha tímida, torpe y de una belleza insignificante, vestida con trajes que aprisionaban cruelmente su soltura de chicuela criada en los huertos, transformada rápidamente en señorita por la buena suerte del padre.

—Pero mamá —dijo Rafael sonriendo—, ¡si yo no pienso casarme!... ¡Si eso, cuando llegue, ha de ser a gusto mío!

La madre y el hijo quedaron moralmente separados después de la borrascosa entrevista. Era una situación que recordaba a Rafael su infancia, cuando, después de una travesura, encontraba la mirada fiera y el rostro ceñudo de su madre.

Pero ahora, esta seriedad agresiva se prolongaba días y días.

Al entrar en casa por las noches, se veía interrogado durante la cena en presencia de don Andrés, que no osaba levantar la cabeza ante la poderosa señora. ¿Dónde había estado? ¿A quién había visto?... Rafael sentía el espionaje siguiéndole en sus paseos por la ciudad y el campo.

—Hoy has estado en casa de la cómica... ¡Cuidado, Rafael! ¡Me vas a matar!

Y Rafael, para ir a casa de «la cómica», se ocultaba como en su época de niño, cuando robaba fruta en los huertos; marchaba por sendas y ribazos al abrigo de los setos, y la vista de una hortelana o de un muchacho le obligaba a pesados rodeos. Y el hombre que hacía esto era el mismo que en aquel instante llenaba con su nombre todo el distrito; aquel de quien los alcaldes y prohombres decían con plena convicción: «Aquí no hay más diputado que don Rafael. Ése procurará por nosotros.»

Don Andrés se esforzaba por consolar a su ama. Todo aquello era un capricho de muchacho. Había que dejarle que se divirtiera. Al fin, era un joven guapo y de buena casa. En su cinismo de viejo acostumbrado a las fáciles conquistas del arrabal, guiñaba sus ojos maliciosamente, creyendo que Rafael había conseguido un triunfo completo en la casa azul. Sólo así podía explicarse su asiduidad en las visitas, la mansa rebeldía a la autoridad maternal.

—Esas cosas, por dulces que sean, acaban por cansar, doña Bernarda —decía el viejo sentenciosamente—. La cómica levantará el vuelo cualquier día; además, deje usted que Rafael vaya como diputado a Madrid y vea aquel mundo; a la vuelta no se acordará de esa mujer.

El fiel lugarteniente de los Brull se hubiera asombrado al ver lo poco que conseguía Rafael[86].

Leonora no era la misma de la noche de la inundación. Pasado el encanto del peligro, la novedad de la aventura, lo extraordinario de aquella entrevista, trataba a Rafael con amistosa calma, como a uno de los muchos que en la vida habían

---

[86] Reaparece el autor implícito.

girado en torno de ella. Le miraba como un mueble más de su casa que todas las tardes venía a colocarse ante su paso; un autómata que se presentaba para pasar horas y horas contemplándolo pálido y emocionado, con el encogimiento de la inferioridad, contestando sus palabras muchas veces con simplezas que le hacían reír. Su ironía y aquella franqueza de que hacía gala le herían cruelmente.

—Hola, Rafaelito —le decía muchas tardes al verle llegar—. Pero ¿por qué viene usted con tanta frecuencia? Nos van a tomar por novios. ¿Qué dirá su mamá?

Y Rafael sufría cruelmente; se avergonzaba de sí mismo, pensando en lo que ocurría en su casa, en las iras que arrostraba para llegar allí. Pero le era imposible librarse de la atracción que sobre él ejercía Leonora.

Además, ¡qué tardes aquellas en que quería ser buena! cuando, cansada de pasear por el huerto, fastidiada, en su carácter ligero y voluble, por la monotonía de los naranjos y las palmeras, se refugiaba en el salón, poniendo sus manos en el piano. Rafael, con el recogimiento de un devoto, se sentaba en un rincón, y contemplando los soberbios hombros, sobre los cuales ondeaban como plumas de oro los rizados bucles de la nuca, oía aquella voz hermosa, que sonaba dulce y velada, mezclándose a los desmayados acordes del piano, mientras que por las abiertas ventanas entraba la respiración del huerto rumoroso bajo la dorada luz del otoño, el perfume sazonado de las naranjas maduras, que asomaban sus caras de fuego entre los festones de hojas.

Era Schubert, con sus melancólicas romanzas, el músico preferido; la dominaba en aquella soledad el encanto de la música triste. Su alma pasional y tumultuosa parecía desmayarse, enervada por el perfume de los naranjos. Algunas veces, de repente, venía a morderle el recuerdo de sus triunfos escénicos, la gloria artística conquistada sobre las tablas; y golpeando el piano con la sublime furia de la cabalgada de las valquirias, lanzaba el *¡hojotoho!*[87] de Brunilda, el grito de guerra impetuoso y

---

[87] Este grito de guerra, que es común a las valquirias, se repetirá mucho a lo largo de la novela. Aquí contrasta poderosamente con la melancólica música de Schubert y con la elegancia del *minuetto* de Mozart que sigue.

salvaje de la hija de Wotan[88]; relincho armónico con el cual había puesto de pie a muchos públicos, y que en aquella soledad estremecía a Rafael, haciéndole admirar a su amiga como una divinidad extraña, cual una diosa rubia de ojos verdes, acostumbrada a cabalgar sobre los hielos, entre los torbellinos del huracán, y que en el país del sol se resignaba a ser mujer.

Otras veces, echando atrás su hermoso busto, como si contemplara con la imaginación salones festoneados de rosas, en los que danzasen huecas faldas, pelucas empolvadas y tacones rojos, rozaba las teclas, haciendo sonar un *minuetto* de Mozart, vagoroso como un perfume elegante, como la sonrisa de una boca de princesa pintada y con lunares postizos[89].

Rafael no olvidaba la noche de la amistad, la mano entregada a sus labios en aquel mismo salón. Una vez intentó repetir la escena, e inclinándose sobre las teclas, quiso besar la diestra de Leonora.

La artista se estremeció, como si despertase. Relampaguearon sus ojos con ira, y sin dejar por esto de sonreír, levantó amenazante la mano, con todo su fantástico brillo de pedrería, como si fuese a abofetearle:

—¡Cuidado, Rafael! Es usted un chiquillo, y le trataré como a tal. Ya sabe que no gusto de que me molesten. No le despediré, pero si sigue así, ¡va usted a llevarse cada bofetada!... ¡Qué pegajoso! Eso sólo se permite una vez, y no olvide usted que cuando yo quiero que me besen la mano comienzo por darla voluntariamente... Ya no hay más música: se acabó. Vamos a entretener al niño para que esté quietecito.

Y comenzó una de aquellas revistas de equipaje que entusiasmaban a Rafael; una exhibición de recuerdos de su vida artística, que al joven le parecían nuevos avances en su intimidad con Leonora.

Contemplaba sus retratos en las diversas óperas por ella cantadas: una numerosa colección de hermosas fotografías, llevando al pie el nombre del gabinete en casi todos los idio-

---

[88] Dios germánico de la guerra, de la sabiduría y de la poesía. Él decide qué guerreros deben alcanzar la muerte gloriosa y, por tanto, la dicha del Walhalla.

[89] La distinción grácil de Mozart se presenta en forma de comparaciones sinestésicas que tienen un amplio poder evocador.

mas de Europa, en alfabetos raros que hacían parpadear a Rafael. La Elisabeta pálida y mística del *Tannhäuser* había sido retratada en Milán; la Elsa ideal y romántica de *Lohengrin* era de Múnich; había una Eva cándida y burguesa de *Los maestros cantores,* fotografiada en Viena, y una Brunilda soberbia, arrogante, de mirada hostil y centelleadora, que llevaba al pie el sello de San Petersburgo. Esto sin contar un sinnúmero de otras fotografías, recuerdo de temporadas en el Covent-Garden de Londres, el San Carlos de Lisboa, los grandes coliseos de toda Italia y los teatros de América, desde el de Nueva York al de Río de Janeiro.

Rafael, manejando aquellas cartulinas enormes, sentía la impresión del que pasea por un puerto y percibe el perfume de los países lejanos y misteriosos contemplando los barcos que llegan. Cada retrato parecía envolverle en el ambiente de su país, y desde el tranquilo salón, impregnado de la respiración del silencioso huerto, creía pasear por toda la tierra.

Las fotografías representaban siempre los mismos personajes, las heroínas de Wagner. Leonora, adoradora rabiosa del genio alemán, hablando de él con íntima confianza, como si le hubiera conocido, no quería cantar otras óperas que las suyas, y con el afán de abarcar la obra del maestro, no vacilaba en comprometer su prestigio de artista fuerte y vigorosa interpretando los personajes delicados.

Rafael se fijaba en los retratos, uno por uno: aquí aparecía más esbelta y triste, como si acabase de salir de una enfermedad; allí, fuerte y arrogante, como si desafiara la vida con su hermosura.

—¡Ay, Rafael —murmuraba ella, pensativa—. No todo son alegrías. Yo he pasado mis tempestades como todos. He vivido mucho, y estos pedazos de cartón son capítulos de mi existencia.

Y mientras ella soñaba saboreando el pasado, entusiasmábase Rafael contemplando el retrato de Brunilda, una hermosa fotografía en cuyo robo había pensado más de una vez.

Aquélla era Leonora; la valquiria arrogante, la hembra fuerte y valerosa, capaz de darle de bofetadas al más leve atrevimiento y de manejarle como un niño. Bajo el casco de acero brillante como un espejo, con sus dos alas de blancas plumas, caían los rubios bucles, brillaban con salvaje fulgor los verdes ojos y parecían palpitar las aletas de la nariz con indomable fiereza. El manto colgaba del cuello redondo, carnoso y fuerte; la coraza de escamas de acero hinchábase con la presión del pecho mórbido, de arrogante dureza, y los brazos desnudos, revelando el vigor del músculo bajo la suave curva de la grasa femenil, se apoyaban, uno en la lanza y otro en el escudo brillante y luminoso como una lámina de cristal. Estaba allí con la majestad de la diosa; era una Palas de la mitología septentrional, hermosa como el heroísmo, terrible como la guerra. Rafael comprendía el enardecimiento loco, la conmoción eléctrica de los públicos al verla aparecer entre las rocas de lienzo pintado, haciendo temblar las tablas con su paso vigoroso, elevando con rudeza sobre las blancas alas del casco la lanza y el escudo y lanzando el grito de la valquiria, el *¡hojotoho!*, que, repetido en el tranquilo huerto, parecía estremecer las calles de follaje con una corriente de entusiasmo.

Aquella mujer caprichosa, aventurera y alocada, de cuya vida de artista tantas cosas se contaban, había paseado por el mundo la arrogancia de la virgen guerrera soñada por Wagner, consiguiendo inmensos triunfos. En un libro abultado, de desiguales hojas, donde guardaba con minuciosa puerilidad de cantante todo lo que habían dicho de ella los periódicos del mundo, encontraba Rafael un eco de las estruendosas ovaciones. Miraba los recortes de papel impreso, muchos de ellos amarillos ya por el tiempo, y pasaba ante sus ojos la visión de teatros llenos de elegantes descotes y pecheras rígidas y brillantes como corazas; ambientes caldeados por la luz y el entusiasmo, donde centelleaban ojos y joyas; y en el fondo, con su casco y su lanza, ella, la valquiria dominadora, saludada con aplausos y gritos de admiración.

En aquellas hojas encontraba grabados de ilustraciones reproduciendo los retratos de la artista, biografías y artículos de crítica relatando los triunfos de la célebre *diva* Leonora Brunna —que éste era el nombre de guerra de la hija del doctor Moreno—, retazos y más retazos de papel impreso en castellano puro y americanizado; columnas de letra apretada y clara de los periódicos ingleses; párrafos sobre el papel basto y sutil de la prensa francesa e italiana; compactas masas de caracteres góticos, que turbaban los ojos de Rafael, e ininteligibles garabatos rusos, que parecían caprichos de una mano infantil. Y todos alabando a Leonora, rindiendo un tributo universal al talento de aquella mujer mirada con desprecio por las burguesas de Alcira. Rafael admiraba a su amiga con la misma emoción que si se hallase en presencia de una divinidad, y sentía odio y desprecio ante la grosera y áspera virtud de los que hacían el vacío en torno de ella. ¿Por qué había venido allí? ¿Qué motivo la había impulsado a abandonar un mundo de triunfos donde todos la admiraban, para meterse en una vida estrecha como un corral?

Después venía la exhibición de recuerdos más íntimos: joyas hermosísimas, costosos juguetes, regalos de las *seratas d'onore* presentados en el *camerino,* mientras el público aplaudía delirante, y ella, bajando su lanza, saludaba en las candilejas bajo una lluvia de talco y flores, rodeada de lacayos que sostenían grandes ramos. Rafael contemplaba un medallón con el retrato venerable de don Pedro del Brasil, el emperador artista, que saludaba a la cantante en una dedicatoria trazada en brillantes; planchas de oro y pedrería, recuerdo de entusiastas que tal vez comenzaron por desear la mujer y se resignaron admirando la artista; pintarrajeados diplomas de sociedades dándola las gracias por su concurso en funciones benéficas; un abanico de la reina Victoria con la fecha de un concierto en el palacio de Windsor; una pulsera regia de Isabel II, como recuerdo de varias veladas en París, en el palacio Castilla, y un sinnúmero de costosas chucherías, de caprichos riquísimos, presentes de príncipes, grandes duques y presidentes de repúblicas americanas. Hasta había carteras con áureas dedicatorias y la piel gastada por el roce y el tiempo, conteniendo enormes papelotes, acciones de ferrocarriles a través de países salvajes, títulos de propiedad de territorios sobre los cuales habían de levantarse ciudades; valores de empresas locas que se desarrollaban en las praderas yanquis o las pampas argentinas[90], regalados en noche de beneficio, como testimonio del afecto práctico de los americanos, que al entusiasmo unen siempre la utilidad.

---

[90] En esta referencia se aúnan sus sueños infantiles con su futuro de colonizador.

La arrogante valquiria, al pasear por el mundo su guerrero manto, había barrido entre aplausos y vítores aquellos ricos testimonios de adoración. Rafael sentía orgullo por ser su amigo, y al mismo tiempo reconocía su pequeñez; se asustaba de su atrevimiento amoroso, exagerando en su imaginación la diferencia que les separaba.

Al final de estas deliciosas rebuscas en el pasado, venía lo más interesante, lo más íntimo, el álbum, que ella sólo le permitía hojear de prisa, obligándole a no mirar ciertas páginas. Era un volumen modestamente encuadernado en cuero negro con broches de plata, pero Rafael lo contemplaba como un prodigioso fetiche, con la adoración que inspiran los grandes hombres.

Veía el mundo entero inclinándose ante aquella diosa. No sólo la saludaban los potentados; los poderosos del arte estaban allí, pasaban de hoja en hoja, dedicando una palabra de afecto, un verso, una frase musical a la hermosa cantante. Rafael contemplaba como un bobo la firma del viejo Verdi y la de Boito; venían después los jóvenes maestros de la nueva escuela italiana, ruidosa y triunfante con el estrépito de la belleza puesta al alcance del vulgo; los franceses Massenet y Saint-Saëns saludaban a la feliz intérprete del primero de los músicos; los grandes libretistas italianos dedicaban a la artista versos, que deleitreaba Rafael percibiendo su suave perfume[91], a pesar de que apenas conocía el idioma; había un soneto de Illica que le hacía llorar; y luego venían los ininteligibles para él, unos cuantos renglones de Hans Keller[92], el gran director de orquesta, el discípulo y confidente de Wagner, su testamentario artístico, encargado de velar por la gloria del maestro, aquel Hans Keller del que hablaba Leonora a cada instante con cariño de mujer y admiración de artista, sin perjuicio de añadir a continuación que era un bárbaro. Estrofas en alemán, en ruso y en inglés, que al ser releídas por la cantante la hacían sonreír satisfecha, como si aspirase

---

[91] La sinestesia que se apoya sobre el perfume es muy abundante en la novela y aparece tres veces más en este mismo capítulo.
[92] Personaje inventado por Blasco Ibáñez para dar mayor calor de proximidad al maestro admirado.

un perfume favorito, con gran desesperación de Rafael, que no podía conseguir que las tradujese.

—Son cosas que no entiende usted. Adelante, adelante. No quiero que se ruborice.

Y tratándole como a un niño, le hacía volver las hojas sin dar explicación.

Unos versos italianos escritos con mano trémula y en torcidas líneas llamaban la atención de Rafael. Los entendía a medias, pero Leonora nunca le permitía acabar la lectura. Era un lamento amoroso, desesperado; un grito de pasión rabiosa condenada a la soledad, revolviéndose en el aislamiento como una fiera en su jaula: Luigi Maquia.

—¿Pero éste quién es? —preguntaba Rafael—. ¿Por qué estaba tan desesperado?

—Un muchacho de Nápoles —contestó por fin una tarde Leonora con voz triste, parpadeando como si quisiera ocultar sus pupilas, en las que asomaban lágrimas—. Un día lo encontraron bajo los pinos de Posilipo con la cabeza atravesada de un balazo. Quería morir y se mató... Pero recoja usted todo eso y bajemos al jardín. Necesito aire.

Pasearon por la avenida orlada de rosales, y transcurrieron algunos minutos sin que se cruzara entre los dos una palabra. Leonora se mostraba pensativa, con las cejas contraídas y los labios apretados, como si sufriera la mordedura de penosos recuerdos.

—¡Matarse! —dijo por fin—. ¿No le parece, Rafael, que es una tontería? ¡Y matarse por una mujer! ¡Como si las mujeres tuvieran la obligación de amar a todos los que creen amarlas!... ¡Qué imbécil es el hombre! Hemos de ser sus siervas; hemos de quererle forzosamente, y si no, se mata por fatuidad.

Calló unos instantes.

—¡Pobre Maquia! Era un muchacho bueno, digno de ser feliz; ¡pero si fuera una a creer en todos los juramentos de desesperado!... Ése lo hizo tal como lo decía... ¡Qué loco! Y lo peor es que como él he encontrado otros en el mundo.

Ya no dijo más. Rafael respetó su silencio. La miraba queriendo adivinar en vano los pensamientos que se revolvían tras sus ojos verdes y dorados como el mar bajo el sol de mediodía. ¡Qué aventuras debían ocultarse en el pasado de aquella mujer! ¡Qué novelas dormirían ocultas en el tejido de su vida!...

Así transcurrieron los días, hasta el momento de la elección de Rafael. Olvidado éste de sus trabajos políticos, y en pasiva rebeldía contra su madre, que apenas si le hablaba, llegó el domingo de su elección. Triunfo completo. Ya era diputado. Pasó la noche estrechando manos, recibiendo plácemes, aguantando serenatas, y a la mañana siguiente corrió a la casa azul para recibir la irónica enhorabuena de Leonora.

—Lo celebro mucho —dijo la artista—. Así saldrá usted pronto de aquí; le perderé de vista, que bien lo necesito; porque usted, apreciable niño, ya iba resultándome pesado con sus asiduidades de adorador y su muda admiración de pegajoso. Allá en Madrid se curará de tales tonterías... No me diga usted que no; no haga juramentos. ¡Si sabré lo que son los jóvenes! Usted es igual que todos. Cuando volvamos a vernos, llevará usted en el pensamiento otras imágenes. Yo seré su amiga nada más; es lo que deseo.

—¿Pero la encontraré aquí cuando vuelva? —preguntó Rafael con ansiedad.

—Quiere usted saber más que todos los que me han conocido. ¿Qué sé yo si estaré aquí? Nadie en el mundo ha estado seguro de tenerme. Ni yo misma sé dónde estaré mañana... Pero no —continuó con gravedad—; si viene usted en primavera, aquí me encontrará. Pienso permanecer hasta entonces. Quiero ver cómo florece el naranjo; volver a mis recuerdos de niña: la única memoria de mi pasado que me ha seguido a todas partes. Muchas veces he ido a Niza, gastando un dineral, para ver florecer cuatro naranjos de mala muerte; ahora quiero embriagarme en la inundación de azahar de estos campos. Es el único deseo que me sostiene aquí... estoy segura. Si vuelve usted para entonces, me encontrará, y nos veremos por última vez, porque después, irremisiblemente, levanto el vuelo, aunque llore y rabie la pobre tía. Por ahora estoy bien aquí. ¡Qué cansada me encuentro! Esto es una cama después de un largo viaje. Sólo un gran suceso me obligaría a saltar.

Se vieron aún muchas tardes en el jardín, saturado del olor

de las naranjas maduras. El inmenso valle azuleaba bajo el sol del invierno; las naranjas asomaban sus caras de fuego entre las hojas, como ofreciéndose a las manos laboriosas que las arrancaban de las ramas. En los caminos chirriaban los ejes de los carros, balanceando sobre los baches sus montones de dorados frutos; sonaban en los grandes almacenes los cánticos de las muchachas encargadas de escoger y empapelar las naranjas; retumbaban los martillos sobre los cajones de madera, y en oleadas de tráfico salían hacia Francia e Inglaterra las hijas del Mediodía, aquellas cápsulas de piel de oro repletas de dulce jugo que parecía miel del sol.

Leonora, de pie junto a un viejo naranjo, volviendo la espalda a Rafael, buscaba entre las apretadas ramas, empinándose sobre la punta de los pies, balanceando las arrogantes y graciosas curvas de su robustez esbelta.

—Mañana me voy —dijo el joven con desaliento.

Leonora se volvió. Había cogido una naranja y abría su piel con las sonrosadas y largas uñas.

—¿Mañana? —dijo sonriente—. Todo llega por fin... Que tenga usted grandes éxitos, señor diputado.

Y acercando a su boca el perfumado fruto, clavaba en la dorada carne sus dientes blancos y brillantes. Cerraba los ojos con delicia, como embriagada por la tibia dulzura del jugo. Crujían los gajos entre sus dientes, y el líquido de color de ámbar rezumaba, cayendo a gotas por la comisura de sus labios carnosos y rojos.

Rafael estaba pálido y tembloroso, como si le agitase un propósito criminal.

—¡Leonora! ¡Leonora!... ¿Y he de marcharme así?

Le enloquecía aquella boca impregnada de miel, y de repente, disparándose en él la pasión contenida y sujeta por el miedo, se abalanzó sobre la artista, la agarró las manos y buscó ávido sus labios, como si pretendiera beber el zumo que se deslizaba hasta la redonda barbilla.

—¡Eh! ¿Qué es esto, Rafael?... ¿Qué atrevimientos se permite usted?

Y con sólo un impulso de sus soberbios brazos envió al tembloroso joven contra el naranjo, haciéndole vacilar sobre sus pies. Quedó el joven cabizbajo y como avergonzado.

—Ya ve usted que soy fuerte —dijo Leonora con voz algo temblona por la ira—. Nada de juegos, o saldrá usted perdiendo.

Después de una larga pausa, Leonora pareció reponerse de aquella impresión, y acabó riendo ante el aspecto avergonzado del joven.

—Pero ¡qué niño este!... ¿Es manera de despedirse de los amigos la que usted usa?... Tonto, fatuo, ¡cuán poco me conoce usted! Querer tomarme a mí por la fuerza, ¡a mí! la mujer inexpugnable cuando no quiero, por quien se han muerto los hombres sin poder conseguir ni un beso en la mano. Márchese usted mañana, Rafael. Seremos amigos... Pero por si hemos de volver a vernos, no olvide usted lo que le digo. Acabemos de una vez con todas estas tonterías. No se fatigue: yo no puedo ser suya. Estoy cansada de los hombres; tal vez los odio. Yo he conocido a los más hermosos, a los más elegantes, a los más ilustres. He sido hasta reina, reina de la mano izquierda, como dicen los franceses, pero tan dueña de la situación, que, a haber querido meterme en tales vulgaridades, hubiese cambiado ministerios y trastornado países. Hombres famosos en Europa por su elegancia y sus locuras han caído a mis pies, y los he tratado como chiquillos. Me han envidiado y odiado las damas más célebres, copiando mis trajes y mis gestos. Y cuando, cansada de este carnaval brillante, le he dicho ¡adiós! para venir a esta soledad como a un convento, ¡había de entregarme a un señorito de pueblo, capaz únicamente de entusiasmar a los patanes!... ¡Ja, ja, ja!...

Y reía con una risa cruel, con carcajadas incisivas y sardónicas que parecían penetrar en las carnes de Rafael, estremeciéndole con su frialdad. El joven bajaba la cabeza; agitábase su pecho con un penoso estertor, como si le ahogase el llanto al no encontrar salida en aquel cuerpo varonil.

La emoción de Rafael, abrumado por aquella crueldad, enterneció a Leonora, haciéndola cambiar de tono.

Se aproximó al joven, casi se pegó a él, y agarrándole la barba con sus finas manos, le obligó a levantar la cabeza.

—¡Ay! ¡Cuán mala soy! ¡Qué cosas le he dicho a este pobre niño! A ver, levante usted la cabeza; míreme de frente;

diga que me perdona... ¡Esta maldita manía de no callarme nada! Le he ofendido... no diga usted que no, le he ofendido; pero no haga usted caso; lo que he dicho sólo son tonterías. ¡Qué modo de agradecer lo que usted hizo por mí aquella noche!... No; ¡pero si usted es muy guapo... y muy distinguido... y hará usted una gran carrera política!... Será usted un personaje, y se casará en Madrid con una muchacha elegantísima. Se lo aseguro... Pero, hijo, en mí no piense usted; seremos amigos, nada más que amigos... Pero ¿llora usted? Vamos... béseme la mano, se lo permito... como en aquella noche: así. Yo sólo podría ser de usted por el amor; pero ¡ay! nunca llegaré a enamorarme del atrevido Rafaelito. Soy vieja ya; en fuerza de gastar el corazón, creo que no lo tengo... ¡Ay, pobrecito bebé mío! Lo siento mucho... pero ha llegado usted tarde[93].

---

[93] Las palabras que cierran la primera parte de la novela son las mismas que pronuncia Luisa en *La palma rota* de Gabriel Miró.

Segunda parte

I

En la plazoleta que formaban frente a la casa azul los altos y tupidos rosales, erguíanse cuatro palmeras que, abandonadas muchos años, dejaban colgar las secas ramas como miembros muertos debajo de las palmas nuevas, arrogantes y rumorosas. Hundidos en el follaje de los rosales, a la entrada de la plazoleta, había dos bancos antiguos de mampostería blanqueados con cal, con el asiento y el respaldo de viejos azulejos valencianos de una transparencia aterciopelada, en la que resaltaban los floreados arabescos, los caprichos multicolores de una fabricación heredada de los árabes.

Eran bancos con la elegancia de líneas de un sofá del pasado siglo, frescos y de saludable dureza, en los que gustaba de sentarse Leonora por las tardes, cuando las palmeras extendían su sombra en la plazoleta.

En uno de ellos leía la sencilla doña Pepita la historia del santo del día, ayudada por unas antiguas gafas con montura de plata. Beppa la doncella escuchábala atenta para comprender todas las palabras, con una admiración respetuosa de muchacha de la campiña romana familiarizada con la devoción desde sus primeros años.

En el otro banco estaban Leonora y Rafael. La artista, con la cabeza baja, seguía el movimiento de sus manos, ocupadas en la confección de una de esas labores que sólo sirven para pasar más fácilmente el tiempo engañando la atención.

Rafael la encontraba cambiada por los meses de ausencia. Vestía con sencillez, como una señorita de la ciudad; su cara y sus manos, tan blancas antes, habían tomado con la continua caricia del sol una transparencia dorada de trigo madu-

215

ro; los dedos mostrábanse en toda su esbeltez, libres de sortijas, y en el lóbulo sonrosado de las orejas los sutiles agujeros no soportaban el peso, como otras veces, de la gruesa masa de brillantes.

—Estoy hecha una campesina, ¿verdad? —dijo como si leyera en los ojos de Rafael el asombro por aquel cambio—. La vida del campo obra estos milagros; un día un adorno, mañana otro, va una depojándose de todo lo que antes era como una parte del cuerpo. Me siento mejor así... ¿Creerá usted que hasta tengo abandonado mi tocador, y allí se pierden cuantos perfumes traje? Agua fresca, mucha agua... eso es lo que me gusta. ¡Cuán lejos está ya aquella Leonora que había de pintarse todas las noches como un payaso para mostrarse al público! Míreme usted bien: ¿cómo me encuentra? ¿No es verdad que parezco una de sus «vasallas»? De seguro que si salgo esta mañana a darle vivas en la estación, no me reconoce entre los grupos.

Rafael intentó decir que la encontraba más hermosa que antes, y así lo creía de buena fe. La veía más cerca de su persona: era como si descendiese a su altura para aproximarse a él. Pero Leonora, adivinando sus palabras y queriendo evitarlas, se apresuró a seguir hablando.

—No diga usted que le gusto más así. ¡Qué disparate! ¡Ahora que viene usted de Madrid de ver un mundo que no conocía!... Pero en fin, a mí me gusta esta sencillez, y lo que me importa es agradarme a mí misma. Ha sido una transformación lenta, pero irresistible; el campo me ha saturado con su calma; se me ha subido a la cabeza como una embriaguez mansa y dulce, y duermo y duermo, siguiendo esta vida animal, monótona y sin emociones, deseando no despertar nunca. ¡Ay, Rafaelito! Como no ocurra algo extraordinario y el diablo tire de la manta, me parece que aquí me quedo para siempre. Pienso en el mundo como un marino piensa en el mar cuando se ve en su casa después de un viaje de continuos temporales.

—Sí; quédese usted —dijo Rafael—. No puede usted figurarse el miedo que he pasado en Madrid pensando si la encontraría o no al volver.

—No mienta usted —dijo sonriendo Leonora dulcemente, con cierta expresión de gratitud—. ¿Cree usted que por aquí no nos hemos enterado de lo que hacía en Madrid? Usted, que nunca tuvo grandes relaciones de amistad con el bueno de Cupido, le ha escrito con frecuencia, contándole tonterías; todo para, al final, como posdata importantísima, encargar saludos a la «ilustre artista», tranquilizándose al recibir en la respuesta la noticia de que esa «ilustre artista» aún estaba aquí. ¡Poco que he reído leyendo esas cartitas!

—Eso le demostrará a usted que yo no mentía el día que le aseguré cierta cosa. Le demostrará que no la he olvidado en Madrid. No, Leonora; no la olvido. Esta ausencia ha agrandado más mi afecto.

—Gracias, Rafael —dijo la artista con gravedad, como si en ella no fuese ya posible la ironía de otros tiempos—. Estoy convencida de ello, y me entristece, pues es inútil. Ya sabe usted que no puedo corresponderle... Hablemos de otra cosa.

Y apresuradamente, queriendo desviar con su charla el curso de la conversación, que le parecía peligroso, comenzó a hablar de sus rústicos placeres.

—Tengo un gallinero que es un encanto. ¡Si me viera usted por las mañanas, rodeada de plumas y cacareos, arrojando el maíz a puñados, teniendo a raya a los gallos, que se meten bajo mis faldas y me pican los pies! Me parece mentira que sea yo la misma de otros tiempos, que blandía la lanza e interpretaba, así regularmente, los ensueños de Wagner. Ya verá usted a mi gente. Tengo gallinas de una fecundidad asombrosa, y, como un ratero, revuelvo todas las mañanas la paja para sorberme los huevos todavía calientes... El piano lo tengo olvidado. Hace más de una semana que no lo había abierto, pero esta tarde, no sé por qué, sentí el deseo de rozarme un poco con los genios. Tenía sed de música... algo de los caprichos melancólicos de otros tiempos. Tal vez el presentimiento de que usted vendría: los recuerdos de aquellas tardes en que usted estaba arriba, sentadito e inmóvil como un bobo, escuchándome... Pero no vaya usted a creer, señor diputado, que todo es aquí juego con las gallinas y pereza campestre. Han entretenido mi soledad de este invierno cosas serias. He hecho en la casa grandes obras. Un cuarto de baño que escandaliza a mi pobre tía y hace que le diga a Beppa que es pecado pensar tanto en las cosas del cuerpo. Aunque olvidadas mis antiguas costumbres, yo no podía pasar sin el baño; es el único lujo que conservo, y mandé venir de Valencia artesanos con mármoles y maderas finas para que arreglasen una preciosidad. Ya lo verá usted; cosa buena. Si algún día me da el arrechucho de huir y levanto el vuelo, ahí quedará eso, para que mi pobre tía se indigne a cada instante viendo que su loca sobrina gastó tanto dinero en tonterías pecaminosas, como ella dice.

Y reía mirando a la inocente doña Pepa, que allá en el otro banco explicaba por centésima vez a la italiana los portentosos milagros del patrón de Alcira, con el anhelo de que la extranjera pusiera su fe en el santo, dando de lado a todos los bienaventurados de su país.

—No crea usted —continuó la artista— que yo le he olvidado en ese tiempo. Soy su amiga, y lo de usted me interesa. He sabido por Cupido, que de todo se entera, lo que usted hacía en Madrid. También he figurado entre sus admiradores. ¡Lo que puede la amistad!... Yo no sé qué será esto; pero tratándose del señor Brull, me trago las mayores mentiras, aun sabiendo que lo son. Cuando usted habló en el Congreso sobre eso del río, envié a Alcira a comprar el periódico, y lo leí no sé cuántas veces, creyendo ciegamente cuanto allí decían en su honor. Yo he hablado con Gladstone en un concierto de la reina en Windsor; he conocido a hombres que llegaron por su palabra a presidentes de República; y no digamos de los políticos de España: la mayoría de ellos los tuve como cadetes en mi *camerino* una vez que canté en el Real. Y a pesar de esto, yo tomé en serio por unos días los elogios disparatados con que le incensaban sus correligionarios. En mi imaginación aparecía usted al mismo nivel que todos esos señores solemnes y poderosos que he conocido. ¿Por qué será esto? Tal vez el aislamiento y la calma, que agrandan las cosas; tal vez el ambiente de esta tierra, en la que es imposible vivir sin ser súbdito de Brull... ¿Si me iré enamorando de usted sin saberlo?[94].

---

[94] De sus recientes afirmaciones se deduce que, en efecto, está ya enamorada.

Y volvía a reír con la risa regocijada y francamente burlona de otros tiempos. Le había recibido grave y sencilla, influida por el cambio que la soledad, la vida campestre y el deseo de descanso producían en ella. Pero al contacto de Rafael, al ver en sus ojos aquella expresión amorosa, que ahora se marcaba con más atrevimiento, reaparecía la mujer de antes y reía con la misma carcajada irónica, que penetraba como acero en las carnes del joven[95].

—¿Y qué de extraño tendría eso? —preguntó audazmente Rafael, imitando la sonrisa burlona—. ¿No podría ser que usted, compadecida de mí, acabase por amarme? ¿No se han visto cosas más imposibles?

—No —dijo rotundamente Leonora—. No le amaré a usted nunca. Y si llegase a amarle —continuó en un tono dulce y casi maternal—, se lo ocultaría piadosamente, para evitar que usted se exaltara viéndose correspondido. Toda la tarde estoy evitando esta explicación. He hablado de mil cosas, me he enterado de su vida en Madrid hasta en detalles que nada me importan, todo para impedir que llegásemos a hablar de amor. Pero con usted es imposible; hay que abordar la materia más pronto o más tarde. Ya que usted lo quiere, sea... Yo no le amaré nunca; yo no debo amarle. Si le hubiera conocido lejos de aquí, aproximados por las circunstancias, como en aquella noche de la inundación, no digo que no. ¡Pero aquí!... Serán escrúpulos, de los que puede usted reírse, pero me parece que amándole cometería un delito: algo así como si entrase en una casa y agradeciera la hospitalidad robando un objeto.

—Pero ¿qué disparates son ésos? —exclamó Rafael—. ¿Qué quiere usted decir?... Crea que no la entiendo.

—Como usted vive aquí, no se da cuenta del ambiente que le rodea. ¡Amarse sólo por el amor! Eso puede ser en ese mundo del cual vengo, donde la gente no se escandaliza, donde la virtud es ancha y no pincha, y cada uno, por egoísmo, porque respetan sus debilidades, procura no censurar las ajenas. ¡Pero aquí!... Aquí el amor es un camino recto

---

[95] La risa de ella actúa como barrera ante Rafael.

que forzosamente ha de conducir al matrimonio; y vamos a ver: ¿sería usted capaz de mentir asegurando que se casaría conmigo?...

Miraba de frente al joven con sus grandes ojos verdes, luminosos y burlones, con tal franqueza, que Rafael inclinó la cabeza tartamudeando.

—No se casaría usted, y haría muy bien. ¡Como que resultaría una solemne barbaridad! Yo no soy de las mujeres que sirven para eso. Muchos me lo han propuesto en mi vida, acreditándose con ello de imbéciles. Más de una vez me han ofrecido sus coronas de duque o de marqués, creyendo que con esto me aprisionaban, me podían conservar cuando yo, sintiendo fastidio, pretendía levantar el vuelo. ¡Casada yo! ¡Qué disparate!...

Reía como una loca, con una risa que hacía daño a Rafael. Era una carcajada sardónica, de inmenso desprecio, que recordaba al joven la risa de Mefistófeles en su infernal serenata a Margarita[96].

—Además —continuó Leonora serenándose—, usted no se da cuenta de lo que soy aquí. ¿Cree usted que ignoro lo que de mí se dice en la ciudad?... Me basta ver los ojos con que me contemplan las señoras las pocas veces que voy allá. Y también conozco lo que le ocurría a usted antes de ir a Madrid. Aquí se sabe todo, Rafaelito; el chismorreo de esa pobre gente es tan grande, que llega hasta esta soledad. Conozco perfectamente el odio que la madre de usted me tiene, y hasta he oído algo de disgustos domésticos por si usted venía o no venía aquí. Si ahora han de repetirse esas cosas tan enojosas, le ruego que no vuelva; seré siempre su amiga; pero no viéndonos, ganaremos usted y yo.

Rafael se sentía avergonzado al ver que Leonora conocía sus secretos. Se creía en ridículo, y para salir del paso afirmó con petulancia:

—No crea usted tales cosas; son chismes de enemigos. Yo soy mayor de edad, y me figuro que, sin miedo a mamá, puedo ir donde mejor me parezca.

---

[96] Alude a la ópera *Mefistófeles* de Boito.

—Sea así; siga viniendo, ya que tal es su gusto; pero no me negará usted que existe contra mí una hostilidad declarada. Y si yo llegase a amarle, ¡Dios mío! ¿qué dirían entonces de mí? Creerían que había venido únicamente para seducir a su don Rafael, y ya ve usted cuán lejos estoy de ello. Con esto perdería la tranquilidad, que tanto me gusta. Si ahora hablan contra mí, ¡figúrese lo que sería entonces!... No; yo deseo permanecer quieta. Que me muerdan cuanto quieran, pero que sea sin motivo, por pura envidia. Ya ve usted el caso que hago.

Y mirando hacia el punto donde estaba la ciudad, oculta tras las filas de naranjos, reía desdeñosamente[97].

Volvía otra vez aquella franqueza regocijada, de la que se hacía ella la primera víctima, y continuó, bajando el tono de voz, con un acento confidencial y cariñoso:

—Y luego, Rafaelito, usted no se ha fijado bien en mí. ¡Si soy casi una vieja!... Ya lo sé; no necesito su advertencia: tenemos la misma edad, pero la diferencia de sexo y de vida aumenta considerablemente la mía. Usted es hombre y casi comienza ahora a vivir. Yo voy desde los dieciséis años rodando por el mundo, de escenario en escenario, y este maldito carácter, este afán de no ocultar nada, de no mentir, ha contribuido a hacerme peor de lo que soy. Yo tengo en el mundo muchos enemigos que a estas horas se creerán felices con mi inexplicable desaparición. En nuestra vida de artistas es imposible adelantar un paso sin despertar el odio del camarada, la más implacable de las pasiones. Y ¿sabe usted lo que han dicho de mí esas buenas gentes? Pues que soy una mujer galante más bien que una artista; una especie de *cocotte*, que canta y se exhibe en el escenario como en un escaparate.

—Eso es una infamia —dijo Rafael con arrogancia—. Quisiera que alguna vez lo dijesen delante de mí.

—¡Bah! No sea usted niño. Será una infamia, pero no carece por completo de fundamento. He sido algo de eso que

---

[97] Él siente la necesidad de afirmarse ante ella, aunque, como sabemos, toma sus precauciones ante la madre, porque la teme. Leonora persiste en su resistencia, porque su lucidez la impele a dominar sus impulsos.

dicen; pero a los hombres les corresponde más culpa que a mí... He sido una loca, sin freno en mis caprichos, dejándome tentar unas veces por el esplendor de la riqueza, otras por la hermosura o por el valor; huyendo tan pronto como me convencía de que no había de encontrar nada nuevo, sin importarme la desesperación de los hombres al ver su ensueño interrumpido. Y de toda esta carrera loca, desesperando a unos, enloqueciendo a otros, trastornando la vida en muchos puntos de Europa, he sacado una consecuencia: o eso que los poetas llaman amor no existe y es una invención agradabilísima, o yo no he nacido para amar y soy inmune: pues después de una vida tan agitada, cuando recopilo el pasado, reconozco que mi corazón no ha sentido de verdad... ni esto.

Y hacía chasquear entre los dientes la uña sonrosada y aguda de su pulgar.

—A usted se lo digo todo —continuó—. Después de su larga ausencia, en la que alguna vez me he acordado de usted, siento el deseo de que me conozca bien, y para siempre. A ver si así vivimos tranquilos. Comprendo que ansíen confesarse esas buenas mujeres de los huertos, que van en busca del cura caminando bajo el sol o la lluvia. Esta tarde necesito yo decirlo todo. Aunque quisiera evitarlo, no podría. Tengo aquí dentro un diablillo que empuja y empuja para echar afuera todo mi pasado.

—Pues hable usted. Si soy su confesor y merezco su confianza, algo voy adelantando.

—¿Para qué quiere usted adelantar en mi corazón si está vacío? ¿Cree usted que haría una gran cosa conquistándome? ¡Si yo no valgo nada! No ría usted: no valgo nada. Aquí, en esta soledad, puedo examinarme detenidamente, y lo reconozco: nada. ¿El físico?... sí: confieso que no soy fea, y aunque lo negase con ridícula modestia, ahí esta mi historia para probar que he gustado mucho. Pero ¡ay, Rafaelito! eso es el exterior, la fachada, y con unos cuantos inviernos que lluevan sobre ella quedará despintada y llena de grietas. Pero interiormente, créame usted, soy una ruina. Con tantas fiestas y alborotos, los tabiques se caen, los pisos se bambolean. He corrido muy aprisa: me he quemado las alas por arrojarme de cabeza en la llama de la vida. ¿Sabe usted lo que soy? Una de esas barcas viejas caídas en la playa, que vistas de lejos aún conservan el color de sus primeros viajes, pero que sólo piden el olvido para ir envejeciendo y pudriéndose sobre la arena. Y usted que empieza ahora, ¿se presenta pidiendo un puesto en la peligrosa carroña que al volver al oleaje perecería, llevándoselo al fondo?... Rafael, amigo mío, no sea usted tonto. Yo soy buena para amiga; no puedo ser ya más... aun cuando le amase. Somos de diferente casta. Le he estudiado a usted, y veo que es sensato, honrado y tímido. Yo soy de la casta de los locos, de los desequilibrados; me alisté para siempre bajo las banderas de la bohemia, y no puedo desertar. Cada uno por su camino. Usted encontrará fácilmente una mujer que le haga feliz... Cuanto más tonta, mejor... Usted ha nacido para padre de familia.

Rafael creyó que se burlaba de él, como otras veces. Pero no; su acento era sincero, su rostro no estaba contraído por la sonrisa irónica; hablaba con ternura, como amonestando a un hijo que sigue torcidos derroteros.

—Sea usted como es. Si el mundo se compusiera de gente como yo, resultaría imposible la vida. También tengo mis ratos en que quisiera transfigurarme, ser ave de corral como toda la gente que me rodea. Pensar en el dinero y en lo que comeré mañana; comprar tierras, discutir con los labriegos, estudiar los abonos, tener hijos que me preocupen con sus resfriados y los zapatos que rompen; no llevar mis aspiraciones mundanales más allá de vender bien la cosecha. Hay momentos en que quisiera ser gallina. ¡Qué bien! Un cercado de cañas por todo mundo, la comida al alcance del pico, y pasar horas y más horas al sol, inmóvil sobre una caña... ¿Se ríe usted? Pues esta vida he comenzado a ensayarla, y me va muy bien. Voy todos los miércoles al mercado, compro pollos y huevos, discuto por gusto con las vendedoras, para acabar dándolas lo que piden; convido en la chocolatería a las hortelanas de este contorno, y vuelvo a casa escoltada por todas ellas, que se admiran al oírme hablar con Beppa en un lenguaje extraño. ¡Si viera usted lo que me quieren!... En sus ojos leo el asombro al reconocer que la *siñoreta* no es tan mala como dicen las de la ciudad. ¿Recuerda usted la pobre hortelana enferma que vimos en la ermita aquella tarde? Pues viene por aquí con frecuencia, y siempre le doy algo. También ésa me quiere... Todo esto es muy agradable, ¿verdad? Paz; cariño de los humildes; una anciana inocente, mi pobre tía, que parece haberse rejuvenecido teniéndome aquí. Sin embargo, cualquier día, esta corteza rústica formada por el sol y el aire de los huertos se romperá en mil pedazos, y volverá a aparecer la de siempre, la valquiria. ¡A caballo en seguida! ¡A galopar otra vez por el mundo, entre la tempestad de placeres, aclamada por el coro del deseo brutal!... Presiento que esto va a ocurrir. Hasta la primavera he jurado estar aquí. Pero la primavera comienza a aletear sobre este suelo. Mire usted estos rosales, mire esos naranjos... ¡Ay! Me da miedo la primavera: ha sido siempre para mí la estación fatal.

Quedó pensativa algunos minutos. Doña Pepa y la italiana se habían metido en la casa. La buena vieja no podía pasar mucho tiempo fuera de la cocina.

Leonora había dejado caer su labor sobre el banco y miraba a lo alto, marcándose la suave curva de su garganta en tensión. Parecía sumida en un éxtasis, como si pasase ante sus ojos la visión del pasado. De pronto se incorporó con un estremecimiento.

—Creo que estoy enferma, Rafael. No sé qué tengo hoy. Tal vez la extrañeza de verle, de seguir esta conversación que evoca mi pasado, después de tantos meses de calma... No hable usted; no diga nada, por favor. Usted tiene la rara habilidad, sin saberlo, de hacerme hablar, de recordarme lo que deseo tener olvidado... A ver, déme usted el brazo; paseemos por el jardín; esto me sentará bien.

Se levantó Leonora, apoyándose en el brazo de Rafael, y comenzaron a pasear por la ancha avenida que conducía a la plazoleta desde la verja de entrada. Al alejarse de la casa, por entre las tupidas copas de los naranjos, la artista sonrió maliciosamente, moviendo una mano en actitud de amenaza.

—Confío en que usted habrá vuelto de su viaje más serio y respetuoso. Nada de juegos y atrevimientos, ¿eh? Ya sabe usted que soy fuerte y cómo las gasto.

II

Toda la noche la pasó Rafael despierto y revolviéndose en su cama.

Los partidarios le habían obsequiado con una serenata hasta más de media noche. Los más notables se mostraban ofendidos por haber pasado toda la tarde en el Casino esperando en vano al diputado. Éste apareció allí al anochecer, y después de estrechar de nuevo manos y contestar saludos, como por la mañana, volvió a su casa, sin atreverse a levantar la cabeza ante su madre.

Tenía miedo a aquellos ojos iracundos, en los que podría leer seguramente el relato de cuanto había hecho por la tarde, pero al mismo tiempo abrigaba el propósito de desobedecer a su madre, oponiendo a su energía una resistencia glacial.

Apenas terminó la serenata se metió en su cuarto, huyendo de toda explicación con doña Bernarda.

Hundido en la cama y apagada la luz, sentía una intensa voluptuosidad recordando todo lo ocurrido aquella tarde. El cansancio del viaje, la mala noche pasada en el vagón, no le daban sueño, y con los ojos abiertos en la oscuridad iba reconstituyendo lo que la artista le había contado a última hora paseando por el jardín. Era casi toda la historia de su vida, confesada en desorden, como impulsada por el ansia de descargar en alguien sus secretos, con lagunas y saltos que Rafael rellenaba haciendo esfuerzos de imaginación.

Los recuerdos de su viaje por Italia volvían a él vivos y latentes, como refrescados por las revelaciones de Leonora[98].

Veía en la densa oscuridad la Galería Víctor Manuel, de Milán, con su inmenso arco triunfal, boca gigantesca que parece querer tragarse la catedral; el Duomo, que se alza a pocos pasos, coronado por un bosque de estatuas y caladas agujas.

La doble galería cortándose en forma de cruz, con sus muros cubiertos de columnas, perforados por cuatro filas de ventanas, soportando la gran techumbre de cristales. Los pisos bajos, casi sin pared exterior, todos de cristal; escaparates de librerías y almacenes de música, vidrieras de cafés y cervecerías, tiendas de joyeros y sastres deslumbrantes de lujo.

A un extremo el Duomo, al otro el monumento a Leonardo de Vinci y el teatro famoso de la Scala, y en los cuatro brazos de la galería un continuo movimiento de gente, un incesante ir y venir de grupos que se confunden y separan, de manos que se estrechan, de gritos que expresan la sorpresa del reconocimiento: cuádruple avalancha que afluye al centro de la cruz, a la replaza, donde el café Biffi, conocido en todos los teatros del mundo, extiende sus filas de veladores de mármol. Los pasos suenan en las galerías como en un claustro inmenso, los gritos se confunden, y la alta montera de cristales parece palpitar con el zumbido de las hormigas humanas que abajo se agitan día y noche.

Allí está el mercado de los artistas, la lonja de la música, el banderín reclutador de voces. De allí salen para la gloria o para el hospital todos los que un día se tocaron la garganta, reconociendo que «tenían algo», y arrojando la aguja, la herramienta o la pluma, corrieron a Milán desde todos los extremos del mundo. Allí se reúnen para digerir los macarrones de la *trattoria*, esperando que el mundo les haga justicia sembrando de millones el camino de su vida, todos los reclutas infelices del arte, los que empiezan, y para entrar en la gloria buscan una contrata en cualquier teatrillo municipal del Milanesado y un suelto en el semanario de la localidad, enviándolo a su país para que amigos y parientes crean en sus gran-

---

[98] Desde aquí hasta bien avanzada la pág. 229 el novelista sigue muy de cerca su reportaje de Milán incluido en *En el país del arte*.

des triunfos. Y mezclados con ellos, abrumándoles con la importancia de su pasado, los veteranos del arte, los que hicieron las delicias de una generación casi desaparecida: tenores con canas y dientes postizos; viejos fuertes y arrogantes que tosen y ahuecan la voz para hacer ver que aún conservan la sonoridad del barítono; gente que pone en movimiento sus ahorros con esa tacañería italiana comparable únicamente a la codicia de los judíos, y presta dinero o abre tienda después de haber arrastrado sedas y terciopelos sobre las tablas.

Las dos docenas de eminencias universales que cantan en los primeros teatros del mundo, al pasar por la Galería despiertan el mismo rumor de admiración que los reyes cuando se dejan ver de sus súbditos. Los parias del arte, siempre en espera de contrata, saludan con veneración y hablan del castillo del lago de Como comprado por el gran tenor, de las deslumbrantes joyas de la eminente tiple, del modo gracioso con que se coloca el sombrero el aplaudido barítono, y en sus palabras de admiración hay un sabor de amargura contra el destino, un estremecimiento de envidia, la convicción de ser tan dignos como ellos de tales esplendores, la protesta contra la mala suerte, a la que atribuyen su desgracia.

La esperanza revolotea ante ellos, deslumbrándoles con el reflejo de sus escamas de oro, manteniéndoles en la miserable pasividad del hambriento que espera y confía, sin saber ciertamente por dónde llegarán la gloria y la riqueza. Y por entre estos grupos de juventud que se consume en la impotencia, destinada tal vez a morir de pie en la Galería, pasa con menudo y ligero paso el otro rebaño de la Quimera: las muchachas que con el *spartito* bajo el brazo van a casa de los maestros; inglesitas rubias y flacuchas que quieren ser tiples ligeras; rusas regordetas y peliblancas que saludan con ademán de soprano dramática; españolas de atrevido mirar y valiente garbo que se preparan a ser sobre las tablas la cigarrera de Bizet, pájaros frívolos y sonoros que tienen el nido a muchos centenares de leguas y levantaron el vuelo deslumbrados por los espejuelos de la gloria.

Al terminar la temporada de Carnaval, aparecen en la Galería los artistas que han pasado el invierno en los principales teatros del mundo. Llegan de Londres, de San Petersburgo, de Nueva York o de Melbourne, en busca de nuevas contratas; han cogido el globo con la indiferencia del que tiene todo el mundo por casa; han pasado una semana en el tren o meses en el vapor, para volver a su rincón de la Galería, sin que el viaje les haya reformado, reanudando sus enredos, maledicencias y envidias, como si hubiesen salido de allí el día anterior. Se agrupan ante los grandes escaparates con aire desdeñoso, como príncipes que van de incógnito y no saben ocultar su elevado origen; hablan de las estruendosas ovaciones tributadas por públicos exóticos; exhiben con satisfacción infantil brillantes en los dedos y la corbata; insinúan con estudiada reserva los arrebatos de las grandes damas, que, locas de amor, querían seguirlos a Milán; exageran las cantidades ganadas en su viaje y fruncen el ceño con altivez cuando algún camarada desgraciado les pide un refresco en el inmediato café Biffi.

Y cuando llegan las nuevas contratas, los mercenarios ruiseñores levantan otra vez el vuelo, indiferentes, sin importarles dónde van; y de nuevo los trenes y los *steamers* los distribuyen por toda la tierra, con sus ridiculeces y manías, para recogerlos meses después y devolverlos a la Galería, su legítima casa, el escenario fijo en el cual han de arrastrar su vejez.

Mientras tanto, los parias, los que nunca llegan, los bohemios de Milán, al quedar solos, se consuelan hablando mal de los compañeros famosos, mienten contratas que nadie les ha ofrecido, fingen una altivez irreductible con empresarios y compositores para justificar su inacción; y con el fieltro garibaldino en el cogote, enfundados en el ruso que casi barre el suelo, rondan las mesas de Biffi[99] desafiando la fría ventolera que sopla en el crucero de la Galería, hablan y hablan para distraer el hambre que les muerde las entrañas, y despreciando el trabajo vulgar de los que se ganan el pan con las manos, siguen impávidos en su miseria, satisfechos de su calidad de artistas, haciendo cara a la desgracia con una candidez y una fuerza de voluntad que conmueven, iluminados por la Esperanza, que les acompaña hasta el último instante para cerrarles los ojos.

---

[99] Este café, centro de atracción para los artistas durante muchos años, ha sido cerrado recientemente.

Rafael recordaba este mundo extraño, visto ligeramente en los pocos días que permaneció en Milán. Su acompañante, el canónigo, había encontrado allí un antiguo niño de coro de la catedral de Valencia, sin otra ocupación ahora que estar día y noche plantado en la Galería. Con él había conocido Brull la vida de aquellos jornaleros del arte, siempre de pie en el mercado, esperando el amo que no llega.

Se imaginaba la adolescencia de Leonora[100] en aquella gran ciudad, formando parte del innumerable rebaño de muchachas que trota graciosamente por las aceras con la partitura bajo el brazo o anima los estrechos callejones con sus trinos y gorgoritos al través de las ventanas.

La veía[101] pasando por la Galería al lado del doctor Moreno: ella, rubia, flacucha, angulosa, con el desequilibrio de un exagerado crecimiento, mirando asombrada con sus ojazos verdes aquella ciudad fría y tumultuosa, tan distinta de los cálidos huertos de su niñez; el padre, barbudo, cejijunto, enérgico, irritado todavía por el fracaso de sus adoradas creencias: un espantable ogro para los que no conocieran su sencillez casi infantil. Los dos marchaban como desterrados que habían encontrado un refugio en el arte; se agitaban en el vacío de aquella vida, entre maestros avaros que querían prolongar indefinidamente la enseñanza y artistas incapaces de hablar bien hasta de sí mismos.

Vivían en un cuarto piso de la vía Pasarella, estrecha, sombría y de altas paredes, como las calles de la vieja Alcira: un callejón habitado por editores de música, agencias teatrales y artistas retirados. El portero era un antiguo cabo de coros; el principal estaba ocupado por una agencia donde de sol a sol no se hacía otra cosa que poner voces a prueba; los demás pi-

---

[100] En el insomnio de Rafael se proyecta la confesión que Leonora le hizo por la tarde en su jardín. Para justificar la presencia del reportaje entre las cavilaciones y recuerdos encuentra un sencillo artificio que da credibilidad a lo pintado: su estancia en Italia y el encuentro allí con un hombre que había cantado, de niño, en el coro de la catedral de Valencia.

[101] Aunque se trate de una reconstrucción imaginativa, el verbo *veía* da un aire de actualidad a lo recordado, convirtiéndose así en una superposición temporal que hace olvidar su arranque realista, de recuerdo aliado a la imaginación.

sos los habitaban cantantes que al saltar de la cama comenzaban a hacer ejercicios de garganta, conmoviendo la casa, del tejado a la cueva, como si fuese una caja de música. El doctor y su hija ocupaban dos habitaciones en casa de una antigua bailarina que había conseguido grandes triunfos amorosos en las principales cortes de Europa, y era ahora un esqueleto apergaminado, andando casi a tientas por los pasillos, entablando con las criadas disputas de avara matizadas con juramentos de carretero, sin otros vestigios de su pasado que los trajes de crujiente seda y los brillantes, esmeraldas y perlas que iban reemplazándose en sus orejas acartonadas[102].

Quería a Leonora con el cariño del inválido por el recluta que entra en filas. Todos los días el doctor Moreno iba a un café de la Galería, donde encontraba una tertulia de viejos músicos que habían peleado a las órdenes de Garibaldi, y jóvenes que escribían libretos para la escena y artículos en los periódicos republicanos y socialistas. Aquél era su mundo, lo único que le hacía simpática su permanencia en Milán. Después de su aislamiento allá abajo, en su patria, le parecía un paraíso aquel rincón del café lleno de humo, donde en trabajoso italiano, matizado de españolas interjecciones, podía hablar de Beethoven y del héroe de Marsala, y permanecía horas enteras en delicioso éxtasis, viendo a través de la densa atmósfera la camisa roja y las melenas rubias y canosas del gran Giuseppe, mientras sus compañeros le relataban las hazañas del más novelesco de los caudillos.

Cuando él estaba en el café, Leonora permanecía al cuidado de la patrona, y la niña, tímida, encogida y como asombrada, pasaba las horas en el salón de la antigua bailarina, rodeada de las amigas de ésta, ruinas del pasado, adoraciones ardientes de grandes señores que hacía muchos años pudrían la tierra, brujas requemadas por el amor, que miraban a cada instante sus vistosas joyas, como temiendo ser robadas, y fumando cigarrillos contemplaban a «la pequeña», discutiendo su hermosura, profetizándola que iría muy lejos si sabía vivir.

---

[102] La pensión en la que habitan Leonora y su padre es la misma que conoció y habitó Blasco, así como también es idéntica la bailarina cegata y esquelética, reina de corazones y tesoros en otro tiempo.

—Tuve excelentes maestras —decía Leonora al recordar aquel periodo de su juventud—. Eran buenas en el fondo, pero con ellas nada quedaba por aprender. No recuerdo cuándo abrí los ojos. Creo que no he sido nunca inocente.

Algunas noches la llevaba el doctor a su tertulia del café, o a la galería alta de la Scala si algún músico le regalaba billetes. Así fue conociendo a los amigos de su padre, aquella bohemia en la que la música iba unida siempre a un ideal de revolución europea: mezcla confusa de artistas y conspiradores; viejos profesores calvos, miopes, con la espalda encorvada por toda una vida de inclinación ante el atril; jóvenes morenos de ojos de brasa, con erizadas melenas y corbata roja, que hablaban de destruir la sociedad, haciéndola responsable de que su ópera no fuese admitida en la Scala o de que ningún gran maestro quisiera echar una mirada a sus dramas líricos. Uno de ellos llamó la atención de Leonora. Le contemplaba horas enteras hundida en el diván del café, casi oculta por los brazos siempre en movimiento de su padre. Era un joven extremadamente delgado y rubio. Su estrecha perilla y las finas melenas cubiertas por desmesurado fieltro recordaban a Leonora el Carlos I de Inglaterra pintado por Van Dyck y visto por ella en las ilustraciones. En la reunión le llamaban el «poeta», y según murmuraban, una gran artista retirada y vieja se encargaba de su manutención y entretenimiento hasta que sus versos le hiciesen célebre.

—Aquél fue mi primer amor —decía riendo Leonora al recordar el pasado.

Amor de niña, pasión de colegiala que nadie adivinó, pues aunque la hija del doctor pasaba las horas con sus ojos verdes y dorados puestos en el poeta, éste nunca se dio cuenta de la muda adoración, como si la protectora y vieja *diva* le abrumase hasta el punto de hacerle insensible para las demás mujeres.

¡Cómo recordaba Leonora aquella época de estrechez y ensueños!... Poco a poco iban devorando la pequeña fortuna que al doctor le restaba allá abajo. Había que vivir y pagar a los maestros. Doña Pepa, apremiada por las cartas de su hermano, vendía campo tras campo; pero aun así, en muchas ocasiones se retrasaba el envío de dinero, y en vez de comer en la *trattoria*, cerca de la Scala, entre alumnas de baile y artistas de reciente contrata, se quedaban en casa, y Leonora, olvidando sus partituras, cocinaba valerosamente, aprendiendo las misteriosas recetas de la vieja bailarina. Pasaban semanas enteras condenados a los macarrones y el arroz cargado de manteca que repugnaba al buen doctor; muchas veces había de fingirse éste enfermo para evitarse la visita al café, pero estas rachas de estrechez y miseria las aguantaban padre e hija en silencio, sosteniendo ante los amigos su condición de gentes que tenían en su país de qué vivir.

Leonora se transformaba rápidamente. Había ya pasado el periodo del crecimiento, esa iniciación de la adolescencia, en la cual las facciones se remueven antes de adquirir su definitiva forma y los miembros se prolongan y adelgazan. Ya no era la muchacha zanquilarga, con movimientos de pilluela que parecían querer arrojar lejos las faldas. Sus ojos adquirían el brillo misterioso de la pubertad, los trajes parecían estrecharse con el impulso de las formas, cada vez más llenas y redondeadas, y las faldas bajaban hasta los pies, cubriendo algo distinto de aquellas tibias infantiles, secas y nerviosas vistas tantas veces por la gente de la Galería.

El *signor* Boldini, su maestro de canto, estaba admirado de la hermosura de su discípula. Era un antiguo tenor que había tenido su hora de éxito allá por los tiempos del Statuto, cuando Víctor Manuel era todavía rey del Piamonte y los austriacos gobernaban Milán. Convencido de que no podría alzar más el vuelo, se había tendido en el surco, dejando pasar a los que venían detrás, y se dedicó a explotar su experiencia escénica como maestro de numerosas muchachas, a las que manoseaba bondadoso y paternal. Su blanca barbilla de chivo viejo estremecíase de entusiasmo al acariciar aquellas gargantas vírgenes, que, según él, le pertenecían. «¡Todo por el arte!» Y esta divisa de su vida le hacía simpático al doctor Moreno.

—Ese Boldini quiere a mi Leonora como a una hija —decía el médico cada vez que el maestro elogiaba la belleza y el talento de su discípula, profetizándola triunfos inmensos.

Y Leonora seguía sus lecciones, acariciada por las manos ardorosas y húmedas del viejo cantante, permaneciendo horas enteras a solas con él, gracias a la inmensa confianza del doctor, hasta que una tarde, en mitad de una romanza, el tembloroso sátiro que todo lo hacía por el arte cayó sobre ella. Fue una escena odiosa: el maestro haciendo valer su derecho feudal, cobrándose a viva fuerza las primicias de la iniciación en el mundo del teatro. Y entre lágrimas y desesperados gritos que nadie podía oír, la muchacha conoció las torturas del amor sin placer alguno, con una profunda impresión de asco, pareciéndole el más horrible de los tormentos aquel acto misterioso vagamente adivinado en sus curiosidades de joven educada en un ambiente libre de escrúpulos.

Calló por miedo a su padre, temiendo su explosión de cólera al ver engañada la ciega confianza que tenía en el maestro. Se sumió en una pasividad de bestia resignada y siguió acudiendo todos los días a casa de Boldini, sufriendo aquellas lecciones que se interrumpían con acometidas de valetudinario ardoroso o pegajosos halagos de refinada corrupción.

La pobre Leonora entró en el vicio por la puerta grande. De un golpe se sumergió en todas las vilezas aprendidas por aquel vejestorio en su larga carrera por *camerinos* y bastidores. Boldini hubiera querido conservar eternamente a su discípula; nunca la encontraba suficientemente preparada para hacer su *debut*. Pero de allá abajo apenas si venía dinero. La pobre doña Pepa, vendido ya todo lo de su hermano y gran parte de lo suyo, sólo a costa de penosos ahorros podía enviarle cantidades insignificantes. El doctor, valiéndose de sus amistades con directores errantes y empresarios de aventura, «lanzó» a su hija, y Leonora comenzó a cantar en los teatrillos municipales de los pueblos del Milanesado, en las representaciones por dos o tres noches organizadas con motivo de las ferias. Eran compañías formadas en la Galería al azar, la víspera misma de la función; tropas como las antiguas de la legua, que partían casi a la ventura en un vagón de tercera, con la terrible perspectiva de volver a pie si no vigilaban al empresario, pronto siempre a escapar con los fondos.

Leonora comenzó a oír aplausos, a repetir romanzas ante un público endomingado de propietarios rurales y señoras cargadas de sortijas y cadenas falsas, y sonrió por primera vez como mujer al recibir ramos y sonetos de los tenientes de las pequeñas guarniciones. En todas sus correrías la seguía el tirano, el maestro, que, enloquecido por una pasión que tal vez era la última, abandonaba sus lecciones para salir a su encuentro. ¡Todo por el arte! Quería gozar en la contemplación de su obra, presenciar los triunfos de su discípula. Y apenas el padre, agradecido por tanto afecto, se separaba un poco, caía sobre ella imponiéndola su esclavitud.

Por fin salió de aquella bohemia artística, cantando en Padua todo un invierno. Allí conoció al tenor Salvatti, un gran señor que trataba desdeñosamente a los compañeros y era tolerado por el público en consideración a su pasado.

Por su figura arrogante había triunfado muchos años sobre la escena. En torno de su cabeza retocada por la tintura y el colorete parecía flotar como un nimbo aquella leyenda de triunfos galantes que evocaba su nombre. Las grandes damas disputábanselo con sorda guerra; una reina escandalizando a sus súbditos con su ciega pasión por él; dos *divas* eminentes vendiendo sus diamantes por conservarle fiel en fuerza de regalos. La envidia de los compañeros exageraba prodigiosamente esta leyenda, y Salvatti, cansado, pobre, conservando de su pasado una belleza fatigada y ademanes de gran señor, vivía de los públicos de provincia, que le aplaudían bondadosamente, con la misma satisfacción de amor propio que si socorrieran a un príncipe destronado.

Leonora, al cantar frente a aquel hombre famoso, al agarrar en pleno dúo aquellas manos que habían besado las reinas del arte, sentíase profundamente turbada. Era el mundo soñado en su cuartito de Milán, las grandezas aristocráticas que llegaban hasta ella en el ambiente fuertemente perfumado que envolvía a Salvatti. Éste no tardó en comprender la impresión que causaba en aquella joven que prometía ser una belleza, y con su frialdad de amante egoísta se propuso sacar partido de «la pequeña». ¿Fue el amor lo que empujó a Leonora a los brazos de Salvatti? La artista, cuando examinaba su pasado, protestaba enérgicamente. No era amor; Salvatti era incapaz de inspirar una pasión verdadera. Su egoísmo, su corrupción moral, se revelaban en seguida. Era un entretenido, capaz únicamente de explotar a las mujeres. Pero fue una alucinación que la cegó, que la hizo sentir en los primeros días la dulce turbación, el voluptuoso abandono de un amor verdadero. Fue la esclava del arruinado tenor, voluntariamente, como lo había sido por miedo del maestro. Y tanto llegó a dominarla el imperioso amante, tal embriaguez produjo en su naturaleza sensual aquel primer amor, que, obedeciendo a Salvatti, se fugó con él al terminar la temporada, abandonando a su padre.

Éste era el hecho más terrible de su vida. Ella, tan valerosa con el pasado, que no se arrepentía de nada, parpadeaba conteniendo las lágrimas al recordar tal locura.

Era mentira lo que contaba la gente sobre el fin de su padre. El pobre doctor Moreno no se había suicidado. Tenía demasiada altivez para revelar, dándose la muerte, el inmenso dolor que le había causado aquella ingratitud.

—No me hable usted de ella —dijo con fiereza a su patrona de Milán cuando intentó hablarle de Leonora—. Yo no tengo hija: fue una equivocación.

Ocultándose de Salvatti, que al verse en decadencia era terriblemente avaro, Leonora envió a su padre algunos centenares de francos desde Londres y desde Nápoles. El doctor devolvió los cheques a su procedencia sin añadir una palabra, a pesar de hallarse en la miseria. Entonces Leonora envió todos los meses algún dinero a la vieja bailarina, encargándola que no abandonase a su padre.

Bien necesitaba el pobre de cuidados. La patrona y sus viejas amigas lamentaban el estado del *povero signor espagnuolo*. Pasaba los días como un maniático, encerrado en su cuarto, el violoncello entre las rodillas, leyendo a Beethoven, su único pariente —según él decía—, el que jamás le había engañado. Cuando la vieja Isabella, cansada de oírle, le empujaba a la calle con pretexto de velar por su salud, vagaba como un espectro por la Galería, saludado de lejos por los antiguos amigos que huían del contagio de su negra tristeza y temían las explosiones de furor con que acogía las noticias de su hija.

¡Qué modo de hacer carrera! Las viejas carroñas reunidas en el saloncito de la bailarina comentaban con admiración los adelantos de «la pequeña», y hasta se indignaban un poco contra el padre por no aceptar las cosas tales como son. Aquel Salvatti era el apoyo que necesitaba, un piloto experto, conocedor del mundo, que la dirigía sin tropezar en escollos ni perder bordada.

Había organizado sabiamente una *réclame* universal en torno de su joven compañera. La belleza de Leonora y su entusiasmo artístico conquistaban los públicos. Tenía contratas en los primeros teatros de Europa, y aunque la crítica encontrara defectos, el respeto a la hermosura se encargaba de olvidarlos, exaltando a la joven artista. Salvatti, amparado de aquel prestigio que cuidaba religiosamente, se sostenía como artista. Despedíase de la vida a la sombra de aquella mujer, la última que había creído en él y que toleraba su explotación.

Aplaudida por los públicos famosos, cortejada en su *camerino* por grandes señores, Leonora comenzaba a encontrar intolerable la tiranía de Salvatti. Le veía tal como era: avaro, petulante, habituado a que le prestasen adoración; arrebatándole —para ocultarlo Dios sabe dónde— cuanto dinero llegaba a sus manos. Deseosa de vengarse y seducida al mismo tiempo por el esplendor de aquel mundo elegante con el que se rozaba sin penetrar en él, tuvo aventuras y engañó muchas veces a Salvatti, experimentando en ello un diabólico placer. Pero no; después de transcurridos los años, al examinar el pasado con la frialdad de la experiencia, comprendía los hechos. La engañada era ella. Recordaba la facilidad con que se alejaba Salvatti en el momento oportuno, la rara casualidad con que se combinaban los sucesos para facilitar sus infidelidades; comprendía que aquel hombre era un rufián que, cautelosamente, preparaba sus aventuras con hombres poderosos presentados por él mismo, para sacar provechos que quedaban en el misterio. Después se mostraba cruel y susceptible durante muchos días; era su amor propio de antiguo buen mozo perseguido por las mujeres que se sentía lastimado, la rabia de traicionarse a sí mismo para ahorrar una pequeña fortuna; y buscaba cualquier pretexto para armar querella a su amante, promoviendo escenas borrascosas en las que la abofeteaba, jurando como en su juventud, cuando descargaba las barcazas del Tíber.

A los tres años de esta vida, estando Leonora en todo el esplendor de su belleza, fue en Niza la mujer de moda toda una primavera. Los periódicos de París, en sus crónicas del gran mundo, hablaron de la pasión de un anciano rey, un monarca democrático, que, abandonando su Estado, partía en *villeggiatura*[103] para la Costa Azul, como un fabricante de Londres o un bolsista de París. Leonora sentíase intimidada por aquel señor alto, robusto, de barba patriarcal —el tipo de los reyes bondadosos de las leyendas—, que, orgulloso de mostrar cierto verdor a sus años, no temía presentarse en público con la hermosa artista.

Aquello pasó, dejando como rastro en Leonora una marca de distinción, algo de ese vago ambiente que tienen los objetos hermosos cuando se sabe que han sido usados por personajes históricos. Todo el rebaño masculino que con la flor en el ojal y el monóculo hundido en la ceja bailaba y aventuraba luises en la ruleta, desde Niza a Montecarlo, la miraba con avidez y respeto, como un caballo de raza que acabase de ganar el Gran Premio en las carreras[104].

—¡Ah! ¡La Brunna! —decían con entusiasmo—. La querida del rey Ernesto... Una gran artista.

E intentaban abrirse paso hasta ella entre el tropel de adoradores que continuamente la asediaban bajo la mirada inteligente y voraz de Salvatti.

Por entonces murió su padre en un hospital de Milán. Un final tristísimo, según le explicaba en sus cartas la antigua bailarina. ¿De qué había muerto?... Isabella no sabía explicarlo. Cada médico había dicho una cosa; pero la bailarina resumía claramente su pensamiento: el *povero signor espagnuolo* había muerto porque estaba cansado de vivir. Un desplome general de aquel cuerpo fuerte y poderoso, en el que influían con ímpetu irresistible los afectos morales. Estaba casi ciego al entrar en el hospital; parecía idiota, sumido en inquebrantable silencio. Isabella no podía conservarle en su casa, por su es-

---

[103] Veraneo, en italiano; su uso puede derivar del prestigio de las óperas italianas que entonces ella cantaba.
[104] El machismo de los ociosos que juegan a la ruleta justifica la comparación cosificadora y, al mismo tiempo, cortés, por haber sido la amante de un rey.

tado de inconsciencia. Pero lo raro fue que, al aproximarse la muerte, reapareció de un golpe en su memoria todo el pasado, y los enfermeros le oyeron gemir noches enteras, murmurando en español con una tenacidad de maniático:

—¡Leonora! ¡pequeña mía! ¿dónde estás?...[105].

Lloró la artista, oculta en su hotel más de una semana, con gran enfado de Salvatti, que no gustaba de la desesperación dolorosa, porque agostaba la hermosura.

¡Sola!... Con su locura había causado la muerte de su padre; ya sólo le quedaba en el mundo aquella buena tía que vegetaba lejos, como una planta, sin más vida que la de la devoción. Miró a Salvatti con odio. Él la había inducido a abandonar a su padre, turbándola con una embriaguez voluptuosa. Sintió el deseo de vengarse, de recobrar su libertad; y abandonando a Salvatti, huyó con el conde Selivestroff, un ruso de varonil belleza, rico y capitán de la Guardia Imperial.

Su suerte estaba echada: pasaría de brazo en brazo. Su vida era el canto y dejarse adorar por los hombres. Sería en su lecho como en la escena: de todos y de ninguno.

Aquel Apolo rubio, de músculos duros y blancos como el mármol, de ojos grises, bondadosos y acariciadores, la amaba de veras.

Leonora, recorriendo el pasado, confesaba que Selivestroff había sido su mejor amante. Se enroscaba a sus pies sumiso y adorador, como Hércules ante Ariadna[106], acariciándole las rodillas con su hermosa barba de oro. Se acercaba todos los días con timidez, como si la viese por primera vez y temiera ser rechazado. La besaba con adoración y encogimiento, como una joya frágil que pudiera romperse bajo sus caricias.

¡Pobre Selivestroff! Era el único amante cuyo recuerdo conmovía a Leonora. Habían vivido un año en su castillo, en plena campiña rusa, con la fastuosidad del boyardo, pasean-

---

[105] Es muy conmovedora la agonía del doctor Moreno, recobrando en la muerte el amor a la hija. La leve pincelada en italiano (el pobre señor español) acentúa más el realismo de la escena.
[106] No consta en la literatura griega la relación entre ambos personajes. Tal vez podría tratarse de la asimilación de Ariadna a la diosa Afrodita, como, a veces, se produce en Chipre.

do su amor, fresco, insaciable y sin cesar renovado, por entre los embrutecidos *mujiks,* que contemplaban a aquella mujer hermosa envuelta en pieles blancas y azules con la misma devoción que si fuera una virgen despegada del fondo dorado del *icono.*

Pero Leonora no podía vivir lejos de la escena; las grandes damas huían de ella en el campo, y Leonora quería que la aplaudiesen y festejasen. Decidió a Selivestroff a trasladarse a San Petersburgo, y cantó en la Ópera todo un invierno, como una gran señora convertida en artista por entusiasmo.

Volvió a ser la mujer de moda. La juventud rusa, todos aquellos aristócratas que tenían grados en la Guardia Imperial o altos puestos en la Administración, hablaban con entusiasmo de la hermosa española y envidiaban a Selivestroff. El conde recordaba con melancolía la soledad de su castillo, guardadora de tantos recuerdos amorosos. En el bullicio de la capital volvíase huraño, receloso y triste, por la necesidad de defender su amor. Adivinaba el asedio oculto de los innumerables adoradores de Leonora.

Una mañana saltó la artista de su lecho para ver al conde tendido en un diván, pálido, con la camisa ensangrentada, rodeado de varios señores vestidos de negro que acababan de bajarle de un carruaje. Un duelo al amanecer y una bala en el pecho. La noche anterior, a la salida del teatro, el conde había subido un momento a su Círculo. Algunas palabras cogidas al vuelo sobre Leonora y él: rompimiento con un amigo; bofetadas y encuentro concertado a toda prisa, esperando la primera luz del día para cruzar las balas.

Selivestroff murió sonriendo entre los brazos de su amante, buscando por última vez con su boca sanguinolenta aquellas manos de nácar delicadas y fuertes. Leonora lloró como una viuda. Le fue odiosa la tierra donde había sido feliz con el primer hombre amado; y abandonando gran parte de las riquezas que le había cedido el conde, se lanzó en el mundo, corriendo los principales teatros, en su fiebre de aventuras y viajes.

Tenía entonces veintitrés años y se consideraba vieja. ¡Cómo había cambiado!... ¿Amores? Al recordar aquel periodo de su historia, Leonora sentía un estremecimiento de pudor, un remordimiento de vergüenza. Era una loca que paseaba la tierra como una bandera de escándalo, prodigando su hermosura, ebria de poder, haciendo el regio regalo de su cuerpo a cuantos la interesaban un instante.

Daba el cuerpo como sobre las tablas daba la voz, con el desprecio de quien está seguro de su fuerza indestructible. Era en su lecho como en la escena: de todos y de ninguno, y al quedarse a solas con sus pensamientos, comprendía que algo se ocultaba en ella todavía virgen, algo que se replegaba con vergüenza al sentir los estremecimientos y apetitos monstruosos de la envoltura, y tal vez está destinado a morir sin nacer, como esas flores que se secan dentro del capullo. No podía recordar los nombres de los que la habían amado en aquella época de locura. ¡Eran tantos los arrastrados por su ruidoso revuelo al través del mundo! Volvió a Rusia, y fue expulsada por el zar, en vista de sus escándalos públicos con un gran duque, que, loco de rabia amorosa, quería casarse con ella, comprometiendo el prestigio de la familia imperial. En Roma se desnudó ante un joven escultor de escaso renombre, al que había hecho el regalo de una noche, apiadada de su muda admiración. Le dio su cuerpo para modelo de una Venus, y ella misma lo hizo público, buscando que el escándalo mundano diese celebridad a la obra y a su autor. Encontró a Salvatti en Génova, retirado de la escena, dedicado a comerciar con sus ahorros. Le recibió con amable sonrisa, almorzó con él, tratándolo como a un camarada, y a los postres, cuando le vio ebrio, enarboló un látigo y vengó su antigua servidumbre, los golpes recibidos en la época de timidez y encogimiento, con una ferocidad encarnizada que manchó de sangre su habitación y atrajo la policía al hotel. Un escándalo más y su nombre en los tribunales, mientras ella, fugitiva y orgullosa de su hazaña, cantaba en los Estados Unidos, aclamada locamente por el público americano, que admiraba a la amazona más aún que a la artista.

Allí conoció a Hans Keller, el famoso director de orquesta, el discípulo de Wagner. El maestro alemán fue su segundo amor. Con el cabello duro y rojizo, sus gruesas gafas y el enorme mostacho cayendo a ambos lados de la boca y encuadrando la mandíbula, no era ciertamente hermoso como

Selivestroff, pero tenía la magia irresistible del Arte. Después de oprimir entre sus brazos los músculos del Apolo ruso, blancos y fuertes, necesitaba quemarse en la llama inmortal que tiembla sobre la frente del Arte, y adoró al músico famoso. Ella, tan solicitada, descendió por primera vez de su altura para buscar al hombre, y con sus insinuaciones amorosas turbó la plácida calma de aquel artista embebido en el culto del sublime Maestro.

Hans Keller, al ver la sonrisa que caía como un rayo de sol sobre sus partituras, las cerró, dejándose arrastrar por el amor.

La vida de Leonora con el maestro fue un rompimiento absoluto con el pasado. Quería amar y ser amada, que su vida se deslizase en el misterio, y se avergonzaba de sus aventuras. Turbaba con su pasión al músico y se sentía a su vez conmovida y transfigurada por el ambiente de fervor artístico que rodeaba al ilustre discípulo de Wagner.

Las revelaciones de Él, del Maestro, como decía con unción Hans Keller, fulguraban ante los ojos de la cantante como el relámpago que transformó a Pablo en el camino de Damasco. Ahora veía claro. La música no era un medio para deleitar a las muchedumbres, luciendo la hermosura y llevando por todo el mundo una vida de *cocotte* célebre; era una religión, la misteriosa fuerza que relaciona el infinito interior con la inmensidad que nos rodea. Sentía la misma unción de la pecadora que despierta arrepentida, y en su fervor religioso no duda en hundirse en el claustro. Era Magdalena, tocada en medio de una vida de frivolidades galantes y de locos escándalos por la sublimidad mística del Arte, y se arrojaba a los pies de Él, del Maestro soberano, como el más victorioso de los hombres, señor del sublime misterio que turba las almas[107].

La imagen del gran muerto parecía presenciar todos los arrebatos de aquel amor, mezcla de pasión carnal y de misticismo artístico; sus ojos azules, sumidos en la inmensidad, atravesaban los muros de la casita de los alrededores de Mu-

---

[107] La idea es semejante a la expuesta en *La catedral,* si bien aquí la música late al compás de la adoración carnal.

nich, donde se arrullaban, pensando en Él, el discípulo y la entusiasta devota.

—Háblame de Él —decía Leonora frotando su cabeza en el duro pecho del músico alemán con el dulce abandono de la pasión saciada—. ¡Cuánto daría por haberle conocido como tú!... Todavía le vi en Venecia: eran sus últimos días... estaba moribundo.

Y evocaba aquel encuentro, uno de sus recuerdos más firmes y bien delineados. La caída de la tarde animando con reflejos de ópalo las aguas oscuras del Gran Canal; una góndola pasando junto a la suya en dirección contraria, y en ella unos ojos azules, imperiosos, brillantes, unos ojos de esos que no pueden confundirse, que son ventanas tras cuyos vidrios fulgura el fuego divino del escogido, del semidiós, y que parecieron envolverla en un relámpago de su luz cerúlea. Era Él; se sentía enfermo, iba a morir. Su corazón estaba herido, traspasado tal vez por misteriosas melodías, como esos corazones de virgen que sangran en los altares erizados de espadas[108].

Leonora le vio más pequeño de lo que realmente era: encogido y quebrantado por el dolor, inclinando su enorme cabeza de genio sobre el pecho de su esposa Cósima. Le veía aún como si lo tuviera delante[109]. Se había quitado el negro fieltro para sentir mejor el fresco de la tarde, que agitaba sus lacios cabellos grises. De una mirada abarcó Leonora su frente espaciosa y abombada, que parecía pesar sobre todo su cuerpo como un cofre de marfil cargado de misteriosas riquezas; los ojos glaucos e imperiosos brillando con la frialdad azul del acero bajo el pabellón de las pobladas cejas, y la nariz arrogante, fuerte como el pico de un ave de combate,

---

[108] La evocación de Wagner se da ya en *En el país del arte, O. C.,* t. I., página 257. Este pasaje tiene un paralelismo estrecho con *Il fuoco* de Gabriele d'Annunzio, del que citamos un breve fragmento: «Quale potrebbe essere per lui una fine degna? Una melodia nuova, d'una potenza inaudita, che gli apparve indistinta nella sua prima giovinezza e che allora egli non potté fermare, all'improvviso gli fenderà il cuore come una spada terribile», Milán, Arnoldo Mondadori, 1986, pág. 183.

[109] Es otra superposición temporal que, como ya sabemos, constituye un rasgo de gran poder innovador.

buscando por encima de la hundida boca la mandíbula sensual y robusta encuadrada por una barba gris que corría por el cuello arrugado y de tirantes tendones. Fue una rápida aparición; pero le vio, y su figura dolorida y pequeña, encorvada por la vejez y la enfermedad, quedó en su memoria como esos paisajes entrevistos a la luz de un relámpago[110]. Le vio cuando llegaba a Venecia para morir en el silencio de los canales, en aquella calma únicamente turbada por el golpe del remo, donde muchos años antes había creído perecer mientras escribía su *Tristán*, el himno a la muerte, pura y libertadora[111]. Le vio casi tendido en la negra barca, y el choque del agua contra el mármol de los palacios resonó en su imaginación como las trompas plañideras y espeluznantes del entierro de Sigfrido, y le pareció contemplar al héroe de la Poesía marchando al Walhalla[112] de la inmortalidad y la gloria sobre un escudo de ébano, inerte como el joven héroe de la leyenda germánica, seguido por el lamento de la humanidad, pobre prisionera de la vida, que busca ansiosa un agujero, un resquicio por donde penetre el rayo de belleza que alegra y conforta.

Y la cantante, enternecida por el recuerdo, contemplaba con ojos lacrimosos la ancha boina de terciopelo negro, un mechón de cabellos grises, dos plumas de acero gastadas y corroídas, todos los recuerdos del Maestro guardados piadosamente en una vitrina por Hans Keller.

—Tú que le conociste, dime cómo vivía. Cuéntamelo todo: háblame del poeta... del héroe.

Y el músico, no menos conmovido, evocaba sus recuerdos sobre Wagner. Lo describía tal como le había visto en su época de salud, pequeño, estrechamente envuelto en su paletó; de fuerte y pesada osamenta a pesar de su delgadez, inquieto como una mujer nerviosa, vibrante como un paquete de re-

---

[110] Esta comparación atesora la carga misteriosa del ensueño.
[111] Este motivo se desarrollará más tarde en *La horda*, en la escena ya comentada en nuestra introducción.
[112] Paraíso de la mitología germánica en el que habitan los guerreros muertos heroicamente. Durante el día se dedican los héroes a combatir entre sí sin producirse heridas y, por la noche, beben el hidromiel servido por las valquirias.

sortes y con una sonrisa amarga contrayendo sus labios sutiles y sin color. Después venían sus «genialidades», sus caprichos, que habían constituido una leyenda. Su traje de trabajo, de satén de oro con botones que eran flores de perlas; su apasionado amor por los suntuosos colores, las telas que se extendían como ola de luz en su gabinete de trabajo, los terciopelos y las sedas con reflejos de incendio desparramados sobre los muebles y las mesas, sin ninguna utilidad, sin otro fin que su belleza, para animarle los ojos con el acicate de los colores. Y las ropas del Maestro, todas las brillantes estofas del esplendor oriental, impregnadas de esencia de rosa; fiascos enteros derramados al azar, saturando el ambiente de un perfume de jardín fabuloso, capaz de marear al más fuerte, y que excitaba al monstruo en su lucha con lo desconocido.

Y Hans Keller describía después al hombre siempre inquieto, estremecido por misteriosas ráfagas, incapaz de sentarse como no fuese ante el piano o la mesa de comer; recibiendo de pie a los visitantes, yendo y viniendo por su salón con las manos agitadas por nerviosa incertidumbre, cambiando de sitio los sillones, desordenando las sillas, buscando una tabaquera o unos lentes que no encontraba nunca, removiendo sus bolsillos y martirizando su boina de terciopelo, tan pronto caída sobre un ojo como empujada hacia el extremo opuesto, y que acababa por arrojar a lo alto con gritos de alegría o la estrujaba entre sus dedos, crispados por el ardor de una discusión.

El músico cerraba los ojos, creyendo escuchar aún en el silencio la voz cascada e imperiosa del Maestro. ¡Oh!, ¿dónde estaba? ¿desde qué estrella seguía atentamente esa inmensa melodía de los astros, cuyos ecos sólo podía percibir su oído? Y Hans Keller, para ahogar su emoción, se sentaba al piano, mientras Leonora, sugestionada, se aproximaba a él, rígida como una estatua, y con las manos perdidas en la áspera cabellera del músico, cantaba un fragmento de la inmortal Tetralogía.

La adoración al gran muerto la convertía en una mujer nueva. Adoraba a Keller como un reflejo perdido de aquel astro apagado para siempre; sentía la necesidad de humillarse, la dulzura del sacrificio, como el devoto que se prosterna ante el sacerdote, no viendo en él al hombre, sino al elegido de la Divinidad. Quería arrodillarse ante sus plantas para que la pisara, para que hiciese alfombra de sus encantos; quería servir como una esclava a aquel amante que era el depositario del pensamiento de Él y parecía agigantado por tal tesoro.

Cuidábalo con exquisitas dulzuras de sierva enamorada; le seguía en sus excursiones a Leipzig, a Ginebra, a París, en primavera, época de los grandes conciertos; y ella, la famosa artista, permanecía entre bastidores sin sentir la nostalgia de los aplausos, aguardando el momento en que Hans, sudoroso y fatigado, abandonaba la batuta entre las aclamaciones de la muchedumbre wagneriana, para enjugarle la frente con una caricia casi filial.

Y así corrían media Europa, propagando la luz del Maestro: ella, oscurecida voluntariamente, como una de aquellas patricias que, vestidas de esclavas, seguían a los apóstoles, ansiosas por los progresos de la buena nueva.

El maestro alemán se dejaba adorar; recibía todas las caricias del entusiasmo y del amor con la distracción de un artista que, preocupado con los sonidos, acaba por odiar las palabras. Enseñaba su idioma a Leonora para que algún día pudiese cantar en Bayreuth, realizando su más ferviente deseo, y la infundía el pensamiento que había guiado al Maestro al trazar sus principales protagonistas.

Por esto cuando Leonora se presentó sobre las tablas un invierno con el alado casco de valquiria, tremolando la lanza de virgen belicosa, prodújose aquella explosión de entusiasmo que había de seguirla en toda su carrera. El mismo Hans se estremeció en su sillón de director, admirando la facilidad con que su amante había sabido asimilarse el espíritu del Maestro.

—¡Si Él te oyese! —decía con convicción—. Tengo la certeza de que se mostraría satisfecho.

Y así corrieron el mundo los dos. En primavera contemplándole ella desde lejos con la batuta en la mano, haciendo surgir alada y victoriosa la gloria del Maestro de las masas de instrumentación que se ocultaban en la bávara colina de Bayreuth, en el foso llamado el «abismo místico». En invierno era él quien se entusiasmaba escuchando unas veces su *¡hojotoho!* fiero de valquiria que teme al austero padre Wotan; viéndola otras despertar entre las llamas, ante el animoso Sigfrido, héroe que no teme nada en el mundo y se estremece ante la primera mirada de amor.

Pero las pasiones de artista son iguales a las flores, por su intenso perfume y su corta duración. El rudo maestro alemán era un ser infantil, voluble y tornadizo, pronto a palmotear ante un nuevo juguete. Leonora, consultando su pasado, se reconocía capaz de haber llegado hasta la vejez sumisa a él, obediente a todos sus caprichos y nerviosidades. Pero un día Keller la abandonó como ella había abandonado a otros; se fue arrastrado por el marchito encanto de una contralto tísica y lánguida, que tenía el enfermizo perfume, la malsana delicadeza de una flor de estufa. Leonora, loca de amor y de despecho, le persiguió, fue a llamar a su puerta como una criada, sintió una amarga voluptuosidad viéndose por primera vez despreciada y desconocida, hasta que una reacción de carácter hizo renacer en ella su antigua altivez.

Se acabó el amor. ¡Adiós a los artistas! Gente muy interesante, pero nada quería ya con ellos. Eran preferibles los hombres vulgares que había conocido en otros tiempos; y cuanto más imbéciles, mejor. No volvería a enamorarse.

Y cansada, perdidas las ilusiones, volvió a lanzarse en el mundo. La molestaba aquella leyenda galante de sus tiempos de locura; la furia con que corrían hacia ella los hombres ofreciéndola riquezas a cambio de una pasividad amorosa. La locura volvió a cogerla entre sus engranajes. Los hombres hablaban de matarse si ella resistía, como si su deber fuese entregarse al primero que apeteciese su cuerpo y la negativa resultase una traición. El melanólico Maquia se suicidó en Nápoles al verla insensible a sus tristes sonetos; en Viena se batieron por ella y murió uno de sus admiradores; un inglés excéntrico la seguía a todas partes, proyectando sobre su cabeza una sombra de árbol fatal y jurando matar a todo el que ella prefiriese... ¡Ya había bastante! Estaba cansada de aquella vida; sentía náuseas ante la voracidad varonil que le salía al paso en todas partes. Se veía quebrantada por la tempestad de pasión que desencadenaba su nombre.

Quería sumergirse, desaparecer, descansar entregada a un sueño sin límites, y pensó, como en su blando y misterioso lecho, en aquella tierra lejana de su infancia, donde estaba su único pariente, la tía devota y simple, que la escribía dos veces por año recomendándola que pusiera su alma en regla con Dios, para lo cual ya ayudaba ella con sus devociones.

Creía también, sin saber por qué, que aquel regreso a la tierra natal amortiguaría el recuerdo doloroso de la ingratitud que había costado la vida a su padre. Cuidaría a la pobre vieja, alegraría con su presencia aquella vida monótona y gris que se había deslizado sin la más leve ondulación. Y bruscamente, una noche, después de ser Isolda por última vez ante el público de Florencia, dio la orden de partida a Beppa, la fiel y silenciosa compañera de su vida errante.

A la tierra natal, y ¡ojalá encontrara allí algo que la retuviera, no dejándola volver a un mundo tan agitado!

Era la princesa de los cuentos que desea convertirse en pastora; y allí permanecía adormecida, a la sombra de sus naranjos, sacudida algunas veces por el recuerdo, queriendo gozar eternamente aquella calma, repeliendo fieramente a Rafael, que intentaba despertarla como Sigfrido despierta a Brunilda atravesando el fuego.

No; amigos nada más. No quería amor: ya sabía ella lo que era aquello. Además, llegaba tarde.

Y Rafael revolvíase insomne en su cama, repasando en la oscuridad aquella historia cortada a trozos, con lagunas que rellenaba su adivinación. Sentíase empequeñecido, anonadado por los hombres que le habían precedido en la adoración a aquella mujer.

Un rey, grandes artistas, paladines hermosos y aristocráticos como el conde ruso, potentados que disponían de grandes riquezas. ¡Y él, pobre provinciano, diputado oscuro, sometido como un chicuelo al despotismo de su madre y sin dinero casi para sus gastos, pretendía sucederles!

Reía con amarga ironía de su propia audacia; comprendía el acento burlón de Leonora, la energía con que había repelido todos sus atrevimientos de zafio que intenta poseer una gran dama por la fuerza. Pero a pesar del desprecio que a sí mismo se inspiraba, faltábanle fuerzas para retirarse.

Estaba cogido en la estela de seducción, en aquel torbellino de amor que seguía a la artista por todas partes, aprisionando a los hombres, arrojándolos al suelo quebrantados y sin voluntad, como siervos de la belleza.

III

—Temprano nos vemos hoy: buenos días, Rafaelito... Madrugo por ver el mercado. De niña era para mí un acontecimiento la llegada del miércoles. ¡Cuánta gente!...

Y Leonora, olvidada ya de las aglomeraciones de las grandes ciudades, se admiraba ante la confusión de gente que se agitaba en la plaza llamada del Prado, donde todos los miércoles se verificaba el gran mercado del distrito[113].

Llegaban los labradores, con la faja abultada por los cartuchos de dinero, a comprar lo que necesitaban para toda la semana allá en su desierto, rodeado de naranjos; iban de un puesto a otro las hortelanas, elegantes y esbeltas cual campesinas de opereta[114], peinadas como señoritas, con faldas de batista clara, que, al recogerse, dejaban al descubierto las medias finas y los zapatos ajustados. El rostro tostado y las manos duras eran lo único que delataba la rusticidad de aquellas muchachas, a quienes un cultivo riquísimo hacía vivir en la abundancia.

A lo largo de las paredes cloqueaban las gallinas, atadas en racimos; amontonábanse las pirámides de huevos, de verduras y frutas, y en las tiendas portátiles de los pañeros extendíanse las fajas de colores, las piezas de percal e indiana, y el negro paño, eterno traje de todo ribereño. Fuera del Prado, los labriegos buscaban en el Alborchí[115] el mercado de los

---

[113] En Alcira, actualmente, hay mercado todos los miércoles, pero no se celebra ya en el Prado.

[114] La comparación con el mundo escénico, aunque sea menor en su significado y alcance, rima con la presencia de la soprano.

[115] También allí se daba antiguamente garrote a los reos de muerte.

cerdos, o probaban caballerías en el *Hostal Gran*. Era la compra de todo lo necesario para la semana; el día destinado a los negocios; la llegada en masa de la población de los huertos para pedir dinero a los prestamistas o devolvérselo con creces; repoblar el gallinero, comprar el cerdo, cuya creciente obesidad había de seguir con ansia la familia, o adquirir a plazos el rocín, motivo de inquietud y de desesperado ahorro.

La muchedumbre, oliendo a sudor y a tierra, agitábase en el mercado bajo la luz de los primeros rayos del sol. Se abrazaban las hortelanas al encontrarse, y con la cesta en la cadera, metíanse en la chocolatería a celebrar el encuentro[116]; los labriegos formaban corro, y de vez en cuando iban a beber una copa de aguardiente dulce para tomar fuerzas. Y por en medio de esta invasión rústica pasaba la gente de la ciudad: los burguesillos de arregladas costumbres, con una capa vieja y un enorme capazo, en el que metían las provisiones después de regatearlas tenazmente; las señoritas, que veían en el mercado de los miércoles algo extraordinario que alegraba la monotonía de su existencia; los desocupados, que pasaban horas enteras de pie junto al puesto de un vendedor amigo, curioseando lo que cada cual llevaba en su cesta, murmurando de la avaricia de unos y de la generosidad de otros.

Rafael contemplaba con asombro a su amiga. ¡Qué guapa estaba! ¡Cualquiera podía adivinar en ella a la artista de inmenso renombre!

Parecía una hortelana, vestida de fresco percal, como anunciando la primavera; al cuello un pañuelito rojo y la rubia cabellera al descubierto, peinada con artístico descuido, anudada rápidamente sobre la nuca. Ni una joya, ni una flor. Su estatura y su elegancia eran lo único que la hacía destacar sobre la muchedumbre. Y bajo la curiosa y ávida mirada de todo el mercado, Rafael sonreía frente a ella, admirándola fresca, sonrosada, con la viveza de la ablución matinal, esparciendo un perfume indefinible de carne sana y fuerte que embriagaba al joven.

---

[116] También en *Flor de mayo* la chocolatería de Santa Catalina en Valencia es lugar de encuentro entre las vendedoras del pescado y sitio donde se celebran paces o treguas.

Hablaba riendo, como si quisiera cegar con el brillo de su dentadura a todos los papanatas que la contemplaban de lejos. Por todo el mercado extendíase un rumor de curiosidad, un zumbido de admiración y escándalo, al ver frente a frente, a la faz de toda la ciudad, hablando con sonrisa de buena amistad, al diputado y la cantante.

Los amigos de Rafael, los principales personajes del Municipio que rondaban por el mercado, no podían ocultar su satisfacción. Hasta el último alguacil sentía cierto orgullo. Hablaba con el *quefe*. Le sonreía. Era un honor para el partido que una mujer tan hermosa tratase amablemente a don Rafael, aunque, bien considerado, merecía esto y algo más. Y aquellos hombres, que en presencia de sus esposas tenían buen cuidado de callarse cuando éstas hablaban con indignación de la extranjera, admirábanla con el fervor instintivo que inspira la belleza y envidiaban a su diputado.

Las viejas hortelanas envolvían a los dos en una mirada cariñosa. Formaban buena pareja; ¡qué matrimonio tan guapo podían hacer!

Y las señoras fingían no verles al pasar por su lado; se alejaban torciendo la boca con un gesto de altivez, y al encontrarse con una amiga, decían con acento irónico: «¿Ha visto usted?... Ahí está ésa echándole el anzuelo, delante de todos, al hijo de doña Bernarda.» Aquello era escandaloso: las señoras decentes tendrían que quedarse en casa.

Leonora, insensible a la curiosidad, sin reparar en los centenares de ojos fijos en ella, seguía hablando de sus asuntos. Beppa se había quedado con la tía, y ella, con su hortelana y otra mujer, que aguardaban a pocos pasos con grandes cestas, había venido a comprar un sinfín de cosas, cuya enumeración la hacía reír. Ahora era persona formal; sí, señor. Sabía el precio de lo que comía; podía indicar, céntimo por céntimo, el coste de su vida; creía haber retrocedido a aquella dura época de Milán, cuando, con la partitura bajo el brazo, entraba en casa del especiero a por los macarrones, la manteca o el café. ¡Cómo la[117] divertía aquello!... Y no queriendo

---

[117] Laísmo.

prolongar por más tiempo la expectación escandalizada de la gente, que interpretaba sus sonrisas y su voluble charla del peor modo, dio su mano a Rafael despidiéndose. Se hacía tarde; si permanecía allí charlando, no encontraría nada: lo mejor del mercado se lo habrían llevado otros.

—A la obligación: hasta la vista, Rafaelito.

Y el joven la vio cómo se abría paso entre el gentío, seguida de las dos campesinas; cómo se detenía ante los puestos, acogida por una sonrisa amable de los vendedores, cual parroquiana que no regateaba jamás; cómo se interrumpía en sus compras para acariciar los niños sucios y aulladores que las pobres mujeres llevaban al brazo, sacando de su cesta las mejores frutas para dárselas.

La admiración de todo el mercado la seguía a través de los puestos. «¡*Así, siñoreta!*»[118], gritaban las vendedoras. «¡*Venga, doña Leonor!*»[119], decían otras, llamándola por su nombre para demostrar mayor intimidad. Y ella sonreía, hablaba con todos familiarmente, echaba mano a cada instante al bolso de piel de Rusia que colgaba de su diestra, y como una nube de moscas agitábanse en torno de ella tullidos, ciegos y mancos, avisados de la generosidad de aquella señora que daba la calderilla a puñados.

Rafael la seguía con la vista, acogiendo con forzada sonrisa los cumplimientos de los notables, que le felicitaban por su buena suerte. El alcalde —un hombre que, según decían los enemigos, temblaba en presencia de su esposa— afirmaba con los ojos chispeantes que por una mujer así era él capaz de hacer toda clase de locuras. Y todos unían su voz al coro de alabanzas envidiosas, considerando como hecho indiscutible que Rafael era el amante de la artista, mientras éste sonreía con amargura recordando sus explicaciones con Leonora.

Ya no la veía. Estaba en el otro extremo del mercado, oculta por el oleaje de cabezas. De vez en cuando distinguía por un instante su casco de oro por encima de las demás mujeres[120].

---

[118] *¡Aquí, señorita!*
[119] *¡Venga, doña Leonor!*
[120] La mirada persigue a Leonora por el mercado, como el objetivo de una cámara que unas veces se acerca y otras se aleja.

Deseaba ir allá, pero no podía. Estaba a su lado don Matías, el afortunado exportador de naranja, aquel ricachón cuya hija Remedios pasaba el día junto a su madre como discípula sumisa.

Aquel señor, de palabra pesada y lento pensamiento, enmarañábale en su charla sobre el comercio de la naranja. Le daba consejos; un plan entero que había discurrido y le ofrecía para presentarlo al Congreso; medidas de protección para los exportadores de naranja. La riqueza de la ciudad; todos nadando en dinero: lo garantizaba él con la mano sobre el corazón.

Y Rafael, con la vista perdida en el fondo del Prado, espiando las rápidas apariciones de la cabellera de oro para convencerse de que Leonora aún estaba allí, oía como en un sueño a aquel hombre que, según afirmaban los maliciosos, estaba destinado a ser su segundo padre. De todo el lento chorrear de palabras, sólo algunas llegaban a su cerebro, clavándose en él con la persistencia de la obsesión: «Glasgow... Liverpool... necesarios nuevos mercados... abaratar las tarifas de ferrocarriles... los agentes ingleses son unos ladrones...»

«Bueno, que los ahorquen», contestaba mentalmente Rafael. Y sin cesar de mostrar su asentimiento a lo que no oía con movimientos afirmativos de cabeza, miraba allá abajo ansiosamente, temiendo que Leonora se hubiese marchado. Se tranquilizó al abrirse un cuadro en la muchedumbre y ver a la artista sentada en una silla que le había cedido una vendedora, con un niño sobre las rodillas, hablando con una mujercita pequeña, miserable, enfermiza, que a Rafael le pareció la hortelana que encontraron en la ermita.

—¿Qué opina usted de mi plan? —preguntaba en aquel mismo instante don Matías.

—Excelente; un plan grandioso, digno de usted, que conoce a fondo la cuestión. Ya hablaremos detenidamente cuando vuelva a las Cortes.

Y para evitar una segunda exposición de lo que no había oído, acariciaba al afortunado patán, daba palmaditas en su espalda de oso, asombrado como siempre de que la buena suerte hubiera escogido como amante a aquel hombre.

Toda la ciudad le había conocido calzando alpargatas, cultivando como arrendatario un pequeño huerto. Su hijo, un mocetón casi imbécil, que aprovechaba el menor descuido para robarle y llevar en Valencia una vida alegre con toreros, jugadores y chalanes de caballos, iba descalzo en aquella época, correteando por los caminos con los chicuelos de los gitanos acampados en el Alborchí; su hija, aquella Remedios tan modosita y tímida, que se pasaba los días en complicadas labores de aguja bajo la dirección de doña Bernarda, se había criado como una bestezuela en el campo, repitiendo con escandalosa fidelidad las interjecciones de los carreteros con los cuales bebía su padre.

«Pero no hay como ser bruto para llegar a rico», según decía el barbero Cupido al hablar de don Matías.

Poco a poco fue lanzándose en la exportación de la naranja a Inglaterra. Compró a crédito las primeras partidas y comenzó a soplar para él la racha de loca suerte, que todavía duraba. Su fortuna fue cosa de pocos años. Donde los más poderosos navíos naufragaban, aquella barcaza ruda y pesada, navegando a la ventura del instinto, no sufría el menor perjuicio. Sus envíos llegaban siempre con prodigiosa oportunidad. La rica naranja de otros comerciantes, cuidadosamente escogida, llegaba a Liverpool o Londres cuando los mercados estaban atestados y bajaban los precios escandalosamente. El afortunado palurdo enviaba cualquier cosa, lo que le convenía por su baratura, y siempre se arreglaban las circunstancias de modo que encontraba el mercado vacío, los precios por las nubes, sin reparar en la calidad del género, y realizaba fabulosas ganancias. Se burlaba de las sabias combinaciones de todos aquellos exportadores que leían periódicos ingleses, recibían boletines y comparaban las cotizaciones de unos años con otros para hacer cálculos, que daban por resultado salir del negocio con las manos en la cabeza. Él no sabía ni quería saber nada. Fiaba en su buena estrella. Cuando mejor le parecía, embarcaba el género en el puerto de Valencia, y ¡allá va! siempre se concertaban las cosas de modo que su naranja arribaba sin concurrencia y con precios altos. Más de una vez era el mar el que, causando averías al buque, retrasaba su llegada y daba tiempo a que el mercado quedase limpio, colaborando de este modo en el buen éxito de la expedición.

A los dos años vivía en la ciudad como un personaje, y afirmaba riendo que «no se dejaría colgar» por ochenta mil duros. Después, siempre hacia arriba, su fortuna llegó a una altura loca. Las gentes, asombradas, se decían al oído con cierto respeto supersticioso los miles de duros que ganaba en limpio al final de cada campaña. Tenía en los alrededores de Alcira almacenes enormes como iglesias, donde ejércitos de muchachas empapelaban cantando las naranjas y cuadrillas de carpinteros martilleaban día y noche en la blanca madera de las cajas de exportación. Compraba con un solo golpe de vista la cosecha de huertos enteros, sin equivocarse más allá de algunas arrobas. En cuanto al pago, la ciudad estaba orgullosa de su millonario. Ni en el Banco de España había la formalidad y la confianza que en su casa. Nada de empleados ni mesas: todo a la pata la llana; pero ya se podían pedir miles de duros, que, como él quisiera, no tenía más que meterse en su alcoba, y de misteriosos escondrijos sacaba cada fajo de billetes que metía miedo.

Y este rústico afortunado, al verse rico, sin más mérito que el capricho de la suerte, se daba aires de inteligente, con la petulancia que proporciona el dinero, y acosaba a Rafael, a «un diputado», con una reforma de tarifas de ferrocarril para esparcir la naranja por el interior da España. ¡Como si él hubiese necesitado de planes para hacerse rico!

De su pasado miserable sólo quedaba en él un vestigio: el respeto a la casa de los Brull. Trataba con cierta altanería a toda la ciudad, pero no podía ocultar el respeto que le inspiraba doña Bernarda, al cual iba unido una gran gratitud por la amabilidad con que le distinguía al verle rico y el interés que mostraba por su pequeña. Tenía muy presente al padre de Rafael, el hombre más eminente que había conocido en su vida, y le parecía verlo aún como cuando se detenía ante su casita de hortelano sobre su enorme rocín y con aire de gran señor le ordenaba lo que debía hacer en las próximas elecciones. Sabía el mal estado en que aquel grande hombre había dejado sus negocios al morir, y más de una vez había dado dinero a doña Bernarda, orgulloso de que ésta, en sus apuros, le dispensase el honor de buscarle; pero para él la casa de los Brull, pobre o rica, era siempre la casa de los amos, la cuna de aquella dinastía cuya autoridad no podía abatir poder alguno. Si él tenía dinero, los «otros», ¡ah! los otros tenían allá lejos, en Madrid, poderosas amistades; llegaban cuando querían hasta el trono; eran de los que tenían la sartén por el mango, y si en su presencia se murmuraba que la madre de Rafael pensaba en su hija para nuera, don Matías enrojecía de satisfacción y murmuraba modestamente:

—No sé; creo que todo son habladurías. Mi Remedios sólo es una muchacha de pueblo, y el diputado querrá una señorona de Madrid.

Rafael hacía tiempo que conocía el designio de su madre. Él no quería a aquella gente. El padre, a pesar de su pegajosa afición a ofrecerle planes, le era simpático por el respeto que mostraba hacia su familia. La hija era un ser insignificante, sin otra belleza que la frescura de su juventud morena, ocultando tras la mansedumbre servicial una inteligencia más obtusa que la del padre, sin otras manifestaciones que la devoción y los escrúpulos en que la habían educado.

Aquella mañana pasó por dos veces junto a Rafael, seguida de una vieja sirvienta, con toda la gravedad de una huérfana que tiene que ocuparse del gobierno de su casa y hacer las veces de señora mayor. Apenas si le miró. La mansa sonrisa de futura sierva con que le saludaba otras veces había desaparecido. Estaba pálida y apretaba los labios descoloridos. Seguramente le había visto de lejos hablando y riendo con Leonora. Pronto sabría su madre el encuentro. Aquella muchacha parecía mirarle como cosa suya, y su gesto de mal humor era ya el de la esposa que se prepara para una escena de celos a puerta cerrada.

Como si le amagase un peligro, se despidió de don Matías y sus amigos, y evitando un nuevo encuentro con Remedios, salió del mercado.

Leonora aún estaba allí. La esperaría en el camino del huerto; había que aprovechar la mañana.

El campo parecía estremecerse bajo los primeros besos de la primavera. Cubríanse de hojas tiernas los esbeltos chopos que bordeaban el camino; en los huertos, los naranjos, calentados por la nueva savia, abrían sus brotes, preparándose a lanzar, como una explosión de perfume, la blanca flor del azahar; en los ribazos crecían entre enmarañadas cabelleras de hierba las primeras flores. Rafael se sentó al borde del camino, acariciado por la frescura del césped. ¡Qué bien olía aquello!

La violeta asustadiza y fragante debía andar por allí cerca, oculta bajo las hojas. Sus manos buscaron a lo largo del ribazo las florecillas moradas, cuyo perfume hace soñar con estremecimientos de amor. Formaría un ramito para ofrecérselo a Leonora cuando pasase.

Sentíase animado por una audacia que nunca había conocido. Sus manos ardían de fiebre. Tal vez era la emoción que le producía su propio atrevimiento. Estaba resuelto a decidir su suerte aquella misma mañana. La fatuidad del hombre que se cree en ridículo y desea realzarse a los ojos de sus admiradores le excitaba, dándole una cínica audacia.

¿Qué dirían sus amigos, que le envidiaban como amante de Leonora, al saber que ésta le trataba como un amigo insignificante, como un buen muchacho que la distraía en la soledad de su voluntario destierro?

Unos cuantos besos en la mano, cuatro palabras agradables, algunas bromas crueles de camarada que tiene conciencia de su superioridad... todo esto había conseguido después de muchos meses de asidua corte, de resistir a su madre, viviendo en su casa como un extraño, sin cariño y bajo miradas de indignación, de entregarse por entero a la maledicencia de los enemigos, que le suponían «liado» con la artista y hacían aspavientos en nombre de la moral.

¡Cómo se burlarían si conocieran la verdad aquellos calaveras que en el Casino relataban sus aventuras amorosas, teniendo siempre por prólogo el repentino empujón, la lucha, la posesión violenta a brazo partido al borde de una senda, bajo un naranjo o en el rincón más oscuro de una casa!

Y Rafael, perturbado por el miedo a parecer ridículo, se decía que aquellos brutos estaban tal vez en lo cierto, que así se triunfaba, y que él sufría por su culpa, por contemplar a Leonora respetuosamente, de lejos, como un idólatra sumiso. ¡Cristo! ¿No era él el hombre, y por tanto el más fuerte? Pues a hacer sentir la autoridad del sexo. Le gustaba, y había de ser suya. Además, cuando ella le trataba con tanto cariño, seguramente le quería. Los escrúpulos eran lo único que les mantenía separados, y él se encargaba de allanarlos violentamente en la primera ocasión propicia.

Cuando acababa de surgir entera e imperiosa la brutal decisión entre las continuas fluctuaciones de su carácter débil e irresoluto, oyó voces en el camino; e incorporándose, vio venir a Leonora seguida de las dos labriegas con el busto encorvado sobre las pesadas cestas.

—¡También aquí! —exclamó la artista con una risa que hinchaba su garganta de suaves estremecimientos—. Usted es mi sombra... En el mercado, en el camino, en todas partes me sale al encuentro...

Y tomó el ramito de violetas que le ofrecía el joven, aspirándolo con delicia.

—Gracias, Rafael; son las primeras que veo este año. Ya está aquí mi fiel amiga la primavera; usted me la trae, pero hace ya días que adivinaba su llegada. Estoy contenta; ¿no lo nota usted? Me parece que he sido durante el invierno un gusano de seda apelotonado en el capullo, y que ahora me salen alas y voy a volar por ese inmenso salón verde que exhala sus primeros perfumes. ¿No siente usted lo mismo?

Rafael afirmaba con gravedad. También él sentía el hervor de la sangre, los pinchazos de la vida en todos sus poros.

Y contemplaba con ojos extraviados aquella garganta desnuda, de tentadora nitidez, realzada por el rojo pañuelo; el pecho robusto, sobre cuya tersa morbidez descansaban sus violetas.

Las dos hortelanas, al ver a Rafael, cambiaron una sonrisa maliciosa, un guiño significativo, y pasaron delante de la señora, con el propósito marcado de no estorbarla con su presencia.

—Sigan ustedes —dijo Leonora—. Nosotros iremos despacio hasta casa.

Se alejaron las dos mujeres con vivo paso hablando en voz baja. Leonora adivinaba la sonrisa de sus rostros invisibles.

—¿Ha visto usted a ésas? —dijo señalándolas con su cerrada sombrilla—. ¿No se ha fijado usted en sus sonrisas y guiños al verle en el camino?... ¡Ay, Rafael! Usted está ciego, y resulta terrible. Si yo tuviera que guardar mi fama, aviada estaba con un amigo como usted. ¡Qué cosas suponen por ahí!

Y reía con una expresión de superioridad, considerándose muy por encima de cuanto pudieran decir las gentes de su amistad con Rafael.

—En el mercado me hablan de usted todas las vendedoras, como si esto fuese para mí el más irresistible de los halagos; aseguran que formamos una soberbia pareja. Mi hortelana aprovecha todas las ocasiones para decirme que es usted muy guapo. Déle usted las gracias... ¿Qué más? Hasta mi tía, mi pobre tía, que vive en el limbo, ha salido de él para decirme el otro día: «¿Sabes que Rafaelito viene mucho por aquí? ¿Si querrá casarse contigo?» Ya ve usted: casarse... ¡ja, ja, ja! ¡casarse! La pobre señora no ve más que esto en el mundo.

Y seguía arrojando a la cara de Rafael, sombría por sus malos pensamientos, aquella risa franca y burlona que parecía el parloteo de un pájaro travieso satisfecho de su libertad.

—Pero ¡qué mala cara tiene usted hoy! ¿Está usted enfermo?... ¿Qué le pasa?

Rafael aprovechó el momento. Estaba enfermo, sí; enfermo de amor. Comprendía que toda la ciudad hablase de ellos; él no podía ocultar sus sentimientos. ¡Si supiera lo que le costaba aquella adoración muda!... Quería arrancar de su pensamiento la devoción por ella, y no podía. Necesitaba verla, oírla; sólo vivía para ella. ¿Leer? Imposible. ¿Hablar con sus amigos? Todos le repugnaban. Su casa era una cueva, en la que entraba con gran esfuerzo para comer y dormir. Salía de ella tan pronto como despertaba, y abandonaba la ciudad, que le parecía una cárcel. Al campo; y en el campo, la casa azul donde ella vivía. ¡Con qué impaciencia esperaba la llegada de la tarde, la hora en que, por una tácita costumbre que ninguno de los dos marcó, podía él entrar en el huerto y encontrarla en su banco bajo las palmeras!... No podía vivir así. La pobre gente le envidiaba al verle poderoso, diputado tan joven; y él quería ser... ¿a que no lo adivinaba? ¡qué cosas tan absurdas! ¡que no se burlara Leonora! Él daría cuanto era por ser aquel banco del jardín, abrumado dulcemente por su peso las tardes enteras; por convertirse en la labor que giraba entre sus dedos suaves; por transfigurarse en una de las personas que la rodeaban a todas horas, en aquella Beppa, por ejemplo, que la despertaba por las mañanas, inclinándose sobre su cabeza dormida, moviendo con su aliento la cabellera deshecha, esparcida como una ola de oro sobre la almohada, y que secaba sus carnes de marfil a la salida del baño, deslizando sus manos por las curvas entrantes y salientes de su suave cuerpo. Siervo, animal, objeto inanimado, algo que estuviera en perpetuo contacto con su persona, eso ansiaba él; no verse obligado con la llegada de la noche a alejarse tras una interminable despedida prolongada con infantiles pretextos, a volver a la irritante vulgaridad de su vida, a la soledad de su cuarto, en cuyos rincones oscuros, como maléfica tentación, creía ver fijos en él unos ojos verdes.

Leonora no reía. Abríanse desmesuradamente sus ojos moteados de oro, palpitaban de emoción las alillas de su nariz y parecía conmovida por la sinceridad elocuente del joven.

—¡Pobre Rafael! ¡Pobrecito mío!... ¿Y qué vamos a hacer?

En el huerto, Rafael jamás se había atrevido a hablar con tanta franqueza. Le cohibía la proximidad de los allegados de Leonora; le intimidaba el aire superficial y burlón con que ella recibía sus visitas; la ironía con que le desconcertaba apenas apuntaba él una frase de amor. Pero allí, en medio del camino, era otra cosa; se sentía libre, quería vaciar su corazón. ¡Qué tormentos! Todos los días iba hacia la casa azul trémulo de esperanza, agitado por la ilusión. «Tal vez sea hoy», se decía. Y le temblaban las piernas, y la saliva parecía solidificarse en su garganta, ahogándole. Y horas más tarde, al anochecer, la vuelta desesperada al hogar, marchando desalentado a la luz de las estrellas, haciendo «eses» en el camino como si estuviera ebrio, sintiendo que las lágrimas le escarabajeaban en los párpados, queriendo morir, como el que necesita pasar adelante y se rompe los puños contra un muro inmenso de bloques de hielo. ¿No se fijaba en él? ¿No veía los inmensos esfuerzos que hacía para agradarla?... Ignorante, humilde, reconociendo la inmensa diferencia que separaba a ambos por su distinta vida, ¡qué de esfuerzos para llegar a su altura, por colocarse al nivel de aquellos hombres que la habían poseído por unos días o por años enteros! Ella debía haberlo notado. Si le hablaba del conde ruso, modelo de elegancia, al día siguiente, Rafael, con gran asombro de los de su casa, sacaba su mejor ropa, y sudando bajo el sol, oprimido por el alto cuello, emprendía aquel camino que era su calle de Amargura, andando como una señorita para que el polvo no amortiguase el brillo de sus botas. Si el músico alemán cruzaba por el recuerdo de Leonora, él repasaba sus libros, y afectando el exterior descuidado de aquellos artistas vistos en las novelas, llegaba allá con el propósito de hablar del inmortal maestro, de Wagner, al que apenas conocía, pero al que adoraba como una persona de su familia... ¡Dios mío! Todo esto resultaba ridículo, bien lo sabía él; mejor era presentarse sin disfraz, con toda su pequeñez. Reconocía que era imposible aquella lucha para igualarse con los mil fantasmas que llenaban la memoria de Leonora: pero ¡qué no haría él por despertar aquel corazón, por ser amado un momento, un día nada más, y después morir!...

Y había tal sinceridad en esta confesión de amor, que Leonora, cada vez más conmovida, se aproximaba a él, caminaba pegada a su cuerpo sin darse cuenta, y sonreía levemente, repitiendo su frase, mezcla de afecto maternal y de lástima:

—¡Pobre Rafael!... ¡Pobrecito mío!

Habían llegado a la verja que daba entrada al huerto. La avenida estaba desierta. En la plazoleta, frente a la cerrada casa, correteaban las gallinas.

Rafael, abrumado por el esfuerzo de aquella confesión, en la que daba curso a las angustias y ensueños de muchos meses, se apoyó en el tronco de un viejo naranjo. Leonora estaba frente a él, escuchándole con la cabeza baja, rayando el suelo con la contera de su roja sombrilla.

Morir, sí; él había leído esto muchas veces en las novelas, sin poder contener una sonrisa. Ahora ya no reía. Había pensado algunas noches, en la turbación del delirio, terminar aquel amor de un modo trágico. La sangre de su padre, violenta y avasalladora, hervía en él. Si llegaba a convencerse de que nunca sería suya, ¡matarla, para que no fuese de nadie, y matarse él después! Caer los dos sobre la tierra empapada de sangre, como sobre un lecho de damasco rojo; besarla él en los labios fríos, sin miedo a que nadie le estorbara; besarla y besarla hasta que el último soplo de vida fuese a perderse en la lívida boca de ella.

Lo decía con convicción, vibrando todos los músculos de su cara varonil, ardiendo como brasas sus ojos de moro veteados por la pasión con venillas de sangre. Y Leonora le miraba ahora con apasionamiento, como si viese un hombre nuevo. Estremecíase con una emoción nueva al oír los bárbaros ensueños, las amenazas de muerte. Aquél no se mataba melancólicamente como el poeta italiano viendo perdido su amor: moría matando, destrozaba el ídolo, ya que no atendía sus súplicas.

Y dulcemente conmovida por la expresión trágica de Rafael, se dejaba llevar por éste, que la había cogido un brazo y la atraía lejos de la avenida, entre las copas bajas de los naranjos.

Permanecieron los dos en silencio mucho rato. Leonora parecía embriagada por el perfume viril de aquellas amenazas de pasión salvaje.

Rafael, al ver cabizbaja y silenciosa a la artista, creyó que la habían ofendido sus palabras, y se arrepintió de ellas.

Debía perdonarle; estaba loco. Se exasperaba ante su resistencia inexplicable. ¡Leonora! ¡Leonora! ¿A qué empeñarse en estorbar la obra del amor? Él no era indiferente para ella, no le inspiraba antipatía ni odio: de lo contrario, no serían amigos ni le permitiría las continuas visitas. ¿Amor?... Estaba seguro de que no lo sentía por él, pobre infeliz, incapaz de inspirar una pasión a una mujer como ella. Pero que no se resistiera; ya le amaría con el tiempo; él lograría conquistarla en fuerza de cariño y de adoración. ¡Ay! Con sólo su amor, había para los dos y para todos los amantes famosos en la Historia. Sería su esclavo; la alfombra en que pondría sus pies; el perro siempre tendido ante ella, con la mirada ardiente de la eterna fidelidad: acabaría por quererle, si no por amor, por gratitud y por lástima.

Y al hablar así, acercaba su rostro al de Leonora, buscando su imagen en el fondo de los ojos verdes, oprimía su brazo con la fiebre de la pasión.

—Cuidado, Rafael... me hace usted daño; suélteme usted.

Y como si despertara en pleno peligro, después de un dulce sueño, se estremeció, desasiéndose con nervioso impulso.

Después comenzó a hablar con calma, repuesta ya de la embriaguez con que la habían turbado las apasionadas palabras de Rafael.

No; lo que él deseaba era imposible. La suerte estaba echada: no quería amor... La amistad les había llevado algo lejos. Ella tenía la culpa, pero sabría remediarlo. Era ya un barco viejo que no podía cargar con el peso de una nueva pasión. Si le hubiera conocido años antes, tal vez. Reconocía que hubiese llegado a quererle; le creía más digno de su amor que otros hombres a los que había amado. Pero llegaba tarde; ahora sólo quería vivir. ¡Qué horror! ¡Las emociones de la pasión en un ambiente mezquino, en aquel mundo pequeño de curiosidades y maledicencias! ¡Ocultarse como criminales para quererse! ¡Ella, que gustaba del amor al aire libre, con el sublime impudor de la estatua que escandaliza a los imbéciles con su desnuda hermosura! ¡Verse roída a todas horas por la murmuración de los tontos, después de haber dado su cuerpo y su alma a un hombre! ¡Sentir en torno el desprecio y la indignación de todo un pueblo, que la acusaría de haber corrompido una juventud, separándola de su camino, alejándola para siempre de los suyos! Rafael, mil veces no; ella tenía conciencia, ya no era la loca de otros tiempos.

—Pero ¿y yo? —suspiraba el joven, agarrando de nuevo su brazo con ansiedad infantil—. Usted piensa en sí misma y en todos, olvidándome a mí. ¿Qué voy a hacer yo a solas con mi pasión?

—Usted olvidará —dijo gravemente Leonora—. Hoy he visto que es imposible mi estancia aquí. Los dos necesitamos alejarnos. Huiré antes que termine la primavera; iré no sé dónde: volveré al mundo, a cantar donde no encuentre hombres como usted, y el tiempo y la ausencia se encargarán de curarle.

Leonora se estremeció al ver la llamarada de salvaje pasión que pasó por los ojos de Rafael. Sintió junto a sus labios el ardoroso resuello de aquella boca que buscaba la suya, murmurando con apagado rugido:

—No, no te irás; quiero que no te vayas[121].

Y se sintió enlazada, conmovida de cabeza a pies por unos

---

[121] Es la primera vez que él usa el tuteo con ella, rasgo en aquella época y, claro está, según el contexto, de ruptura de una barrera y de intimidad amorosa o pasional.

brazos nerviosos a los que la pasión daba nueva fuerza. Sus pies se despegaron del suelo, se sintió elevada: un impulso brutal la hizo caer de costado al pie de un naranjo, al mismo tiempo que en sus ropas se agitaban unas manos convulsas, estremecidas, que herían las carnes con caricias de fiera.

Fue una lucha brutal, innoble, que duró unos instantes. La valquiria reapareció en la mujer vencida. Su cuerpo robusto vibró con un supremo esfuerzo; incorporóse, sofocando con su peso a Rafael, y al fin Leonora se irguió, poniendo su pie brutalmente, sin misericordia, sobre el pecho del joven, apretando como si quisiera hacer crujir la osamenta de su pecho.

Su aspecto era terrible. Parecía loca, con su rubia cabellera deshecha y sucia de tierra. Sus verdes ojos brillaban con reflejos metálicos, como agudos puñales, y su boca, descolorida por la emoción, contraíase, lanzando, por la fuerza de la costumbre, por el instinto del esfuerzo, su grito de guerra, un *¡hojotoho!* desgarrado, salvaje, que conmovió la calma del huerto, estremeciendo a las aves de corral, que corrieron asustadas por los senderos[122].

Blandía con furor la sombrilla, cual si fuese la lanza de las hijas de Wotan, y varias veces apuntó con ella a los ojos de Rafael como si quisiera sacárselos.

El joven parecía abatido por su esfuerzo, avergonzado de su brutalidad, inerte en el suelo, sin protesta, como si deseara no levantarse jamás, morir bajo aquel pie que le asfixiaba iracundo.

Leonora se serenó, y lentamente fue retrocediendo algunos pasos, mientras Rafael se incorporaba, recogiendo su sombrero.

Fue una escena penosa. Los dos sentían frío, no veían la luz, como si el sol se hubiera apagado y sobre el huerto soplase un viento glacial[123].

---

[122] La presencia del arte escénico no se usa aquí para embellecer la vida, como en el Modernismo —que algo más tarde aparecerá transfigurando la realidad—, todo lo contrario: la fuerza del teatro irrumpe en el huerto para conmover a la naturaleza y aniquilar a Rafael.

[123] En contraposición a lo que es habitual en la novela, la pasión no se asocia a la noche, sino a la luz.

Rafael miraba avergonzado al suelo; tenía miedo de verla, miedo de contemplarse con las ropas en desorden, sucio de tierra, batido y golpeado como un ladrón al que sorprende un amo fuerte.

Oyó la voz de Leonora hablándole con la despreciativa familiaridad que se usa con los miserables.

—¡Vete![124].

Levantó los ojos y vio los de Leonora, irritados y altivos, fijos en él.

—A mí no se me toma —dijo con frialdad—; me entrego, si es que quiero.

Y en el gesto de desprecio y rabia con que despedía a Rafael parecía marcarse el recuerdo odioso de Boldini, aquel viejo repugnante, el único en el mundo que la había tomado por la fuerza.

Rafael quiso excusarse, pedir perdón; pero aquel recuerdo de la adolescencia evocado por la escena brutal la hacía implacable.

—¡Vete, vete, o te abofeteo!... ¡Jamás vuelvas aquí!

Y para dar más fuerza a estas palabras, cuando Rafael, humillado y sucio, salió del huerto, Leonora cerró tras él la verja de madera con tan brutal ímpetu, que casi hizo saltar los barrotes[125].

---

[124] Ella también usa el tuteo, pero con el desprecio de la superioridad.
[125] El golpe hiperbólico de la verja tiene la textura de una despedida definitiva.

IV

Doña Bernarda mostrábase contenta de su Rafael. Se acabaron las miradas feroces, los gestos severos, las mudas escenas entre madre e hijo, que presenciaban con temor los íntimos de la casa.

Ya no iba a la casa azul; lo sabía con gran certeza, gracias al espionaje gratuito con que la servían las gentes afectas a la familia. Apenas salía de casa; un rato al Casino por las tardes, y el resto del día en el comedor, con ella y los amigos, o encerrado en su cuarto, a vueltas sin duda con sus libros, que la austera señora miraba con el respeto supersticioso de su ignorancia.

Don Andrés, el consejero, se mostraba triunfante al comentar aquel cambio. ¿Qué había dicho él, siempre que doña Bernarda, en las íntimas confidencias de aquella amistad que casi tomaba el carácter de una pasión senil, tranquila y respetuosa, se quejaba de la rebeldía del muchacho? Aquello pasaría: era un capricho de la edad; había que dar a la juventud lo suyo. Rafael no había estudiado para cartujo. ¡Otros a su edad y aun con más años eran peores!... Y el viejo señor pensaba sonriendo en sus fáciles conquistas de los almacenes, entre el rebaño despeinado, miserable y de sucios zagalejos que empapela la naranja. La buena doña Bernarda, después de sufrir tanto de su marido, era demasiado exigente con su hijo. ¡Que se divirtiera! ¡que gozara! Ya se cansaría de la artista, con ser tan hermosa, y entonces sería fácil volverle a la buena senda

Doña Bernarda admiraba una vez más el talento del consejero, viendo cumplidas sus predicciones, hechas con un cinismo que enrojecía a la devota señora.

Ella también lo creía acabado todo. Su hijo era menos ciego que el padre. Se había cansado del amor de una mujer perdida como aquélla; no quería reñir con su madre por tan poca cosa, ni que los enemigos le desacreditasen, y volvía a su deber con gran alegría de la buena señora, que le rodeaba de solícitas atenciones.

—¿Y de «aquello»? —le preguntaban misteriosamente sus amigas.

—Nada —respondía con una sonrisa de orgullo—. Han pasado tres semanas, y ni asomos de querer volver allá. Mi Rafael es bueno. Lo ocurrido no fue más que una distracción de muchacho. ¡Si le vierais por las tardes haciéndome compañía en la sala! Un ángel, un verdadero ángel. Se pasa las horas hablando conmigo y con la hija de Matías.

Y añadía, extremando su sonrisa y con ojos maliciosos:

—Creo que hay algo.

Algo había, sí, o por lo menos apariencia de haberlo. Rafael, cansado de vagar por la casa, fatigado de los libros, ante los cuales pasaba horas enteras volviendo hojas, sin darse cuenta de lo que decían, refugiábase en el salón, donde cosía su madre vigilando un complicado bordado de la hija de don Matías.

Rafael gustaba de la mansa sencillez de aquella muchacha. Su simplicidad producía en él una impresión de frescura y descanso. La veía como una cuevecita[126] angosta y oculta en la cual dormitaba tranquilo después de una tempestad. La sonrisa satisfecha de su madre le animaba a permanecer allí. Jamás la había visto tan bondadosa y comunicativa. El gozo de tenerle otra vez seguro y sumiso modificaba su carácter austero hasta la rudeza.

Remedios, con la cabeza inclinada sobre su bordado, enrojecía intensamente cada vez que Rafael alababa su obra o la decía que era la muchacha más bonita de Alcira. La ayudaba a enhebrar las agujas; con las manos extendidas servía de devanadera a las madejas que ovillaba la joven; y más de una

---

[126] Esta comparación empequeñecedora es la antítesis exacta del ímpetu pasional dedicado a Leonora.

vez la pellizcaba por debajo del bastidor, con la confianza de haberla conocido niña, lo que no evitaba sus gritos escandalizados.

—Rafael, no seas loco —decía la madre, amenazándole bondadosamente con sus secas manos—. Deja trabajar a Remedios; si te portas tan mal no te permitiré entrar en la sala.

Y por la noche, a solas en el comedor con don Andrés, cuando llegaba la hora de las confidencias, doña Bernarda olvidaba los asuntos de la casa y del partido, para decir con satisfacción:

—Eso marcha.

—¿Se enamora Rafaelito?...

—Cada día más. La cosa va a todo vapor. Ese chico es en esto el vivo retrato de su padre. Crea usted que conviene que no les pierda de vista. Si no estuviera yo aquí, ese diablillo sería capaz de una locura que desacreditase la casa.

Y la buena señora estaba segura de que para Rafael no existía ya la hija del doctor Moreno, criatura abominable, cuya belleza había sido su pesadilla durante algunos meses.

Sabía por sus espías que una mañana de mercado se habían encontrado los dos en las calles de Alcira. Rafael volvió la mirada como si buscase un sitio por donde huir; ella palideció y siguió adelante fingiendo no verle. ¿Qué significaba esto?... La ruptura para siempre. Ella, la buena pieza, palidecía de rabia, tal vez porque no podía atrapar de nuevo a su Rafael, porque éste, cansado de inmundicia, la abandonaba para siempre. ¡Ah, la perdida! ¡la ramera![127].

¿Pues qué, no había más que educar un hijo en las más sanas y virtuosas creencias y hacer de él un personaje, para que después llegase una correntona peor mil veces que las que por dinero hacen porquerías en un callejón, y se lo llevase con sus manos sucias? ¿Qué había creído la hija del descamisado?... ¡Rabia! ¡palidece de pena al ver que se te va para siempre!

En la alegría de su triunfo, comenzaba a pensar en la boda de su hijo con Remedios, y levantando una punta de su reserva de gran señora, trataba a don Matías como de la

---

[127] Estilo indirecto libre personalizado.

familia, ensalzando el afecto cada vez más vivo que unía a los chicos.

—Pues si se quieren —decía el burdo ricachón—, por mí que sea la boda cuanto antes. Remedios hace mucho papel a mi lado: una mujercita como hay pocas para el gobierno de la casa; pero esto que no sea obstáculo para el casorio. Muy satisfecho, doña Bernarda, de que seamos parientes. Sólo siento que don Ramón no pueda ver estas cosas.

Y era verdad que lo único que empañaba la alegría del rústico millonario era que no viviese el alto e imponente señor, para darse el gusto de tratarle como un igual, coronando así el éxito de su asombrosa fortuna.

Doña Bernarda también veía en aquella unión la cúspide de sus ensueños: el dinero unido al poder; los millones de un comercio cuyos éxitos maravillosos parecían golpes de juego viniendo a vivificar con savia de oro el árbol de los Brull, algo resquebrajado y viejo por largos años de lucha.

Comenzaba la primavera. Algunas tardes doña Bernarda llevaba los chicos a sus huertos o a las ricas fincas del padre de Remedios. Había que ver con qué aire de bondad vigilaba a la joven pareja, gritando alarmada si en sus correrías permanecían algunos minutos ocultos tras los naranjos.

—¡Este Rafael! —decía a su consejero con aquella confianza que le había hecho relatar más de una vez las tristezas de la intimidad con su esposo—. ¡Qué pillo es! ¡De seguro que la estará besando!

—Déjelos usted, doña Bernarda. Cuanto más se meta en harina, menos peligro de que vuelva a la otra.

¿Volver?... No había cuidado. Bastaba contemplar a Rafael cómo cogía las flores y las colocaba riendo en la cabeza o el pecho de Remedios, que se resistía débilmente, con un rubor de colegiala, conmovida por tales homenajes.

—Quieto, Rafaelito —murmuraba con una voz que parecía un balido suplicante[128]—. No me toques; no seas atrevido.

Y su emoción la traicionaba de tal modo, que parecía es-

---

[128] La voz de Remedios se presenta como un balido hipócrita, contrastando con la sonoridad vibrante y superior de la soprano.

tar pidiendo que el joven volviese a poner en su cuerpo aquellas manos que la trastornaban desde los pies a la raíz de los cabellos. Se replegaba por educación; huía de él porque éste es el deber de una joven cristiana y bien educada; escapaba como una cabrita con graciosos saltos por entre las filas de naranjos, y el señor diputado salía detrás a todo galope, con las narices palpitantes y los ojos ardorosos.

—¡Que te coge, Remedios! —gritaba la mamá riendo—. ¡Corre, que te coge!

Don Andrés contraía su cara arrugada con una sonrisa de viejo fauno. Aquellos juegos le rejuvenecían.

—¡Hum, señora! Sí que va la cosa a todo vapor. Está que arde. Cáselos usted pronto; mire que si no, podemos dar mucho que reír a Alcira.

Y todos se engañaban. Ni la madre ni el amigo veían la expresión de desaliento y tristeza de Rafael cuando quedaba solo, encerrado en su cuarto, en cuyos oscuros rincones seguía viendo aquellos ojos verdes y misteriosos de que había hablado a Leonora.

¿Volver a ella? Nunca. Duraba en él la vergüenza y el anonadamiento por lo de aquella mañana. Se veía en toda su trágica ridiculez, apelotonado en el suelo, oprimido por el pie de la viril amazona, manchado de tierra, humilde y confuso como un delincuente que no acierta a disculparse. Y después la palabra terrible como un latigazo: «¡Vete!», como a un lacayo que osa atreverse a su señora, y la verja cerrándose a sus espaldas con estrépito, cayendo como una losa de tumba entre él y la artista.

No volvería: le faltaba valor para arrrostrar su mirada. La mañana en que la encontró casualmente cerca del mercado creyó morir de vergüenza; le temblaron las piernas, vio que la calle se oscurecía como si repentinamente llegase la noche. Había desaparecido ella y todavía le zumbaban los oídos y buscaba apoyarse en algo, como si el suelo se balanceara bajo sus pies.

Necesitaba olvidar su vergonzosa torpeza, aquel recuerdo tenaz como un remordimiento, y se aturdía cerca de la protegida de su madre. Era una mujer, y sus manos, que parecían desatadas desde aquella mañana dolorosa, iban a ella; su lengua, libre después de la vehemente confesión de amor a la puerta del huerto, hablaba ahora con ligereza, expresando una adoración que parecía resbalar sin huella alguna por la cara inexpresiva de Remedios, yendo lejos, muy lejos, donde permanecía oculta y ofendida la otra.

Se aturdía cerca de Remedios, para caer en una estúpida tristeza apenas se veía solo. Era una embriaguez de espuma que se evaporaba en la soledad. Remedios le parecía uno de esos frutos sin sazonar, sanos, con la película de la virginidad, limpios de picaduras y manchas, pero sin el sabor que deleita ni el perfume que embriaga.

En su extraña situación, viviendo durante el día de jugueteos infantiles con una muchacha que no despertaba en él más que el regocijo de la camaradería fraternal, y durante la noche de tristes recuerdos, lo único que le placía era la confianza de su madre, la tranquilidad de la casa, el poder ir y venir sin sentir fijos en él unos ojos irritados y escuchar palabras de indignación ahogadas entre dientes.

Don Andrés y los amigos del Casino le preguntaban cuándo sería la boda; su madre hablaba en presencia de los chicos de las grandes transformaciones que se tendrían que hacer en la casa. Ella, con las criadas, abajo, y todo el primer piso para el matrimonio, con habitaciones nuevas que habían de ser asombro de la ciudad, y para cuyo adorno vendrían los mejores decoradores de Valencia. Don Matías le trataba familiarmente, como cuando se presentaba en el patio a recibir órdenes y le veía niño, jugueteando en torno del imponente don Ramón.

—Todo cuanto tengo para vosotros será. Remedios es un ángel, y el día que yo muera tendrá más que el pillo de mi hijo. Sólo te ruego que no te la lleves a Madrid; ya que abandona mi casa, al menos que la pueda ver todos los días.

Y Rafael oía todas estas cosas como en sueños. Realmente, él no había manifestado ningún deseo de casarse; pero allí estaba su madre que lo arreglaba todo, que le imponía su voluntad, que aceleraba aquel afecto tenue y ligero, empujándole hacia Remedios. Su boda era cosa decidida; un tema de conversación para toda la ciudad.

Sumido en su tristeza, agarrotado por la tranquilidad que

ahora le rodeaba y que temía romper, débil y sin voluntad, encontraba un consuelo pensando que la solución preparada por su madre era la mejor.

Su amistad con Leonora se había roto para siempre. Cualquier día levantaría ella el vuelo; lo había dicho muchas veces: se marcharía pronto, cuando terminase la primavera. ¿Qué le quedaba a él?... Obedecer a su madre; se casaría, y tal vez esto le distrajese. Poco a poco iría creciendo su afecto por Remedios, y tal vez llegase a amarla con el tiempo.

Estas reflexiones le daban un poco de tranquilidad; le sumían en una inconsciencia agradable. Quería ser como de niño: que su madre se encargase de todo; él se dejaría llevar, sin resistencia ni movimiento, por la corriente de su destino.

Pero esta resignación se rasgaba a veces con arranques de protesta, con palpitaciones violentas de pasión.

Comenzaban a florecer los naranjos. La primavera hacía densa la atmósfera. El azahar, como olorosa nieve, cubría los huertos y esparcía su perfume por los callejones de la ciudad. Al respirar se mascaban flores.

Rafael no podía dormir. Por las rendijas de las ventanas, por debajo de las puertas, al través de las paredes, parecía filtrarse el perfume virginal de los inmensos huertos; aquel olor, que evocaba la visión de carnales desnudeces, acosaba con agudas punzadas su joven virilidad. Era el aliento embriagador que venía de allá abajo, después de haber pasado tal vez por los pulmones de ella agitando su mórbido pecho.

¡Ah, los terribles recuerdos! Rafael se revolvía en la cama, creyendo sentir todavía en sus manos el contacto sedoso de las misteriosas interioridades tanteadas ávidamente en la fiebre de la lucha; se imaginaba tener ante sus ojos aquella rápida visión de nieve sonrosada, entrevista como a la luz de un relámpago, mientras el iracundo pie le oprimía el pecho... Y revolviéndose furioso entre las sábanas, rugía de pasión, mordiendo la almohada:

—¡Leonora! ¡Leonora!

Una noche, a fines de abril, Rafael se detuvo en la puerta de su cuarto con el mismo temor que si fuese a entrar en un horno. Estremecíase al pensar en la noche que le esperaba. La ciudad entera parecía desfallecer en aquel ambiente cargado de perfume. Era un latigazo de la primavera, acelerando con su excitación la vida, dando mayor potencia a los sentidos.

No soplaba ni la más leve brisa; los huertos impregnaban con su olorosa respiración la atmósfera encalmada; dilatábanse los pulmones como si no encontrasen aire, queriendo aspirar de un golpe todo el espacio. Un estremecimiento voluptuoso agitaba la ciudad, adormecida bajo la luz de la luna.

Rafael, sin darse cuenta de lo que hacía, bajó a la calle, y poco después se vio en el puente, donde algunos noctámbulos, con el sombrero en la mano, respiraban con avidez, contemplando el haz de reflejos sueltos, como fragmentos de espejo, que la luna proyectaba sobre las aguas del río.

Siguió adelante Rafael por las calles del arrabal, solitarias, silenciosas, resonantes bajo sus pasos, con una hilera de casas blancas y brillantes bajo la luna, y la otra sumida en la sombra. Se sentía subyugado por el misterioso silencio del campo.

Su madre dormía descuidada; él estaba libre hasta el amanecer, y seguía adelante, como atraído por aquellos caminos serpenteantes entre los huertos, donde tantas veces había soñado y esperado.

Para Rafael no era una novedad el espectáculo. Todos los años presenciaba la germinación primaveral de aquella tierra, cubriéndose de flores, impregnando el espacio de perfume, y sin embargo aquella noche, al ver sobre los campos el inmenso manto de nieve del azahar blanqueando a la luz de la luna, sintióse dominado por una dulce emoción.

Los naranjos, cubiertos desde el tronco a la cima de blancas florecillas con la nitidez del marfil, parecían árboles de cristal hilado; recordaban a Rafael esos fantásticos paisajes nevados que tiemblan en la esfera de los pisapapeles. Las ondas de perfume sin cesar renovadas, extendíanse por el infinito con misterioso estremecimiento, transfigurando el paisaje, dándole una atmósfera sobrenatural, evocando la imagen de un mundo mejor, de un astro lejano donde los hombres se alimentasen con perfumes y vivieran en eterna poesía. Todo estaba transfigurado por aquel ambiente de gabinete de amor iluminado por un inmenso fanal de nácar. Los crujidos secos de las ramas sonaban en el profundo silencio como besos; el murmullo del río le parecía a Rafael el eco lejano de una de esas conversaciones con voz desfallecida, susurrando junto al oído palabras temblorosas de pasión. En los cañaverales cantaba un ruiseñor débilmente, como anonadado por la belleza de la noche.

Se deseaba vivir más que nunca; la sangre parecía correr por el cuerpo más aprisa, los sentidos se afinaban, y el paisaje imponía silencio con su belleza pálida, como esas intensas voluptuosidades que se paladean con un recogimiento místico. Rafael seguía el camino de siempre; iba hacia la casa azul.

Aún duraba en él la vergüenza de su torpeza; si hubiese visto a Leonora en medio del camino, habría retrocedido con infantil terror; pero la seguridad de que a aquella hora no podría encontrarla le daba fuerzas para seguir adelante. A sus espaldas, sobre los tejados de la ciudad, habían sonado las doce. Llegaría hasta las tapias de su huerto, entraría en él si le era posible, y permanecería algunos minutos recogido y silencioso al pie de la casa, adorando las ventanas tras las cuales dormía la artista.

Era su despedida. Un capricho de romántico sentimentalismo que se le había ocurrido al salir de la ciudad y ver los primeros naranjos cubiertos de aquella flor cuyo perfume había retenido en paciente espera a la artista durante muchos meses. Leonora no sabría que había estado cerca de ella, en el huerto silencioso inundado de luna, adorándola por última vez, despidiéndose con el dolor mudo con que se dice adiós a la ilusión que se pierde en el horizonte.

Vio ante él la verja de verdes barrotes, aquella que se había cerrado a sus espaldas con el estrépito de una injuriosa despedida. Buscó en la cerca de espinos una brecha que conocía de la época en que rondaba la casa. La pasó, y sus pies se hundieron en la tierra fina y arenisca de las calles de naranjos. Sobre las copas de éstos aparecía la casa blanquecina bajo la luna, brillando como plata las canales del tejado y los antepechos de las ventanas. Todas estaban cerradas: la casa dormía.

Al ir a avanzar, saltó de entre dos naranjos un bulto negro, cayendo junto a él con sordo rugido. Era el perro de la alquería, un animal feo y torvo que mordía antes de ladrar.

Rafael dio un paso atrás, sintiendo el vaho de aquella boca anhelante y rabiosa que buscaba hacer presa en sus piernas; pero se tranquilizó al ver que el perro, tras una corta indecisión, movía bondadosamente la cola y se limitaba a husmear los pantalones para convencerse de la identidad de la persona. Le había conocido: agradecía sus caricias; recordaba la mano pasada automáticamente por el lomo mientras conversaba con Leonora en el banco de la plazoleta.

Le pareció un buen presagio aquel encuentro, y siguió adelante, mientras el perro volvía a agazaparse en la sombra.

Avanzaba tímidamente al amparo de la ancha faja de oscuridad que proyectaban los naranjos, casi arrastrándose, como un ladrón que teme caer en una emboscada.

Salió a la avenida cerca de la plazoleta, y cuando entró en ella experimentó una impresión de sorpresa al ver la puerta entreabierta, al mismo tiempo que cerca de él sonaba un grito.

Se volvió, y en el banco de azulejos, envuelta en la sombra de las palmeras y los rosales, vio una figura blanca, una mujer que, al incorporarse, quedó con el rostro en plena luz: Leonora.

El joven hubiera deseado desaparecer, que se lo tragara la tierra.

—¡Rafael! ¿Usted aquí?...

Y los dos quedaron silenciosos frente a frente: él avergonzado, mirando al suelo; ella contemplándole con cierta indecisión.

—Me ha dado usted un susto que no se lo perdono —dijo por fin—. ¿A qué viene usted aquí?...

Rafael no sabía qué contestar. Balbuceaba con una timidez que impresionó a Leonora; pero a pesar de su turbación, notó un brillo extraño en los ojos de la artista, una veladura misteriosa en la voz, que la transfiguraba.

—Vamos —dijo Leonora bondadosamente—, no busque usted esas excusas tan raras... ¿Que venía usted a despedirse sin querer verme? ¿Qué galimatías es ése? Diga usted sencillamente que es una víctima de esta noche peligrosa: yo también lo soy.

Y abarcaba con sus ojos, de un brillo lacrimoso, la plazoleta blanca por la luna, los nevados naranjos y los rosales y palmeras, que parecían negros, destacándose sobre el espacio azul, en el que vibraban los astros como granos de luminosa arena[129]. Su voz temblaba, tenía una opacidad suave, acariciaba como terciopelo.

Rafael, animado por aquella tolerancia, quiso pedir perdón; habló de la locura que le había expulsado de allí; pero la artista le atajó:

—No hablemos de aquella infamia: me hace daño recordarla. Queda usted perdonado, y ya que cae aquí como llovido del cielo, quédese un momento. Pero... nada de audacias. Ya me conoce usted.

Y recobrando su viril apostura de amazona, segura de sí misma, volvió al banco, indicando a Rafael que se sentara al otro extremo.

—¡Qué noche!... Estoy ebria sin haber bebido. Los naranjos me emborrachan con su aliento. Hace una hora sentía que mi habitación daba vueltas, que la cabeza se me iba: la cama me parecía un barco en plena tempestad. He bajado, como otras veces, y aquí me tiene usted hasta que el sueño pueda más que la hermosura de la noche[130].

Hablaba con languidez, abandonándose, con temblores de voz y estremecimientos del pecho, como si la angustiase aquel perfume, comprimiendo su poderosa vitalidad. Rafael la veía a corta distancia, blanca, escultural, envuelta en el jaique con que se cubría al pasar de la cama al baño; lo primero que había encontrado a mano al bajar al huerto.

Y bajo la fina lana delatábanse las tibias redondeces con un perfume de carne sana, fuerte y limpia, que, atravesando la tela, se confundía con la virginal respiración del azahar.

—He tenido miedo al verle —continuó con voz lenta y apagada—; un poco de miedo nada más, la natural sorpresa, y sin embargo, estaba pensando en usted en aquel momen-

---

[129] Descripción impresionista de la naturaleza en la noche de luna.
[130] La metáfora de la embriagadora presencia de los naranjos, realzada con la comparación del barco, marca la invasión de la naturaleza lujuriante y transformadora. El círculo de la resistencia femenina empieza a abrirse en espiral de enajenación vital.

to. Se lo confieso. Me decía: «¿Qué hará aquel loco a estas horas?»; y repentinamente se presenta usted aquí como un aparecido. No podría usted dormir, excitado por este ambiente, y ha venido a tentar de nuevo la suerte con la misma esperanza que le guiaba otras veces.

Hablaba sin su ironía habitual, quedamente; como si conversase con ella misma. Descansaba con abandono su busto en el respaldo del banco, con un brazo cruzado tras la cabeza.

Rafael quiso hablar otra vez de su arrepentimiento, de aquel deseo de arrodillarse ante la casa para pedir mudamente perdón a la que dormía arriba, pero Leonora le atajó de nuevo.

—Cállese usted; habla muy fuerte y podrían oírle. Mi tía duerme al otro lado de la casa, tiene el sueño ligero... Además, no quiero oír nada de remordimiento y perdón. Eso me trae a la memoria la vergüenza de aquella mañana. ¿No le dice a usted bastante que yo le permita estar aquí? De nada quiero acordarme... ¡A callar, Rafael! En silencio se paladea mejor la belleza de la noche; parece que el campo habla con la luna, y el eco de sus palabras son estas olas de perfume que nos envuelven.

Y quedó inmóvil y silenciosa, con los ojos en alto, reflejándose en sus córneas la luz de la luna con una humedad lacrimosa. Rafael veía de vez en cuando agitarse su cuerpo con misteriosos estremecimientos, extenderse sus brazos, cruzándose tras la dorada cabellera con desperezos que hacían crujir la blanca envoltura, poniendo en voluptuosa tensión todos sus miembros. Parecía trastornada, enferma[131]; su respiración anhelante tomaba a veces el estertor del sollozo; inclinaba la cabeza sobre un hombro y desahogaba su pecho con suspiros interminables.

El joven callaba obediente, temiendo que el recuerdo de

---

[131] La asfixia o disnea ante la voluptuosidad del perfume constituye una de las cimas lógicas y estéticas del arte de Gabriel Miró en *Años y leguas,* concretamente en el episodio titulado «El lugar hallado». También García Lorca hablaba en una de sus cartas del «lírico dolor de cabeza» que le producía la fragancia del jazmín en sus noches de Granada.

su torpe audacia surgiera de nuevo en la conversación, sin ánimo para acortar la distancia que les separaba en el banco. Ella, como si adivinase el pensamiento de Rafael, hablaba con lentitud del estado anormal en que se hallaba.

—No sé qué tengo esta noche. Quiero llorar sin saber por qué; siento en mí una inexplicable felicidad, y sin embargo, prorrumpiría en sollozos. Es la primavera; ese maldito perfume que es un latigazo para mis nervios. Creo que estoy loca... ¡La primavera! ¡Mi mejor amiga, y no le debo más que rencores! Si alguna locura he hecho en mi vida, ella ha sido la consejera... Es la juventud que renace en nosotros; la locura que nos hace la visita anual... ¡Y yo fiel siempre a ella, adorándola; aguardando su llegada cerca de un año en este rincón para verla aparecer con su mejor traje, coronada de azahar como una virgen, una virgen malvada que paga mi cariño con golpes!... Mire usted cómo me ha puesto. Estoy enferma no sé de qué: enferma de exceso de vida; me empuja no sé dónde; seguramente donde no debo ir... Si no fuese por mi fuerza de voluntad, caería tendida en este banco. Estoy como los ebrios, que hacen esfuerzos por mantenerse sobre las piernas y marchar rectos.

Era verdad, estaba enferma. Cada vez sus ojos aparecían más lacrimosos; su cuerpo, estremecido, parecía encogerse, desplomarse sobre sí mismo, como si la vida, cual un fluido dilatado, buscase escape por todos los poros.

Calló de nuevo por mucho rato, con la mirada vaga y perdida en el infinito, y de pronto murmuró, como contestando a sus recuerdos:

—Nadie como Él conoció esto. Lo sabía todo, sentía como nadie el misterio de las ocultas fuerzas de la Naturaleza, y cantó la primavera como un dios. Hans me lo dijo muchas veces, y es verdad.

Y añadió sin volver la cabeza, con la voz vaga de una sonámbula:

—Rafael, usted no conoce *La valquiria*, ¿verdad? no ha oído el canto de la Primavera.

No; el diputado no sabía lo que le preguntaban. Y Leonora, siempre con los ojos en la luna, la nuca apoyada en sus brazos, que escapaban, nacarados, fuertes y redondos, de las caídas mangas, hablaba lentamente, evocando sus recuerdos, viendo pasar ante su imaginación la escena de intensa poesía, la glorificación y el triunfo de la Naturaleza y el Amor.

La cabaña de Hunding, bárbara, con salvajes trofeos y espantosas pieles, revelando la brutal existencia del hombre apenas posesionado del mundo, en lucha perpetua con los elementos y las fieras. El eterno fugitivo, olvidado de su padre, Sigmundo, que a sí mismo se da por nombre *Desesperación*, errante años y años a través de las selvas, acosado por los animales feroces, que le creen una bestia al verle cubierto de pieles, descansa por fin al pie del gigantesco fresno que sostiene la cabaña, y al beber el hidromel en el cuerno que le ofrece la dulce Siglinda, conoce por primera vez la existencia del amor, mirándose en sus cándidos ojos.

El marido, Hunding, el feroz cazador, se despide de él al terminar la rústica cena: «Tu padre era el Lobo, y yo soy de la raza de los cazadores. Hasta que apunte el día, mi casa te protege, eres mi huésped; pero así que el sol se remonte, serás mi enemigo y combatiremos... Mujer, prepara la bebida de la noche y vámonos al lecho.»

Y el desterrado queda solo junto al fuego, pensando en su inmensa soledad. Ni hogar, ni familia, ni la espada milagrosa que le prometió su padre el Lobo. Y cuando apunte el día, de la cabaña que le cobija saldrá el enemigo que ha de darle muerte. El recuerdo de la mujer que apagó su sed, la chispa de aquellos ojos cándidos envolviéndole en una mirada de piedad y amor es lo único que le sostiene... Ella llega, después de dejar dormido al feroz compañero. Le enseña en el fresno la empuñadura de la espada que hundió el dios Wotan; nadie puede arrancarla: sólo obedecerá a la mano de aquel para quien la ha destinado el dios.

Y mientras ella habla, el salvaje errante la contempla extasiado, como blanca aparición que le revela la existencia en el mundo de algo más que la fuerza y la lucha. Es el amor que le habla. Lentamente se aproxima; la abraza, la estrecha contra su pecho, y la puerta se abre a impulsos de la brisa, y aparece la selva verde y olorosa a la luz de la luna, la primavera nocturna, radiante y gloriosa, envuelta en su atmósfera de rumores y perfumes.

Siglinda se estremece. «¿Quién ha entrado?» Nadie, y sin embargo, un nuevo ser acaba de penetrar en la cabaña, abatiendo la puerta con su invisible rodillazo. Y Sigmundo, con la inspiración del amor, adivina quién es el recién llegado. «Es la primavera que ríe en el aire en torno de tus cabellos. Se acabaron las tempestades; terminó la oscura soledad. El luminoso mes de Mayo, joven guerrero con armadura de flores, se presenta a dar caza al negro invierno, y en medio de la fiesta de la Naturaleza regocijada, busca a su amante: la Juventud. Esta noche, en que te veo por vez primera, es la noche de bodas infinita de la Primavera y la Juventud.»

Y Leonora se estremecía, escuchando internamente el murmullo de la orquesta al acompañar el canto de ternura inspirado por la Primavera; la vibración de la selva agitando sus ramas entumecidas por el invierno al recibir la nueva savia como torrente de vida; y en medio de la iluminada plazoleta creía contemplar a Sigmundo y Siglinda estrechándose en eterno abrazo, formando un solo cuerpo, como cuando los veía desde los bastidores vestida de valquiria, esperando la hora de despertar el entusiasmo del público con su alarido *¡hojotoho!*

Sentía la misma tristeza de Sigmundo en la cabaña de Hunding. Sin familia, sin hogar, errante, buscaba algo en que apoyarse, algo que estrechar cariñosamente; y sin darse cuenta de sus movimientos, era ella la que se aproximaba a Rafael, la que había puesto una mano entre las suyas.

Estaba enferma. Sollozaba quedamente con una timidez suplicante de niña, como si la intensa poesía de aquel recuerdo artístico hubiese quebrantado el débil resto de voluntad que la había mantenido dueña de sí.

—No sé qué tengo. Me siento morir... pero con una muerte tan dulce... ¡tan dulce!... ¡Qué locura, Rafael!... ¡Qué imprudencia habernos visto esta noche!...

Y abarcaba con una mirada suplicante, como pidiendo gracia, la noche majestuosa, en cuyo silencio parecía agitarse la vibración de una nueva vida. Adivinaba que algo iba a morir en ella. La voluntad yacía inánime en el suelo, sin fuerzas para defenderse[132].

Rafael también se sentía trastornado. La tenía apoyada en su pecho, una mano entre las suyas; floja, desmayada, sin voluntad, incapaz de resistencia, y sin embargo, no sentía el ardor brutal de aquella mañana, no osaba moverse, por el temor de parecer audaz y bárbaro. Le invadía una inmensa ternura; sólo ambicionaba pasar horas y horas en contacto con aquel cuerpo, estrechándolo fuertemente, cual si quisiera abrirse y encerrar dentro de él a la mujer adorada, como el estuche guarda la joya[133].

La hablaba misteriosamente al oído, sin saber casi lo que decía; murmuraba en su sonrosada oreja palabras acariciadoras que le parecían dichas por otro y le estremecían al decirlas con escalofríos de pasión.

Sí, era verdad; aquella noche era la soñada por el gran artista: la noche de bodas del arrogante Mayo con su armadura de flores y la sonriente Juventud. El campo se estremecía voluptuosamente, bajo la luz de la luna; y ellos, jóvenes, sintiendo el revoloteo del amor en torno de sus cabellos estremecidos hasta la raíz, ¿qué hacían allí, ciegos ante la hermosura de la noche, sordos al infinito beso que resonaba en torno de sus cabezas?

—¡Leonora! ¡Leonora! —gemía Rafael.

Se había deslizado del banco: estaba, casi sin saberlo, arrodillado ante ella, agarrado a sus manos, y avanzaba el rostro, sin atreverse a llegar hasta su boca.

Y ella, echando atrás el busto con desmayo, murmuraba débilmente, con un quejido de niña:

—No, no; me haría daño... me siento morir.

Los dos en uno —continuaba el joven con sorda exaltación—, unidos para siempre; mirándose en los ojos como en un espejo; repitiendo sus nombres con la entonación de una

---

[132] En una larga descripción, la música de *La valquiria* se superpone a la pasión de Leonora, en síntesis modernista de apoteosis primaveral. La sangre, la música y el perfume son la trinidad que santifica el momento, borrando la noción del entorno social.

[133] El cuerpo de él quiere abrirse para contenerla a ella; el amor que lo trastorna le da la generosidad de la apertura que, en la realidad, es papel reservado a la mujer.

estrofa; morir así, si era preciso, para librarse de la murmuración de la gente. ¿Qué les importaba a ellos el mundo y sus opiniones?

Y Leonora, cada vez más débil, seguía negándose:

—No, no... tengo vergüenza. Un sentimiento que no puedo definir.

Y así era. El dulce estertor de la Naturaleza bajo el beso primaveral, aquel intenso perfume de la flor emblema de la virginidad, la transfiguraban. La loca, la aventurera de accidentada historia, entrada en el placer por el empujón de la violencia, sentía por primera vez rubor en los brazos de un hombre; experimentaba la alarma de la virgen al contacto del macho, la misma agitación que impulsa a la doncella a entregarse, entre estremecimientos de miedo, a lo desconocido. La Naturaleza, al embriagarla abatiendo su resistencia, parecía crear una virginidad extraña en aquel cuerpo fatigado por el placer.

—¡Dios mío! ¿qué es esto?... ¿Qué me pasa? Debe ser el amor; un amor nuevo que no conocía... ¡Rafael!... ¡Rafael mío!

Y llorando dulcemente, oprimía entre sus manos la cabeza del joven, apretaba su boca contra la suya, echándose después atrás con los ojos extraviados, enloquecida por el contacto de los labios.

Estrechamente abrazados habían caído sobre el banco. El jardín rumoroso les servía de cámara nupcial: la luna les dejaba en la discreta sombra.

—¡Por fin —murmuró ella— lograste tu deseo! Tuya... pero para siempre. Te quería antes, pero ahora te adoro... Por primera vez lo digo con toda mi alma.

Rafael, impulsado por la dicha, tuvo un arranque de generosidad. Necesitaba darlo todo.

—Sí, mía para siempre. No temas entregarte, hacerme feliz... Me casaré contigo.

En medio de la embriaguez, vio cómo la artista abría con extrañeza sus ojos, cómo pasaba por su boca una sonrisa triste.

—¡Casarnos! ¿y para qué?... Eso es para otros. Quiéreme mucho, niño mío, ámame cuanto puedas... Yo sólo creo en el Amor.

282

V

—Pero, bebé, ¿cuándo llegamos a la isla?... Me fatiga estar en este banco, lejos de ti, viendo esos bracitos míos cómo se cansan de tanto darle a los remos. ¡Un beso!... ¡aunque te enfades! Eso te refrescará.

Y poniéndose de pie, Leonora dio dos pasos en la blanca barca, imprimiéndola un fuerte balanceo, y besó varias veces a Rafael, que, soltando los remos, se defendía entre risas.

—¡Loca! Así no llegaremos nunca. Con descansos como éstos se hace poco camino, y yo te he prometido llevarte a la isla.

Volvió a encorvarse sobre los remos, bogando por el centro del río, sobre las aguas que temblaban reflejando la luna, como si quisiera que la arboleda de ambas orillas gozase por igual en la contemplación de la amorosa escapatoria.

Había sido un capricho de la artista, un deseo repetido en sus visitas a la casa azul, unas veces por la tarde, en presencia de doña Pepa y la doncella, y todas las noches pasando por la brecha de la cerca, donde ya le esperaban en la oscuridad los desnudos brazos de Leonora, aquella boca fresca que se adhería con furor a la suya como si quisiera absorberle.

Llevaba más de una semana de dulce embriaguez. Jamás había creído que la vida fuese tan hermosa. Vivía en una dulce inconsciencia. La ciudad no existía para él. Le parecían fantasmas todos los que le rodeaban; su madre y Remedios eran como seres invisibles, a cuyas palabras contestaba sin tomarse el trabajo de levantar la cabeza para verlas.

Pasaba los días agitado por el vehemente deseo de que llegase pronto la noche, que terminase la cena en familia, para subir a su cuarto y salir después cautelosamente apenas quedaba silenciosa la casa con la calma del sueño.

No adivinaba la extrañeza que esta conducta debía producir en su madre al ver cerrado su cuarto toda la mañana mientras él dormía con la fatiga de una noche de amor. No se fijaba en el rostro ceñudo de doña Bernarda, cansada ya de preguntarle si estaba enfermo y de oír la misma respuesta:

—No, mamá; es que trabajo de noche; un estudio importante.

La madre tenía que contenerse para no gritar: «¡Mentira!» Por dos noches había subido a su cuarto, encontrando cerrada la puerta y oscuro el ojo de la cerradura. Su hijo no estaba allí. Le vigilaba, y todos los días, poco antes del amanecer, escuchaba cómo abría suavemente la puerta de la calle y subía las escaleras quedamente, tal vez descalzo.

La austera señora callaba, amontonando en silencio su indignación, lamentándose ante don Andrés de aquel retoñamiento de locura que trastornaba sus planes. El consejero vigilaba al joven por medio de sus numerosos devotos, que le seguían cautelosamente por la noche hasta la casa azul.

—¡Qué escándalo! —exclamaba doña Bernarda—. ¡De noche también! ¡Acabará por traerla a esta casa! Pero ¿es que esa boba de doña Pepita no ve nada de esto?

Y Rafael insensible al ambiente de indignación que se formaba en torno de él; sin dignarse siquiera dirigir una palabra, una mirada a la pobre Remedios, que, cabizbaja como una cabrita enfurruñada, parecía llorar el recuerdo de aquellos paseos regocijados bajo la vigilancia de doña Bernarda.

El diputado no veía nada fuera de la casa azul, le cegaba su felicidad. Lo único que le molestaba era tener que ocultarla, no poder hacer pública su dicha, para que se enterasen de ella todos los admiradores.

Hubiera querido transportarse de un golpe a la decadencia romana, donde los amores de los poderosos tomaban la majestad de la pública adoración.

—¡Qué me importa lo que murmuren! —decía una noche en el dormitorio de Leonora, adonde subía cautelosamente todas las noches—. Mira si te quiero, que desearía ver a toda esa gente prestándote adoración. Quisiera poder cogerte en brazos así como estás, casi desnuda, y en pleno mediodía presentarme en el puente del Arrabal, ante la muchedumbre embobada por tu belleza: «¿Soy o no soy vuestro jefe? Pues si lo soy, adorad a esta mujer que es mi alma y sin la cual no puedo vivir. El afecto que me tengáis a mí partidlo, para que también sea de ella.» Y lo haría, a ser posible, tal como lo digo.

—Loco... nene adorable —decía ella cubriéndole la cara de besos, acariciando la negra barba con su boca suave y estremecedora.

Y en una de estas entrevistas, donde las palabras se interrumpían con repentinos impulsos de pasión y las frases se cortaban con un salto de bestia en celo, ahogándose entre las bocas juntas y los pechos oprimidos por el abrazo, fue cuando Leonora manifestó su capricho.

—Me ahogo aquí dentro. Me repugna acariciarte entre cuatro paredes, junto a una cama vulgar, como un amante de momentáneo capricho. Esto es indigno de ti. Eres el Amor, que vino a buscarme en la más hermosa de las noches. Al aire libre me gustas más; el amor es fresco y puro en medio del campo. Te veo más hermoso y yo me siento más joven[134].

Y recordando las expediciones río abajo que tantas veces le había relatado Rafael en sus conversaciones de amigo, aquella isleta con sus cortinas de juncos, los sauces inclinándose sobre el agua y el ruiseñor cantando oculto, le preguntaba ansiosa:

—¿Qué noche me llevas? Es un capricho, una locura; pero ¿para qué existe el amor, sino para hacer alegres disparates que endulcen la vida?... Llévame en tu barca; ella que te condujo aquí nos trasladará a esa isla encantada; nos amaremos toda una noche al aire libre.

Y Rafael, que se sentía halagado por la idea de pasear su amor río abajo, al través de la campiña dormida, desamarró su barca a media noche bajo el puente del Arrabal, llevándola hasta un cañar inmediato al huerto de Leonora.

---

[134] Además de lo expuesto en la introducción, en una novela reciente, *Sofía de los presagios* de Gioconda Belli, la pasión de Sofía se derrama por montes, jardines y playas promoviendo un escándalo en el pueblo al ser sorprendidos los amantes por unos niños que se ríen y cuentan lo que han visto.

Una hora después atravesaban la brecha cogidos del brazo, riendo de aquella escapatoria de colegiales traviesos, estrechándose el uno contra el otro, turbando con besos ruidosos e insolentes el majestuoso silencio del campo.

Se embarcaron, y la lancha, impulsada por la corriente, guiada por los remos de Rafael, comenzó a descender el Júcar arrullada por el susurro de las aguas al deslizarse por las altas riberas de barro cubiertas de cañaverales que se inclinaban formando misteriosos escondrijos.

Leonora palmoteaba de alegría. Se echaba sobre la nuca la blonda con que había cubierto su cabeza, desabrochaba su ligero gabán de viaje, y aspiraba con delicia el airecillo húmedo y algo pegajoso que rizaba la superficie del río. Su mano se estremecía acariciando el agua.

¡Qué hermosa resultaba la escapatoria! Solos y errantes, como si el mundo no existiera, como si toda la Naturaleza fuese para ellos; pasando por cerca de las alquerías dormidas, dejando atrás la ciudad, sin que nadie se diera cuenta de aquel amor que, en su entusiasmo, se desbordaba, saliendo del misterioso escondrijo para tener por testigos el cielo y el campo. Leonora hubiese querido que la noche no terminase nunca; que aquella luna menguante, que parecía partida de un sablazo, se detuviera eternamente en el cielo para envolverles en su luz difusa y mortecina; que el río no tuviese fin y la barca flotase y flotase, hasta que, anonadados ellos de tanto amar, exhalasen el resto de su vida en un beso tenue como un suspiro[135].

—¡Si supieras cuánto te agradezco este paseo!... Rafael, estoy contenta. Nunca he tenido una noche como ésta... Pero ¿dónde está tu isla? ¿Nos hemos extraviado como en la noche de la inundación?

No; llegaban a la isla donde muchas veces había pasado las tardes Rafael, oculto en los matorrales, aislado por el agua, soñando con ser uno de aquellos aventureros de las

---

[135] El deseo de Leonora de eternizar su amor no se realiza aquí, pero sí en una novela muy posterior: *El amor en los tiempos del cólera* de García Márquez, donde los protagonistas prolongan indefinidamente su viaje de dicha por el río.

praderas vírgenes o de los inmensos ríos americanos cuyas peripecias seguía en las novelas de Fenimore Cooper y Mayne Reid.

Un pequeño río tributario se unía al Júcar, desembocando mansamente bajo una aglomeración de cañas y árboles: un arco triunfal de follaje. Y en la confluencia de las dos corrientes emergía la isla, una pequeña porción de terreno casi al ras del agua, pero fresca, verde y perfumada como un ramillete acuático, con espesos haces de juncos sobre los cuales zumbaban de día los insectos de oro, y unos cuantos sauces que inclinaban sobre el agua sus finas cabelleras, formando bóvedas sombrías bajo las cuales se deslizaba la barca.

Los dos amantes entraron en la oscuridad. La cortina de ramas les ocultaba el río; la luna apenas si podía filtrar alguna lágrima de luz por entre las cabelleras de los sauces.

Leonora se sintió intimidada por aquel ambiente de cueva lóbrego y húmedo. Invisibles animales caían en el agua con sordo chapoteo al sentir la proa de la barca cabeceando sobre el barro de la ribera. La artista se agarraba nerviosamente al brazo de su amante.

—No tengas miedo —murmuró Rafael—. Apóyate y salta... Poco a poco. ¿No querías oír al ruiseñor? Ahí le tenemos; escucha.

Era verdad. En uno de los sauces, al otro lado de la isla, el misterioso pájaro, oculto, lanzaba sus trinos, sus vertiginosas cascadas de notas, deteniéndose en lo más vehemente del torbellino musical para filar un quejido dulce e interminable como un hilo de oro[136] que se extendía en el silencio de la noche sobre el río, que parecía aplaudirle con su sordo murmullo.

Los amantes avanzaban entre los juncos, encorvándose, titubeando antes de dar un paso, temiendo el chasquido de las ramas bajo sus pies. La continua humedad había cubierto la isla de una vegetación exuberante. Leonora hacía esfuerzos por contener su risa de niña al sentirse con los pies apresados por las marañas de juncos y recibir las rudas caricias de las ra-

---

[136] En la memoria de Blasco podía aletear el recuerdo del verso de Rubén Darío: «Y en arpegios áureos gima Filomena.»

mas que se encorvaban al paso de Rafael y recobrando su elasticidad la golpeaban el rostro.

Pedía auxilio[137] con apagada voz, y Rafael, riendo también, la tendía la mano, arrastrándola hasta el pie del árbol donde cantaba el ruiseñor.

Calló el pájaro adivinando la presencia de los amantes. Oyó sin duda el ruido de sus cuerpos al caer al pie del árbol, las palabras tenues murmuradas al oído.

Reinaba el gran silencio de la Naturaleza dormida, ese silencio compuesto de mil ruidos que se armonizan y funden en la majestuosa calma: susurro del agua, rumor de las hojas, misteriosas vibraciones de seres ocultos, imperceptibles, que se arrastran bajo el follaje o abren pacientemente tortuosas galerías en el tronco que cruje[138].

El ruiseñor volvió a cantar con timidez, como un artista que teme ser interrumpido. Lanzó algunas notas sueltas con angustiosos intervalos, como entrecortados suspiros de amor; después fue enardeciéndose poco a poco, adquiriendo confianza, y comenzó a cantar acompañado por el murmullo de las hojas agitadas por la blanda brisa[139].

Embriagábase a sí mismo con su voz; sentíase arrastrado por el vértigo de sus trinos; parecía vérsele en la oscuridad hinchado, jadeante, ardiente, con la fiebre de su entusiasmo musical. Entregado a sí mismo, arrebatado por la propia belleza de su voz, no oía nada, no percibía el incesante crujir de la maleza, como si en la sombra se desarrollara una lucha, los bruscos movimientos de los juncos, agitados por misterioso espasmo; hasta que un doble gemido brutal, profundo, como arrancado de las entrañas de alguien

---

[137] Leonora se vuelve niña, ella, la maternal y poderosa.
[138] Bello análisis de los componentes susurradores que constituyen la masa audible del silencio.
[139] Una exaltación modernista del canto del ruiseñor, aliado al perfume de las rosas, se da también en «Rosas y ruiseñores» de *Bocetos y apuntes (O.C., t. II, pág. 186)*: «Sonad, sonad como ristras de perlas que caen invisibles en el negro silencio; esparcid vuestros perfumes melodiosos de rosas de la noche hasta que el gallo, trompetero del alba, os imponga silencio, y vuelvan a emerger de la sombra las rosas del día, frescas, luminosas y sonrientes, como surgió la tentadora Venus ante los ojos adoradores del caballero Tanhäuser.»

que se sintiera morir, hizo enmudecer asustado al pobre pájaro.

Un largo espacio de silencio. Abajo despertaban los dos amantes estrechamente abrazados, en el éxtasis todavía de aquel canto de amor.

Leonora apoyaba su despeinada cabeza en el hombro de Rafael. Acariciaba su cuello con la anhelante y fatigada respiración que agitaba su pecho. Murmuraba junto a su oído frases incoherentes en las que aún vibraba la emoción.

¡Qué feliz se sentía allí! Todo llega para el amor. Muchas veces, en su época de resistencia, al contemplar por la noche desde su balcón aquel río que serpenteaba a través de la campiña dormida, había pensado con delicia en un paseo por el inmenso jardín del brazo de Rafael, en deslizarse por el Júcar, llegando hasta la isla.

—Mi amor es ya antiguo —murmuraba al oído de Rafael—. ¿Crees tú que sólo te quiero desde la otra noche? Te adoro hace mucho tiempo, mucho... ¡Pero no vaya usted a ponerse por esto orgulloso, señorito mío!... No sé cómo comenzó: creo que fue cuando estabas en Madrid. Al verte de nuevo, comprendí que estaba perdida. Si me resistí, es porque estaba en mi sana razón; porque veía claro. Ahora estoy loca y lo he echado todo a rodar. Dios sea con nosotros... Pero aunque venga lo que venga, quiéreme mucho, Rafael; júrame que me querrás. Sería una crueldad huir después de haberme despertado.

Y se apretaba con cierto terror contra el pecho de Rafael, hundía las manos en el cabello del joven, echaba atrás su cabeza para pasear su boca ávida por toda la cara, besándole en los ojos, en la frente, en la boca, mordiéndole la nariz y la barba suavemente, pero con una vehemencia cariñosa que arrancaba ligeros gritos a Rafael.

—¡Loca! —murmuraba sonriendo—. ¡Que me haces daño!

Leonora le miraba fijamente con aquellos ojazos que brillaban en la sombra con el fulgor de una fiera en celo.

—Te devoraría —murmuraba con voz grave que parecía un rugido lejano[140]—. Siento impulsos de comerte, mi cielo,

---

[140] La voz de Leonora nos muestra otro matiz que sumar a su variada gama de sonidos.

mi rey, mi dios... ¿Qué me has dado, di, niño mío? ¿Cómo has podido enloquecerme, haciéndome sentir lo que nunca había sentido?

Y de nuevo caía sobre él, agarrando su cabeza, oprimiéndola con furia sobre su robusto y firme pecho, en cuyas desnudeces se perdía la anhelante boca de Rafael, poseído también de avidez rabiosa.

—Ya no canta el ruiseñor —murmuraba el joven.

—¡Ambicioso! —decía riendo quedamente la artista—. ¿Ya quieres oírle de nuevo?...

Callaban los dos, estrechamente abrazados, formando un solo cuerpo, trastornados por el ambiente de poesía con que les rodeaba la noche.

Otra vez comenzaron a resonar entre las altas ramas las notas sueltas, los lamentos tiernos del solitario pájaro, llamando al Amor invisible. Y familiarizado con los extraños rumores que aquella noche poblaban la isla, y que llegaban de nuevo hasta él como bocanadas de lejano incendio, se lanzó en una carrera loca de trinos, cual si se sintiera espoleado por la voluptuosidad de la noche y fuese a reventar de fatiga, cayendo del árbol su envoltura de pluma como un saco vacío, después de haber derramado su tesoro de notas[141].

Rafael se estremeció en los brazos de su amante como si despertase.

—Debe ser tarde. ¿Cuántas horas estamos aquí?

—Sí, muy tarde —contestó Leonora con tristeza—. Las horas de placer van siempre al galope[142].

La oscuridad era densa; había desaparecido la luna. Cogidos de la mano, guiándose a tientas, llegaron a la barca, y el chapoteo de los remos comenzó a sonar río arriba sobre la negra corriente.

El ruiseñor cantaba en el sauce melancólicamente, como saludando una ilusión que se aleja.

---

[141] El entusiasmo del pájaro, sintonizando con la bella embriaguez de la noche, le obliga a superarse y, como también le gustaría a Leonora, buscando extenuarse y consumarse en la cima del canto.

[142] Esta apreciación intuitiva del tiempo es la famosa *durée* bergsoniana que, por lo demás, ya conocían los amantes y los poetas de todos los tiempos.

—Mira, mi vida —dijo Leonora—. El pobrecito nos despide. Oye cómo nos dice adiós.

Y súbitamente, en su fatigado desaliento, anonadada y muelle por la noche de amor, sintió la llama del arte estremeciéndola de pies a cabeza.

Venía a su memoria el himno que en *Los maestros cantores* entona el buen pueblo de Nuremberg al ver en el estrado del certamen a Hans Sachs, su cantor popular, bondadoso y dulce como el Padre Eterno. Era la canción que el poeta menestral, el amigo de Alberto Durero, escribió en honor de Lutero al iniciarse la gran revolución; y la artista, puesta de pie en la popa, saludando con su sonrisa al ruiseñor, comenzó a cantar:

> *Sorgiam, che spunta il dolce albor,*
> *cantar ascolto in mezzo ai fior*
> *voluttuoso un usignuol*
> *spiegando a noi l'amante vol!...*

Su voz ardorosa y fuerte parecía hacer temblar la negra superficie del río; se extendía en ondas armoniosas por los campos, perdíase en la frondosidad de la lejana isla, desde donde contestaba como un suspiro lejano el trino del ruiseñor. Imitaba, esforzándose, la majestuosa sonoridad del coro wagneriano; remedaba con murmullos a flor de labio el rumoroso acompañamiento de la orquesta, y Rafael batía el agua con sus remos al compás de la melodía piadosa y entusiasta con que el gran maestro había impetrado el favor de la poesía popular saludando la aparición de la Reforma.

Iban río arriba, luchando contra la corriente. Rafael se doblaba sobre los remos, moviendo sus brazos nerviosos como resortes de acero. Llevaba la barca por cerca de la orilla, donde la corriente era menos viva y las ramas rozaban las cabezas de los amantes, mojando la cara de la artista con el rocío depositado en sus hojas. Muchas veces se hundía la barca en una de aquellas bóvedas de verdura, abriéndose paso lentamente entre las plantas acuáticas, y el follaje temblaba con el impulso armonioso de aquella voz vibrante y poderosa como gigantesca campana de plata.

Aún no llegaba el día, no *spuntaba il dolce albor* de la canción de Hans Sachs, pero se adivinaba que de un momento a otro comenzaría a clarear en el cielo la faja sonrosada del amanecer.

Rafael hacía esfuerzos para llegar cuanto antes, animado por la voz de Leonora, que marcaba el compás a los remos. Su canto sonoro parecía despertar la campiña. En una alquería se iluminaba una ventana. Rafael creyó varias veces oír en la ribera, a lo largo de los cañaverales, ruido de cañas tronchadas, pasos cautelosos de gente que les seguía.

—Calla, alma mía. No cantes; te van a conocer. Adivinarán quién eres.

Llegaron al ribazo donde habían embarcado. Leonora saltó a tierra; quería ir sola hasta su casa; se separarían allí. Y la despedida fue dulce, lenta, interminable.

—Adiós, amor; un beso. Hasta mañana... no, hasta luego.

Se alejaba algunos pasos ribazo arriba, y volvía de repente buscando los brazos de su amante.

—Otro, príncipe mío... el último.

Era la eterna despedida del amor: arrancarse con nervioso impulso de los brazos para volver al momento con la angustia de la separación.

Comenzaba a clarear el día. No cantaba la alondra, como en el jardín de Verona, anunciando el alba a los amantes de Shakespeare; pero comenzaba a oírse el chirrido lejano de los carros en los caminos de la campiña y una canción perezosa y soñolienta entonada por una voz infantil[143].

—Adiós, Rafael... Ahora sí que es el último. Nos van a sorprender.

Y recogiéndose el abrigo subió de un salto al ribazo, saludándole por última vez con el pañuelo.

Rafael remó río arriba hacia la ciudad. Aquel viaje a solas, cansado y luchando contra la corriente, fue lo peor de la noche.

Cuando amarró su barca cerca del puente era ya de día. Se abrían las ventanas de las casas vecinas al río; pasaban por el

---

[143] El recuerdo shakesperiano y el registro musical de la realidad inmediata tiñen de diferentes, pero en esencia semejantes, connotaciones tristes ambas despedidas.

puente los carros cargados de vituallas para el mercado y las filas de hortelanas con grandes cestas a la cabeza. Toda aquella gente miraba con interés al diputado. Vendría de pasar la noche pescando. Se lo decían unos a otros, a pesar de que en la barca no se veía ningún útil de pesca. Envidiaban a la gente rica, que puede dormir de día y entretener su tiempo como mejor le parece.

Rafael saltó a tierra, molestado por la curiosidad de los grupos. Pronto estaría enterada su madre.

Al subir al puente, con paso tardo y perezoso, muertos los brazos por sus esfuerzos de remero, oyó que le llamaban.

Don Andrés estaba allí, mirándole con sus ojillos de color de aceite, que brillaban entre las arrugas con expresión de autoridad.

—Me has dado la gran noche, Rafael. Sé dónde has estado. Vi anoche cómo te embarcaste con esa mujer, y no han faltado amigos que os han seguido para saber dónde ibais. Habéis estado en la isla toda la noche; esa mujer cantaba sus cosas como una loca... Pero ¡rediós! ¿es que no hay casas en el mundo? ¿Es que os divertís así más, paseando a cielo abierto vuestro enredo para que todo Cristo se entere?

Y el viejo se indignaba de veras, como libertino rústico y ducho que adoptaba toda clase de precauciones para no comprometerse en sus «debilidades» con la chiquillería de los almacenes de naranja. Sentía furor y tal vez envidia al ver aquella pareja sin miedo a la murmuración, inconsciente ante el peligro, burlándose de toda prudencia, ostentando su pasión con la insolencia de la dicha.

—Además, tu madre lo sabe todo. Estas noches ha sorprendido tus escapatorias, ha visto que no estabas en tu cuarto. La vas a matar de un disgusto.

Y con la severidad de un padre, hablaba de la desesperación de doña Bernarda; el porvenir de la casa en peligro, el compromiso con don Matías, la palabra dada, la hija esperando la prometida boda.

Rafael callaba, caminando como un autómata, irritado por aquella charla que le traía a la memoria todas las obligaciones molestas de su vida. Sentía el enojo del que se ve despertado por un criado torpe en mitad de un dulce ensueño. Aún llevaba en sus labios la huella de los besos de Leonora: todo su cuerpo estaba impregnado de su dulce calor; ¡y aquel viejo venía a hablarle del deber, de la familia, del qué dirán, sin acordarse para nada del amor! ¡como si el amor no fuese nada en la vida! Aquello era un complot contra su dicha, y sentía que un impulso de lucha y de revuelta agitaba su voluntad.

Habían llegado frente a la gran casa de Brull. Rafael buscaba con su llave la cerradura.

—Y bien —dijo el viejo, irritado—: ¿qué dices tú a todo esto? ¿qué piensas hacer? Contesta; pareces mudo.

—Yo —repuso el joven con energía—, yo haré lo que mejor me parezca.

Don Andrés se estremeció. ¡Ay, cómo le habían cambiado a su Rafael!... Aquella chispa agresiva, arrogante, belicosa, que brillaba en sus ojos, no la había visto nunca.

—Rafael, ¿así me contestas? ¡A mí, que te he visto nacer! ¡A mí, que te quiero como te quería tu padre!

—Soy ya mayor de edad. No quiero tolerar más esta comedia de ser personaje en la calle y un chiquillo en casa. Guárdese los consejos para cuando se los pida. Buenos días.

Al subir la escalera vio en el primer rellano, en la penumbra de la casa cerrada, sin otra luz que la de las rendijas de las ventanas, a su madre, erguida, ceñuda, tempestuosa, como una imagen de la Justicia.

Pero Rafael no vaciló. Siguió subiendo los peldaños, sin recatarse, sin temblar cual otras veces, como el señor que ha estado ausente mucho tiempo y entra arrogante en la casa que es suya[144].

---

[144] La arrogancia de Rafael es nueva y desconcertante; su desafío nace del éxtasis reciente.

VI

—Dice usted bien, Andrés. Rafael no es mi hijo; me lo han cambiado. Esa perdida ha hecho de él otro hombre. Peor, mil veces peor que su padre. Loco por esa mujer; capaz de pasar por encima de mí si le separo de ella. Usted se queja de su falta de respeto; pues ¿y yo?... Se hubiera avergonzado usted viéndole. La otra mañana, al entrar en casa, me trató igual que a usted. Pocas palabras, pero buenas. Él hará lo que quiera, o lo que es lo mismo, seguirá con esa mujer hasta que se canse o reviente de una indigestión de pecados como su padre... ¡Dios mío! ¿Y para esto he sufrido yo? ¿para esto me he sacrificado años y más años, queriendo hacer de él un grande hombre?

La austera doña Bernarda, vencida en su autoridad por la rebeldía tenaz del hijo, lloraba hablando con su íntimo confidente. En sus lágrimas de dolor maternal había también algo del despecho de mujer autoritaria al ver en la propia casa una voluntad que se rebelaba, colocándose por encima de la suya.

Relataba a don Andrés entre suspiros la vida de su hijo en aquellos días, desde que había adquirido su independencia. Ya no se recataba para pasar la noche fuera de casa. Volvía después de amanecer, y por la tarde, con el bocado en la boca, como ella decía, emprendía de nuevo el camino de la casa azul apresuradamente, como si le faltase el tiempo para ver a aquella condenada.

La misma fiebre de su padre, el mismo ardor loco, que consumiría rápidamente su cuerpo. No había más que verle, descolorido, con una palidez amarillenta, tirante la piel de la cara como si fuese a marcar con fidelidad enfermiza los relieves del hueso; sin más animación que aquel fuego que brillaba en sus ojos como una chispa de loca alegría. ¡Oh familia desgraciada! ¡todos iguales!...

La madre hacía esfuerzos por ocultar la verdad a Remedios. ¡Pobre muchacha! Triste, cabizbaja, sin poder explicarse el repentino alejamiento de Rafael.

Convenía ocultar el suceso, y esto es lo que limitaba la cólera de doña Bernarda en sus rápidas entrevistas con el hijo.

Tal vez podría sobrevenir un arreglo, algo inesperado que deshiciese aquella maléfica influencia sobre Rafael; y con esta esperanza, hacía esfuerzos para que Remedios y su padre no se dieran cuenta de lo que ocurría; fingía contento en presencia de ellos, inventaba mil pretextos de estudios, preocupaciones y hasta enfermedades para justificar la conducta de su hijo.

Pero la desconsolada señora temía a la gente que la rodeaba; aquella curiosidad de ciudad pequeña, aburrida en su mononotonía, siempre alerta, a la caza de un nuevo suceso para gozar el placer de la murmuración.

Se esparcía rápidamente la noticia de aquellos amores; circulaba de boca en boca, considerablemente aumentado, el relato de la expedición por el río, los paseos por entre los naranjos, las noches que pasaba Rafael en la casa de doña Pepita, entrando a oscuras y descalzo como un ladrón; las siluetas de los amantes destacándose en la ventana del dormitorio abrazadas por el talle, contemplando la noche; todo visto por gentes dedicadas por voluntad al espionaje, para poder decir «yo lo he presenciado», y que pasaban la noche ocultas en un ribazo, emboscadas tras una cerca, para sorprender al diputado a la ida o la vuelta de sus citas de amor[145].

Los hombres, en los cafés o en el Casino, envidiaban a Rafael, comentando con ojos brillantes su buena suerte. Aquel chico había nacido de pie. Pero luego, en sus casas, unían su

---

[145] El espionaje de los amantes es el mismo que acosa a los famosos en la actualidad, aunque no haya en juego tantos intereses por medio. El placer de la murmuración parece satisfacerse por sí mismo; por lo demás, el acecho constante y la paciencia son los mismos de los tan aireados *paparazzi*.

voz severa al coro de mujeres indignadas. ¡Qué escándalo! ¡Un diputado, un personaje que debía dar ejemplo! ¡Aquello era burlarse de la ciudad! Y cuando el general rumor de protesta llegaba hasta doña Bernarda, ésta elevaba las manos con desesperación. ¿Dónde irían a parar? Su hijo quería perderse.

Don Matías, el rústico millonario, callaba, y en presencia de doña Bernarda fingía ignorarlo todo. Su interés por emparentar con la familia Brull le hacía ser prudente. Él también esperaba que pasaría aquello, una ceguera de joven; y creyéndose investido de la autoridad de padre, intentó dar algunos consejos a Rafael al encontrarlo en la calle. Pero tuvo que desistir a las pocas palabras, intimidado por la mirada altiva del joven. Creyó por un momento que aún era el pobre cultivador de naranjos de otro tiempo, y que se hallaba en presencia de aquel don Ramón majestuoso como un gran señor.

Rafael se defendía con el silencio y la altivez. No necesitaba consejos; pero ¡ay! cuando llegaba por la noche a la casa de su amada, cuando se veía en aquel dormitorio que parecía exhalar el mismo perfume de Leonora, como si hubieran absorbido sus muebles y cortinas la esencia de su cuerpo, sentía los efectos de aquella murmuración encarnizada, de la curiosidad de toda una población fija en ellos.

Eran solos los dos contra mucha gente; se abandonaban con el plácido impudor de los antiguos idilios en medio de la monotonía de una vida estrecha, en la que la murmuración era el más apreciado de los talentos.

Leonora estaba triste. Sonreía como siempre, le halagaba con la misma adoración que si fuese un ídolo, se mostraba juguetona y alegre; pero en los momentos de calma, cuando creía no ser observada, sorprendía Rafael en su boca una contracción de amargura, veía pasar por sus ojos oscuros relámpagos, como reflejo de penosos pensamientos.

Una noche le habló con regocijo de lo que la gente decía de ellos. Todo se sabía en aquella ciudad. Hasta la casa azul llegaba el eco de las murmuraciones. La hortelana la había recomendado bondadosamente que no pasease mucho por el río: podía pillar unas tercianas. En el mercado sólo se hablaba de aquel paseo nocturno por el Júcar: el diputado, sudoroso, encorvado sobre los remos, y ella despertando con sus canciones extrañas a la gente de las alquerías. ¡Lo que decían aquellos maldicientes!... Y ella reía, pero con risa ruidosa, agitada por estremecimientos nerviosos; con una risa que sonaba a falsa, sin una palabra de queja.

Rafael sufría recordando que ya había adivinado ella esta situación cuando se resistía a su amor. Admiraba su resignación, viendo que no profería una palabra de queja, que fingía regocijo, ocultando lo que la gente decía. ¡Ah, los miserables! ¿Qué mal les había hecho aquella mujer? Amarle, entregarse a él, haciéndole la regia limosna de su cuerpo. Y el diputado comenzaba a odiar su ciudad, viendo que devolvía con infames insultos el bien y la felicidad que él gozaba.

Otra noche, Leonora le recibió con una sonrisa que daba miedo. Se esforzaba por parecer alegre, intentaba aturdirse, abrumando a su amante con una charla graciosa y ligera; pero de repente se abandonó, no pudo más, y en mitad de una caricia rompió a llorar, cayó en un diván agitada por los sollozos.

—¿Qué tienes? ¿Qué ocurre?...

Pero ella no podía contestar, sofocada por el llanto, hasta que por fin, con las palabras sacudidas por un hipo doloroso, comenzó a hablar, abatida, inerte, ocultando en un hombro de su amante su rostro bañado en lágrimas.

No podía más; el martirio resultaba abrumador; le era imposible fingir por más tiempo. Conocía como él lo que hablaban en la ciudad de aquellas entrevistas. Les espiaban tal vez a todas horas; en los caminos inmediatos al huerto había gente emboscada con la esperanza de ver algo nuevo. Su amor, tan dulce, tan joven, era motivo de risa, tema de diversión para las malas lenguas, que la escarnecían como a una mujerzuela de la acera porque la había sido buena con él, porque la había faltado crueldad para presenciar impasible las torturas de una juventud apasionada... Pero con ser tan molesto este odio de la gran masa escandalizada, ella no sentía miedo ni indignación: lo despreciaba. ¡Ay! Pero quedaban los otros, los íntimos de Rafael, sus amigos, su familia... su madre.

Leonora calló un momento, como esperando el efecto de sus últimas palabras, intimidada un poco al hablar a Rafael de su familia, mezclándola en sus lamentaciones. El joven temblaba, presintiendo algo terrible. Doña Bernarda no era capaz de permanecer inactiva y resignada ante la rebeldía de su hijo.

—Sí; mi madre —dijo sordamente—. Adivino que algo habrá hecho contra nosotros... Habla, no temas. Tú estás para mí por encima de todo lo del mundo.

Leonora habló de su tía, aquella pobre señora resignada y casi imbécil, que, al ver a Rafael en su casa con tanta asiduidad, creía en el probable casamiento de su sobrina. Por la tarde, una escena dolorosa entre Leonora y ella. Doña Pepa había ido a la ciudad por sus devociones, y a la salida de la iglesia encontró a doña Bernarda. ¡Pobre vieja! Sus ojos aterrados, su cabeza temblorosa, delataban la intensa emoción que en su alma simple había sabido despertar la madre de Rafael, a quien ella respetaba mucho. Su sobrina, su ídolo, yacía por el suelo, despojada de aquella fe entusiasta y cariñosa que hasta entonces la había inspirado. Todas las historias pasadas, los ecos de su vida de aventuras, llegados hasta ella débilmente y que jamás quiso creer, considerándolos obra de la envidia, se los repitió doña Bernarda con su autoridad de señora formal y buena cristiana, incapaz de mentir. Y a continuación, el escándalo con que conmovían a toda la ciudad su sobrina y su hijo; las entrevistas nocturnas, los paseos a través de los campos, con una audacia del demonio, haciendo gala de su pecado: todos los atrevimientos y locuras, que convertían su santa casa, la casa de doña Pepa, en un antro de vicios, en una mancebía del diablo.

Y la pobre vieja lloraba como una niña en presencia de su sobrina; se esforzaba en convencerla para que «abandonase la mala senda del pecado»; estremecíase de horror pensando en su inmensa responsabilidad ante Dios. Toda una vida de devoción para tener limpia el alma, creerse casi en estado de gracia, y despertar de repente en pleno pecado, «sin comerlo ni beberlo», por causa de su sobrina, que convertía su santa casa en una sucursal del infierno, haciéndola vivir rodeada del pecado. Y el miedo de la pobre señora, el escrúpulo y el terror de aquella alma sencilla, era lo que más profundamente hería a Leonora.

—Me han robado mi única familia —murmuraba con desaliento—. Me han quitado el cariño del único ser que me quedaba. Ya no soy para ella la niña de antes; no hay más que ver cómo me mira, cómo se aparta temiendo mi contacto... Y todo por ti, por amarte, por no haber sido cruel. ¡Ay, aquella noche! ¡cómo la he de llorar!... ¡cómo presentía yo estas tristezas!...

Rafael estaba aterrado. Sentía vergüenza y remordimiento viendo lo que sufría aquella mujer por haberse entregado a él. ¿Cómo remediarlo? Se sentía humillado; quería ser el hombre fuerte, la mano enérgica que protege en el peligro a la mujer amada. Pero ¿sobre quién había de caer para defenderla?...

Leonora abandonó el hombro de su amante, se desasió de sus brazos; limpiaba sus lágrimas y se erguía con la firmeza del que ha adoptado una resolución irrevocable.

—Estoy decidida a todo. Me hace mucho daño lo que voy a decirte, pero no retrocederé: será inútil que protestes. Ya no puedo estar bajo este techo; comprendo que he acabado para mi tía: ¡pobre vieja! Mi ilusión era verla morir entre mis brazos como una lucecita que se apaga; ser para ella lo que no fui para mi padre... Pero la venda ha caído de sus ojos; yo no soy más que una pecadora que con mi presencia turbo su vida... Me voy, pues. Ya he dicho a Beppa que mañana arregle los equipajes... Rafael, dueño mío, ésta es la última noche... Pasado mañana ya no me verás.

El joven retrocedió asombrado, como si repentinamente acabasen de herirle en medio del pecho.

—¿Irte? ¿Y lo dices con esa frialdad?... ¿Irte tú, así, así, en plena dicha?...

Se tranquilizaba a los pocos momentos. Aquello no era más que la resolución momentánea en un arranque de indignación. No se iría, ¿verdad? Debía reflexionar, ver con claridad las cosas. ¡Qué disparate! ¡partir, abandonando a su Rafael! Nunca: era imposible.

Leonora sonreía con tristeza. Aguardaba aquellas protestas. También ella había sufrido mucho, mucho, antes de decidirse a adoptar tal resolución.

Sentía frío hasta en la raíz de los cabellos al pensar que antes de dos días se vería sola, vagabunda por Europa, cayendo de nuevo en aquella vida agitada y loca a través del arte y del amor. Después de haber gozado la dulzura de la pasión más fuerte de su existencia, lo que ella creía «su primer amor», resultaba cruel lanzarse de nuevo en una navegación sin rumbo, a través de las tempestades. Le quería más que nunca; le adoraba con nuevo ardor, ahora que iba a perderle.

—Entonces, ¿por qué te vas? —preguntaba el joven—. Si me amas ¿por qué me dejas?

—Porque te quiero, Rafael... Porque deseo tu tranquilidad.

Quedarse allí era perderle. Para defenderla a ella, para seguir a su lado, tendría que luchar con su madre, que era el más encarnizado enemigo, perder su cariño, atropellarla tal vez. ¡Oh, no! ¡qué horror! Ya había bastante con aquella crueldad filial que entenebrecía su pasado. ¿Era ella acaso un ser funesto, nacido para corromper con su nombre lo más santo, lo más puro?

—No; resígnate, corazón mío. Es preciso que parta; es imposible que sigamos amándonos aquí. Yo te escribiré, te daré cuenta exacta de mi vida... todos los días sabrás de mí aunque esté en el Polo; pero quédate, no desesperes a tu madre, cierra los ojos ante sus injusticias, que al fin obedecen a lo mucho que te quiere... ¿Crees que yo no sufro al dejarte? ¿Te imaginas que es poco huir dejando aquí la mayor felicidad de mi existencia?...

Y para dar más fuerza a sus ruegos se abrazaba a Rafael, acariciaba su cabeza caída y pensativa, dentro de la cual se agitaban tempestuosas las ideas, removiendo profundamente su voluntad.

Instintivamente, las manos del joven recorrían la desnudez de su amante, marcando sus tesoros bajo la tela blanca y fina: sentía el suave calor, la palpitación misteriosa de aquella carne que había infiltrado en su cuerpo algo de su propia vida en los espasmos de la pasión, en el dulce arrobamiento de la comunión amorosa. ¿Y los lazos que él creía eternos iban a romperse? ¿tan fácilmente podía perder aquel cuerpo admirado por el mundo y cuya posesión le hacía considerarse el primero de los hombres? Ella le hablaba del amor a distancia, persistente a través de los viajes y los azares de una existencia errante; le prometía escribirle todos los días... ¡Escribirle... tal vez al mismo tiempo que su cuerpo divino sentiría el contacto de otra mano que no fuese la suya!... No; él no perdía aquello; estaba resuelto.

—No te irás, Leonora —afirmaba con energía—. Un amor como el nuestro no puede terminar de este modo. Tu fuga sería una ofensa para mí, huir como afrentada por la tristeza de haberme amado.

Sentía en su ánimo un afán de protesta caballeresco; se avergonzaba de pensar que ella huyese por haberle querido, y que él quedase allí, triste e inerte como una doncella a la que abandona su amante, convencido de que con su amor la causa grave daño. ¡Ira de Dios! Él era un hombre, y no podía tolerar que aquella mujer le abandonase, en un arranque de abnegación, por devolverle la tranquilidad de la familia, la calma dentro de su casa, la sonrisa satisfecha de su madre. Huían muchas veces las muchachas, olvidando padres y hogar, cuando se sentían dominadas por el amor; y él, un hombre, un personaje, ¿había de quedarse allí, viendo cómo se alejaba Leonora, triste y llorando, todo porque no perdiese él el respeto de aquella ciudad en la que se ahogaba, y el afecto de una madre que jamás había sabido bajar hasta su corazón con una sonrisa de cariño? Además, ¿qué amor era el suyo que retrocedía ante una resolución enérgica, siempre cobarde e indeciso cuando se trataba de conservar una mujer por la cual se habían muerto o arruinado hombres más ricos, más poderosos, ligados a la vida por atracciones que él jamás había gozado en su monótona existencia?...

—No te irás —repetía con sorda firmeza—. Yo no pierdo mi felicidad tan fácilmente... Y si te empeñas en irte, partiremos juntos.

Leonora se irguió estremecida. Esperaba aquello: se lo decía el corazón. ¿Escapar juntos los dos? ¿aparecer ella como una aventurera que se llevaba tras sí a Rafael, después de enloquecerle de amor, arrancándolo de los brazos de su madre? ¡Oh, no! Muchas gracias. Ella tenía conciencia; no quería cargar su vida con la execración de todo un pueblo. Le suplicaba a Rafael que reflexionase con calma; le rogaba que arrostrase valientemente la desgracia. Debía partir sola; después, más adelante, ya vería; buscarían ocasión de verse; tal vez podría ser en Madrid, cuando, abiertas las Cortes, estuviera allá solo; ella cantaría en el Real gratuitamente si era preciso.

Pero Rafael se revolvía furioso contra su resistencia. ¡No verla! ¡transcurrir meses y meses en mortal espera! Una sola noche sin sentir su cuerpo confundido con el suyo sería la desesperación. Acabaría por entregarse a la mortal tristeza de Maquia; se pegaría un tiro, como el poeta italiano.

Y lo decía con convicción, mirando al suelo con ojos extraviados, como si se viera ya sobre el pavimento, inerte, ensangrentado, con el revólver en la crispada diestra.

—¡Oh, no! ¡qué horror! ¡Rafael! ¡Rafael mío! —gemía Leonora abrazándose a su cuello, colgándose de él, estremecida por la sangrienta visión.

El amante seguía protestando. Era libre. Si fuese casado, si dejara tras su fuga una mujer que llorase su traición, hijos que le llamasen en vano, aún comprendería aquella resistencia, la repugnancia de un corazón bueno que no quiere que su amor deje tras sí la maldición de una familia dispersa. Pero ¿a quién abandonaba en su fuga? A su madre nada más, que se consolaría al poco tiempo sabiendo que estaba sano y era feliz. A su madre, que se oponía con ese ciego cariño maternal que no quiere encontrar rivalidades en el amor al hijo y por celos estorba muchas veces su felicidad. El mal que causase siguiéndola a ella no sería irreparable. Huirían juntos; pasearían su amor por el mundo.

Y Leonora, cabizbaja, repetía débilmente:

—No; estoy resuelta. Partiré sola. No tengo fuerzas para arrostrar el odio de una madre.

Rafael se indignaba.

—Entonces, di que no me amas. Te has cansado de mí. Quieres levantar las alas; te impulsa la locura de otros tiempos; deseas volar de nuevo locamente por tu mundo.

La artista fijaba en él sus grandes ojos empañados por las lágrimas. Su mirada era de ternura y de lástima.

—¡Cansarme de ti... cuando jamás me he sentido tan triste como esta noche!... Crees que ansío mi antigua vida, y al alejarme siento lo mismo que si entrase en un lugar de tormento... ¡Ay, dueño mío, mi alma!... Tú no comprenderás nunca hasta dónde he llegado en mi amor.

—¿Pues entonces?...

Y en su afán irresistible de decirlo todo, de no perdonar el relato de ninguno de los peligros que sobrevendrían tras la separación, Rafael habló de su madre, de lo que ocurriría al quedar solo con ella, sumido en la monotonía de la ciudad. ¿Creía ella que todo era cariño en la indignada oposición de su madre? Le quería, sí; era su hijo único; pero en sus cálculos entraba por mucho la ambición, aquel afán por el engrandecimiento de la casa que había ocupado toda su existencia. Le tenía destinado, sin consultar su voluntad, a servir de rehén en la alianza que meditaba con una gran fortuna. Quería casarle; y si ella partía, si se veía solo, abandonado, la tristeza y el tiempo, que todo lo pueden, morderían su voluntad, hasta hacerle caer inerte, entregándose como una víctima que en su aturdimiento no abarca la importancia del sacrificio.

Ella le escuchaba estremecida, con los ojos desmesuradamente abiertos por el terror. Acudían en tropel a su memoria palabras sueltas que en días anteriores habían llegado hasta ella y le demostraban ahora la certeza de lo que decía su amante... ¡Rafael destinado por su madre a otra mujer!... ¡encadenándose para siempre si ella partía!...

—Y yo no quiero, ¿sabes, Leonora? —continuó el amante con tranquila firmeza—. Yo sólo soy tuyo, sólo te amo a ti. Prefiero seguirte por el mundo, aunque no quieras; ser tu criado... verte... hablarte, mejor que enterrar aquí mi desesperación bajo millones.

—¡Ah, niño! ¡niño mío!... ¡Cómo me quieres! ¡Cómo te adoro!

Y cayó sobre él frenética de pasión, impetuosa, loca, apresándole entre sus brazos como una fiera. Rafael se sintió acariciado con un ardor que casi le dio miedo, envuelto en una espiral de placer que no tenía fin. Estremecióse empujado, descoyuntado, arrollado por una ola tan voluptuosa, tan inmensa, que le hacía daño. Creyó morir desmenuzado, hecho polvo sobre aquel cuerpo que le agarrotaba, absorbiéndole con la fiera voracidad de esas simas lóbregas donde desaparecen de un golpe los torrentes sin dejar una gota de su avalancha tumultuosa. Y desfalleciendo sus sentidos en aquel tembloroso ofuscamiento, cerró los ojos[146].

Cuando volvió a abrirlos vio la habitación en la oscuridad, sintió en sus espaldas la blandura del lecho y bajo su nuca un brazo mórbido que le sostenía cariñosamente. Leonora le hablaba al oído con la lentitud del cansancio.

Convenidos. Huirían juntos: irían a continuar su dúo de amor donde nadie les conociera, donde la envidia y la vulgaridad no turbasen su dulce existencia. Leonora conocía todos los rincones del mundo. Nada de Niza ni de las otras ciudades de la Costa Azul, bonitas, coquetas, empolvadas y pintadas como una dama que sale del tocador. Encontrarían en ellas demasiada gente. Venecia les convenía más. Pasearían por los estrechos canales, solitarios y silenciosos, tendidos en la camareta de la góndola, acariciándose entre risas, compadeciendo a los que pasasen los puentes sin adivinar que por bajo de sus pies se deslizaba el amor...

Pero Venecia es triste; cuando la lluvia se decide a caer, no se cansa nunca. Mejor era Nápoles; sí, Nápoles. ¡Viva! Y Leonora agitaba las manos como queriendo aplaudir su idea. La vida al sol, la libertad, amarse con el mismo impudor sublime de los *lazzaroni* que viven desnudos y se reproducen en la acera. Ella tenía allá, en el Posilipo, una pequeña casa, un *villino* de color de rosa, una bicoca, con un jardín de higueras, nopales y pinos parasoles que bajaba en rápida pendiente desde el promontorio hasta el mar. Pescarían en el golfo terso y azul como un inmenso espejo, y a la caída de la tarde, mientras él moviese los remos, ella cantaría mirando el mar inflamado por el sol al hundirse en las aguas, el penacho del Vesubio, de tonos morados, la inmensa ciudad blanca, con sus infinitas vidrieras como placas de oro reflejando el crepúsculo.

Corretear como dos bohemios por los innumerables pueblecillos blancos de la ribera del golfo; besarse en pleno mar

---

[146] La pasión de ella se presenta con toda la fuerza salvaje que potencian el clímax y una metáfora grandiosa de cósmica absorción. Es éste tal vez el instante del que habla d'Annunzio en *Le vergine delle rocce* en la frontera de la vida y la muerte y del que ya no se regresa siendo el mismo.

entre las barcas pescadoras, de las que salen romanzas apasionadas; pasar la noche al aire libre, abrazados sobre la arena, oyendo a lo lejos la risa de perlas de las mandolinas, como aquella noche escuchaban al ruiseñor... ¡Dios mío! ¡Qué hermoso![147].

Y hasta el amanecer estuvieron fantaseando sobre el porvenir, arreglando todos los detalles de la fuga.

Ella partiría cuanto antes; él iría a su encuentro dos días después, cuando hubiese renacido la confianza y todos la creyeran lejos, muy lejos. ¿Dónde se encontrarían? Primero pensaron en Marsella; pero era demasiado lejos. Después en Barcelona. Regateaban las horas y los minutos. Les parecía intolerable pasar varios días sin verse. Cuanto antes se reuniesen, mejor; lo importante era salir de la ciudad. Y acabaron por decidir que se reunirían lo más cerca posible: en Valencia. El amor gusta de la audacia.

---

[147] Su proyectada huida a Nápoles se presenta en la imaginación de Leonora como una mágica prolongación del amor al aire libre y de la música que todo lo anega. La exaltación de la vida en Nápoles con sus extravagancias, sus desigualdades y su alegría resplandecen en sus obras *En el país del arte* y en *Mare Nostrum*.

VII

Acababan de almorzar entre las maletas y las cajas, que ocupaban una gran parte de la habitación de Leonora en el Hotel de Roma[148].

Por primera vez se sentaban a la mesa juntos, en familiar intimidad, sin otro testigo que Beppa, la fiel doncella, acostumbrada por la azarosa vida de su señora a toda clase de sorpresas, y que contemplaba a Rafael con respetuosa sonrisa, como un ídolo nuevo con el que debía compartir la devota sumisión que sentía por Leonora.

Era el primer momento de tranquilidad y alegría que había tenido el joven en algunos días. El antiguo hotel, con sus habitaciones grandes, de alto techo, sus corredores en discreta penumbra y su calma conventual, le parecía un lugar de delicias, un ameno retiro, en el que se consideraba libre ya de las murmuraciones y luchas que le habían oprimido como un círculo infernal. Además, sentía allí ese viento exótico que parece soplar en los puertos y las grandes estaciones de ferrocarril. Todo le hablaba de la fuga, de la incógnita y deliciosa ocultación en aquel país tan calurosamente descrito por Leonora, desde los macarrones del almuerzo y el Chianti en empajada y ventruda redoma, hasta el castellano defectuoso y musical de los dueños del hotel, carnosos hombretones con enormes bigotes que recordaban los tradicionales mostachos de la casa de Saboya.

Leonora le había citado allí, en el refugio predilecto de los

---

[148] En el mismo sitio, años más tarde, se edificaría el Hotel Inglés, frente al palacio del Marqués de Dos Aguas, museo de cerámica en la actualidad.

307

artistas, que, aislado de la circulación, ocupa todo un lado de una plaza solitaria, señorial y tranquila, sin más ruidos que los gritos de los cocheros de alquiler y las patadas de los caballos.

Había llegado en el primer tren de la mañana, sin equipaje alguno, como un colegial que se fuga con solo lo puesto[149]. Los dos días transcurridos desde que Leonora abandonó la ciudad habían sido de tormento para él. La gente comentando la huida de la cantante, escandalizándose de su inmenso equipaje, que, agrandado por la imaginación de los murmuradores, llenaba no se sabe cuántos carros.

Esto quien lo sabía bien era el barbero Cupido, que, cual de costumbre, había corrido con todo el servicio del equipaje. Sabía adónde había dirigido su vuelo aquella mujer peligrosa, y lo decía a todos. Volvía a Italia. Él mismo había facturado para la frontera todo el equipaje grueso, mundos enormes como casas, cajones donde podía ocultarse cómodamente él con sus pelados mancebos. Y las mujeres, oyéndole, celebraban aquella huida, como si las librase de un gran peligro. ¡Vaya bendita de Dios!

Rafael, después de la partida de su amante, apenas salió a la calle. Le molestaba la curiosidad de la gente, la conmiseración burlona de los amigos que envidiaban su pasada felicidad, y permaneció dos días en su casa, seguido por la mirada interrogante de su madre. Doña Bernarda mostrábase más tranquila al verle libre de la maléfica influencia de la artista, pero sin abandonar por esto su gesto ceñudo, como avisada por el instinto maternal, que aún presentía el peligro.

El joven estaba agitado por la impaciencia de la fuga. Le parecía intolerable permanecer allí mientras ella estaba sola, aislada en un cuarto de hotel, aguardando con igual impaciencia el momento de la reunión.

¡Qué amanecer el de la partida! Rafael se avergonzaba viéndose descalzo, caminando de puntillas, como un ratero,

---

[149] Las comparaciones con colegiales que hacen novillos abundan en la obra y en ella se traslucen, de modo inconsciente, experiencias del Blasco niño. No es el poder estético de las comparaciones lo que destacamos, sino su sabor de vida.

por la sala donde su madre recibía a los hortelanos y ajustaba las cuentas del cultivo. Avanzaba a tientas, sin otro guía que los luminosos resquicios de las cerradas ventanas. Su madre dormía en una habitación inmediata: oía su respiración, el fatigado estertor de un sueño pesado, con el que se reponía de aquellas noches en vela espiando su regreso de las citas de amor. Creía aún sentir el estremecimiento que le producía el suave tintineo de las llaves abandonadas con la confianza de una autoridad sin límites en la cerraja de un mueble antiguo donde guardaba doña Bernarda sus ahorros. Así ocultó con mano trémula en sus bolsillos todos los billetes guardados en los pequeños cajones.

Temblaba de emoción al consumar el acto audaz. Se llevaba lo suyo; no había pedido nada de la herencia de su padre. Leonora era rica; con una delicadeza admirable, había rehuido hablar de dinero al discutir los preparativos del viaje; pero él no iba a ser un entretenido, no quería vivir como aquel Salvatti que explotó la juventud de la artista. Estos pensamientos le dieron fuerzas para llevarse el dinero y abandonar la casa; pero en el tren aún duraba su inquietud, y el personaje, el diputado, experimentaba un miedo instintivo al ver en las estaciones los tricornios de la Guardia civil. Palidecía pensando en el despertar de su madre, si casualmente se daba cuenta del despojo.

La confianza y la alegría renacieron al entrar en el hotel, como si entrase en un lugar de asilo. La encontró en la cama, la cabellera esparcida sobre la almohada como una ola de oro, los ojos entornados, la boca sonriente, como si la sorprendiera en mitad de un ensueño saboreando sus recuerdos de amor. A mediodía se levantaron para almorzar en el cuarto, pálidos, fatigados, proponiéndose emprender el viaje cuanto antes. No más locuras: sensatez hasta que se viesen fuera de España. Al anochecer saldrían en el correo de Barcelona hacia la frontera. Y tranquilamente, como un matrimonio que discute en la calma placentera del hogar los detalles de la vida material, pasaban revista a los objetos necesarios para el viaje.

Rafael no tenía nada. Había huido como quien escapa de un incendio, con el traje que primero encontró al saltar de la cama. Necesitaba muchas cosas indispensables y pensaba salir a comprarlas: asunto de un momento.

—Pero ¿vas a ir tú? —preguntaba Leonora con cierta angustia, como si su instinto femenil adivinase el peligro—. ¿Vas a dejarme sola?...

—Un momento nada más. No te haré esperar mucho.

Se despidieron en el corredor con la ruidosa y descuidada alegría de su pasión, sin fijarse en los camareros que iban y venían al otro extremo del largo pasadizo.

—Adiós, Rafael... Uno, uno nada más.

Y cuando él salió a la plaza, con el sabor en los labios del último beso, todavía le saludó desde un balcón una mano cubierta de pedrería.

El joven andaba apresuradamente. Quería volver cuanto antes, y pasó con rapidez por entre la nube de cocheros que le ofrecían sus servicios frente al gran palacio de Dos Aguas, cerrado, silencioso, dormido como los dos gigantes que guardan su portada, desarrollando bajo la lluvia de oro del sol la suntuosidad recargada y graciosa del estilo rococó.

—¡Rafael, Rafael!...

El diputado volvióse al oír su nombre, y palideció como en presencia de una aparición. Era don Andrés quien le llamaba.

—¿Usted aquí?

—He llegado en el correo de Madrid. Hace dos horas que te busco por todas las fondas de Valencia. Ya sabía que estabas aquí... Pero vámonos, tenemos que hablar; éste no es buen sitio.

Y lanzaba una intensa mirada de odio al hotel, como si quisiera aniquilar al enorme caserón con todos los seres que encerraba.

Se alejaron, caminando lentamente, sin saber dónde iban, errando a la ventura, doblando esquinas, pasando varias veces por la misma calle, con el pensamiento concentrado, los nervios estremecidos, prontos a gritar y haciendo esfuerzos por que su voz fuese débil, apagada, y no llamase la atención de los transeúntes que pasaban rozándoles por las estrechas aceras.

Don Andrés comenzaba como era de esperar:

—¿Te parece bien lo que has hecho?

Y al ver que él, cobardemente, intentaba mostrarse asombrado, asegurando que nada había hecho, que había venido a Valencia por un asunto insignificante, el viejo se indignó.

—No mientas: o somos hombres o no lo somos. Tú debes sostener lo hecho, si te figuras haber obrado bien. No creas que vas a engañarme, para echar a correr con esa señora Dios sabe dónde. Te he encontrado, y no te dejo. Quiero que lo sepas todo: tu madre en cama; yo, avisado por ella de lo ocurrido, saliendo en el primer tren a encontrarte; toda la casa en revolución, creyendo en el primer instante en un robo, y la ciudad llevándote en lenguas tal vez a estas horas. ¡Qué!... ¿estás contento? ¿deseas matar a tu madre? Pues la matarás... ¡Dios mío! ¡Y éstos son los hombres de talento! ¡los señoritos con carrera! ¡Cuánto mejor que fueses un bruto como yo o como tu padre; sin estudios, pero sabiendo vivir y divertirse sin compromiso!

Después relataba minuciosamente lo ocurrido. La madre teniendo que visitar su viejo mueble para hacer un pago a los jornaleros; el grito de horror y alarma que puso en conmoción la casa; la llegada de don Andrés, avisado apresuradamente; la sospecha contra la fidelidad doméstica, pasando revista a todas las sirvientes, que lloraban protestando con indignación; hasta que doña Bernarda cayó en una silla, casi desmayada, murmurando al oído de su consejero:

—Rafael no está en casa. Se ha ido... tal vez para no volver. Lo adivino: él tiene el dinero.

Y mientras metían en la cama a la madre sollozante y avisaban al médico, él salía hacia la estación para coger el tren, y leía en las miradas curiosas el presentimiento de lo ocurrido, la prontitud con que los maldicientes unían aquella agitación sorda en la casa de Brull con la subida de Rafael en el primer tren, presenciada por algunos a pesar de sus precauciones.

—Rafael, señor diputado, ¿está usted contento?... ¿Quiere usted dar que reír más aún a sus enemigos?

El viejo hablaba con voz temblona, parecía próximo a llorar. La obra de toda su vida, las grandes victorias ganadas al lado de don Ramón, aquel poder político tan cuidadosamente pulido y aguzado, todo iba a quebrarse y perderse por culpa de un chiquillo ligero, vehemente, que al adorar a una mujer arrojaba a sus pies lo suyo y lo de los demás.

Rafael, que en el primer momento se sentía agresivo, dispuesto a contestar con la violencia si el viejo camarada extremaba la represión, mostrábase ahora ablandado y un tanto conmovido por el sincero dolor de aquel hombre, sin otro sentimiento que la dominación, semejante a su padre, como el gato se parece al tigre, y casi sollozando al ver en peligro el prestigio de la casa.

Cabizbajo, aterrado por la imagen de aquella escena después de su huida, Rafael no sabía por dónde marchaban. Le sorprendió de pronto un perfume de flores. Atravesaban un jardín, y al levantar la cabeza vio brillando al sol la arrogante figura del conquistador de Valencia sobre su nervudo caballo de guerra[150].

Siguieron adelante. El viejo hablaba con acento plañidero de la situación de la casa. Aquel dinero que tal vez llevaba en el bolsillo, más de treinta mil pesetas, representaba los últimos esfuerzos de su madre para sacar a flote la fortuna de la familia, puesta en peligro por las genialidades de don Ramón. Suyo era el dinero, nada tenía él que decir; podía derrocharlo por el mundo; pero no hablaba a ningún niño, hablaba a un hombre que tenía corazón, y sólo le pedía, como preceptor de su infancia, como su más antiguo amigo, que pensase en los sacrificios de su madre, en su exagerada y ruda economía, en las privaciones que se había impuesto, vestida de hábito en todo tiempo, peleándose por un céntimo con las criadas a pesar de sus aires de gran señora, privándose de esas golosinas y regalos que tanto gustan en la vejez, todo para que su señor hijo se gastara alegremente con una mujer aquella cantidad, de la que hablaba don Andrés con respeto, pensando en lo que había costado de reunir. ¡Vamos, hombre, que era para morirse el ver tales cosas!...

¿Y si el padre, si don Ramón, levantase la cabeza? ¿Si vie-

---

[150] Se trata de la estatua de Jaime I erigida en el Parterre el día 12 de enero de 1891.

se cómo su hijo, por un amor, destruía de golpe lo que tantos años había costado levantar?...

Pasaban un puente[151]. Abajo, en el seco cauce, se destacaban las manchas rojas y azules de un grupo de soldados y sonaba el redoble de los tambores como el zumbido de una enorme colmena. Aquel estrépito belicoso acompañaba dignamente la evocación del padre hecha por el viejo. Rafael creía ver delante de sus pasos aquel enorme cuerpo de hombre de lucha, sus grandes bigotes, su fiero entrecejo de conquistador, de aventurero, nacido para guiar hombres e imponerles su voluntad.

¡Si don Ramón viese esto!... Él era capaz de dar toda su fortuna por una mujer, pero no hubiera tomado juntas las más hermosas del mundo a cambio de perder un solo voto.

Y su hijo, aquel retoño en el que había puesto sus esperanzas, el destinado a elevar la casa a su mayor gloria, el que había de ser personaje en Madrid, y al nacer encontraba el camino hecho, arrojaba por la ventana todo el trabajo del padre, con el fácil abandono con que se pierde lo que no costó nada de ganar. ¡Bien se veía que no había conocido los tiempos malos! La época de la Revolución, cuando estaban caídos y había que hacerse respetar escopeta en mano; las desesperadas batallas electorales, en las que se alcanzaba el triunfo pasando sobre algún muerto; los galopes audaces en víspera de escrutinio, a través de los campos, envueltos en la sombra de la noche, sabiendo que por cerca estaba emboscado el *roder*, de carabina certera, que había jurado su muerte; los procesos interminables por coacción y violencias, que hacían vivir en perpetua angustia, esperando de un momento a otro la catástrofe final, el presidio con la pérdida de los bienes. Todo esto lo había arrostrado su padre por él, por labrarle un pedestal, por crearle un distrito propio, abriéndole camino para llegar lejos, muy lejos. Y él lo perdía todo, se despojaba para siempre de un poder formado a costa de años y peligros, si aquella misma noche no volvía a casa, destruyendo con su presencia las suposiciones de la gente escandalizada.

---

[151] Debe tratarse del Puente del Real, construido en el siglo XIII y reconstruido en 1599.

Rafael movía la cabeza negativamente, conmovido por el recuerdo de su padre, convencido por las razones del viejo, pero resuelto a resistir. No y no; la suerte estaba echada; él seguiría su camino.

Estaban bajo los árboles de la Alameda[152]. Pasaban los carruajes formando una inmensa rueda en el centro del paseo; brillantes los arreos de los caballos y los faroles del pescante con el reflejo del sol; viéndose a través de las ventanillas los sombreros de las señoras y las blancas blondas de los niños.

Don Andrés se indignaba ante la tenacidad del joven. Enseñábale aquellas familias, de exterior tranquilo y feliz, paseando dentro de sus carruajes, con la plácida calma de una abundancia sedentaria y exenta de emociones. ¡Cristo! ¿Tan mala era aquella vida? Pues así podía vivir él si era bueno, si no volvía la espalda al deber; rico, influyente, respetado, envejeciendo rodeado de hijos: lo único que en este mundo puede desear una persona honrada.

Todo eso del amor sin trabas ni leyes, del amor que se burla de la sociedad y sus costumbres, bastándose a sí mismo y despreciando el qué dirán, eran mentiras de poetas, músicos y danzantes, gente perdida y loca como aquella mujer que le arrebataba lejos, muy lejos, rompiendo para siempre sus lazos con la familia y con su país.

El viejo parecía animarse con el silencio de Rafael. Creía llegado el momento de atacar su amor audazmente.

—Y luego, ¡qué mujer! Yo he sido joven como tú; es verdad que no he conocido señoras como ésa; pero ¡bah! todas son iguales. He tenido mis debilidades; pero te digo que por una mujer como ésa no hubiese perdido ni una uña. Cualquier muchacha de las que tenemos por allá vale más. Mucho traje, mucha palabra, polvos y pinturas a puñados... No es que yo diga que es fea, no señor; ¡pero hijo, poco necesitas para volverte loco: las sobras de los demás!...

Y habló del pasado de la artista, de aquella historia galan-

---

[152] Este nombre data del siglo XVII; en el siglo XVI se conocía este paseo de extramuros con otro nombre también castellano: El Prado. Por él circulaban los primeros coches introducidos en España en aquel siglo. El canónigo Francisco Tárrega escribió una bella obra teatral titulada *El Prado de Valencia*.

te y tormentosa, exagerada por la leyenda: los amantes a docenas, su cuerpo desnudo reproducido en estatuas y cuadros; la mirada de toda Europa corriendo sobre su belleza, con la confianza del que entra en su casa, conociendo hasta el último rincón. ¡Vaya una virginidad para volverse loco! ¿Y por esa conquista lo iba a perder todo?

El viejo sintió miedo al ver la punta de brasa que la ira encendió en los ojos de Rafael. Acababan de pasar otro puente[153]; entraban de nuevo en la ciudad, y don Andrés, en su miseria de viejo malicioso y cobarde, retrocedió como si quisiera ocultarse tras la casilla de los guardias de Consumos, librándose de la bofetada que ya veía cortando el aire.

El diputado, tras breve indecisión, siguió adelante, desalentado, cabizbajo, sin fijarse en el viejo, que había vuelto a colocarse a su lado.

¡Ah, el maldito! ¡Qué bien había sabido herirle! El pasado de Leonora; su amor repartido con loca generosidad por los cuatro puntos de la tierra; todos los pueblos pasando sobre su cuerpo, domándola un instante con el atractivo de la elegancia o el encanto del arte; sus entrañas estremeciéndose hoy en un palacio y mañana en un cuarto de hotel; su boca repitiendo en diversos idiomas aquellas mismas frases de amor entrecortadas por el espasmo que le enardecían como si fuese el primero en oírlas. ¿Y por estos restos que aún sobrevivían milagrosamente después del loco derroche iba él a perderlo todo, a huir, dejando a sus espaldas el escándalo, el descrédito y tal vez el cadáver de su madre? ¡Ah, terrible don Andrés! ¡Y cómo, después de herirle, metía los dedos en el sangriento desgarrón, agrandando la herida! La lógica llana y vulgar del viejo había desvanecido su ensueño. Aquel hombre había sido el Sancho rústico y malicioso que aconsejaba a su quijotesco padre, y ahora seguía su misión cerca del hijo.

Recordaba de un golpe toda la historia de Leonora, las francas confidencias de su época de pura amistad, cuando se lo contaba todo para impedir que la siguiese deseando. Por mucho que ella le adorase, no sería más que un sucesor del

---

[153] Se debe referir al Puente del Mar, construido en el siglo XIV y reconstruido en 1596. Al principio era de madera y luego, de piedra.

conde ruso, del músico alemán o de alguno de aquellos amantes de pocos días, apenas mencionados, pero que algo habían dejado en su memoria. ¡Un sucesor! ¡el último que llega, con algunos años de retraso, y se contenta mordiendo en la cálida madurez que ellos conocieron con la frescura y la suave película de la juventud! Los besos que tan profundamente le turbaban tenían algo más que la caricia de la mujer: era el perfume embriagador y malsano de todas las corrupciones y locuras de la tierra; el olor concentrado de un mundo que había corrido loco hacia su belleza, como los pájaros nocturnos se agolpan a la luz del faro.

¡Abandonarlo todo por ella! ¡Correr la tierra, libres y orgullosos de su amor!... Y en ese mundo encontraría a muchos de sus antecesores contemplándole con mirada curiosa e irónica; sobrevivientes de las pasadas aventuras, que en su presencia la desnudarían con la mirada, adivinando de antemano las frases entrecortadas que ella había de decirle por la noche, los extravíos de su pasión nunca satisfecha.

Lo extraño era que nada de esto se le había ocurrido antes. La ceguera de la felicidad jamás le había dejado pensar que no era él el primero que pasaba por sus brazos, que aquellas palabras que le mecían como dulce música podían haber sido oídas por otros y otros antes que él...

¿Cuánto tiempo iban por las calles de Valencia?... Le temblaban las piernas, estaba desfallecido, apenas veía. Los aleros de las casas aún estaban bañados de sol, y a él le parecía andar a tientas en la penumbra del crepúsculo.

—Tengo sed, don Andrés. Entremos en cualquier sitio.

El viejo le encaminaba al café de España[154], su refugio favorito. Tenía la mesa al pie de los cuatro relojes que sustenta el ángel de la Fama en el centro del gran salón cuadrado, con sus enormes espejos de fantásticas perspectivas y sus dorados oscurecidos por el humo y la luz crepuscular que desciende por la alta linterna como una inmensa cripta.

Rafael bebió, sin saber ciertamente el contenido del vaso;

---
[154] Este café estaba situado en la antigua Bajada de San Francisco, lo que daría lugar, con remodelaciones, a la Plaza de Castelar, luego del Caudillo, posteriormente del País Valenciano y ahora del Ayuntamiento.

un veneno tal vez que le helaba el corazón. Don Andrés contemplaba sobre el mármol de la mesa el recado de escribir: la carpeta de roto hule y el mísero tarro de tinta, golpeándolos con el rabo de la pluma, una pluma de café, engrasada, torcida de puntas, instrumento de tortura para desesperar la mano.

—Falta una hora para el tren. Rafael, sé hombre: aún es tiempo. Vente y remediaremos esta chiquillada.

Y le tendía la pluma, a pesar de no haberse mencionado en la conversación el propósito de escribir a persona alguna.

—No puedo, don Andrés. Soy un caballero, tengo mi palabra dada y no retrocedo venga lo que venga.

El viejo sonreía con sarcasmo.

—Sé todo lo caballero que quieras. Lo serás para esa mujer. Pero cuando rompas con ella, cuando te deje o la abandones tú, no vuelvas a Alcira. Tu madre no existirá, yo estaré no sé dónde, y los que te hicieron diputado te mirarán como un ladrón que robó y mató a su madre... Enfurécete, pégame si quieres; ya nos miran de las otras mesas... da un escándalo en el café; no por esto dejará de ser verdad lo que te digo...

Mientras tanto, Leonora se impacientaba en su cuarto del hotel. Habían transcurrido tres horas. Para calmar su inquietud se sentó en el balcón, tras la verde persiana, siguiendo con distraídos ojos el paso de los escasos transeúntes que atravesaban la plaza.

Encontraba en ella un recuerdo de las plazoletas de Florencia, rodeadas de mansiones señoriales, cerradas e imponentes, con su pavimento de guijarros ardientes por el sol, entre los cuales crece la hierba y que despiertan de su modorra al paso tardo de una mujer, de un cura o de un viajero, repitiendo sus pisadas cuando ya están lejos.

Miraba los viejos caserones de la plaza, un ángulo del palacio de Dos Aguas, con sus tableros de estucado jaspe entre las molduras de follaje de los balcones; escuchaba las conversaciones de los cocheros agrupados en la puerta del hotel, en torno de los dueños y los criados, todos aquellos italianos bigotudos que sacaban sillas a la acera como en una calle de pueblo. De vez en cuando miraba los tejados de enfrente, de los cuales iba retirándose la luz del sol, cada vez más pálida y dulcificada. .

Miró su reloj. Las seis. ¿Pero dónde se había metido aquel hombre? Iban a perder el tren; y para aprovechar hasta el último minuto, daba órdenes a Beppa, queriendo que todo estuviese en orden y dispuesto para la marcha. Recogía sus objetos de tocador, cerraba las maletas después de pasear su mirada interrogante por todo el cuarto con la inquietud de una partida rápida, y colocaba en una butaca, junto al balcón, el abrigo de viaje, el saco de mano, el sombrero y el velo, para arreglarse sin tardanza ni vacilaciones apenas se presentase Rafael, jadeante y cansado por el retraso.

Y el amante sin venir... Sintió impulsos de salir en su busca; pero ¿dónde encontrarle? Desde niña no había estado en la ciudad, desconocía sus calles, podía cruzarse, sin saberlo, con Rafael, vagar errante, mientras él la esperase en el hotel. Mejor era aguardar.

Acababa el día. En el cuarto extendíase la sombra del crepúsculo, confundiendo los objetos. Volvió al balcón, trémula de impaciencia, triste como la luz violeta que se difundía por el cielo con vetas rojas que reflejaban el sol poniente. Iban a perder el tren; tendrían que aguardar hasta el día siguiente. Un contratiempo que trastornaba la seguridad de su huida.

Volvióse con nervioso movimiento al oír que la llamaban desde la puerta de la habitación.

—*Signora, una lettera.*

¡Una carta para ella!... La tomó, febril, de la mano del camarero, ante la mirada vaga y sin expresión de la doncella, sentada sobre las maletas.

Le temblaban las manos. El recuerdo de Hans Keller, el artista ingrato, surgió repentinamente en su memoria. Buscó una bujía en su alcoba, y acabó por volver al balcón, examinando la carta a la luz del crepúsculo.

Su letra en el sobre; pero tortuosa, penosa, como arrancada con esfuerzo. Sentía toda su sangre replegarse en el corazón; leía con el ansia del que quiere apurar de un golpe toda la amargura y saltaba renglones, adivinándolos.

«Mi madre muy enferma... voy allá por unos días nada más... mi deber de hijo... pronto nos veremos», y las cobardes excusas de costumbre para suavizar la rudeza de la despedida; la promesa de reunirse con ella tan pronto como le fuese posible; los juramentos apasionados, afirmando que era la única mujer que amaba en el mundo.

Pasó como un relámpago por su voluntad el propósito de salir en seguida para Alcira, aunque fuese a pie; quería avistarse con Rafael, arrojarle al rostro aquella carta, abofetearle, batirse.

—¡Ah, el miserable! ¡el infame! —rugía.

Y la doncella, que acababa de encender luz, vio a su señora pálida, con una blancura mate, los ojos desmesuradamente abiertos, los labios lívidos, andando erguida con dolorosa tensión, como si no moviese los pies, como si la empujara una mano invisible.

—Beppa —gimió—, ¡se ha ido! ¡me deja!...

La doncella, insensible ante la fuga del señorito, sólo atendía a Leonora, adivinando la próxima crisis, contemplando con sus ojos de vaca mansa el desencajado rostro de la señora.

—¡El miserable! —rugía yendo de un lado a otro de la habitación—. ¡Cuán loca he sido! ¡Entregarme a él, creerle un hombre, confiarme a su amor, perder la tranquilidad y la única familia que me resta!... ¿Por qué no me dejó marchar sola? Me hizo soñar en una primavera eterna de amor, y me abandona... Ha jugado conmigo... se burla de mí... y no puedo aborrecerle. ¿Por qué me despertó cuando yo estaba allá abajo recogida, tranquila, insensible, en un egoísta aislamiento?... ¡Embustero, miserable!... Pero ¿por qué lloro?... Se acabó. Alégrate, Beppa; otra vez a cantar; correremos el mundo; jamás volverás a este rincón de topos, donde he querido educar niños. ¡A vivir! ¡A tratar a puntapiés al hombre! ¡así! ¡así! ¡como el peor de los animales! Me río al pensar en mi estupidez, ¡qué locura creer en ciertas cosas! ¡Ja, ja, ja!

Y desde la plaza se oyeron las carcajadas. Una risa loca, aguda, acerada, que parecía rasgar las carnes y puso en conmoción todo el hotel, mientras la artista, con los labios espumeantes, caía al suelo y se revolvía furiosa, volcando los muebles, hiriéndose con las metálicas aristas de sus maletas.

Tercera parte

I

—Don Rafael, los señores de la comisión de Presupuestos aguardan a usía en la sección segunda.

—Voy al momento.

Y el diputado siguió inclinado sobre su pupitre, en el gabinete de escritura del Congreso, terminando su última carta, añadiendo un sobre más al montón de correspondencia que se apilaba en el extremo de la mesa, junto al bastón y el sombrero de copa.

Era la tarea diaria, la pesada corvea de la tarde, que junto a él cumplían con gesto aburrido un gran número de representantes del país. Contestar peticiones y consultas, ahogar las quejas y entretener las locas pretensiones que llegaban del distrito, el clamoreo sin fin del rebaño electoral, que no tropezaba con el más leve obstáculo sin acudir inmediatamente al diputado, como el devoto apela al milagroso patrón.

Recogió sus cartas, entregándolas a un ujier para que las llevase a la estafeta, y contoneando su cuerpo voluminoso, con una falsa gallardía juvenil, salió al pasillo central, prolongación del gran mentidero del salón de Conferencias.

El excelentísimo señor don Rafael Brull sentíase como en su propia casa al entrar en aquel corredor, lóbrega garganta cargada de humo de tabaco, llena de trajes negros que se agolpaban en corrillos o se movían abriéndose paso trabajosamente con los codos.

Ocho años estaba allí. Casi había perdido la cuenta de las veces que le declararon el acta limpia en el caprichoso vaivén de la política española, que da a los Parlamentos una vida fugaz. Los ujieres, el personal de Secretaría, todos los dependientes de la casa, le miraban con respetuosa confianza, como un compañero superior, unido cual ellos para siempre a la vida del Congreso. No era de los que pescan milagrosamente un acta en el oleaje de la política y no repiten la suerte, quedando adheridos por toda la vida a los divanes del salón de Conferencias, tristes, con la nostalgia de la perdida grandeza, siendo los primeros todas las tardes a entrar en el Congreso para conservar su carácter de ex diputados, deseando con vehemencia que vuelvan los suyos para sentarse otra vez allá dentro, en los escaños rojos. Era un señor con distrito propio: llegaba con su acta pura e indiscutible, lo mismo si mandaban los suyos que si el partido estaba en la oposición. A falta de otros méritos, decían de él los de la casa: «Ése es de los pocos que vienen aquí de verdad.» Su nombre no figuraba gran cosa en el extracto de las sesiones, pero no había empleado, periodista o tertuliano de la clase de caídos que al ver el apellido de Brull invariablemente en la lista de todas las comisiones que se formaban, no dijera: «¡Ah, sí! Brull el de Alcira.»

Ocho años de servicios al país, de vivir en una mediana casa de huéspedes, teniendo allá abajo su aparatoso caserón adornado con una suntuosidad que había costado una fortuna a su madre y a su suegro. Largas temporadas de alejamiento de su mujer y sus hijos, aburriéndose con la vida monótona del que no quiere gastar mucho para que la familia ausente no suponga locuras ni olvidos del deber. ¡Qué de sacrificios en los ocho años de diputación! El estómago estragado por la incalculable cantidad de vasos de agua con azucarillo apurados en la cantina del Congreso; callos en los pies por los interminables plantones en el pasillo central, rompiendo distraídamente con la contera del bastón el barniz de los azulejos del zócalo; una cantidad incalculable de pesetas gastadas en coches de punto por culpa de los entusiastas del distrito, que le hacían ir todas las mañanas de Ministerio en Ministerio pidiendo la luna, para contentarse al fin con algunos granos de arena.

Hacía su carrera con lentitud; mas, según los maldicientes del salón de Conferencias, era un joven serio y discreto, de pocas palabras, pero seguras, que acabaría por llegar a alguna parte. Y él, satisfecho del papel de hombre serio que le asignaban, reía pocas veces, vestía fúnebremente, sin el menor color disonante sobre sus negras ropas; prefería oír pacientemente cosas que no le importaban, a aventurar una opinión, y estaba contento de engordar prematuramente, de que su cráneo se despoblara, brillando con venerable luz bajo las lámparas del salón de Sesiones, y de que en el vértice de sus ojos se fuera marcando la pata de gallo de la vejez prematura. Tenía treinta y cuatro años[155] y parecía estar más allá de los cuarenta. Al hablar se calaba los lentes con un movimiento de altivez cuidadosamente imitado del difunto jefe del partido, y nunca manifestaba su opinión sin decir antes: «Yo entiendo...» o «Sobre ese asunto tengo mis ideas particulares y propias...». ¡Lo que había aprendido en aquellos ocho años de abono parlamentario!...

El nuevo jefe del partido, viendo en él a un compañero seguro que se buscaba por sí mismo la entrada en el Congreso, le tenía alguna consideración. Era un soldado que no faltaba a la lista. Llegaba puntualmente al formarse un nuevo Parlamento; presentábase con su acta limpia, lo mismo si el partido ocupaba los amplios bancos de la derecha, con la insolencia del vencedor, que si se apelotonaba en la izquierda, reducido, recortado, con la rabiosa ansia de volver a sentarse enfrente y el loco deseo de encontrarlo todo mal. Dos legislaturas pasadas en la izquierda del salón le habían hecho adquirir cierta confianza con el jefe; le permitían esa franca camaradería de la oposición donde desde el *líder* hasta el que calla, todos viven igualados por la calidad común de simples diputados. Además, en aquellas temporadas de desgracia, para ayudar a la obra destructora de los suyos, podía permitirse sus preguntitas al gobierno a primera hora de las sesiones, y más de una vez escuchó de la boca sonriente y descolorida del jefe: «Muy bien, Brull; ha estado usted intencionado.» Y la felicitación llegaba hasta el distrito, agrandada por el popular asombro.

---

[155] Debía de tener treinta y dos años o como máximo treinta y tres, ya que había sido nombrado diputado antes de los veinticinco años por privilegio especial.

Junto con esto, los honores parlamentarios, la gran cruz que le habían dado, como esas gratificaciones que se conceden por años de servicios, y el formar en todas las comisiones encargadas de representar al Poder legislativo en las solemnidades públicas. Si había que llevar a Palacio la contestación del Mensaje, él era de los designados, y temblaba de emoción pensando en su madre, en su mujer, en todos los de allá, al verse en los carruajes de gala, precedido de brillantes jinetes y saludado por las trompetas, que entonaban la regia marcha. También era él de los que salían a la escalinata del Congreso a recibir las reales personas en la sesión inaugural, y en una legislatura fue de la comisión de Gobierno interior, lo que le dio gran realce ante los ujieres.

—Ese Brull —decían en el salón de Conferencias— será algo el día en que suban los suyos.

Ya habían subido; ocupaba su partido el Poder en uno de aquellos cambios de rumbo previstos y ordenados a que vivía sometida la nación por la política de balancín, y Rafael era de la comisión de Presupuestos, para que se soltase a hablar con algo más que preguntas. Había que hacer méritos, justificar su llegada a uno de aquellos puestos que, según decían, le guardaba el jefe.

Los diputados nuevos —la juventud que componía la mayoría escogida y triunfante desde el Ministerio de la Gobernación— le respetaban y atendían, como los alumnos atienden a un pasante que recibe directamente las órdenes del maestro. Era la supeditación de los novatos ante el discípulo viejo, habituado a los usos de la casa.

Cuando llegaba una votación y se agitaban las oposiciones creyendo en la posibilidad de la victoria, el ministro de la Gobernación le buscaba en los bancos con mirada ansiosa.

—A ver, Brull, traiga usted a esa gente; somos pocos.

Y Brull, orgulloso del mandato, salía como un rayo entre el estrépito de los timbres que llamaban los diputados a votar y las correrías de los ujieres. Pasaba por entre los pupitres del gabinete de escritura, se asomaba a la cantina, subía a las comisiones, deshacía a codazos los grupos de los pasillos, y ensoberbecido con la autoridad conferida, empujaba rudamente el rebaño ministerial hacia el salón, refunfuñando con el enfado de un viejo, asegurando que en «sus tiempos», cuando él comenzaba, había más disciplina. Al ganarse la votación, suspiraba satisfecho, como quien acaba de salvar al gobierno y al país.

Muchas veces, lo que quedaba en él de sincero y franco, un resto del carácter de la juventud, le sorprendía, levantando una duda cruel en su pensamiento. ¿No estaban allí representando una comedia engorrosa y sin brillo? Realmente, ¿le importaba al país cuanto hacían y decían?

Inmóvil en el corredor, sentía en torno de él el revoloteo nervioso de los periodistas, aquella juventud pobre, inteligente y simpática, que se ganaba el pan duramente, y desde su tribuna les contemplaba como los pájaros miran desde el árbol las miserias de la calle, riendo ante los disparates de las solemnes calvas como ríe en los teatros el público sano y alegre de la galería. Parecían traer con ellos el viento de la calle a una atmósfera densa y viciada por muchos años de aislamiento; eran el pensamiento exterior, la idea sin padre conocido, el estremecimiento de la gran masa, que se introducía como un aire colado en aquel ambiente denso semejante al de una habitación donde agoniza, sin llegar a morir, un enfermo crónico.

Su opinión era siempre distinta de la de los representantes del país. El excelentísimo señor Tal, era para ellos un «congrio»; el ilustre orador Cual, que ocupaba con su prosa más de una resma de papel en el *Diario de Sesiones,* era un «percebe»; cada acto del Parlamento les parecía un disparate, aunque, por exigencias de la vida, dijeran lo contrario en sus periódicos; y lo más extraño era que el país, con misteriosa adivinación, repetía lo mismo que ellos pensaron en el primer impulso de su ardor juvenil.

¿Tendrían que bajar de su tribuna a los bancos para que por primera vez se dejase oír allí la opinión nacional?

El diputado acababa por reconocer que también estaba la opinión entre ellos, pero como la momia está en el sarcófago[156]: inmóvil, dormida, agarrotada por duras vendas, ungi-

---

[156] La comparación resalta, de forma muy crítica, el conformismo político, sin conexión con la vida. Todo en el Parlamento tiene un deje de farsa y de ranciedad.

da con el ungüento de la retórica y el correcto bien decir, que considera como pecados de mal gusto el arrebato de la fe, el tumulto de la indignación.

En realidad, todo iba bien. La nación callaba, permanecía inmóvil; luego estaba contenta. Terminada ya para siempre la era de las revoluciones, aquél era el sistema infalible de gobernar, con sus crisis concertadas y sus papeles cambiados amistosamente por los partidos, marcando con toda suerte de detalles lo que cada cual había de decir en el Poder y en la oposición.

En aquel palacio de extravagante arquitectura, adornado con el mismo mal gusto que la casa de un millonario improvisado, debía pasar Rafael su existencia para realizar el sueño de los suyos, aspirando una atmósfera densa, cálida y entorpecedora, mientras afuera sonreía el cielo azul y se cubrían de flores los jardines. Debía pasar gran parte del año lejos de sus naranjos, pensando melancólicamente en el ambiente tibio y perfumado de los huertos, mientras se subía el cuello del gabán o se envolvía en la capa, saltando de un golpe del ardor de los caloríferos del Congreso al frío seco y cruel del invierno en las calles de Madrid.

Nada notable había ocurrido para él durante aquellos ocho años. Su vida era un río turbio, monótono, sin brillantez ni belleza, deslizándose sordamente como el Júcar en invierno. Al repasar su existencia, la resumía en pocas palabras. Se había casado; Remedios era su mujer, don Matías su suegro. Era rico: disponía en absoluto de una gran fortuna, mandando despóticamente sobre el rudo padre de su esposa, el más ferviente de sus admiradores. Su madre, como si los esfuerzos para emparentar con la riqueza hubiesen agotado la fuerza de su carácter, había caído en un marasmo senil rayano en la idiotez, sin más manifestaciones de vida que la permanencia en la iglesia hasta que la despedían cerrando las puertas, y el rosario continuamente murmurado por los rincones de la casa, huyendo de los gritos y los juegos de sus nietos. Don Andrés había muerto, dejando con su desaparición árbitro y señor absoluto del partido a Rafael. El nacimiento de sus tres hijos, las enfermedades propias de la infancia, el diente que apunta con rabioso dolor, el constipado que obliga a la madre a pasar la noche en vela, y las estúpidas travesuras de su cuñado —aquel hermano de Remedios, que le temía a él más que a su padre, influenciado por el respeto que infundía su majestuosa persona—, eran los únicos sucesos que habían alterado un poco la monotonía de su existencia.

Todos los años adquiría nuevas propiedades; sentía el estremecimiento del orgullo contemplando desde la montaña de San Salvador —aquella ermita ¡ay! de tenaz recuerdo— los grandes pedazos de tierra aquí y allá, cercados de verdes tapias, sobre los cuales extendíanse los naranjos en correctas filas. Todo era suyo; la dulzura de la posesión, la borrachera de la propiedad, subíansele a la cabeza.

Al entrar en el antiguo caserón rejuvenecido y transformado, experimentaba idéntica impresión de bienestar y poder. El viejo mueble donde su madre guardaba el dinero estaba en el mismo sitio; pero ya no ocultaba cantidades amasadas lentamente a costa de sacrificios y privaciones para alzar hipotecas y suprimir acreedores. Ya no llegaba a él de puntillas, palpando en la sombra; ahora lo abría a raíz de la cosecha, y sus manos se perdían con temblores de felicidad en los fajos de billetes entregados por su suegro a cambio de las naranjas, y pensaba con fruición en lo que éste guardaba en los Bancos y algún día vendría a su poder.

El ansia de la riqueza, el delirio de la tierra se había apoderado de él como una pasión deleitosa, la única que honestamente podía tener en su vida monótona, siempre igual, marcándose por la noche, hora por hora, todo lo que haría al día siguiente. En aquella pasión por la riqueza había algo de contagio matrimonial. Ocho años de dormir juntos, en casto contacto de cabeza a pies, confundiendo el sudor de sus cuerpos y la respiración de sus pulmones, habían acabado por infiltrar en Rafael una gran parte de las manías y aficiones de su esposa.

La cabrita mansa y asustadiza que correteaba perseguida por él y le miraba con ojos tristes en sus días de alejamiento era una mujer con toda la firmeza imperiosa y la superioridad dominante de las hembras de los países meridionales. La limpieza y el ahorro tomaban en ella el carácter de intolerables tiranías. Reñía a su marido si con sus pies trasladaba la más leve pella de barro de la calle al salón, y revolvía la casa, haciendo ir de cabeza a todos los domésticos, apenas descubría en la cocina unas gotas de aceite derramadas fuera de la vasija o un pedazo de pan abandonado en un rincón.

—Una perla para la casa: ¿no lo decía yo? —murmuraba el padre satisfecho.

Su virtud era intolerable. Rafael había querido amarla en los primeros tiempos de su matrimonio. Deseaba olvidar, sentía los mismos arrebatos apasionados y juguetones de aquellos días en que la perseguía por los huertos. Pero ella, pasada la primera fiebre de amor, satisfecha su curiosidad de doncella ante el misterio del matrimonio, opuso en adelante una pasividad fría y grave a las caricias del marido. No era una mujer lo que encontraba: era una hembra fríamente resignada con los deberes de la procreación.

Sobre esto tenía ella sus «ideas particulares y propias», como su marido allá en las Cortes. El querer mucho a los hombres no era de mujeres buenas; eso de entregarse a la caricia con estremecimientos de pasión y abandonos de locura era propio de las «malas», de las perdidas. La buena esposa debía resignarse, para tener hijos... y nada más; lo que no fuese esto eran porquerías, pecados y abominación. Estaba enterada por personas que sabían bien lo que se decían. Y orgullosa de aquella virtud rígida y áspera como el esparto, se ofrecía a su esposo con una frialdad que parecía pincharle, sin otro anhelo que lanzar al mundo nuevos hijos que perpetuasen el nombre de Brull y enorgulleciesen al abuelo don Matías, que veía en ellos un plantel de personajes destinados a las mayores grandezas.

Rafael vivía envuelto en aquel mismo ambiente tibio y suave del hogar honrado, que una tarde, paseando por Valencia, le mostró don Andrés como esperanza risueña si quería volver la espalda a la locura. Tenía mujer e hijos; era rico. Sus escopetas las encargaba el suegro a los corresponsales de Inglaterra; en la cuadra tenía cada año un caballo nuevo, encargándose el mismo don Matías de comprar lo mejor que se encontraba en las ferias de Andalucía. Cazaba, galopaba por los caminos del distrito, distribuía justicia en el patio de la casa lo mismo que su padre; sus tres pequeños, intimidados por sus largos viajes a Madrid y más familiarizados con los abuelos que con él, colocábanse cabizbajos en torno de sus rodillas aguardando en silencio el beso paternal: todo cuanto le rodeaba estaba al alcance de su deseo, y sin embargo, no era feliz.

De vez en cuando surgía en su memoria el recuerdo de aquella aventura de la juventud. Los ocho años transcurridos le parecían un siglo. Rafael se sentía alejado de aquellos sucesos por toda una vida. El rostro de Leonora se había esfumado poco a poco en su memoria hasta perderse. Sólo recordaba los ojos verdes, la cabellera brillante como un casco de oro. Hacía tiempo que había muerto la tía, aquella doña Pepita sencilla y devota, dejando sus bienes para la salvación del alma. El huerto y la casa azul eran ahora de su suegro, que había trasladado a su domicilio todo lo mejor, los muebles y los adornos comprados por Leonora en su época de aislamiento, mientras Rafael estaba en Madrid y soñaba ella en quedarse allí para siempre.

Rafael evitó con gran cuidado volver a la casa azul. Temía despertar cierta susceptibilidad de su esposa. Bastante le pesaba en ciertos momentos el silencio de ella, su prudencia extraña, que jamás le permitió hacer la más leve alusión al pasado, mientras que en su mirada fría y en la entereza con que abominaba de las locuras del amor adivinábase el recuerdo tenaz de aquella aventura que todos habían querido ocultarla y que turbó profundamente los preparativos de su matrimonio.

Cuando el diputado estaba solo en Madrid, libre, como en su época de soltero, el recuerdo de Leonora surgía en su memoria con entera libertad, sin aquella coacción que parecía turbarle allá abajo, en el ambiente de la familia.

¿Qué sería de ella? ¿A qué locuras se habría entregado después de aquel rompimiento que aún hacía enrojecer a Rafael, como si en su oído murmurasen atroces insultos? Los periódicos españoles hablan poco de las cosas de fuera de casa; sólo dos veces encontró en ellos el nombre de guerra de Leonora, al dar cuenta de sus triunfos artísticos. Había cantado en París como una artista francesa, asombrando la pureza de su acento; había estrenado en Roma una ópera de un joven maestro, preparada por el reclamo editorial como un gran acontecimiento. La obra había gustado poco, pero la artista había sido aclamada por el público, enloquecido y lacrimoso ante su patética desesperación en el acto final, al llorar el amor perdido[157].

Después, nada: ninguna noticia; se había eclipsado, impulsada sin duda por el amor, dominada por aquella vehemencia que la hacía seguir al hombre preferido como una esclava. Y Rafael, al pensar en esto, sentía celos, cual si tuviera algún derecho sobre aquella mujer, olvidando la crueldad con que la había dicho adiós.

Aquella despedida era su remordimiento. Comprendía que Leonora había sido para él la única pasión, el Amor que pasa una sola vez en la vida al alcance de la mano. Y él, en vez de apresarle, lo había espantado para siempre con un acto villano, con una despedida cruel, cuyo recuerdo le avergonzaba.

Coronado del azahar de los huertos, el Amor había pasado ante él, cantando el himno de la juventud loca, sin escrúpulos ni ambiciones, invitándole a ir tras sus pasos, y él le había contestado con una pedrada en las espaldas.

Ya no volvería a pasar; lo presentía. Aquel ser misterioso, risueño y juguetón sólo se presentaba una vez en el camino. Había que cerrar los ojos y seguirle agarrado a la mano de la mujer que ofrecía. Si era una virgen, bueno; si era una mujer como Leonora, bien, había que conformarse ciegamente, y el que se detenía como él, el que retrocedía, estaba perdido; veía en torno una noche sin fin, y jamás volvía a pasar ante sus ojos el risueño Amor coronado de flores, entonando esa canción que sólo se oye una vez en la vida[158].

Eran vanos todos sus esfuerzos por salir de la monotonía de su existencia, por rejuvenecerse sacudiendo la vejez de ánimo. Se convencía con tristeza de que era imposible la repetición de la aventura.

---

[157] Puede tratarse de *Tosca,* de Puccini, estrenada en Roma en 1900.
[158] Siempre el amor se halla ligado a la música y tiene un carácter de excepción en esta obra.

Por dos meses fue el amante de Cora, una muchacha popular en los entresuelos de Fornos: una gallega alta, esbelta y fuerte (¡ay, como la otra!), que había pasado algunos meses en París, y al volver de allá, con el pelo teñido de rubio, recogiéndose el vestido con la misma gracia que si hiciera el *trottoir* en los bulevares, mezclando con dulzura en la conversación palabras francesas, llamando *mon cher* a todo el mundo y dándoselas de entendida en la organizacion de una cena, brillaba como una gran *cocotte* entre sus amigas, sin más alardes que el lamentable flamenco y la palabra desvergonzada de brutal gracia.

Pero se cansó pronto de aquellas relaciones. El labio superior de Cora, sudoroso bajo los polvos de arroz, siempre cubierto de un rocío de salud, le disgustaba como el hocico de una hermosa bestia de grosera vitalidad; su empalagosa charla, siempre girando sobre las modas, los apuros pecuniarios o las ridiculeces de las amigas, acabó por causarle náuseas. Además, en aquello no había amor, ni capricho siquiera. Le costaban dinero, y no poco, tales relaciones, y él se alarmaba en sus mezquindades de rico; pensaba con remordimiento en el porvenir de sus hijos, como si estuviera arruinándoles, en lo que diría ante los gastos considerablemente aumentados aquella Remedios tan económica, tan dispuesta a la defensa del céntimo, sin otros despilfarros que el manto nuevo para la Virgen o la fiesta estruendosa con gran orquesta y bosques de cirios.

Rompió sus relaciones con la gallega del bulevar, sintiendo un dulce descanso al no tener que comparar sus recuerdos de la juventud con aquella pasión mercenaria, en la que terminaban los arrebatos de amor con la presentación de alguna cuenta que había que pagar a la mañana siguiente.

Terminó la vergonzosa alianza, de la que se afrentaba Rafael, justamente cuando su partido ocupaba de nuevo el Poder y volvía él a sentarse en los escaños de la derecha, cerca del banco ministerial en su calidad de diputado antiguo. Había llegado el momento de trabajar: a ver si de un buen empujón lograba abrirse paso. Le nombraron de la comisión de Presupuestos, y tomó sobre sí la obligación de contestar a varias enmiendas presentadas por las oposiciones al presupuesto de Gracia y Justicia. El ministro era amigo suyo: un marqués respetable y solemne que había sido absolutista, y cansado de «platonismos», como él decía, acabó por reconocer el régimen liberal, aunque conservando sus antiguas ideas.

Le agitaba el temblor del muchacho en vísperas de exámenes. Estudiaba en la biblioteca lo que habían dicho sobre la materia innumerables generaciones de diputados en un siglo de parlamentarismo.

Sus amigos del salón de Conferencias, todos aquellos derrotados y caídos, la bohemia parlamentaria, que le quería a cambio de papeletas para las tribunas, animábanle profetizando un triunfo. Ya no se aproximaban a él para decirle: «Cuando yo era gobernador...», embriagándose a sí mismos con el esplendor de sus glorias muertas; ya no le preguntaban sobre lo que pensaba don Francisco de esto o de aquello, para sacar locas deducciones de sus respuestas.

Le aconsejaban, dábanle indicaciones con arreglo a lo que ellos habían dicho o pensado decir al discutirse el presupuesto en tiempos de González Bravo, y acababan por murmurar, con una sonrisa que le causaba escalofríos: «Allá veremos: que quede usted bien.»

Y todo aquel rebaño de malhumorados, que, esperando un acta jamás llegada, corrían, como viejos caballos al olor de la pólvora, a aglomerarse en dos masas al lado de la presidencia apenas en el salón se armaba bronca con campanillazos, no podían imaginarse que el joven diputado muchas noches interrumpía su lectura con la tentación de arrojar contra la pared los gruesos tomos de las sesiones, y acababa pensando, con escalofríos de intensa voluptuosidad, en lo que habría sido de él corriendo el mundo tras unos ojos verdes cuya luz dorada creía ver temblar entre los renglones de la amazacotada prosa parlamentaria.

II

—Orden del día: continúa la discusión del presupuesto de Obligaciones eclesiásticas.

En el salón de Sesiones se marcó un movimiento de fuga: el mismo pánico que desbanda los ejércitos y disuelve las multitudes. Se levantaban los más resueltos para escapar, y les seguían en su fuga grupos enteros, aclarándose por momentos los escaños.

La Cámara estaba llena desde primera hora. Era día de emociones: una discusión entre el jefe del gobierno y un antiguo compañero que ahora estaba en la oposición; un antagonismo de viejos compadres, en el que salían a luz los secretos de la intimidad, todas las antiguas artimañas en común para sostenerse en el Poder. Y el silencioso público que se deleitaba con este pugilato, los diputados que llenaban los escaños, las dos masas que se estrujaban a ambos lados de la presidencia, emprendieron la fuga al ver terminado el incidente, sabiéndoles a poco las dos horas de alusiones y punzantes recuerdos.

El nombre del orador que iba a hablar sobre las Obligaciones eclesiásticas contuvo un poco aquella fuga; produjo el efecto de un gran recuerdo histórico lanzado en medio de una dispersión. Algunos diputados volvieron a sus asientos, mirando a los bancos más extremos de la izquierda, donde asomaba tras el rojo respaldo una gran cabeza blanca, en la que brillaban las gafas con luz semejante a la de una sonrisa dulcemente irónica.

Púsose en pie el anciano. Era tan pequeño, tan débil de cuerpo, que aún parecía estar sentado. Toda la fuerza de su vida se había concentrado en la cabeza, enorme, de nobles líneas, sonrosada en la cúspide, entre los blancos mechones echados atrás. Su cara pálida tenía esa transparencia de cera de una vejez sana y vigorosa, a la que añadían nueva majestad las barbas plateadas, brillantes, luminosas, como las que el arte da siempre al Todopoderoso.

Aguardaba con los brazos cruzados a que cesase el rumor de colmena revuelta que zumbaba en el salón y los últimos fugitivos hubiesen traspuesto las puertas de salida. Por fin, comenzó a hablar ante la Cámara casi vacía, entre los siseos de los periodistas, que, asomados a su tribuna como un gran racimo de cabezas, imponían silencio para no perder palabra.

Era el patriarca de la Cámara. Representaba la revolución, no sólo política, sino social y económica; era el enemigo de todo lo existente; sus teorías causaban profunda irritación, como una música nueva e incomprensible que alterase el oído adormecido. Pero se le escuchaba con respeto, con la veneración que inspiraban sus años y su historia irreprochable. Su voz tenía el sonido débil y dulce de una lejana campanilla de plata; y en el silencio del salón se desarrollaba su palabra con cierta unción evangélica, como si al hablar pasase ante sus ojos la visión de un mundo mejor, de la sociedad perfecta del porvenir sin opresión ni tristezas, tantas veces soñada en la soledad de su gabinete de estudio.

Rafael estaba a la cabeza del banco de la Comisión, algo separado de sus compañeros. Le dejaban espacio libre, como los toreros al camarada que va a matar. Había apilado en su asiento legajos y volúmenes, por si se le ocurría citar textos en su contestación al venerable orador.

Le contemplaba en silencio, admirándolo. Aquél sí que era fuerte, con la dureza y la frialdad del hielo. Habría tenido sus pasiones como todos; en ciertos momentos se escapaba a través de su exterior inmutable y tranquilo un arranque de vehemencia. Sus ardores de poeta perdido en la política delatábanse algunas veces, como esos volcanes que, ocultos bajo una sima de nieve, se revelan con lejano trueno. Pero había sabido ajustar su existencia al deber, y sin creer en Dios, sin otro apoyo que la filosofía, la fuerza de su virtud era tal, que desarmaba a los más apasionados enemigos.

¡Y a un hombre así había de contestarle él!... Comenzaba a sentir miedo, y para recuperar el ánimo paseaba su mirada por el salón. Lo que llamaban una media entrada los familiares de la casa. En los escaños veíanse esparcidos algunos grupos de diputados; la tribuna pública llena de gente popular, quieta y en recogimiento, como si bebiese la palabra del viejo republicano. En las otras tribunas, poco antes repletas de curiosos para contemplar el pugilato de primera hora, sólo quedaban los forasteros, mirando abajo con expresión de asombro, deslumbrados por los fantásticos trajes de los maceros y con el propósito firme de no moverse hasta que los despidieran. Algunas señoras de la clase de «parlamentarias», que acudían todas las tardes de bronca, rumiaban caramelos y miraban con extrañeza a aquel viejo de terrible fama, cuyo nombre jamás se pronunciaba en sus tertulias, admirando su aspecto bondadoso y la natural distinción con que llevaba la levita. ¡Parecía imposible!... En la tribuna diplomática sólo quedaba una señora, lujosamente vestida, con un gran sombrero de plumas negras, tras el cual casi desaparecía un joven rubio, peinado en bandos, correcto y estirado. Sería alguna extranjera. Rafael la tenía frente a su banco, y veía su mano enguantada apoyándose en el antepecho de la tribuna, agitando el abanico con escandaloso crujido. El resto de su cuerpo se confundía en la penumbra de la tribuna al echarse atrás para cuchichear y reír con su acompañante.

Distraído por aquella revista, Rafael apenas atendía al orador. Había adivinado todo lo que estaba diciendo, y esto le satisfacía. Así no quedaba desbaratado el andamiaje de la larga contestación que tenía preparada.

Aquel hombre era inflexible e inmutable. Llevaba treinta años diciendo lo mismo. Aquel discurso lo había leído Rafael un sinnúmero de veces. Estudiando atentamente los males nacionales, los abusos imperantes en el país, había formulado una crítica completa y despiadada, en la que resaltaban los absurdos por el efecto del contraste. Con la convicción de que la verdad sólo es una y nada tan nuevo como ella, venía repitiendo su crítica todos los años, en un estilo puro, conciso, sonoro, que parecía esparcir en el ambiente el maduro perfume de los clásicos.

Hablaba en nombre de la España del porvenir, de un pueblo que no tendría reyes, porque se gobernaría por sí mismo; que no pagaría sacerdotes, porque, respetando la conciencia nacional, permitiría todos los cultos sin privilegiar alguno. Y con sencilla amenidad, como si construyese y juntase versos, emparejaba cifras, haciendo resaltar la manera absurda con que la nación se despedía de un siglo de revoluciones, durante el cual todos los pueblos habían conseguido más que el nuestro.

En el mantenimiento de la casa real se gastaba más que en enseñanza pública. El sostenimiento de una sola familia resultaba de más valía que el despertar a la vida moderna de todo un pueblo. En Madrid, en la capital, a la vista de todos ellos, las escuelas instaladas en inmundos zaquizamís; iglesias y conventos surgiendo de la noche a la mañana como palacios encantados en las principales calles. En veintitantos años de Restauración, más de cincuenta edificios religiosos, completamente nuevos, estrechando la capital con una cintura de edificios flamantes; y en cambio una sola escuela moderna como la de cualquier población pequeña de Inglaterra o Suiza. La juventud, débil, apagada, egoísta y devota, contrastando con sus padres, que adoraban los generosos ideales de la libertad y la democracia y hacían revoluciones. El hijo, envejecido, con el pecho lleno de medallas, sin más vida intelectual que las reuniones de cofradía confiando su porvenir y su voluntad al jesuita introducido en la familia por la madre, mientras el padre sonríe amargamente, reconociendo que es de otro mundo, de una generación que se va: la que logró galvanizar la nación por un momento con la protesta revolucionaria.

La Iglesia cobrando todos sus servicios a los fieles y cobrando al mismo tiempo del Estado. La Hacienda demandando economías, mientras se crean nuevos obispados y las Obligaciones eclesiásticas aumentan en provecho del alto clero, sin beneficio alguno para el populacho de sotana, para los de abajo, que necesitan entregarse a la más despiadada codicia, explotando sin escrúpulos la casa de Dios. Y mientras tanto, sin dinero para las obras públicas, poblaciones sin caminos, regiones enteras sin haber oído jamás el silbato del ferrocarril, que resuena en regiones salvajes de Asia y África, campiñas pereciendo de sed mientras los ríos pasan junto a ellas llevando al mar sus inútiles aguas.

El estremecimiento de la convicción pasaba por la Cámara, silenciosa, anhelante, para no perder nada de aquella voz débil, lejana, como salida de una tumba. Todos sentían en el ambiente el paso de la verdad, y cuando terminó con una invocación al porvenir, en el cual no existirían absurdos ni injusticias, se hizo más profundo el silencio, como si un viento glacial, una brisa de muerte hubiese aleteado sobre aquellas cabezas que creían estar deliberando en el mejor de los mundos[159].

Al terminar el venerable orador se levantó Rafael, pálido, tirando de los puños de la camisa, dejando pasar algunos minutos para que se calmara la agitación de la Cámara, ansiosa de expansionarse, de murmurar, después del largo recogimiento a que la había obligado la palabra tenue y concisa del anciano.

Si a Rafael le había de animar la benevolencia del auditorio, buen principio tenía. El salón se vaciaba por momentos. Era la fuga prevista apenas se levanta el señor de la Comisión a contestar a las oposiciones teniendo al lado un rimero de papeles. Una «lata»: ¡huyamos! Y pasaban por enfrente de

---

[159] El orador que pone al descubierto las lacras del régimen instaurado por Cánovas del Castillo podría ser perfectamente Pi y Margall.
En la actualidad Santos Juliá corrobora el estado de catástrofe nacional alimentado por Cánovas: «El presupuesto del Estado Español que Cánovas dejó en herencia era como para haber seguido, antes de empecinarse en aventuras coloniales, el sensato consejo de don Juan Valera: reducir el Ejército y no construir ni un barco en 50 años. Cánovas, sin embargo, se empeñó en una política de guerra colonial hasta el último hombre y hasta la última peseta, frustró a los militares y dejó al Estado en manos de prestamistas y usureros: nada menos que 399 de los 865 millones de pesetas previstos para 1898 se destinaban al pago de la deuda, lo que significa algo más del 46% de todo el Gasto consignado en el Presupuesto del Estado» («Gran estadista, ruina de Estado», *El País,* 20-8-1997).
De la situación catastrófica del momento hablan con suficiente elocuencia un estado en bancarrota y un pueblo iletrado (alrededor del 65% de españoles eran analfabetos). La enseñanza primaria corría a cargo de los ayuntamientos que, en febrero de 1898, debían a los maestros nueve millones de pesetas, un tercio de su salario.

Rafael, atravesando el hemiciclo, los grupos de compañeros, mientras arriba, en las tribunas, la dispersión era general, como si el edificio se incendiase. Las señoras, mascando el último caramelo y viendo terminado por aquel día el desfile de hombres ilustres, abandonaban las tribunas. Abajo las aguardaba el coche para dar un paseo por la Castellana. Aquella extranjera de la tribuna diplomática también se movía para irse. Pero no: daba la mano a su acompañante, le despedía y se quedaba, moviendo aquel abanico que con su revoloteo turbaba a Rafael. Muchas gracias, señora. Aunque él, por su gusto, hubiera querido que se marchasen todos, que no quedasen en el salón otras personas que el presidente y los maceros, para hablar con menos miedo. Le atemorizaba la tribuna pública, donde no se había movido nadie, aguardando sin duda la rectificación del venerable orador: toda aquella aglomeración de blusas blancas y pecheras sin corbata, rematadas por cabezas morenas que le miraban con fija frialdad, como diciendo: «Ahora veremos lo que contesta ese tío.»

Rafael comenzó por un elogio a la historia intachable, a la consecuencia política, a la sabiduría de aquel venerable septuagenario que todavía tenía fuerzas para batallar por los ideales de su juventud. Era de rúbrica un exordio como éste; así los hacía el jefe. Y al hablar, su vista se fijaba angustiosamente en el reloj. Quería ser largo, muy largo. Si no hablaba hora y media o dos horas, estaba deshonrado. Era el tiempo que correspondía a un hombre de su importancia. Había visto a los jefes de partido, a los caudillos de grupo, hablar toda una tarde, desde las cuatro hasta las ocho, roncos y congestionados, sudando como cavadores, con el cuello de la camisa hecho un trapo sucio, y mirando el gran reloj del salón con angustia de condenado. «Aún falta una hora para levantar la sesión», decían los amigos. Y el gran orador, como un caballo cansado, pero de buena sangre, sacaba nuevas fuerzas y emprendía otra vez la carrera, falto de espacio para galopar, volviendo sobre sus pasos, repitiendo lo que había dicho un sinnúmero de veces, resumiendo la media docena de ideas desenvueltas en cuatro horas de sonora charla. Los buenos discursos se apreciaban reloj en mano. El rey de la casa era un señor rubio que desde los bancos de la oposición se divertía molestando al jefe del gobierno: un diputado eterno, con fuerzas para hablar tres días seguidos.

Rafael había oído ponderar la concisión y la claridad de la oratoria moderna en los Parlamentos de Europa. Los discursos de los jefes de gobierno en París o Londres llenaban media columna de un periódico. También el venerable orador a quien iba a contestar, por ser original en todo, hablaba con esta concisión: cada periodo encerraba tres o cuatro ideas. Pero él no se dejaba tentar por la austeridad oratoria; creía que el peso y la medida sin tasa eran cualidades indispensables en la elocuencia, y deseando llenar todo un cuaderno del *Diario de Sesiones,* para que allá en su distrito se asombraran ante el interminable batallón de columnas impresas, hablaba y hablaba, sin más preocupación que no soltar idea alguna, guardándolas todas con avaro celo, con la certeza de que cuanto más las conservara prisioneras, más larga y solemne resultaría su oración.

Llevaba hablando un cuarto de hora sin contestar a nada del anterior discurso, llenando de flores al ilustre personaje. Su Señoría era respetable por esto y aquello, había hecho lo otro y lo de más allá... pero... Y al llegar por fin al «pero» comenzó a soltar algo de lo que traía preparado. Su Señoría era un ideólogo de inmenso talento, pero siempre fuera de la realidad; quería gobernar los pueblos con arreglo a las teorías adquiridas en los libros, sin atenerse a la práctica, al carácter propio e indestructible que tiene cada nación.

Y había que oír con qué ligero tono de desprecio marcaba aquello de «ideólogo», y lo de sabiduría adquirida en los libros, y lo de vivir fuera de la realidad.

«Muy bien; así, así», le decían los compañeros de Comisión, moviendo sus cabezas peinadas, lustrosas, e indignados contra todos los seres que quisieran vivir fuera de la realidad. Había que cantarles las verdades a los «ideólogos».

Y el ministro, amigo de Rafael, el único que ocupaba el banco azul, abrumando con su enorme tronco el pupitre, volvía su cabeza de búho gordo, pelado y con agudo pico para sonreír benévolamente al joven.

El orador continuaba, cada vez más sereno, fortalecido por

aquellas muestras de aprobación. Hablaba de los detenidos y profundos estudios que la Comisión había hecho en los presupuestos. Él era el más modesto, el último, pero allí estaban sus compañeros —todos aquellos señores con levita inglesa y pelo partido de la frente a la nuca—, jóvenes estudiosos, que le habían ilustrado con sus profundas apreciaciones, y cuando ellos no habían hecho más economías, era porque resultaba imposible.

Y las cabezas de la Comisión se movían para murmurar con el optimismo del agradecimiento:

—¡Pero este Brull habla muy bien!...

El gobierno estaba dispuesto a cuantas economías fuesen prudentes y factibles, sin menoscabo de la dignidad del país; pero era el gobierno de una nación eminentemente religiosa, favorecida por Dios en todos sus trances, y no tocaría un céntimo de las Obligaciones eclesiásticas. ¡Jamás! ¡Jamás!

Su voz resonaba con ese triste eco que conmueve las casas vacías. Miró el reloj con angustia. Media hora; ya llevaba media hora hablando y aún no había comenzado de veras el discurso. Ahora lamentaba que la Cámara estuviese vacía. ¡Tan bien que marchaba aquello!... Frente a él, en la penumbra de la tribuna diplomática, seguía moviéndose el abanico, distrayéndole con su aleteo. ¡Diablo de señora! Bien podía estarse quieta.

El Presidente, siempre con la campanilla en la mano, inquieto y vigilante cuando hablaba alguien de las oposiciones, descansaba ahora, con los ojos entornados y la cabeza en el respaldo del sillón, dormitando con la confianza de un director que no teme desafinaciones. Los vidrios de la claraboya tomaban un tinte acaramelado con los rayos del sol, pero abajo sólo descendía una luz verde y difusa, una claridad de bodega, discreta y dulce, que parecía sumir la Cámara en una calma monástica. Por las ventanas del techo, encima de la presidencia, veíanse pedazos de cielo azul impregnados de la suave luz de una tarde de primavera. Un palomo blanco revoloteaba a lo lejos en estos cuadros azules.

Rafael sintió un desmayo de la voluntad, una invasión de entorpecedora pereza. Aquella sonrisa dulce de la Naturaleza asomando a los tragaluces de la lóbrega cripta parlamentaria le hizo pensar en sus campos de naranjos; y por un capricho de la imaginación, vio praderas cubiertas de flores, damas vestidas de pastoras, como en los abanicos antiguos, bailando sobre la punta de sus tacones rojos, al son de juguetones violines, y sintió un impulso de acabar en cuatro palabras, de tomar el sombrero y huir para perderse en las arboledas del Retiro. Existiendo el sol y las flores, ¿qué hacía allí, hablando de cosas que no le importaban?... Pero se repuso pronto de aquella rápida crisis. Cesó de buscar entre los legajos amontonados en el escaño, de hojear papeles para disimular su turbación, y tremolando el primer pliego que encontró a mano, continuó su discurso.

No se le ocultaba la intención que guiaba a Su Señoría al combatir aquel presupuesto. Sobre este punto tenía él ideas particulares y propias. «Yo entiendo que Su Señoría, proponiendo economías, busca también combatir las instituciones religiosas, de las que es enemigo.»

Y al llegar a este punto, Rafael se lanzó en loca carrera, pisando terreno firme y conocido. Toda esta parte del discurso la tenía preparada, párrafo por párrafo: una apología del catolicismo, de la fe religiosa, unida íntimamente a la historia de España, con arranques líricos y estremecimientos de entusiasmo, como si predicase una nueva cruzada.

Veía en los bancos de enfrente el brillo irónico de unas gafas, el estremecimiento de una barba blanca sobre los brazos cruzados, como si una sonrisa bondadosa e indulgente saludase el desfile de tantos lugares comunes, mustios y descoloridos como flores de trapo. Pero Rafael no se intimidaba. Ya le faltaba poco para llegar a una hora de discurso. Adelante, alelante, a soltar todos sus arranques líricos sobre la gran epopeya nacional y cristiana. Y desfilaban por el oratorio cinematógrafo la cueva de Covadonga; un árbol fantástico de la Reconquista, «donde el guerrero colgaba su espada, el poeta su arpa», etc., etc., pues todos acudían a colgar cualquier cosa; los siete siglos de batallas por la cruz, plazo algo largo, mediante el cual fue expulsada del suelo español la impiedad sarracena. Y a continuación los grandes triunfos de la unidad católica. España dueña de casi todo el mundo; el sol obligado a alumbrar eternamente la tierra española; las carabelas de Colón llevando la cruz a las tierras vírgenes; la luz del cristianismo saliendo de entre los pliegues de la bandera nacional para esparcirse por toda la tierra.

Y como si hubiera sido una señal aquel himno a la luz cristiana entonado por el orador, casi invisible en la penumbra del salón, comenzaron a encenderse las lámparas eléctricas, saliendo de la oscuridad los cuadros, los dorados, los escudos, las figuras duras y chillonas pintadas en la cúpula.

Rafael se sentía trémulo, fuera de sí, embriagado por la facilidad con que desenvolvía su discurso. Aquella ola de luz que se derramaba por el salón en plena tarde, mientras en la claraboya aún brillaba el sol, parecíale la repentina entrada en la gloria, que venía hacia él para darle el espaldarazo del renombre.

Arrebatado por su verbosidad, seguía soltando cuanto había almacenado aquellos días en su pensamiento. «En vano se cansaba Su Señoría: España era profundamente religiosa; su historia era la del catolicismo; se había salvado en todos sus conflictos abrazada a la cruz.» Y abarcaba todas las grandes luchas nacionales: desde las batallas en que la piedad popular veía a Santiago en su caballo blanco cortando las cabezas de la morisma con alfanje de oro, hasta el levantamiento de los pueblos contra Napoleón, tras el pendón de la parroquia y con el escapulario al pecho. No hablaba una palabra del presente; dejaba en pie aquella crítica despiadada del viejo revolucionario, despreciándola como un ensueño de «ideólogo», y se enfrascaba en su canto al pasado, afirmando por centésima vez que habíamos sido grandes por ser católicos, que en el momento que no lo fuimos, todos los males del mundo cayeron sobre nosotros: y hablaba de los excesos de la Revolución, de la tormentosa República del 73, cruel pesadilla de las personas sensatas, y del cantón de Cartagena, el supremo recurso de la oratoria ministerial, una verdadera fiesta de caníbales, un horror jamás conocido en la tierra de los pronunciamientos y guerras civiles. Se esforzaba por hacer sentir al auditorio el terror de aquellas revoluciones, cuyo principal defecto era no haber revolucionado nada... Y a continuación una apología entusiasta de la familia cristiana, del hogar católico, nido de virtudes y dulzuras, con tal fervor, que no parecía sino que en los países donde no imperaba el catolicismo eran todas las casas repugnantes lupanares u horrorosas cuevas de bandidos.

—Muy bien, Brull, muy bien —mugía el ministro, de bruces en su pupitre, oyendo con delicia sus propias ideas en boca del joven.

El orador descansó un instante, paseando su mirada por las tribunas, iluminadas ahora por las lámparas. La dama de la tribuna diplomática había cesado de abanicarse, mirándole fijamente.

Faltó poco para que Rafael se sentara de golpe, anonadado por la sorpresa. ¡Aquellos ojos!... ¡tal vez una asombrosa semejanza! Pero no: era ella; le sonreía con la misma sonrisa burlona de los primeros tiempos...

Sentía la turbación del pájaro que se revuelve en el árbol sin poder librarse de la mirada magnética de la serpiente encogida junto al tronco. Aquellos ojos que se burlaban de él trastornaban todas sus ideas. Quiso acabar, callarse pronto; cada minuto le parecía un suplicio; creía oír los mudos chistes que aquella boca estaría haciendo a costa suya.

Miró otra vez el reloj; con quince minutos más redondeaba el discurso. Y emprendió una carrera loca, con voz precipitada, olvidando su economía de ideas para prolongar la peroración, soltándolas todas de golpe, con el deseo de terminar cuanto antes. «El Concordato... obligaciones sagradas con el clero... sus antiguos bienes... compromisos de estrecha amistad con el Papado, padre generoso de España... En fin, que no podían hacerse economías ni por valor de un céntimo y que la Comisión sostenía el presupuesto sin reforma alguna.»

Al sentarse, sudoroso, conmovido, restregándose con fuerza el congestionado rostro, los compañeros de banco le felicitaron, tendiéndole las manos. «Era todo un orador; debía lanzarse, hablar más; tenía condiciones.»

Y del banco de abajo venía el mugido del ministro:

—Muy bien, muy bien. Ha dicho usted lo mismo que hubiera dicho yo.

El viejo revolucionario se levantaba para hacer una corta rectificación, repitiendo sus mismas afirmaciones de antes, que no habían sido contestadas.

—Me he cansado mucho —suspiraba Rafael contestando a las felicitaciones.

—Salga usted si quiere —dijo el ministro—. Yo pienso contestar la rectificación. Es un deber de cortesía con un diputado tan antiguo.

Rafael levantó la cabeza y vio vacía la tribuna diplomática. Aún creyó distinguir en su lóbrego fondo las grandes plumas del sombrero.

Salió del banco apresuradamente y se lanzó al pasillo, donde le detuvieron muchos para felicitarle. Ninguno le había oído, pero todos le daban la enhorabuena, le estrechaban la mano, impidiéndole avanzar. De nuevo creyó ver al extremo del corredor, al pie de la escalera de las secciones, destacándose sobre la vidriera de salida, aquellas plumas negras y ondulantes.

Se abrió paso entre los grupos, sordo a las felicitaciones, empujando a los que le tendían la mano, y tropezó en la cancela de cristales con dos compañeros que miraban hacia fuera con ojos de entusiasmo.

—¡Qué hembra! ¿eh?

—Parece extranjera. Será mujer de algún diplomático.

III

Al salir del palacio la vio en la acera, disponiéndose a subir en una berlina. Un ujier del Congreso sostenía la portezuela con el respeto que inspira el coche oficial, el galón de oro brillante en el sombrero de los cocheros.

Rafael se aproximaba, creyendo todavía, a la vista de aquel carruaje, en una asombrosa semejanza. Pero no: era ella, la misma; ¡como si no hubiesen transcurrido ocho años!

—¡Leonora! ¡Usted aquí!...

Ella sonrió como si aguardara el encuentro.

—Le he visto y le he oído. Muy bien, Rafael; acabo de pasar un rato delicioso.

Y estrechando su mano con un franco apretón de amistad, entró en el carruaje, con estrépito de sedas y finos lienzos.

—Vamos, ¿no sube usted? —preguntó sonriendo—. Acompáñeme; daremos un paseo por la Castellana. La tarde es magnífica; un poco de oxígeno sienta bien después de ese ambiente tan pesado.

Rafael subió, seguido por la mirada de asombro del ujier, admirado al verle en tan seductora compañía.

Comenzó a rodar el carruaje; los dos, en íntimo contacto, sintiendo el calor de sus cuerpos, chocando dulcemente con el suave movimiento de los muelles.

Rafael no sabía qué decir. Le turbaba la sonrisa irónica y fría de su antigua amante; sentíase avergonzado por el recuerdo de su brutal despedida. Quería hablar, y sin embargo, no sabía qué decir; le pesaba aquel «usted» ceremonioso con que se habían tratado al subir al coche. Por fin se atrevió a decir tímidamente, hablando en tercera persona:

—Encontrarnos[160] aquí, ¡qué sorpresa!

—Llegué ayer; mañana salgo para Lisboa. Una corta detención: hablar dos palabras con el empresario del Real; tal vez venga el próximo invierno a cantar *La valquiria*. Pero hablemos de usted, ilustre orador... más bien dicho, de ti, porque nosotros creo que aún somos amigos.

—Sí, amigos, Leonora... Yo no he podido olvidarte.

Pero el entusiasmo con que dijo estas palabras se desvaneció ante la fría sonrisa de la artista.

—Amigos, eso es —dijo ella con lentitud—; amigos nada más. Entre nosotros hay un muerto que nos impide aproximarnos.

—¿Un muerto? —preguntó Rafael, no comprendiendo a la artista.

—Sí; aquel amor que mataste...[161]. Amigos nada más; camaradas unidos con la complicidad del crimen.

Y reía con su irónica crueldad, mientras el carruaje corría por una de las avenidas de Recoletos. Leonora miraba distraídamente el paseo central, sus filas de sillas de hierro llenas de gente, los grupos de niños que, vigilados por las criadas, corrían alborozados bajo la luz dorada y dulce de la tarde primaveral.

—Leí esta mañana en los periódicos que don Rafael Brull, de la «comisión», se encargaría de contestar en eso de los presupuestos, y rogué a un antiguo amigo, el secretario de la Embajada inglesa, que viniese a recogerme para acompañarme al Congreso. Este coche es el suyo... ¡Pobre muchacho! No te conoce, pero apenas vio que te levantabas, emprendió la fuga... Una injusticia, porque tú no has estado mal. Estoy asombrada. Y di, Rafael, ¿de dónde sacas todas esas cosas?

Pero Rafael no aceptaba el elogio, mirando con inquietud aquella sonrisa cruel. Además, ¿qué le importaba su discurso? Creía estar años enteros dentro de aquel coche; le parecía haber transcurrido toda una vida desde que salió del Congreso: el recuerdo de la sesión se borraba de su memoria. La

---

[160] Se trata de una fórmula impersonal que esquiva el tuteo y el usted a un tiempo. La presencia del infinitivo realza lo sorprendente del encuentro.

[161] El tuteo de ella y su afirmación son sarcásticos.

contemplaba con admiración, paseando una mirada de asombro por su rostro y su cuerpo.

—¡Qué hermosa estás!... —murmuró con arrobamiento—. La misma que entonces. Parece imposible que hayan transcurrido ocho años.

—Sí; reconozco que no estoy del todo mal. El tiempo no me muerde. Un poco más de tocador, he ahí todo. Yo soy de las que mueren de pie, sin sacrificar a la edad nada de su exterior. Antes que entregarme, me mataría. Quiero eclipsar a Ninon de Lenclos[162].

Era verdad. Los ocho años no habían marcado su paso por ella. La misma frescura, igual esbeltez robusta y fuerte, idéntico fuego de arrogante vitalidad en sus ojos verdes. Parecía que al arder en incesante llama de pasión, en vez de consumirse se endurecía, haciéndose más fuerte.

Su mirada abarcaba al diputado con una curiosidad irónica.

—¡Pobre Rafael! Siento no poder decirte lo mismo. ¡Cuán cambiado estás! Pareces un señor casi venerable. En el Congreso me costó trabajo reconocerte. Grueso, calvo, con esos lentes que trastornan tu antigua cara de moro de leyenda. ¡Pobrecito mío![163]. ¡Si ya tienes arrugas!...

Y reía, como si le causara intenso gozo, el placer de la venganza, ver a su antiguo amante anonadado y cabizbajo por el retrato de su decadencia.

—No eres feliz, ¿verdad? Y sin embargo, debías serlo. Te habrás casado con aquella muchacha que te ofrecía tu madre; tendrás hijos... no intentes negarlo, para hacerte el interesante; lo adivino en tu persona: tienes el aire de padre de familia; a mí no se me escapan estas cosas... ¿Y por qué no eres feliz? Tienes todo el aspecto de un personaje, y lo serás muy pronto; de seguro que usas faja para disimular el vientre; eres rico, hablas en esa cueva lóbrega y antipática; tus amigos de allá se entusiasmarán leyendo el discurso del señor diputado, y estarán ya preparando los cohetes y la música para recibirte. ¿Qué te falta?...

---

[162] Anne, llamada Ninon de Lenclos, París, 1620-1705; fue amante de varios de los hombres más ilustres de su época.
[163] Conmiseración que suena a venganza.

Y con los ojos entornados, sonriendo maliciosamente, esperaba la respuesta, adivinándola.

—¿Qué me falta? El amor; lo que tenía contigo.

Y con la vehemencia de otros tiempos, como si aún estuvieran entre los naranjos de la casa azul, el diputado daba salida a sus melancolías de ocho años.

La ofrecía la imagen inspirada por su tristeza. El Amor, que pasa una sola vez en la vida, coronado de flores, con su cortejo de besos y risas. Quien le sigue obediente, encuentra la felicidad al fin de la dulce carrera. El que por orgullo o egoísmo se queda al borde del camino, ése llora su torpeza, la espía con una existencia de tedio y dolor. Él había pecado, lo reconocía, e imploraba su perdón; había purgado su falta con ocho años monótonos, abrumadores como una noche sofocante y sin fin; pero ya que volvían a encontrarse, aún era tiempo, Leonora; aún podía hacer retoñar la primavera de su vida, obligar al Amor a que volviese sobre sus pasos, a que pasase de nuevo, tendiéndoles sus dulces manos.

La artista le escuchaba sonriendo, con los ojos cerrados, reclinada en el fondo del carruaje, con un gesto de placer, como si paladease con fruición aquel fuego de amor que aún ardía en Rafael, y que era su venganza.

Los caballos marchaban al paso por la Castellana. Pasaban junto a ellos otros carruajes en los que brillaban curiosas miradas, sondeando el interior de la berlina y admirando a aquella mujer hermosa y desconocida.

—¿Qué contestas, Leonora? Aún podemos ser felices. Olvida mi falta, el tiempo pasado; imagínate que ayer fue nuestra despedida en aquel huerto, que hoy nos encontramos para vivir eternamente unidos.

—No —dijo fríamente la artista—. Tú lo has dicho: el Amor sólo pasa una vez en la vida. Lo sé por cruel experiencia, y he procurado olvidarlo. Para nosotros pasó ya, y es una locura pretender que nos busque de nuevo. Ése no retrocede nunca. Si le buscásemos, sólo a costa de esfuerzos encontraríamos su sombra. Le dejaste escapar; llora tu culpa, como yo lloré tu torpeza... Además, tú no te das cuenta de la situación. Acuérdate de lo que hablábamos en nuestra primera noche a la luz de la luna: «El arrogante mes de

Mayo, el joven guerrero con armadura de flores, busca a su amada la Juventud.» ¿Y dónde está en nosotros la juventud? La mía búscala en mi tocador; se la compro al perfumista; y aunque sabe disfrazarme bien, oculta una vejez de ánimo, un desaliento en el que no quiero pensar porque me asusta. La tuya, ¡pobre Rafael! no existe ya, ni aun exteriormente. Mírate bien: ¡estás muy feo, hijo mío! Has perdido aquella esbeltez interesante de la juventud. Me haces reír con tus ensueños... ¡Una pasión a estas horas! ¡El idilio de una jamona retocada y un padre de familia calvo y con abdomen! ¡Ja, ja, ja!

¡Cruel! ¡Cómo reía! ¡Cómo se vengaba! Rafael irritábase ante aquella resistencia punzante e irónica; se exaltaba al hablar de su pasión... Nada importaban los desgastes del tiempo. ¿No podía obrar milagros el amor? Él la amaba más aún que en otros tiempos: sentía el hambre loca por su cuerpo; la pasión les daría el fuego de la juventud. El amor era como la primavera, que vivifica los troncos aletargados por el invierno, cubriéndolos de flores. ¡Que ella dijera «sí», y vería al instante el milagro, la resurrección de su vida entumecida, el despertar de su alma a la vida del amor!

—¿Y la mujer? ¿y los hijos? —preguntó Leonora brutalmente, como si le quisiera despertar con este recuerdo, cruel como un latigazo.

Pero Rafael estaba ebrio de pasión. Le trastornaba el contacto tibio de aquel cuerpo tantas veces deseado en su aislamiento, las emanaciones perfumadas de voluptuosidad con que impregnaba el interior del carruaje.

Todo lo olvidaría por ella: familia, porvenir, posición. Él sólo la necesitaba a ella para vivir y ser feliz.

—Huiré contigo; todos me son extraños cuando pienso en ti. Tú sola eres mi vida.

—Muchas gracias —contestó Leonora con gravedad—. Renuncio a ese sacrificio... ¿Y la santidad de la familia de que hace poco hablabas en aquel salón? ¿Y la moral cristiana, sin la cual sería imposible la vida? ¡Cómo reía yo escuchándote! ¡Qué de mentiras decís allí para los bobos!...

Y volvía a reír cruelmente, regocijada por el contraste entre las palabras del discurso y aquella loca proposición de abandonarlo todo para seguirla en su correría por el mundo. ¡Ah, farsante!

Ya había presentido ella en su solitaria tribuna que todo eran mentiras, convencionalismos, frases hechas; que el único que hablaba allí con la firmeza de la virtud era aquel viejecito, al que contemplaba con veneración por haber sido uno de los ídolos de su padre.

Rafael se sentía avergonzado. La rotunda negativa de Leonora, la burla despiadada de su hipocresía, le hacían darse cuenta de la enormidad de su deseo. Se vengaba haciéndole revolcarse en la abyección de su amor loco y desesperado, capaz de las mayores vergüenzas.

Comenzaba el crepúsculo. Leonora dio orden al cochero para volver a la plaza de Oriente. Vivía en una de las casas inmediatas al teatro Real que sirven de alojamiento a los artistas. Tenía prisa; había de comer con aquel joven de la Embajada y dos críticos musicales cuya presentación le había anunciado.

—¿Y yo, Leonora? ¿No nos veremos más?

—Tú me dejarás en la puerta, y... ¡hasta que volvamos a encontrarnos!

—Quédate unos días. Al menos que te vea; que tenga el consuelo de hablarte, de sentir el amargo placer de tus burlas.

¡Quedarse!... Tenía sus días contados; iba de un extremo a otro del mundo, arreglando su vida con la exactitud de un reloj. De allí a dos días cantaría en el San Carlos de Lisboa tres representaciones de Wagner nada más; y después, de un salto, a Estocolmo, y luego no sabía con certeza dónde: a Odessa o al Cairo. Era el Judío Errante, la valquiria galopando entre las nubes de una tempestad musical, pasando a través de las más diversas temperaturas, saltando sobre los más distintos países, arrogante y victoriosa, sin sufrir el más leve menoscabo en su salud y su hermosura.

—¡Ah, si tú quisieras! ¡Si me permitieses seguirte!... ¡Como amigo nada más! ¡Como criado, si es preciso!

Y la cogía una mano, oprimiéndola con pasión; hundía sus dedos en la manga, acariciando el fino brazo por debajo del guante.

—¿Lo ves? —decía ella sonriendo con frialdad—. Es inutil; ni el más leve estremecimiento. Para mí eres un muerto. Mi carne no despierta a tu contacto, se encoge como al sentir un roce molesto.

Rafael lo reconocía así. Aquella piel que en otros tiempos se estremecía locamente bajo sus caricias, era ahora insensible: tenía la frialdad indiferente con que se acoge lo desconocido.

—No te esfuerces, Rafael. Esto se acabó. El amor que dejaste pasar está lejos, tan lejos, que aunque corriéramos mucho, nunca le daríamos alcance. ¿A qué cansarnos? Al verte ahora siento la misma curiosidad que ante uno de esos vestidos viejos que en otro tiempo fueron nuestra alegría. Veo fríamente los defectos, las ridiculeces de la moda pasada. Nuestra pasión murió porque debía morir. Tal vez fue un bien que huyeses. Para romper después, cuando yo me hubiese amoldado para siempre a tu cariño, mejor fue que lo hicieses en plena luna de miel. Nos aproximó el ambiente, aquella maldita primavera; pero ni tú eras para mí, ni yo para ti. Somos de diferente raza. Tú naciste burgués, yo llevo en las venas el ardor de la bohemia. El amor, la novedad de mi vida te deslumbraron; batiste las alas para seguirme, pero caíste con el peso de los afectos heredados. Tú tienes los apetitos de tu gente. Ahora te crees infeliz, pero ya te consolarás viéndote personaje, contemplando tus huertos cada vez más grandes y tus hijos creciendo para heredar el poder y la fortuna de papá. Esto del amor por el amor, burlándose de leyes y costumbres, despreciando la vida y la tranquilidad, es nuestro privilegio, la única fortuna de los locos a los que la sociedad mira con desconfianza desdeñosa. Cada uno a lo suyo. Las aves de corral a su pacífica tranquilidad, a engordar al sol; los pájaros errantes a cantar vagabundos, unas veces sobre un jardín, otras tiritando bajo la tempestad.

Y riendo de nuevo, como arrepentida de estas palabras dichas con gravedad y convicción, en las que resumía toda la historia de aquel amor, añadió con expresión burlona:

—¡Qué parrafito! ¿eh? ¡Qué efecto hubiese hecho al final de tu discurso!

El carruaje entraba ya en la plaza de Oriente; iba a detenerse ante la casa de Leonora.

—¿Subo? —preguntó el diputado con angustia, con la entonación del niño que implora un juguete.

—¿Para qué? Te aburrirías; seré la misma que aquí. Arriba no hay luna ni naranjos en flor. Es inútil esperar una borrachera como la de aquella noche... Además, no quiero que te vea Beppa. Se acuerda mucho de aquella tarde en el Hotel de Roma al recibir tu carta, y me creería una mujer sin dignidad al verme contigo.

Le invitaba a bajar con un gesto imperioso. Cuando partió el carruaje, los dos quedaron un momento en la acera, contemplándose por última vez.

—Adiós, Rafael... Cuídate, no envejezcas tan aprisa. Cree que he tenido un verdadero gusto en volver a verte; el gusto de convencerme de que aquello acabó.

—¡Pero así te vas!... ¡Así acaba para ti una pasión que aún llena mi vida!... ¿Cuándo volveremos a vernos?

—No sé: nunca... tal vez cuando menos lo esperes. El mundo es grande, pero rodando por él como yo ruedo, hay encuentros inesperados, como éste.

Rafael señalaba al inmediato teatro.

—¿Y si vinieras a cantar ahí?... ¿Si yo volviera a verte?...

Leonora sonreía con altivez, adivinando su pregunta.

—Si vuelvo, serás uno de mis innumerables amigos; nada más. Y no creas que soy ahora una santa. La misma que antes de conocerte; pero de todos, ¿sabes? del portero del teatro, si es preciso, antes que de ti. Tú eres un muerto... Adiós, Rafael.

La vio desaparecer en el portal, y permaneció aún mucho rato en la acera, dominado por el anonadamiento, abstraído en la contemplación de los últimos resplandores del crepúsculo que palidecían más allá de los tejados del Palacio Real.

Las bandadas de pájaros piaban sobre los árboles del jardín, estremeciendo las hojas con sus aleteos juguetones, como enardecidos por la primavera, que llegaba para ellos fiel y puntual como todos los años.

Emprendió la marcha hacia el interior de la ciudad, lentamente, con desaliento, pensando morir, diciendo adiós a todas las ilusiones que aquella mujer parecía haberse llevado consigo al volverle implacable la espalda. Sí; era un muerto que paseaba su cadáver bajo la luz triste de los primeros faroles de gas que comenzaban a encenderse. ¡Adiós, amor! ¡adiós, juventud! Para él ya no había primavera. La alegre locura le rechazaba como un desertor indigno; su porvenir era engordar dentro del hábito de hombre serio.

En la calle del Arenal oyó que le llamaban. Era un diputado, un camarada de banco que volvía de la sesión.

—Compañero, deje usted que se le felicite; estuvo usted archimonumental. El ministro ha hablado con gran entusiasmo de su discurso al presidente del Consejo. Cosa hecha: a la primera combinación es usted director general o subsecretario. ¡Mi enhorabuena, compañero!

FIN

Playa de la Malvarrosa (Valencia)
Julio-septiembre de 1900.

Colección Letras Hispánicas

Últimos títulos publicados

598 *Narraciones*, GUSTAVO ADOLFO BÉCQUER.
   Edición de Pascual Izquierdo.
599 *Artículos literarios en la prensa (1975-2005)*.
   Edición de Francisco Gutiérrez Carbajo y José Luis Martín Nogales.
600 *El libro de la fiebre*, CARMEN MARTÍN GAITE.
   Edición de Maria Vittoria Calvi.
601 *Morriña*, EMILIA PARDO BAZÁN.
   Edición de Ermitas Penas Varela.
602 *Antología de prosa lírica*, JUAN RAMÓN JIMÉNEZ.
   Edición de M.ª Ángeles Sanz Manzano.
603 *Laurel de Apolo*, LOPE DE VEGA.
   Edición de Antonio Careño.
604 *Poesía española [Antologías]*, GERARDO DIEGO.
   Edición de José Teruel
605 *Las Casas: el Obispo de Dios (La Audiencia de los Confines. Crónica en tres andanzas)*, MIGUEL ÁNGEL ASTURIAS.
   Edición de José María Vallejo García-Hevia.
606 *Teatro completo (La petimetra, Lucrecia, Hormesinda, Guzmán el Bueno)*, NICOLÁS FERNÁNDEZ DE MORATÍN.
   Edición de Jesús Pérez Magallón.
607 *Largo noviembre de Madrid. La tierra será un paraíso. Capital de la gloria*, JUAN EDUARDO ZÚÑIGA.
   Edición de Israel Prados.
608 *La Dragontea*, LOPE DE VEGA.
   Edición de Antonio Sánchez Jiménez.
609 *Segunda parte de la vida del pícaro Guzmán de Alfarache*.
   Edición de David Mañero Lozano.
610 *Episodios nacionales (Quinta serie)*, BENITO PÉREZ GALDÓS.
   Edición de Francisco Caudet.
611 *Antología en defensa de la lengua y la literatura españolas (Siglos XVI y XVII)*, VV.AA.
   Edición de Encarnación García Dini.
612 *El delincuente honrado*, GASPAR MELCHOR DE JOVELLANOS.
   Edición de Russell P. Sebold.

613 *La cuna y la sepultura. Doctrina moral*, FRANCISCO DE QUEVEDO Y VILLEGAS.
Edición de Celsa Carmen García Valdés.
614 *La hija de Celestina*, ALONSO JERÓNIMO DE SALAS BARBADILLO.
Edición de Enrique García Santo-Tomás.
615 *Antología rota*, LEÓN FELIPE.
Edición de Miguel Galindo.
616 *El mundo alucinante (Una novela de aventuras)*, REINALDO ARENAS.
Edición de Enrico Mario Santí.
617 *El condenado por desconfiado*, ATRIBUIDO A TIRSO DE MOLINA. *La Ninfa del cielo*, LUIS VÉLEZ.
Edición de Alfredo Rodríguez López-Vázquez.
618 *Rimas humanas y divinas del licenciado Tomé de Burguillos*, LOPE DE VEGA.
Edición de Macarena Cuiñas Gómez.
619 *Tan largo me lo fiáis. Deste agua no beberé*, ANDRÉS DE CLARAMONTE.
Edición de Alfredo Rodríguez López-Vázquez.
620 *Amar después de la muerte*, PEDRO CALDERÓN DE LA BARCA.
Edición de Erik Coenen.
621 *Veinte poemas de amor y una canción desesperada*, PABLO NERUDA.
Edición de Gabriele Morelli.
622 *Tres elegías jubilares*, JUAN JOSÉ DOMENCHINA.
Edición de Amelia de Paz.
623 *Poesía de la primera generación de posguerra*.
Edición de Santiago Fortuño Llorens.
624 *La poética o reglas de la poesía en general, y de sus principales especies*, IGNACIO DE LUZÁN.
Edición de Russell P. Sebold.
625 *Rayuela*, JULIO CORTÁZAR.
Edición de Andrés Amorós (20.ª ed.).
626 *Cuentos fríos. El que vino a salvarme*, VIRGILIO PIÑERA.
Edición de Vicente Cervera y Mercedes Serna.
627 *Tristana*, BENITO PÉREZ GALDÓS.
Edición de Isabel Gonzálvez y Gabriel Sevilla.
628 *Romanticismo*, MANUEL LONGARES.
Edición de Juan Carlos Peinado.
629 *La tarde y otros poemas*, JUAN REJANO.
Edición de Teresa Hernández.

630 *Poesía completa*, Juan de Arguijo.
　　　Edición de Oriol Miró Martí.
631 *Cómo se hace una novela*, Miguel de Unamuno.
　　　Edición de Teresa Gómez Trueba.
632 *Don Gil de las calzas verdes*, Tirso de Molina.
　　　Edición de Enrique García Santo-Tomás.
633 *Tragicomedia de Lisandro y Roselia*, Sancho de Muñón.
　　　Edición de Rosa Navarro Durán.
634 *Antología poética (1949-1995)*, Ángel Crespo.
　　　Edición de José Francisco Ruiz Casanova.
635 *Macías. No más mostrador*, Mariano José de Larra.
　　　Edición de Gregorio Torres Nebrera.
636 *La detonación*, Antonio Buero Vallejo.
　　　Edición de Virtudes Serrano.
637 *Declaración de un vencido*, Alejandro Sawa.
　　　Edición de Francisco Gutiérrez Carbajo.
638 *Ídolos rotos*, Manuel Díaz Rodríguez.
　　　Edición de Almudena Mejías Alonso.
639 *Neptuno alegórico*, Sor Juana Inés de la Cruz.
　　　Edición de Vincent Martin y Electa Arenal.
640 *Traidor, inconfeso y mártir*, José Zorrilla.
　　　Edición de Ricardo Senabre (10.ª ed.).
641 *Arde el mar*, Pere Gimferrer.
　　　Edición de Jordi Gracia (3.ª ed.).
642 *Las palabras del regreso*, María Zambrano.
　　　Edición de Mercedes Gómez Blesa.
643 *Luna de lobos*, Julio Llamazares.
　　　Edición de Miguel Tomás-Valiente.
644 *La conquista de Jerusalén por Godofre de Bullón*,
　　　Atribuida a Miguel de Cervantes.
　　　Edición de Héctor Brioso Santos.
645 *La luz en las palabras. Antología poética*, Aníbal Núñez.
　　　Edición de Vicente Vives Pérez.
646 *Teatro medieval*.
　　　Edición de Miguel Ángel Pérez Priego.

De próxima aparición

Libro de las virtuosas e claras mugeres, Álvaro de Luna.
　　Edición de Julio Vélez-Sainz.